KB072122

바나나
혀
수
님

바나나 형수님

초판 1쇄 찍은 날 ｜ 2013년 12월 17일
초판 1쇄 펴낸 날 ｜ 2013년 12월 24일

지은이 ｜ 홍윤정
펴낸이 ｜ 서경석

편 집 장 ｜ 권태완
편집책임 ｜ 장미연
편   집 ｜ 손수화
디 자 인 ｜ 이혜정

펴낸곳 ｜ 도서출판 청어람
등록번호 ｜ 제1081-1-89호
등록일자 ｜ 1999. 5. 31
어람번호 ｜ 제5-0358호

주소 ｜ 경기도 부천시 원미구 심곡2동 163-2 서경B/D 3F (우) 420-822
전화 ｜ 032-656-4452 팩스 ｜ 032-656-4453
http://www.chungeoram.com
E-mail ｜ chungeorambook@daum.net

ⓒ 홍윤정, 2013

ISBN 978-89-251-3602-8 03810

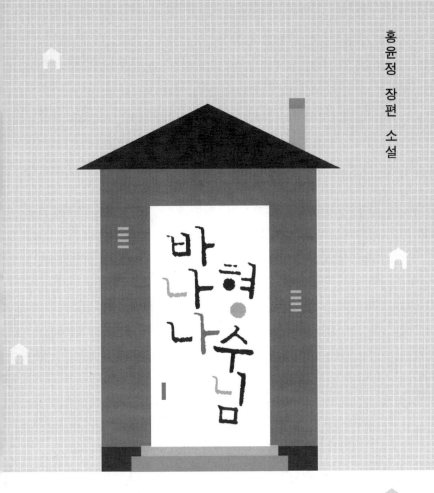

홍윤정 장편 소설

바나현나수님

Chungeoram romance novel

청어람

Contents

프롤로그 * 7

제1장 시간이 거꾸로 가기 시작했다 * 19

제2장 한 지붕 한 가족 되기 * 43

제3장 스멀거리는 옛 마음 * 65

제4장 신경줄 갉아먹는 존재 * 90

제5장 그녀를 좇는 눈 * 116

제6장 She is not mine * 140

제7장 나쁜 여자 * 167

제8장 더 이상 주저할 이유 없다 * 192

제9장 부도덕한 남자의 노골적인 유혹 * 217

제10장 진실의 무게 * 239

제11장 슬퍼지려 하기 전에 * 264

제12장 처음으로 돌아가기 * 293

제13장 지키고 싶은 것 중 제일 * 317

제14장 단연코 가장 완벽한 커플 * 341

에필로그 * 380

작가 후기 * 396

프롤로그

"이름이 바나나라고요?"

"반, 안나입니다. 반안나."

한 번 들으면 쉽게 잊히지 않는 그녀의 이름은 반안나다. 2000년 인구주택총조사 기준으로 대한민국에 딱 2,955명뿐인, 희귀하다면 희귀할 수 있는 성(姓)을 가진 아버지와 자식 이름은 무조건 서양식으로 지을 거라 고집을 피우던 특이 취향의 어머니 덕분에 갖게 된 이름이었다.

"아, 반가워요, 반안나 양."

"네, 반갑습니다……."

어디 가서 절대 꿀리지 말라며 엄마가 붙여준 글로벌스타일 이름을 가지고서도, 안나는 우물쭈물 말끝 흐려가며 고개를 수그리고 있었다. 죄를 지은 것도 아닌데 절로 어깨가 처지고 고개는 땅으로 박힌다. 이런 자신 없는 모습이 낯설고 짜증 날 정도로. 원래 안나는 어딜 가든 당당하고 도도함이 과할 정도로 흘러넘치던 아가씨였다. 집안이 폭삭 망해 오갈 데 없어진 지금의 신세가 되기 전까지는.

"부친께서 갑자기 돌아가셨다고 들었어요. 교통사고, 그거 정말 날벼락 같은 일이지. 내 친정 오라버니도 교통사고로 세상을 떴거든요. 그래서 그 마음 잘 알아요. 어머니께서도 상심이 크시죠?"

"네, 조금."

"아버님 그렇게 돌아가시고 사업체까지 그 지경이 되었다고 하니 마음고생이 심하시겠네요."

"네……."

고개가 더 숙여졌다. 아버지가 돌아가신 것은 물론 집안이 폭삭 망했다는 것이 그녀의 탓도 아니요, 누군가에게 피해를 준 것도, 죄를 지은 것도 아닌 것을, 고개를 들 수가 없었다. 아마도 지난 석 달 동안 세상이 돌아가는 법칙을 너무나도 잘 알게 되었기 때문이리라. 한국은 눈에 보이지 않는 '돈'과 '지위'에 의해 철저히 분류되고 있는 계급사회다. 그리고 아버지의 후광으로 25년간 중상층 계층에서 넉넉하게 호의호식하며 잘살아왔던 안나는 아버지의 죽음과 그로 인한 사업 파탄을 겪으면서 바닥으로 끝없이 추락했다.

"어머니께선 지금 어디서 기거 중이세요?"

"이모님 댁에 계세요."

"가족이라곤 달랑 둘뿐인데 이렇게 지내도 되는 건가 싶네."

"형편이 이러니 어쩔 수 없죠. 제가 열심히 벌 겁니다."

"일할 곳은 정해졌어요?"

"내일 면접 보기로 되어 있어요. 이미 채용은 결정되어 있고 면접은 형식적인 거라서 다음 주부턴 곧바로 일할 수 있을 것 같아요."

"외국에서 공부하던 거 다 접고 한국 들어온 지 얼마 안 됐다고 들은 것 같은데, 일자리를 금세 잡았네요."

"제 사정이 넉넉하질 못하니까요. 다급히 구하느라 공부했던 마케팅 분야와는 전혀 다른 일을 하게 되었지만 지금은 직장을 구한 것만으로도 만족합니다."

"현실적인 선택을 했네. 젊은 사람이 그런 결정 내리기 쉽지 않았을 텐데. 근데 내가 아까부터 궁금한 게 있어서요. 이런 거 물어봐도 되나?"

"네? 아, 물어보십시오……."

"아가씨가 우리 재후를 언제부터 만나고 있었는지 궁금해서요. 물어도 되죠? 기분 나쁘지 않죠?"

앞에 앉아 면접 보듯 꼼꼼히 안나를 살피던 50대 여자가 갑자기 질문을 날리더니만, 흠칫 놀라는 안나를 더욱더 자세히 관찰하기 시작했다. 안나는 무섭게 긴장했다. 사정이야 어쨌든 지금 그녀는 거짓말쟁이니까. 내키지 않다손 치더라도 여기까지 온 마당이니 어떻게든 거짓말을 잘해서 이 순간을 모면해야 했다.

안나는 자신의 대학 선배이자 이 집의 조카인 윤재후와 얼마 전

나눴던 대화를 떠올려보았다.

 "그냥 우리 집으로 들어와. 다른 방법이 없잖아. 가진 돈은 어머니께 다 드리고 와서 이젠 여관방 전전할 돈도 없다면서. 부담 갖지 말고 쉽게 생각해. 넌 갈 데가 없고 우리 집은 네가 기거할 방이 있어. 멀쩡한 방 놔두고 굳이 힘들게 사서 고생할 필요 있어? 우리 집 어른들, 좋은 분들이셔서. 분명 흔쾌히 널 도와주실 거야. 혹시라도 널 집으로 들이는 걸 꺼려하실까 봐, 만약의 일을 대비해 좀 더 확실히 하려고 널 내 약혼녀로 소개하겠다는 것뿐이지. 전에도 말했다시피 우리 집은 사내 녀석만 둘이거든. 그분들이 고지식해서 남자들만 있는 집에 젊은 아가씨를 들이는 걸 위험하다고 생각하실 수도 있어."

 "그래서 더 마음에 걸린다는 거예요, 선배. 그분들, 선배에겐 부모님이나 마찬가지인 분들이라면서요. 그런 분들 앞에서 어떻게 약혼녀인 척 거짓 연기를 하라는 거예요? 난 못해요. 살 떨려서 그런 거 절대로 못해요."

 "너 혹시 사귀는 사람 있니?"

 "아니요, 그건 아닌데요……."

 "그럼 됐어. 난 괜찮아. 사귀다가도 헤어질 수 있는 게 남녀잖아. 약혼했다 해도 마음 안 맞으면 파혼할 수 있는 거지. 네가 어머니랑 함께 살 집을 구하게 되면, 그땐 우리가 헤어졌다고 말씀드리면 돼. 네 형편이 나아질 때까지만 내 약혼녀인 척하면 되는 건데 어려울 거 있어?"

짧고 굵게 요약하자면 지금은 '대학 선배 윤재후의 집에 빈대 붙기 위해 그의 약혼녀라 사기 치는' 실제 상황이었다. 재후 선배는 어릴 때 부모님을 여읜 이후 쭉 큰아버님 보호 아래에서 자라왔고, 장가갈 나이가 다 된 지금에도 큰댁에 기거하고 있는 범생 중의 범생이었다. 소문으로는 백부님이 어마어마한 부자인데다가 조카인 재후를 엄청나게 아껴서 거의 친자식처럼 대한다고 했다. 예전 그녀가 살았던 집보다 다섯 배는 더 클 듯한, 이 대궐 같은 집을 보자니 그의 백부가 어마어마한 부자인 것은 맞는 것 같다. 백모시라는, 이 기품 넘치고 아리따운 50대 여인의 '재후 약혼녀'에 대한 깊은 관심을 보아서는 재후를 친자식처럼 아낀다는 것도 맞는 듯하다.

"원래는 대학 선후배로 동아리에서 만났어요. 선배는 군대까지 갔다 온 복학생에 졸업반이었고 저는 새내기 신입생이었죠. 딱 다섯 살 차이……."

"그때부터 쭉 사귀었다는 말인가요?"

"그땐 그냥 선후배 사이였고요, 졸업 후에 우연히 다시 만나게 되면서부터 정식으로 사귀게 된 거예요."

안나가 못내 불안했는지 내내 잠자코 앉아 있던 재후가 불쑥 나섰다. '아들 같은 조카가 어디서 이리 후줄근하고 빈티 나는 여자를 약혼녀랍시고 데리고 왔나' 하는 얼굴로 아까부터 안나의 면면을 샅샅이 살피고 있던 그의 백모, 박원주 여사는 갑자기 끼어드는 조카를 휙 돌아보고는 얄미운 듯 그를 흘겨보며 삐쭉 입술 끝을 꺾었다.

"난 이 아가씨와 얘기하고 싶다고 했던 것 같은데?"

"내내 얘기하셨잖아요. 취조하시는 것도 아니고, 이제 그만 허락해 주세요."

재후가 부드럽게, 하지만 지극히 직설적인 어조로 허락을 구했다. 언뜻 듣기엔 기분 나쁠 수도 있는 말이나 상대가 기분 나빠할 일은 전혀 없어 보인다. 그에겐 최고의 무기인 '부드럽고 다정한 말투'가 있었으니까. 은근한 미소를 입가에 띠고 최대한 나긋나긋 속삭이는 그의 말투는 그 어디에서도 무례함을 찾을 수가 없다.

"얘는, 내가 무슨 취조를 했다고. 취조하는 것처럼 들렸다면 미안해요. 그럴 의도는 정말 없었어요."

민망한 듯 박 여사는 재후를 흘겨보며 얼굴을 붉힌다. 그리고는 잔뜩 얼어 있는 안나를 향해 내내 굳히고 있던 입가를 움직여 빙그레 미소를 띠웠다. '난 널 해치지 않아'라는 듯.

"아닙니다. 갑자기 이렇게 들이닥쳐서 폐를 끼치고 있는데 이것저것 궁금한 점 물으시는 건 당연하죠. 더 물어보셔도 좋아요. 전 괜찮습니다."

"사실 나도 이렇게까지 따지고 들 생각은 없었어요. 처음부터 아가씨가 우리 집에서 지내는 거 난 찬성이었거든요. 여자친구가 갈 곳 없이 어려운 처지에 놓여 있는데 재후가 나서는 건 당연하죠. 재후가 백번 지당한 일을 하고 있다 생각해요. 근데 딱 한 가지 걸리는 게 있어서……."

"……네?"

"우리 재후는 지금까지 여자 만난다는 내색을 요만큼도 내비친 적 없었거든요."

"아."

어색하게 입을 벌리며 안나는 생각했다. 이분은 지금 날 믿지 못하고 있어, 라고. 평소 여자 만난다는 내색을 조금도 안 하던 재후가 어느 날 갑자기 약혼녀랍시고 웬 아가씨를 집에 데리고 들어왔으니, 의심의 꽃을 피우는 건 어찌 보면 당연한 일일 것이다. 안나는 당황함을 숨기며 애써 미소 띤 밝은 표정을 유지하기 위해 노력했다.

"아가씨가 마음에 들지 않아서 이러는 거 절대 아니에요. 내가 진짜 너무 당황스러워서 이래. 아가씨도 물론 알겠지만, 우리 재후는 생활 패턴이 일정해요. 학교, 집, 학교, 집. 다람쥐 쳇바퀴 돌듯이 왔다 갔다. 늘 그랬어. 어릴 때부터 지금껏. 한창 공부할 시절에도 내가 나서서 연애 좀 해보라고 부추길 정도였으니 어땠는지 상상이 되죠?"

"재후 선배가 선비 같은 이미지이긴 하죠."

"내가 보기엔 지금도 그때와 다를 바 없어요. 여전히 학교와 집만 왔다 갔다 하고 있죠. 아니, 그렇다고 생각했어요. 지금까지는요. 아가씨를 이렇게 보기 전까진 이 녀석이 여잘 만나고 있다는 것조차 전혀 눈치채지 못했답니다."

"공부밖에 모르던 재후 선배가 웬일로 연애를 하나, 궁금하셨군요?"

"단지 여자한테 마음 빼앗겼다는 것 때문에 이러는 건 아니에요. 약혼까지 했다니까 놀라고 안 믿어지는 거지. 이런 말 하긴 좀 그렇지만…… 대체 두 사람은 언제 만나 데이트하고, 언제 만나 사랑을 키워 나가 결혼까지 결심했나, 의문이 들어서요."

"에?"

"정말로 두 사람, 약혼할 정도로 가까운 사이인 거 맞아요?"

"그, 그럼요!"

미심쩍은 마음을 숨기지 않은 채로 물어오는 박 여사가 순간 위협적으로 느껴지자, 안나는 저도 모르게 버럭 소리를 높여 외쳤다. 아까부터 서서히 느껴지던 위기감이 확 올라왔다. 재후의 백모님은 확실히 자신을 의심하고 있었고, 여기서 그녀를 납득시키지 못한다면 자신은 다시 거리를 전전해야 하는 처참한 신세가 되고 말 것이 자명했다. 죽이 되든 밥이 되든 일단은 그녀로 하여금 자신이 '재후와 약혼한 여자'라고 믿게 해야만 하는 것이다. 안나는 결코 당황하지 않은 사람처럼 방실방실 웃으며 농담까지 건넸다.

"맞습니다, 맞고요! 하하— 그런 걸로 어떻게 거짓말을 하겠어요? 진짜예요, 저희!"

"정말로 두 사람이 데이트하는 사이라고요? 우리도 모르게 약혼까지 할 정도로 가까운 사이 맞다고요? 대체 데이트는 언제 했어요? 이 녀석, 만날 학교 일 때문에 바빴는데……."

"저흰 주로 무, 문자와 전화로 데이트를 했습니다."

"문자? 전화?"

"제가 유학 생활을 하고 있었잖아요. 전화와 문자채팅을 이용하면서 서로에 대한 감정을 쭉— 지속적으로 쭉— 키워왔던 거죠."

"아아, 맞네. 아가씨가 외국에 나가 있었다고 했죠? 미안해요. 내가 왜 그걸 깜빡하고 있었지?"

"사실 재후 선배를 처음 만난 건 제가 유학 날짜를 받아놓은 직후였어요. 첫눈에 보자마자 푹 빠져 버렸는데 외국학교 입학 날짜는 이미 나와 버렸고. 해서 고민이 참 많았었지요. 선배와 헤어지기는 정말 싫어서 결국엔 유학을 포기하는 쪽으로 결정을 내리기도 했었어요. 그때 선배가 그건 아니라고, 유학은 가는 게 맞는 것 같다고 저를 설득했었죠. 제가 공부 마치고 돌아올 동안 다른 여자한텐 절대로 한눈팔지 않겠다면서요."

"어머나, 세상에! 우리 재후가 그런 말도 했어요?"

두 손을 꼭 모은 채로 안나의 말에 귀를 기울이는 박 여사는 안타까운 탄성을 나지막이 내지르며 미간을 끌어 모았다. 놀랍게도 그녀의 반짝이는 눈동자에는 '믿음'이라는 두 글자가 떠올라 있었다. 이런 허술하고 진부한 스토리를 의심 없이 믿다니, 생각보다 순진하지 아니한가!

"재후가 아가씰 많이 좋아했나 보네요. 남자로서 그런 말 쉽게 할 수는 없었을 텐데. 아가씨도 예정되어 있던 유학을 포기하려고까지 했었다니, 몰랐어요. 이렇게 두 사람 사랑이 눈물겹고 둘 사이가 믿음으로 굳건하다는 사실은. 재후 너는 이렇게 소중한 사람이 있었으면서 왜 그동안엔 아무 말도 안 했던 거야?"

"지금 말씀드리고 있잖아요."

빙그레 웃으며 재후가 대답한다. 한시름 놓는 표정이었다. 후배인 그녀가 오갈 데 없는 거지 신세가 되었다는 사실을 알고 먼저 연락을 해서, 이렇게 거짓말까지 해가며 자신의 집에 기거할 수 있도록 애쓴 보람이 고스란히 느껴지는 얼굴이었다.

"진작 말했어야지. 난 네가 서른이 넘도록 연애 한 번 못해본 숫총각인 줄 알고 얼마나 걱정했었는데. 오죽 답답했으면 선자리 알아보려고 준비까지 하고 있었을까."

"그러셨어요?"

"그래, 얘. 괜한 짓할 뻔했다. 반안나 양을 우리 집으로 들이기로 한 건 정말 잘한 일이야. 여자 혼자 지낸다는 게 어디 보통 힘들고 위험한 일이니? 게다가 가진 돈도 얼마 없다면서. 아껴야지. 돈 모아서 얼른 어머님도 편히 모셔야지. 안나 양, 쓸데없는 데 돈 낭비하지 말고 내가 용돈도 줄 테니 월급은 고스란히 모아서 저축해요."

"아, 아닙니다. 그렇게까지 하실 필요는……."

"재후 여자면 내 며느리나 마찬가지예요. 그 정도는 나도 해줄 능력되니까 부담 갖지 말고 받아요. 아! 그나저나 이 좋은 소식을 빨리 다른 가족들에게도 알려야 될 텐데. 너희 큰아버지는 아까 늦는다고 연락 왔었고. 네 동생은 오늘 몇 시쯤에 들어온다고 했지?"

"다녀왔습니다."

막 박 여사의 입에서 아들 얘기가 나올 때였다. 묵직하고 굵은 남자의 목소리가 뒤통수를 통해 찌리릿, 전달되었다.

호랑이도 제 말 하면 온다더니. 박 여사가 말한 바로 그 '네 동생' 인가 보다. 재후 선배의 한 살 터울의 사촌 동생이자 이 어마어마한 부잣집의 외동아들. 재후가 사전에 풀어준 정보에 의하면 그의 사촌 동생은 이 집에서 가장 까다롭고 눈치 빠른 인간이라 하였다. 그 말인즉슨 그가 박 여사가 의심할 정도로 뜬금없이 등장한 안나의 존재에 가장 큰 걸림돌이 될 남자라는 의미였다. 그나저나 이름이 뭔지도 안 물어봤네.

"어, 일후야. 그래, 어서 와라."

"손님 오셨어요?"

남자의 목소리가 한 번 더 들려왔다. 빙긋, 짐짓 가식적인 미소를 입가에 담은 채 두 눈만 깜빡깜빡 인형처럼 경직된 자세로 앉아 있던 안나는 순간 자신의 귀를 의심했다. 일후?

"윤일후?"

육성으로 속삭이며 안나는 휙 고개를 꺾어 뒤를 돌아보았다. 그리고 막 집 안으로 들어서는 검은 실루엣에 초점을 맞추었다. 크다. 키가 아주 남산만 하다. 윤일후도 컸는데.

꼴깍, 마른침을 삼키며 안나는 미간을 찌푸렸다. 남자는 먹잇감을 노리는 재규어마냥 느린 걸음으로 서서히 다가오고 있었다.

"인사해, 일후야. 이쪽은 네 형수님 되실 분이다. 이름은 반안나라고 해."

헉! 그녀가 알고 있는 그 윤일후가 맞았다. 안나는 경악을 금치 못하고 두 눈이 당장 튀어나올 것처럼 휘둥그레진 채 굳어버렸다. 그사이, 거실 깊숙한 곳까지 걸어 들어와 우뚝 걸음을 멈춘 그가 미간을 찌푸리며 반문했다.

"누구라고요?"

훅, 빠르게 그의 시선이 아래로 떨어졌다. 그를 흘끔 올려다보고 있던 안나는 너무 놀라 파르르 몸을 떨며 냉큼 고개를 꺾어 그를 외면했다. 제발 그가 자신을 못 알아봤으면, 떠올리지 못했으면, 하고 간절히 기도하고 또 기도하며. 하지만 유감스럽게도 윤일후는 한 번 들으면 절대 잊지 못한다는 특이한 이름의 소유자, 반안나를 기억해 내고 말았다.

"반안나가 내 뭐라고요?"

제발 이게 꿈이라고 말해줘, 제발.

안나의 입안에선 부질없는 읊조림만 맴돌고 있었다.

제1장

시간이 거꾸로 가기 시작했다

"반갑습니다. 반, 안, 나, 형수님."

반가운 기색이라곤 눈곱만큼도 느껴지지 않는 얼굴로 그가 말했다. 듣기 거북살스러우리만치 딱딱한 억양에 험상궂다 할 정도로 잔뜩 굳은 표정을 한 남자는, 그럼에도 불구하고 기가 막히게 수려한 외모를 유지하고 있었다. 남자에 관해서라면 엄청나게 까다로운 눈을 가진 안나조차도 홀딱 넘어갈 정도로 잘생겼던, 바로 그 전설의 꽃미남답게 5년이 지났어도 그는 여전히 잘생긴 미남자의 풍모를 갖고 있었다. 아니, 어쩌면 풋풋함이 사라지고 성숙한 진짜 남자의 모습까지 보이니 5년 전보다 업그레이드된 미모라고 해야 맞을 듯. 아무래도 윤일후의 시간은 거꾸로 가나 보다.

"아…… 네, 반갑습니다."

절로 쪼그라드는 목소리로 안나는 겨우겨우 쥐어짜 대답했다.

정면에 선 일후는 그녀를 뚫어져라, 눈 한 번 깜짝하지 않고 쭉 내려다보고 있었다. 마치 묻는 듯하다. 네가 여기 왜 있어? 라고.

"어머! 네가 형수님이라고 부르니까 기분이 이상하다, 얘. 너희들이 벌써 이렇게 장성해서 장가갈 때가 되고. 감개가 무량하네. 지금도 이런데 진짜 너희들 결혼시키고 나면 얼마나 이상할까. 아무리 생각해도 너희들 결혼하면 내가 데리고 살아야 할까 봐. 이런 말, 너희 색시들이 들으면 기겁을 하겠지만 말이야. 난 지금도 너희들이 밖에서 제 살림 놓고 사는 걸 상상만 해도 막 가슴이 허전해지고 눈물이 핑 돈다니까."

"재후 형, 결혼하세요?"

소녀 감성이 물씬 묻어나는 얼굴로 두 손 꼭 모으며 감회에 젖어 있는 박 여사를 향해 일후가 불쑥 물었다. 아무 감정도 느껴지지 않는 어조였지만 안나는 알 수 있었다. 윤일후는 이 상황을 무진장 짜증스럽게 생각하고 있었다. 그럴 수밖에 없을 것이다. 그와 자신은 악연으로 묶여 있기 때문에. 서로 간에 불쾌했던 과거를 고스란히 간직한 채 만난 것이니, 둘 모두에게는 괴롭고 짜증스러운 상황일 수밖에 없었다.

사실 이쯤 되니 안나도 신의 존재에 의문을 품지 않을 수가 없었다. 자신은 왜 하필 지금 이 상황에서 다른 이도 아닌, 윤일후와 맞닥뜨리게 된 것인가. 왜 구세주처럼 나타난 윤재후 선배는 윤일후의 사촌 형인 것인가. 왜 빈대 붙고자 했던 이 집은 그의 집인 것인가. 의문점을 가장한 불평불만이 마음속에서 불끈불끈 솟구쳐 울화로 변하였다.

"지금 당장 결혼할 건 아니야."

"하긴 할 거란 말이군요."

덤덤하게 중얼거리는가 싶더니 픽, 그의 한쪽 입술 언저리가 위로 꺾여 올라간다. 세상에서 가장 어처구니없는 말을 들은 사람처럼 심히도 기막힌 표정이었다. 아무래도 그는 이 믿고 싶지 않은 현실을 받아들이기 싫은 모양이다. 누군 뭐, 좋아서 이러는 줄 아나? 칫! 입술이 절로 심술궂게 비틀리는 것을 느끼며 안나는 냉큼 표정을 숨기기 위해 고개를 숙였다.

"언젠가는 하긴 해야지. 지금은 안나 양 집안 사정이 좋질 않아서 결혼을 하고 싶어도 못하는 지경이지만 언제까지 미뤄둘 순 없지 않겠니? 조만간 형편 펴지면 서둘러 결혼시켜야지."

아무것도 모르는 박 여사가 일후의 말에 친절하게 부연 설명해주신다. 그러나 방그르르 웃고 있는 박 여사와 '이보다 더 사람 좋을 순 없다'의 얼굴로 부처 코스프레 중이신 재후를 싹 무시하고, 일후는 특유의 차갑고 밥맛 뚝뚝 떨어지는 싸가지 표정으로 안나를 노려보고 있는 중이었다. 들킬까 봐 초조해 숨이 꼴딱꼴딱 넘어가고 있는 안나는 잘근잘근 좀 더 빠르게 입술 안쪽을 깨물어대며 죽기 살기로 그의 시선을 피했다.

"형수님 집안 사정이 안 좋다고요?"

"어…… 그게, 그렇게 됐어. 안나 양이 당분간 지낼 곳이 마땅치 않다고 해서 내가 우리 집에 있으라고 했다. 재후와는 결혼도 생각하고 있을 정도로 깊은 사이라는데, 그럼 내 며느리나 마찬가지 아니니. 시어머니가 될 내가 마땅히 거둬야 하는 거지. 그래야 한다고 생각하지 않니, 일후야?"

"벌써 며느리로 인정하신 겁니까?"

"왜? 무슨 문제 있니?"

"아닙니다. 형의 결혼 문제를 제가 문제 삼을 이윤 없죠."

"맞아. 나도 그렇게 생각해. 무엇보다 결혼은 당사자들의 마음이 가장 중요한 것 아니겠니?"

"서로의 사랑이 가장 중요하죠. 동의합니다."

쿨하게 일후가 결론을 내렸다. 산뜻한 어조의 그의 말이 떨어지자마자 안나는 안도의 한숨을 내쉬었다. 다행히 그가 아무런 태클도 걸지 않으려는 모양이다 싶으니 절로 심장이 이완되는 느낌이었다. 의심의 최고봉, 날카롭고 예리한데다 직감마저 뛰어나다는 사촌 동생이 이리 쉽게 속아 넘어가 주는 걸 보니 조짐이 아주 좋다. 모든 게 일사천리로 잘 진행될 것만 같아 기분이 날아갈 듯하다. 그녀는 히죽히죽 웃으며 연달아 안도의 한숨을 내쉬었다.

하지만 바로 그때.

"그런데."

숨 막힐 듯 길게 느껴지는 1~2초의 시간 차를 두고 그가 불쑥 무뚝뚝하고 불길한 단어 하나를 허공에 툭 던졌다.

"형수님께서는 재후 형을 사랑하는 게 맞습니까?"

"……네?"

"이게 무슨 말이야? 윤일후, 그런 걸 왜 물어? 당연히 사랑하겠지. 자기 약혼자를 사랑하지 않으면 누굴 사랑한다는 거야?"

아들의 무례함에 당황한 듯 박 여사가 일후의 옆구리를 열심히 찌르며 가로막았다. 하지만 그의 냉엄하면서도 저돌적인 태도를 저지하지는 못했다. 그는 또다시 물었다.

"사랑하는 거, 맞습니까?"

"……."

불행하게도 그녀는 아무 대답도 할 수가 없었다. 재후를 사랑하느냐 그의 질문에 찰떡같이 사랑한다고 대답해야 함을 너무나 잘 알고 있음에도 불구하고 입이 안 떨어졌다. 사실이 아니었기 때문에. 다른 건 몰라도 누군가를 사랑한다는 말은 쉽게 내뱉어선 안 된다는 걸 잘 알고 있기 때문에 선뜻 대답할 수가 없었다. 비록 돈이 없어서, 누군가에게 빌붙고자 하는 마음에 재후의 약혼녀라는 거짓말을 해버리긴 했지만 최소한의 양심이 있지. 사랑한다는 말까지 어떻게 내뱉을 수가 있겠는가.

못한다, 절대로. 그런 거짓말까진 할 수 없었다.

"윤일후, 너 대체 왜 그래? 무슨 말을 그렇게 하니? 그런 식으로 무섭게 물으면 어떤 사람이 제대로 대답을 할 수 있겠어?"

"정말 사랑하면 제 질문에 대답 못할 이유가 없겠죠. 아무 망설임 없이 대답했을 겁니다."

"너 그 말은, 안나 양이 지금 거짓말을 하고 있다는 거니?"

아들의 행동을 이해 못하겠다는 듯 박 여사가 고개를 갸웃거리며 소리쳤다. 그리곤 획, 고개를 꺾어 이번엔 안나를 돌아본다. 묻는 거다. 그리고 재촉하는 거다. 안나는 차마 박 여사의 눈을 마주보지 못하고 고개를 끌어 내렸다. 일후가 나타나면서부터 미친 듯이 질주하는 심장이 더욱더 쿵쾅쿵쾅, 요란법석을 떨었다. 어떡하지? 뭐라고 대답하지?

"무슨 말을 그렇게 해, 윤일후? 넌 정말 내가 날 사랑하지도 않는 여자를 약혼녀랍시고 큰어머님께 인사시켰다고 생각해?"

그녀를 구원해 준 천사 미카엘은 재후였다. 내내 잠자코 가만히 있던 그가 팔을 들어 척, 안나의 어깨에 올리고 그녀의 몸을 끌어당겨 제 옆구리에 포개더니 여유롭고 자연스러운 미소를 지으며 말했다. 휘둥그레 뜬 눈으로 돌아보니 그는 한 점의 거짓조차 찾아볼 수 없는 완벽한 연인의 얼굴로 일후와 박 여사를 마주하고 있었다. 그의 단호한 턱 선이 이렇게 말하는 듯하다.

'눈 딱 감고 제대로 연기해. 안 그러면 넌 여기서 쫓겨나야 해.'

그렇다. 그녀는 지금 양심을 챙길 만큼 여유롭지 못하다. 불행한 일이지만 여기가 아니면 그녀는 달리 갈 곳이 없다. 가진 돈도 없으니 방을 얻을 수도 없고, 작은 오피스텔에서 어머니까지 얹혀 여섯 식구가 함께 살고 있는 이모 댁에는 더더욱 갈 수가 없다. 앞으로 일하게 될 레스토랑에서도 숙식은 안 된다 딱 잘라 거절당했었고, 친구 주예네 집은 이미 석 달 보름 신세진 것만으로도 충분했다. 다른 친구들? 아버지의 사업이 망했다는 소문이 이미 퍼질 대로 퍼졌는지 전화를 받아주는 친구가 한 명도 없었다.

인생 헛살았지. 그런 것들을 친구랍시고 밥 사주고 술 사주고, 안 입는 명품 옷이며 백도 막 거저 주기도 했다니. 어쨌든 그녀는 아주 비참한 지경이었다. 오죽하면 재후 선배의 황당무계한 작전에 혹해 여기까지 왔을까.

"아니라면 아니라고 대답하시겠지, 형수님께서."

"……."

"다시 한 번 묻겠습니다, 형수님. 재후 형을 사랑하십니까?"

"그, 그럼요."

나오지 않는 말을 그녀는 억지로 내뱉었다. 고민과 번민은 아주 잠깐. 거짓말 한 번 시원하게 하니 쪼그라들었던 심장도 서서히 부풀어 오르는 듯하다. 용기 배터리가 조금, 아주 조금 채워졌다.

"사랑하신다고요?"

그가 다시 한 번 묵직하게 물어온다. 비웃음을 동반하는 걸로 보아, 그는 그녀가 재후를 사랑하지 않는다고 확신하는 게 틀림없었다. 그럴 만도 하다. 안나는 5년 전 윤일후를 스토커처럼 따라다니며 구애하던 전적이 있었다. 사랑한다, 좋아한다, 날 선택하지 않으면 죽을 것이다, 별의별 협박과 드립이 난무하던 그녀의 윤일후를 향한 순애보. 첫사랑. 그걸 기억하고 있는 사람이라면 절대로 그녀가 윤일후가 아닌 다른 남자를 사랑할 수 있을 거라 예상하지 못할 것이다. 당시 안나의 순정을 한 몸에 옴팡 받았던 당사자, 윤일후라면 더더욱. 그는 그녀가 자신이 아닌 재후를 사랑한다는 전제를 받아들이지 못하고 있는 게 틀림없었다.

생각이 거기까지 미치니 은근히 화가 났다.

'아니, 그때가 언젠데? 5년 전이면 LTE 빵빵 터지는 초스피드 시대 21세기에선 고대 아니야? 어디서 시조새 파킹하던 시절의 기억으로 사람을 물로 보는 거야? 내가 당신 아님 사랑 못할 줄 알았음? 다른 남자에겐 절대로 만족 못하고 다른 연애도 절대로 못하면서 지금까지 끙끙 당신만 그리워하며 살았을 것 같아? 순정 어린 마음으로 사랑한다, 좋아 죽는다, 아무리 그랬다 해도 이건 아니지. 내가 춘향이니? 나 싫다는 사람 기다리며 수절하게?

안나는 보란 듯이 재후의 옆구리에 찰싹 달라붙었다. 그리고는 일부러 '윤일후 당신 따윈 잊은 지 이미 오래'라 말하듯 과도하게 환한 미소를 방싯방싯 지어 올리며 더할 나위 없이 사랑스럽다는 듯 재후를 올려다보고는 이렇게 속삭였다.

"그럼요, 도련님. 제가 재후 선배를 놔두고 누굴 사랑하겠어요?"

"도련님?"

싸늘한 음성이 날아왔다. 그녀를 믿지 않는다는 그의 뜻이 너무나도 강력하게 실린 비웃음도 같이. 그래, 안 믿는다 이거지? 내가 죽을 때까지 윤일후, 댁을 못 잊을 거라 확신한다 이거지? 좋아. 이렇게 되면 전쟁이야, 윤일후.

"우리 재후 선배 동생이니까 제가 도련님이라고 불러야 맞는 것 같은데요. 혹시 불편하세요?"

"그럴 리가."

"저 정말로 재후 선배 아주 많이 사랑해요. 제가 미국에 있을 때에도 한눈 한 번 안 팔고 쭉 기다려 주고, 아버지 돌아가셨을 때도 비자 문제로 입국 늦어진 저 대신 상주 노릇 해주고, 아버지 사업이 풍비박산 나 오갈 데 없어진 저를 이렇게까지 보살펴 주려 애쓰는 재후 선배를 어떻게 사랑하지 않을 수 있겠어요? 정말로, 진심으로, 아주아주 많이 사랑합니다. 선배 같은 사람은 제 평생, 만난 적도 없고 앞으로도 만날 수 없을 거예요. 저한텐 정말 과분한 사람입니다."

"……."

"실은 얼마 전에도 제가 선배 속을 많이 상하게 했어요. 여기 오지 않겠다고 우겼었거든요. 선배한텐 절대 짐이 될 수 없어서 헤어지는 게 좋겠다고 했었어요."

"헤어지려고 했었다고?"

가만히 듣고만 있던 박 여사가 놀란 얼굴로 물었다. 전혀 예상하지 못했던 전개인 듯 두 눈을 휘둥그레 뜨고 자신을 바라보는 박 여사의 모습과는 정반대로 일후의 눈빛은 이미 서늘해지고 있었다.

"전 정말 자신 없었거든요. 선배네 집에서, 선배한테 신세지면서 아무렇지도 않게 지낼 자신이 정말로 없었어요. 제 자존심도 자존심이지만 선배 자존심도 있으니까요. 약혼녀 집안이 망해서 이렇게 큰집에 신세를 져야 한다는 사실이 선배한테 썩 도움 되는 일은 아니잖아요. 그래서 헤어지자고 했죠. 한데 선배가 절 말렸어요. 저를 집안이 망했다는 이유로 버릴 수는 없다면서. 제가 공원에서 노숙하면 자기도 따라 노숙하고, 여관방을 전전하면 따라 전전하겠다고 끝까지 우겨서……. 아아! 전 도저히 어떻게 할 수가 없었어요!"

"어머나, 세상에! 어쩜!"

박 여사가 또다시 두 손을 가운데로 모으며 두 눈을 감는다. 애절하고 순애보적으로 포장된 안나와 재후의 가짜 사연을 마냥 아름답게 받아들이고 있는 것이다. 그러나 그러한 와중에도 그녀의 아들, 일후의 눈매는 점점 더 가늘어지고 있었다.

"그래요. 신경 안 쓰인다면 거짓말이지. 그 마음 난 십분 이해되네요. 하지만 아까도 내가 말했듯이 그런 건 신경 쓸 필요 없어요. 나, 생각보다 그리 꽉 막힌 사람 아니야. 집안 보고 며느리 들이는 사람도 아니고, 약혼자 도움 받는 여자를 자존심 없다, 민폐다 생각하지도 않아요."

"큰어머님."

"재후는 내가 친아들처럼 키웠어요. 지금은 친아들인 일후보다도 더 믿고 의지하고 있고. 그런 재후가 사랑하는 여자라면 난 누구라도 괜찮아. 오히려 재후가 사랑하고 아끼는 여자를 이렇게 도울 수 있어서 난 너무나 기뻐요. 이젠 아~무 걱정 할 필요 없어요. 우리가 다 알아서 할게. 아우, 세상에! 그동안 얼마나 마음고생이 심했을까. 내 마음이 다 미어지네."

"큰어머님!"

박 여사가 안쓰럽고 안타까운 듯 양팔을 옆으로 펼치자 안나는 자신도 모르는 사이 그 안으로 스르륵 딸려 들어가 박 여사의 품에 쏙 안기었다. 푸근하고 따뜻한 박 여사의 품에서 엄마의 향기가 났다. 집 나갔다 돌아온 강아지처럼 안나는 시큰거리는 코끝을 부비며 여사의 품에 더 파고들었다. 토닥토닥. 작은 어깨를 위로하는 박 여사의 손길이 느껴지고, 일순 안나는 이 모든 상황이 진짜인 것처럼 생각되기 시작했다.

"나만 믿고 마음 편히 들어와 살아요. 친엄마처럼 잘할 자신은 없지만 동네 하숙집 아줌마보다는 더 잘해줄 자신 있어."

"감사합니다, 큰어머님……."

가슴팍에 얼굴을 묻고 울먹이는 안나를 박원주는 다정하게 꼭 껴안았다. 그리고는 멘탈이 안드로이드 로봇만큼이나 차가운 아들을 쭉 째려보았다. 아까부터 아들은 뭐가 그리 못마땅한지 뚱한 표정으로 자신과 안나를 지켜보고 있었다.

저 매정한 것 같으니라고. 제 아버지도 사람 좋기로는 둘째가라면 서러울 정도로 유명한 양반이신데 쟨 누굴 닮아서 저리 인간미라곤 눈곱만큼도 없는 것인지. 아니, 이렇게 착한 아가씨를 왜 못 울려서 안달이야, 안달은.

"윤일후, 너 있다가 나 좀 보자."

원주는 이 가련하고 순수하기 짝이 없는 아가씨를 울린 못된 아들을 다시 한 번 째려보고는 쯧쯧, 혀를 찼다.

✳

"당분간은 내 방에서 지내도록 해. 아래층 손님방은 도배도 다시 해야 하고, 가구도 새로 들여야 할 것 같다 하시니까. 그동안 난 서재에서 지내도록 할게."

"그렇게까지 신경 안 써주셔도 되는데요. 도배도 필요 없고 가구도 괜찮던데. 지금 있는 것들도 좋은데 왜 굳이 바꾸시려고 하는 건지 모르겠어요."

빙그레 미소를 지으며 안나는 재후를 돌아봤다. 재후는 알 듯 말 듯 아리송한 표정으로 가만히 안나를 지켜보고 있었다. 남자 눈치고는 유별나게 새까맣고 커다란 눈동자. 송아지 같다 할 정도로 촉촉하고 사연 많아 보이는 재후 특유의 눈빛이 오늘따라 묘하게 신경 쓰인다. 무언가를 말하려는 듯 빤히 들여다보는 시선이라 그런 걸까. 하지만 잠자코 기다려 보아도 별다른 말은 날아오지 않았다. 괜히 답답해진 안나는 어색하게 머리를 긁적거리며 털털하게 너털웃음을 흘렸다.

"괜히 선배만 불편하게 만든 것 같아서 미안해 죽겠어요."

"난 하나도 안 불편해. 새로 준비하고 있는 논문이 있어서 어차피 앞으론 서재에서 밤새는 일이 많아질 거야. 오히려 잘됐지, 뭐. 내 걱정 하지 말고 편하게 써. 그리고 도배나 가구는 큰어머님도 생각이 있으셔서 새로 하신다는 거니까 너무 마음 쓰지 말고. 며느릿감이라고 생각하며 사람을 들이는 건데 새 단장해 주는 건 어쩌면 당연한 일이잖아."

"전 나중에 크게 벌 받을 거예요."

"벌 받을까 봐 걱정되니?"

"저야 죄를 지었으니 벌 받는 건 당연하죠. 다만 아주머니께서 나중에 모든 사실을 아신 후에 얼마나 큰 배신감을 느끼실까, 생각하면 마음이 너무 불편하죠."

"큰어머님께서 상처받으실까 봐 걱정되는구나?"

"그럼요. 생각만 해도 속상해요. 저, 아주머니 정말 좋아하게 되었거든요. 빈대 주제에 별 걱정을 다하죠? 저도 제가 걱정이에요. 이런 마인드로 이 험난한 세상을 어찌 살아갈 것인지. 제가 생각해도 전 아직 준비가 덜 된 애 같거든요. 가난과 피 터지게 싸우고 세상의 편견과 맞서는 거, 아직은 자신 없어요."

"……."

"선배는 왜 절 도와주시는 거예요? 선배, 학창 시절엔 저랑 별로 친하지도 않았잖아요. 졸업 후에 연락 끊긴 지도 꽤 됐고요."

"그때 대답 안 해줬나? 나 너 좋아해. 정말로. 물론 후배로서지만. 좋아하는 후배에게 남아도는 우리 집 방 하나 내어주는 거, 내겐 별로 어려운 일 아니야."

"단지 그것뿐? 선배 너무 착한 거 아니에요?"

"그런가? 난 그냥……."

말끝이 길게 늘어져서일까. 또 기분이 이상해졌다. 정말 재후가 뭔가 하고 싶은 말을 참고 있는 느낌이다. 안나는 슬그머니 미간을 접었다. 그럴 리는 없겠지만 선배가 자신을 좋아하는 게 아닐까, 하는 의심까지 잠깐, 아주 잠깐 해보았다. 물론 그 망상은 말 그대로 망상일 뿐 사실일 가능성은 제로이다. 그가 자신을 좋아한다면 지금까지 고백 못할 이유가 하나도 없었다. 그렇다면 혹시 윤일후와의 사이를 알고 있는 걸까……?

"근데 일후와는 처음 만난 것 같지 않더라? 전부터 알고 지내던 사이였니?"

갑작스런 재후의 질문에 그녀의 눈이 번쩍 떠졌다. 역시 재후는 윤일후와 자신이 심상찮은 인연임을 눈치챘던 것이었다. 하긴, 그를 알고 있다는 티를 너무 많이 내긴 했다. 박 여사는 몰라도 안나에 대해 잘 알고 있는 재후라면, 그녀가 일후를 만난 직후부터 확연히 다른 모습으로 상황에 임했다는 것을 알 수 있었을 것이다.

"실은 조금 알아요, 아주 조금."

"출신학교가 다르지 않나? 어떻게 알고 지내던 사이?"

"그게…… 소, 소개팅으로 잠깐요."

"소개팅?"

"네, 아주 우연히."

모든 남자들을 반하게 만드는 '그물녀'라 자부했던 자신을 마다하고, 그가 한낱 못생기고 촌스러운 여자아이한테 애프터를 신청했다는 사실은 쏙 뺐다. 그 때문에 너무 화가 나 그를 따로 찾아갔었고, 당당하게 '나를 왜 거절한 것이냐' 묻는 자신에게 그가 극도의 분노와 모멸감을 안겨줬다는 사실도 당연히 함구. 그날 이후 '네 녀석은 내가 접수하고 말 거다'의 심정으로 죽어라 쫓아다니며 그를 유혹하려 했다는 것도 당근 말밥 말 못한다. 그러다가 진짜 그에게 반해 끙끙 앓게 되어버렸다는 슬픈 전설도 물론 셧 더 마우스. 도무지 재후에게 자신의 흑역사를 말할 자신이 안 생겨요~

'대체 그딴 놈을 내가 왜 좋아했을까?'

실수다. 그가 넘어진 꼬마아이를 일으켜 세워주는 장면을 보았던 게 화근이었다. 그 순간 과감하게 뒤를 돌아 그 광경을 외면했어야 했는데. 그랬다면 그가 어린 소녀를 부드럽게 일으켜 세워주고, 자상하게 옷에 묻은 흙을 털어준 다음 '으앙~' 우는 소녀를 토닥토닥 달래주는 모습은 볼 수 없었을 것이다. 세상 어디에도 없을 착하고 다정한, 자애로운 얼굴로 아이의 불안한 마음을 포근히 가라앉혀 주는 그 모습도. 그랬다면 그에게 낚이는 불상사도 일어나지 않았겠지.

날마다 강의실 앞에서 그를 기다렸다. 그의 일거수일투족을 체크해서 그가 다니는 길목을 지키고 섰었다. 그가 운동을 하면 플랜카드를 만들어가 응원을 했고, 여자를 만나면 나타나서 깽판을 쳤다. 도서관에서 공부하면 옆자리에 앉아 같이 공부했고, 엠티를 떠나면 수업을 빼먹고 그를 따라나섰다. 1년 정도 그렇게 따라붙으니 사람들은 아예 그녀를 '윤일후의 여자'라 칭하기 시작했다. 윤일후에게 대시하던 여자들은 사그리 다 안나의 눈치를 살피기까지 했으니 그럭저럭 작전 성공이었던 셈이다. 그러나 정작 주인공인 윤일후는 미동도 하지 않았다는 게 문제라면 문제. 그래서였던 것 같다, 그녀가 무리수를 던진 것은.

그녀는 그를 매료시키기 위해서 질투 작전을 펴는 무리수 중에서도 최악의 무리수를 선택했다. 딴엔 예상했던 그림이 있었다. 그녀가 다른 남자들을 만나고 다니면 그가 질투심에 불타 '넌 내 여자야' 하며 소유욕을 드러낼 거란 무한 긍정의 청사진. 드라마를 너무 많이 봤던 거다. 모든 사랑이 다 해피엔딩은 아닌데.

현실은 '질투'가 아니라 '혐오'였다.

"귀찮게 하지 말랬지. 따라오지 마. 내 일에 간섭 마. 내가 뭘 하든 너완 상관없는 일이니까 신경 꺼."

"하지만 지금 그쪽은……."

"술에 취했다고? 그래서 불쌍해 보여? 네 도움이 필요한 것 같아?"

"제가 집까지 데려다줄게요. 제 차에 타세요."

"내가 지금 네 차에 타면 어떤 일이 벌어질 것 같아?"

"에?"

"꺼져. 그렇게 무방비 상태로 맹하게 내 옆에서 맴돌지 말고 꺼지라고! 모를까 봐 알려주는데, 난 술에 취하면 개차반이 되거든. 이렇게 얼쩡거렸다가 괜히 당하고 질질 짜지 말고, 기회 줄 때 도망쳐라, 최대한 멀리. 안 그럼 넌 후회하게 될 거야, 바나나."

완전히 다른 사람이었다, 그날의 윤일후는. 그의 눈동자는 상처받은 야수의 그것처럼 이미 흐트러질 대로 흐트러져 있었다. 무언가에 몹시도 괴로워하는 것처럼 보였었다. 어딘지 처연해 보이는 그 모습에, 저절로 다가가 위로해 주고 싶은 생각이 들었다. 그를 돕고 싶었다. 무엇이 그를 힘들게 하고 있는지 알아내서 자신이 해결해 주고도 싶었다. 딴엔 진정으로 그를 지키고자 하는 여전사의 마음이었다. 그의 앞길을 가로막는 그 무엇도 자신이 다 물리쳐 주리라! 윤일후의 홍반장, 아니, 반반장이 되리라! 나름의 비장한 각오가 있었다. 그래서 그의 경고를 무시하고 억지로 그를 차에 태우려 했던 것이었는데, 그랬던 것이었는데…….

그가 갑자기 거칠게 돌변했다. 안나를 아무렇게나 내동댕이쳐 벽에 밀어붙이더니 야만스럽게도 입술을 밀어붙였다. 눈물이 핑 돌 정도로 아픈, 아프기만 한 그런 키스였다. 늘 꿈꾸고 기대해 왔던 다정하고 사랑이 가득 담긴 입맞춤이 아닌 거칠고 분노에 찬 키스. 못된 사람 응징하는 듯 그렇게나 무섭게 키스해 놓고서 그는 뒤도 돌아보지 않고 사라져 버렸다.

첫 키스였는데. 절대로 심장이 두근거리지 않는 사람과는 키스 하지 않는다는 철칙 때문에 고이고이 모셔두었던 처녀키스였는데. 그렇게 허무하게 빼앗기고 끝이 나버릴 줄 알았다면 '처음'을 지키지도 않았을 텐데!

첫 키스만 훔쳤나. 그랬으면 말을 안 한다. 핑크빛으로 얄랑얄랑 봄처녀 마음처럼 들썩거리던 연애 감정도 푸시시— 김새게 만들어 버렸다.

사랑 호르몬 생산 종료.

'나쁜 놈.'

그래서 윤일후는 나쁜 놈인 것이다. 안나의 소중했던 대학 시절 첫사랑도 짓밟고, 첫 키스를 빼앗고, 연애 호르몬까지 강제 종료시켜 버렸으니 빼도 박도 못하게 천하의 몹쓸 놈, 못된 놈인 것이다. 앞으로 안나가 연애도 못해, 결혼도 못해, 외로움에 치를 떨며 독거노인으로 살다가 무연고로 목숨을 거두게 되면 그건 다 윤일후 때문이다. 우리나라 인구가 감소세로 돌아선다는 2020년까지 그녀가 결혼해 아기를 낳지 못하면 그것 또한 윤일후 탓인 것이다.

"인연인가 보네. 그렇게 만났던 사람을 이렇게 다시 만나다니."

인연이 아니라 악연이겠지요. 속으로 중얼거리며 안나는 헤헤, 나사 빠진 사람처럼 맹하게 웃었다. 정말 어쩌자고 재후가 일후의 동생일 수도 있다는 생각을 한 번도 못해봤을까 싶다. 윤일후, 윤재후, 뻔히 형제 같은 이름인걸 왜 매치하지 못했던 건지. 알았으면 이 집에 이렇게 배포 좋게 들어오지도 않았을 텐데.

"그럼 쉬어. 내일 보자."

"네—"

그가 방을 나가자 안나는 한숨을 내쉬었다. 남의 집에 빌붙게 된 신세가 처량 맞고 한심하고 부끄러웠으며, 자신의 편안함을 위해 누군가에게 거짓말까지 했다는 사실이 찝찝했다. 하지만 상황이 이렇게 되니 역시 윤일후의 존재가 더 무겁게 자신을 짓눌러 왔다.

아아, 대체 이 일을 어떻게 하면 좋을까. 앞으로 윤일후랑 한집에서 같이 살아야 하는데 이 일을 어쩌면 좋아. 보기만 해도 화가 불끈불끈 솟구치는 혈압 상승 유발자와 어찌 매일매일 얼굴 맞대고 사느냐고! 아무래도 시체처럼 아무 감정도, 생각도 없이 살며 하루빨리 돈 모아서 이 집에서 나가야 하나 보다. 아무리 머리를 쥐어짜도 그것 이상의 좋은 방법은 없어 보인다.

"좋아, 반안나. 해보자. 넌 할 수 있어. 힘내는 거야!"

"뭘 하겠다는 거지?"

두 주먹 불끈 쥐고 나름의 결심을 굳히고 있을 무렵. 끼이이익— 소름 돋게 살벌한 문소리와 함께 윤일후의 차갑고 묵직한 목소리가 들려왔다. 느리게 열린 문틈으로 그가 서 있는 모습이 보였다. 188㎝ 장신의 몸을 문설주에 기댄 채 두 팔을 접어 가슴 밑으로 팔짱을 낀 그는 먹이를 발견한 승냥이의 것처럼 매섭고 날카로운 눈으로 그녀를 뚫어져라 바라보고 있었다.

철렁, 심장이 빠르게 바닥으로 떨어졌다 솟구쳤다. 그리곤 미친 듯이 질주하기 시작한다. 미쳤나 보다. 5년 전 그런 일을 당하고도 밸도 없이 이리 심장이 뛰다니, 정말 제정신이 아닌 것 같다.

"착하고 순진한데다 돈까지 많아 보이는 윤재후, 그 잘난 미모를 이용해 유혹하고 흔들어 결국엔 통째로 입안에 털어 넣겠다는 거. 그게 네 계획이겠지?"

"그게 무슨 말이에요? 계, 계획이라뇨?"

"내 말이 너무 어려웠나? 그럼 쉽게 말해주지. 사기꾼."

"예?"

"윤재후를 이용해 얻을 수 있는 금전적 이득을 모두 취하고 쓸모없어졌을 땐 가차 없이 냉정하게 버리는 사기꾼 짓. 그걸 계획한 거 아니냐?"

"저기요, 그러니까 도련님 말씀은 내가 꽃뱀이라는 겁니까?"

"5년 전, 명품백 수시로 갖다 바치는 남자가 아니면 거들떠보지도 않던 된장녀 반안나라면 충분히 할 수 있는 짓이지."

"뭐라고요?"

"최악이야."

그가 성큼 안으로 들어서더니 그녀를 향해 싸늘하게 중얼거렸다. 일순 싸다구를 한 대 맞은 것 같은 얼얼함이 심장을 찌르르 울렸다. 최악이란 말이 이렇게 가슴 아프게 하는 말이었던가 싶게 아주 많이. 딱히 윤일후한테 좋은 대접을 받길 기대한 것도 아닌데 고작 '최악'이란 말 한마디 들었다고 이리 가슴이 아플 건 뭐람. 정신 차려, 반안나. 이 남잔 5년 전에도 네 순수한 감정을 더럽힌 인간이야.

"뭔가 오해를 하신 것 같은데요, 도련님. 전 꽃뱀이 아닙니다."

안나는 두 눈을 갈매기 날개 모양으로 만들어 최대한 샤방샤방, 방긋방긋 웃어주었다. 이 마당에 화를 낼 수는 없으니까.

"꽃뱀이란 '남자를 작정하고 유혹해서 돈 뜯어내는 여자'를 말하는 거 아닌가요? 난 누굴 작정하고 유혹한 적도 없고 돈을 뜯어낸 적도 없거든요. 여기 들어와서 살게 된 건 순전히 재후 선배와 어머님의 호의 덕분입니다. 오해하지 말아주세요. 그리고 아무리 전에 알던 사이였다지만 말은 좀 조심하시는 게 어떤가요? 남들이 들으면 식겁할 것 같은데."

"왜? 윤재후가 너와 나 사이를 알게 될까 봐 겁나?"

"그거라면 이미 말씀드렸습니다. 도련님과 내가 5년 전에 소개팅으로 잠깐 만난 적 있었다고. 걱정하지 마세요."

"5년 전에 잠깐 만났던 사이라고? 너와 내가?"

"우리 사이에 그것 외에 뭐 다른 게 있었나요? 아! 키스. 키스를 했었죠, 참. 도련님께서 나한테 강제적으로 한."

"……."

"술에 몹시 취하셔서 정신이 없으셨을 때였죠. 난 뭐, 다 이해하고 있습니다. 그때 뭔가 굉장히 힘든 일이 있었던 것 같았고……."

"이 집에서 나가. 형한테서 떨어져."

웃는 얼굴에 침 못 뱉는단 말, 누가 했니? 누가 맞다고 했어! 이렇게 웃는 그녀의 얼굴에 싸늘하기 그지없는 말투로 난폭하게 노려보는 윤일후가 있는데 어느 누가 그런 당치도 않은 주장을 했니! 눈살을 찌푸리고 입술을 비틀며 안나는 욱하고 치미는 성미를 꾹 눌러 참았다. 참을 인, 참을 인, 참을 인.

"전 꽃뱀 아니라고 분명히 말씀드렸을 텐데요. 저희는 서로 죽고 못 사는, 정말정말 사랑하는 사이 맞습니다."

"그 말, 네가 이 집에서 나가면 믿어주지."

"저기요, 도련님. 이런 식으로 우기지 마시고……."

"도련님이라고 부르지 마. 듣기 거북해. 난 네 도련님도 아니고 도련님이 될 생각도 없어. 그리고 난 우리가 전에 알던 사이이니 말조심해야 한다는 네 주장에 동의하지 않아. 알던 사이를 모르는 사이로 둔갑시키는 거, 사기야. 범죄지."

"그건!"

"형은 속일 수 있었겠지만 난 아니야. 난 네 정체를 속속들이 다 알고 있어. 네가 어떤 앤지, 남자를 어떤 목적으로 만나는지, 다."

"당신은 정말로 내가 돈을 노리고 일부러 선배한테 접근했다고 생각하는 거예요?"

"넌 형을 사랑하지 않아. 그럼에도 불구하고 네게 필요한 사람이니까 사랑하는 척하는 거지. 다른 적당한 상대가 나타나면 형을 버리고 갈아탈 게 뻔해."

"무슨 근거로 그런 소릴 하는 거예요, 대체?"

"넌 원래 그런 애였어. 그게 근거다."

뭐래니. 사람을 뭘로 보고 이딴 소리를 하는 거야? 내가 뭘 어쨌게? 원래 그런 애였다니. 내가 언제? 내가 왜 그랬다고 생각하는데? 난 그런 적 없거든. 학창 시절 난다 긴다 하는 남자들도 내 손안에선 꼼짝 못하던 압구정 퀸카가 난데, 내가 미쳤다고 남자를 돈 때문에 만나니? 도대체 왜 내가 이런 취급을 당해야 하는 거야? 왜? 대체 이 사람 머릿속에 있는 나란 여잔 어떤 여자인 건데?

"오늘은 너무 늦었으니 당장 나가란 말은 하지 않겠다. 하지만 내일 아침 내가 눈 떴을 때 넌 이 집에 없어야 해."

"쥐도 새도 모르게 조용히 떠나라는 건가요? 난 그렇겐 못하겠는데요, 윤일후 씨."

"못해?"

그의 냉기 득시글거리는 눈동자 위로 곧게 뻗은 남성적인 눈썹이 꿈틀, 움직였다. 심기가 불편함이 여실히 드러나는 눈짓이다. 그는 서늘하기 짝이 없는 눈가를 가늘게 좁혀 뜨고는 이쪽을 살벌하게 노려보기 시작했다. 그 차가운 기세에 간덩이가 콩알만 해졌지만 이대로 기죽을 수는 없는 일이었다. 지금 자신이 꽃뱀 취급을 당하고 있는데, 무서운 게 대수인가. 죽기 아니면 까무러치기다.

"여기서 순순히 당신 말을 듣고 내 발로 걸어 나간다면 그건 꽃뱀이라는 걸 인정하는 셈이 되는 거잖아요. 그럴 수는 없죠. 전 꽃뱀이 아니니까요."

"또다시 윤재후를 사랑한다고 우기는 거냐?"

"우기다니요. 당치도 않은 말씀입니다. 우기긴 왜 우겨요? 정말 사랑하는데 우길 이유가 어디 있어요?"

"그딴 거짓말에 속아 넘어갈 내가 아니라고 말했을 텐데."

"속아 넘어갈 일은 당연히 없겠지요. 내가 속이고 있질 않으니까. 난 진실로, 한 점 거짓됨 없이 윤재후 선배를 사랑하거든요. 기억하실지 모르겠지만 난 사랑을 하면 아주 깊이 빠져들어요. 온통 그 사람한테만 집중하죠. 다른 사람은 눈에 안 들어옵니다. 다른 그 어떤 것들도 내 엄청난 사랑을 막을 수는 없어요. 당신이 아무리 내게 겁주고 쫓아내려 해봤자 소용없다는 말입니다. 내 그 순애보적인 끈질김은 당신도 당해봐서 잘 알지 않나요? 윤일후 씨."

천천히 그에게 다가간 안나가 그의 코앞에 얼굴을 들이밀며 음산하게 대꾸한다. 나름 센 척 작렬한 것이었으나 윤일후에겐 그 영향력이 백 퍼센트 다 미치지는 못한 모양이었다. 그는 거만하게 턱 끝을 세운 채로 그녀를 바닥에 굴러다니는 공벌레보다도 더 못한 존재인 양 내리깔아 보고 있었다. 픽, 코웃음까지 흘리며.

"끝까지 해보겠다는 거로군."

싸한 목소리가 공기 중을 흘러 안나의 청신경을 자극했다. 찌르르 찌르르, 등줄기로 전기가 흘렀다. 막 잡은 생선처럼 펄떡펄떡 뛰어대는 심장은 이미 최고 속도를 경신하며 점점 더 빠르게 뛰고 있는 중이었다. 이러다가 혈압 상승으로 잘못되는 게 아닐까 걱정이 될 정도로. 하지만 그의 앞에서 허둥대고 싶진 않았다. 윤일후라면 눈에 쌍 하트를 달고 환장해 달려들던 5년 전 그 반안나가 아니니까. 그의 말이라면 뭐든 듣고, 그의 미소 한 번에 홀딱 넘어가 무슨 짓이든 다 했던, 예전 그 반안나의 심장일랑 5년 전에 이미 끝장났으니까.

반안나는 두 눈에 불끈 힘을 주고는 전투적인 시선으로 그를 노려보았다. 그리고 자신을 신발 바닥에 묻은 껌딱지만큼이나 하찮게 내려다보는 윤일후의 잘난 면상에 대고 이렇게 뇌까렸다.

"어디 마음대로 해보시죠, 도련님."

한 지붕 한 가족 되기

"나도 꺼지고 싶어. 도망치고 싶다고. 하지만 그럴 수 없는걸 어떡해? 못하는데 어떡해?"

우뚝. 대문 앞에서 걸음을 멈추더니 코앞에 윤일후가 있는 양 두 눈 부릅뜨고 허공을 노려보며 안나가 혼잣말을 중얼거렸다. 그녀는 그깟 방 하나에 몇 달 얹혀사는 거, 더럽고 치사해서 너희 집에선 안 산다, 외치고 싶은 충동과 싸우느라 지칠 대로 지쳐 있었다. 지금 당장에라도 윤일후를 향해 '꺼져 줄게, 잘살아'라고 일갈해 주고 싶은 마음이 굴뚝의 연기만큼이나 뭉게뭉게 피어오르고 있었다.

하지만 그래도 이번엔 못 꺼진다. '안' 꺼지는 게 아니라 '못' 꺼진다. 꺼지고 싶어도 꺼질 곳이 없는데 어디로 꺼진단 말인가. 더럽고 치사하지만 갈 곳이 없으니까, 돈이 없으니까, 입 꾹 닫고 그의 비아냥거림을 다 감수해 듣고 있어야만 하는 게 바로 반안나의 현재 처지였다.

"안 꺼지면 어쩔 건데? 내가 못 나간다는데 자기가 뭘 어쩔 건데? 쫓아내 보라지. 할 수 있으면 해봐, 어디."

입술을 삐쭉 비틀고 안나는 작은 주먹에 불끈 힘까지 줘가며 단단히 결심하고 있었다. 윤일후 때문에 이 집에서 나가는 일은 절대로 없을 거라고. 다른 건 몰라도 윤일후의 협박에 굴해 지레 겁먹고 피하는 짓은 두 번 다시 하지 않을 거다. 인생 최대의 걸림돌 윤일후가 또다시 자신의 인생을 마구 헤집는 꼴, 절대로 두고 보지 않을 거다. 어찌나 손에 힘을 줬던지 들려 있던 목욕바구니가 부르르 떨렸다.

"피할 수 없으면 즐기는 거지. 그래, 그게 내 인생 모토였잖아. 윤일후 때문에 한때 '즐길 수 없으면 피하라'로 변질되긴 했지만, 원래의 나는 이런 상황에서도 웃음을 잃지 않는 캔디 캐릭터란 말이지. 웃어, 반안나. 웃으면 복이 와. 긍정적으로 생각해. 혹시 알아? 같이 사는 동안 윤일후에 대한 내성이 생길지."

상상하니 절로 얼굴에 미소가 떠오른다. 역시 사람은 긍정적으로 살아야 해.

"그래. 같이 살다 보면 추잡스럽고 더러운 모습을 자주 보게 되겠지. 눈곱도 안 떼고 이도 안 닦은 모습을 보다 보면 콩닥콩닥 두근거리는 심장병 따위도 치유될 거야. 5년이 지나도 아직까지 윤일후 때문에 전전긍긍하는 멍청하고 바보 같은 반안나 따위 이제는 안녕, 빠이빠이 하게 되는 거지. 굿―"

입술을 옆으로 쭉 찢으며 안나는 물고 있던 바나나 우유 스트로를 다시금 쭉쭉 빨았다. 다디단 음료가 입안 가득 퍼지자 기분은 더더욱 좋아진다. 언제 화딱지 냈냐 싶게 배시시 눈웃음까지 달고 안나는 힘차게 벨을 눌렀다. 그리고 누구냐고 묻는 박 여사한테 씩씩하고 우렁찬 목소리로 대답했다.

"저예요, 큰어머님! 안나요!"

결연함으로 빛났던 안나의 패기는 그리 오래가지 못했다. 밝은 얼굴로 박 여사와 인사하고 2층 방으로 향하던 계단 앞에서 하필 그와 딱 마주쳤기 때문이다. 아침부터 재수 옴 붙은 건지, 원수와 외나무다리에서 만나는 건 어쩔 수 없는 만고의 진리인 것인지. 왜 하필 집에 들어오자마자 이 남자랑 정면충돌이야?

"너, 여기서 뭐 하는 거야?"

그녀를 발견하자마자 매섭게 노려보는 그는, 게다가 웃옷을 벗어 어깨에 걸친 채였다. 막 지하 헬스실에서 운동을 마치고 올라온 듯 몸이 땀으로 범벅. 졸지에 땀에 젖은 남자의 육체를 코앞에서 목도하게 된 안나는 방금 전 벅벅 이태리타월로 문질러 댔던 피부가 후끈 달아오르는 것을 느끼며 질끈 어금니를 사리물었다. 입안에 들어 있던 빨대가 순식간에 구겨졌다.

"뭐 하긴요. 목욕탕 갔다 오는 거 안 보여요?"

"네가 지금 한가하게 바나나우유나 쪽쪽 빨아먹고 있을 때가 아닐 텐데. 어제 내가 말하지 않았던가. 오늘부로 내 눈앞에 띄지 않게 하라고. 아침 일찍 이 집에서 나가라고 경고했잖아."

"그래서 저도 말씀드렸잖아요, 그렇겐 절대로 '못' 한다고."

"난 너, 내 집에 있게 안 해."

"그 말씀은 무슨 수를 써서라도 절 쫓아내고 말겠단 말씀이신가요? 쉽지 않은 일일 텐데요. 이미 이 집엔 내 편이 너무 많아요. 도련님께서 이러시는 거, 가족들 눈엔 좋게 안 보일걸요? 오갈 데 없어 딱한 사정에 처한 여자, 것도 사촌 형의 약혼녀를 내쫓으려 하는 철면피. 딱 그리 보일 겁니다만."

"그게 네 작전이겠지."

"뭐, 그래도 굳이 절 내쫓으려 하신다면야 별수 있나요? 알아서 잘 해보십시오. 나도 내가 알아서 잘 방어하겠습니다. 그나저나 도련님, 안 보는 새에 식스팩이 많이 줄었네요? 한때는 교내 최고 몸짱이셨는데. 하긴 뭐, 세월엔 장사가 없는 법이죠. 그럼 전 이만 올라가 보겠습니다, 도련님."

단단한 바위도 일격에 뽀갤 수 있을 것 같은 어마어마하고 살벌한 눈초리가 뒤통수를 때렸지만 안나는 아무렇지도 않은 듯 짐짓 여유 있는 걸음걸이로, 허리까지 곧추 세운 당당한 자세로 무사히 방 안까지 입성하였다. 비록 방에 들어서자마자 허리가 꺾이고 다리에 힘이 풀려, 풀썩 주저앉고 말았지만 말이다.

"아, 떨려. 떨려 죽겠네. 이게 뭐야, 진짜? 왜 하필 그 순간 마주치는 건데?"

쭉 가둬뒀던 숨을 헉헉 몰아 내쉬며 안나는 오만상을 찌푸리며 투덜거렸다.

"미친놈. 아무리 제집이라지만 사람이 예의가 있어야지. 큰어머님은 그렇다 치자. 일하는 아줌마도 있고 나도 있는데, 어떻게 웃통까지 벗고 버젓이 집 안을 활개 치고 돌아다니냐? 야만인. 매너라곤 눈곱만큼도 없는 남자. 배려라곤 눈 씻고 찾아봐도 안 보이는 놈! 으~ 징그러!"

욕 한 바가지 퍼부어주며 주저앉았던 몸을 겨우 일으켰으나 안나의 눈앞에 아른아른 살랑살랑 떠올랐다 사라지는 것은 땀에 젖은 그의 꿀 피부. 식스팩. 초콜릿 복근.

'하여간 몸매 하나는 끝내줘.'

떡 벌어진 어깨와 매끈하고 슬림하게 굴림진 근육선, 꽤나 유혹적이어서 코를 박고 싶어지는 쇄골, 단단한 가슴팍, 군살 하나 없는 허리와 섹시하게 흐르는 장골라인까지. 그의 바디라인으로 말할 것 같으면 예전부터 뭇 여성들의 마음을 들었다 났다, 들었다 났다 했던 요물! 안나도 함께 뻑 갔던 건 부인할 수 없는 사실이었다. 비록 그에게는 예전만 못하다고 비웃어주긴 했지만 실상은 전보다 훨씬 단단하고 절제된 근육으로 성숙한 남성미가 물씬 느껴졌다는 것도 사실. 이렇게 가슴팍에서 전쟁이라도 난 듯 그녀의 심장이 요동을 치고 있음이 바로 그 증거였다.

"그래, 많이 보여줘라. 자주 보여줘야 내성도 생기지. 반 선비님이란 별명까지 있었던 우리 아빠, 딸 앞에서 반바지조차 잘 안 입으셨을 정도로 내외하셨던 탓에 내가 이렇게 남자 맨살에 파르르 떨고 심장 두근두근 쾅쾅 상태가 되고는 있지만. 웃통 까짓것, 그게 뭐 별건가? 그 정도는 영화도 19금 판정도 못 받는단 말이지. 그딴 건 야한 축에도 못 낀다는 말 아니겠어? 별거 아니야. 그냥 2D로만 보던 거 실물로 보니까 좀 놀란 것뿐이야. 그런 거라니까!"

응? 과연? 다 빨아먹은 바나나우유와 목욕바구니를 책상 위에
턱 내려놓고 재잘재잘 입을 놀리며 티셔츠를 벗어 던지려던 반안
나의 양심이 똑똑 노크하며 질문을 던졌다. 티셔츠 자락을 가슴팍
까지 끌어 올린 채 앞에 있는 전신거울을 노려보던 안나의 표정은
점점 썩어가기 시작했다. 찔린다, 아주 많이.

"아! 그래, 뭐. 실물로 전혀 못 본 건 아니다, 솔직히."

거울 속 자신을 향해 툭 한마디 내뱉고 안나는 티셔츠를 훌러덩
벗어버렸다. 오늘은 할 일이 아주 많았다. 면접도 보러 가야 하고
이모네에 기거 중인 엄마도 뵈러 가야 한다. 안나는 짐 가방을 뒤
지며 스스로를 향한 변명 아닌 변명을 구구절절 늘어놓았다.

"학교서도 보고 길 가다가도 보고, 간혹 아버지 등목 하시는 것
도 보고. 남자 웃통, 살면서 수백, 수천 번도 더 봤다. 하지만 내가
본 몸뚱이들은 다들 그냥 살덩어리들이었다고. 근육 하나 없는 지
방덩어리들! 섹시하지도 않고 감탄도 안 나오는 무매력 몸매만 보
다가 윤일후 몸을 보니까 내 안구가 놀라는 건 당연한 거지. 솔직
히 윤일후 몸이 좋긴 좋잖아."

그렇다. 안나가 윤일후를 원수처럼 생각하긴 해도, 쿨하게 인정
할 것은 인정한다. 그의 비주얼을 보면 어떤 여자든 못 배겨나게
되어 있다는 것도, 자신도 멀쩡한 성인 여자이니 당근 설렐 수밖
에 없다는 것도. 한마디로 자신에게만 특별히 음란마귀가 씌어서
그의 몸을 보고 헐떡거린 게 아니라는 거다. 정상적인 여인네라면
누구나 보일 수 있는 지극히 노멀한 반응일 뿐, 그를 아직까지 좋

아하고 있어서는 절대로 아니었다.

'그나저나 이 와중에 나 살찐 거니?'

짐 가방에서 크림색 블라우스 한 장을 꺼내 들고 몸에 이리저리 대보던 안나는 인상을 팍 쓰며 슬쩍 고개를 끌어 내려 자신의 가슴을 내려다보았다. 소담스럽게 봉긋 솟아 있는 가슴은 언제나 그렇듯 화려한 레이스 문양이 새겨진 속옷 속에 잘 묻혀 있었다. 한데 어째 전보다 더 불룩 솟아오른 것 같은 불길한 느낌이? 안나는 서둘러 블라우스를 침대 위로 내동댕이치곤 제 가슴을 손으로 감싸고 문질러 확인해 보았다.

커졌나? 그럼 살쪘다는 건데, 정말 찐 건가? 아아, 이럴 줄 알았으면 목욕탕에서 체중을 재보고 올걸.

"살찌면 안 되는데. 무슨 애가 아버지 상까지 당해놓고 살이 쪄? 다이어트 한두 달 쉬었다고 곧바로 살이 찔 건 또 뭐냐고. 아, 오늘부터 다시 군것질 끊어야지 원. 으휴, 대체 몇 키로나 찐 거야? 뭐, 가슴은 커져서 좋네."

거울 안에 비친 제 맨살을 이곳저곳 살피며 안나는 주물럭주물럭 제 가슴을 매만져 보았다. 대체 얼마나 찐 건가 나름대로 가늠해 보기 위함이었는데, 바로 그 순간 벌컥 문이 열렸다.

"얘기 좀 하지?"

반쯤 열린 문 사이로 익숙한, 너무너무 익숙해서 지긋지긋한 얼굴 하나가 불쑥 들어왔다. 거울 속으로 보이는 남자의 실루엣과 얼굴을 확인하자마자 안나는 머릿속이 새하얗게 탈색되어 버리는 기현상을 겪어야 했다. 입을 쩍 벌리고, 가슴을 두 손으로 부여잡은 민망한 자세에, 속옷 차림 그대로인 안나는 딱 그 자리에서 얼어붙어 버렸다. 전신거울에 비친 그녀의 앞판을 너무나도 쉽게 한눈에 쏙 넣어버렸을 윤일후 역시 그 순간엔 부동자세로 굳어버렸다.

"나중에…… 다시 올게."

듣기 민망할 정도로 당혹스러워하는 그의 말이 채 끝을 맺기도 전에 쿵, 문은 닫혔다. 아무리 차가운 강심장으로 소문난 윤일후라도 '제 가슴을 조물거리는 반 알몸의 여자'를 목격하는 것은 꽤나 충격적인 일인 모양이다.

"이게 다 무슨 창피야!"

안나가 막 감아 물기 촉촉한 머리카락을 쥐어뜯으며 괴로워하고 있을 때, 문밖의 일후는 '표정 관리'라는 지시어를 입력받은 컴퓨터처럼 정확하게 컨트롤된 무표정한 얼굴로 빠르게 몸을 턴하고 있었다. 짐짓 아무 일도 없었던 사람처럼 자연스러운 모습이었지만 평소보다 빠른 몸놀림과 우왕좌왕 평온과는 거리가 멀어 보이는 눈동자의 움직임이 그의 현재 상태를 말해주고 있었다.

"무슨 일 있는 거냐?"

맞은편 서재에서 나오던 재후가 일후를 발견하고 물었다.

"아무것도."

표정 없는 얼굴. 딱딱하게 굳은 몸. 잔뜩 경직되어 있는 일후에게서 이상한 낌새를 포착하는 것은 재후에겐 식은 죽 먹기였다. 그는 일후와 안나의 방문을 차례로 번갈아보고는 느리게 입을 열었다.

"안나한테 좀 잘해줘."

재후의 의미심장한 말이 서둘러 계단을 내려가던 일후의 걸음을 멈추게 했다. 일후는 천천히 고개를 틀어 재후를 바라보았다. 평온한 미소를 지은 채 인자한 시선으로 가만히 일후를 지켜보고 있는 재후는 누가 봐도 '사랑에 푹 빠진 남자'였다.

"형수님이 내가 잘 대해주지 않는다고 하셔?"

"그런 걸 꼭 누가 말해줘야 알아? 네가 안나를 탐탁지 않아 한다는 건 다섯 살 먹은 꼬마도 알 거다. 넌 그만큼 적나라하게 네 감정을 드러내고 있어. 평소답지 않게 말이야. 안나가 그렇게 마음에 안 들어?"

"그 여자는 형 타입이 아니야."

"네가 내 타입을 어떻게 알아?"

"형이 상처받을 수도 있어."

"걱정 마, 그럴 리 없으니까."

"형. 그 여잔……!"

"지금 안나 사정, 굉장히 안 좋아. 아버지 돌아가시고 집안이 풍비박산 났어. 하던 공부도 채 마치지 못하고 유학길 접은 안나, 겨우 잡은 직장이 퓨전레스토랑 서빙 일이야. 6개월분 월급을 미리 당겨 쓸 수 있게 해준다는 조건에 이끌려 어쩔 수 없이 급하게 잡았다고 해. 부잣집 외동딸로 태어나 한 번도 힘든 일 해본 적 없는 안나에겐 꽤 고된 직장이 될 거야. 난 그런 안나에게 힘이 되어주고 싶어."

"불쌍해서 돕고 있다는 거네. 그거 동정 아니야?"

"동정이랄 수도 있겠지. 아니랄 수도 있고."

"동정과 사랑을 헷갈리지 마. 그런 거 구분 못할 정도로 어린애 아니잖아."

"사랑이든 동정이든, 그런 건 나한테는 중요하지 않아. 내게 지금 가장 중요한 건 안나야. 안나가 조금이라도 편해지길 바라. 안나에게 조금이라도 더 도움이 되고 싶어. 난 너도 안니에게 지금보다는 조금만 더 너그러워졌으면 해. 좋게 봐줘. 예쁘게 봐줘. 가시 박힌 말로 상처 주지 말고 위압적인 행동으로 위축시키지 마."

"지금 날 비난하는 거야?"

"도와달라고 부탁하는 거야. 안나가 나, 너, 우리 모두로부터 상처받는 건 바라지 않으니까. 조금이라도 우리 때문에 아파하는 건 내가 못 견디겠으니까. 제발 안나 상처받지 않게 친절하게 대해줘. 부탁이야."

"형."

"도와줘, 윤일후. 제발."

재후가 단호하게 거절하려는 일후의 말문을 단번에 막는다. 부드럽게, 끈기 있게, 끝까지 감정 하나 흐트러지지 않고 차분하게, 설득하는 어조로. 이렇게 사람 아무 소리 못하게 입 틀어막고 자기 마음대로 하게끔 하는 건 윤재후의 특기이다. 어릴 때부터 그는 늘 이런 식으로 주도권을 잡았었다. 착하고 순둥이이며, 대화 중 언성 한 번 높이지 않는 조용한 성격이었지만 그는 자기주장 강하고 기가 센 일후와 그 가족들을 쉽게 제압할 수 있는 수완을 가지고 있었다.

"……노력해 볼게."

결국 일후는 재후가 원하는 답을 내어주어야만 했다. 그리고 다시 한 번 결심했다. 무슨 일이 있어도 재후에게서 반안나를 떼어낼 것이라고. 속고 있으면서도 속은 줄도 모르는 윤재후를, 아니, 의심조차 할 생각 없어 보이는 저 착하디착한 윤재후를, 무슨 수를 써서라도 악녀 반안나의 손에서 구해낼 것이라고.

❋

"뭐? 방금 뭐라고 한 거냐? 뭐가 이상하다고?"

아침 식전 댓바람부터 아비 얼굴 보자마자 회사 얘기부터 꺼내는 아들 일후를 향해 윤 회장은 눈살을 찌푸리며 반문했다. 아침마다 마누라가 정성 들여 갈아주는 녹즙을 막 원샷하려던 그의 손놀림도 그 순간 그대로 멎었다.

"작년 경기도 영주시 아울렛 확장 공사 건 말입니다. 관련 서류들을 훑어보는 중인데 미심쩍은 부분들이 있어서요. 매장 확장을 위한 건물 매입을 진행하는 과정이 뭔가 앞뒤가 잘 안 맞는다는 느낌이 들었습니다. 더 자세한 상황을 알고 싶은데, 혹시 그 건에 대해 뭔가 아는 게 있으십니까?"

"영주 매장 확장 건은 이미 다 마무리가 된 일 아니냐? 건물매입 진행 당시 원 건물주가 우리에게 팔 생각이 없다 하여 잠시 계획에 차질이 생기긴 했지만 결국엔 우리 쪽이 제시한 거래 조건을 받아들인 것으로 안다. 건물과 땅값은 물론, 건물 매입으로 인한 손실금과 피해 보상금까지 꽤 후하게 쳐줬던 걸로 기억하고 있어."

"당시 그 건을 담당하셨던 한 이사님의 보고서에 따르면, 건물주는 우리 쪽에서 제시한 조건을 8개월 동안 줄기차게 거절했었습니다. 협상 테이블에조차 앉지 않았었죠."

"그랬지. 나도 그렇게 보고받았었다. 하나, 결국 그 건물주는 우리에게 건물을 팔았어. 8개월 동안이나 강경하게 버텼지만 우리가 내민 어마어마한 돈 앞에선 단 이틀을 못 넘겼다."

"이상하지 않으십니까? 8개월 내내 협상 테이블에조차 앉지 않았던 건물주가 이틀 만에 갑자기 입장을 번복한 거."

"그 건물주가 탐욕스러웠던 것뿐이다. 우리는 유통업계 라이벌인 로원과의 기 싸움에서 유리한 위치를 선점해야 했고, 그러기 위해선 그 건물이 꼭 필요했다. 그걸 건물주는 제대로 파악한 거지. 8개월이나 질질 끌면서 우리 애를 태웠던 건 우리가 거액의 배상금을 제시할 때까지 기다렸던 거야."

"그 건물주는 지역산업육성회 회장이었습니다. 대기업이 영주시의 유통망까지 장악하는 데에 비우호적이었던 사람이죠. 그런 사람이 단순히 돈 때문에 자신의 신념을 바꿨다는 건 쉽게 납득하기 힘든 부분입니다."

"이상할 거 없다. 사람은 누구나 때때로 자신의 신념을 꺾기도 해. 넌 아직 젊어서 잘 모르겠지만 그게 인간이다. 인간은 강한 것 같지만 그렇지 않아. 그 어떤 것보다도 더 의지가 약한 동물이야. 돈 앞에서 자유로운 인간은 아마 이 세상에 존재하지 않을 거다."

"그렇게 치부하고 넘기기엔 걸리는 게 너무 많습니다. 전 일단

한 이사님께서 이 일에 책임자였다는 사실부터가 못내 찜찜합니다."

"이미 다 끝난 사안이다. 계약 잘 마무리하고 공사까지 한창 진행되고 있는 이 마당에 왜 자꾸 그 문젤 들추려는 게냐? 법적으로도 아무 하자 없이 진행된 일이다. 문제가 있었다면 진작 탈이 나고도 남았어. 하지만 모든 게 깔끔하게 다 잘 처리되었잖니."

"……."

"이제 막 중역 위치에 올라 이것저것 알고 싶은 것도 많고, 배우고 싶은 것도 많은 거 다 안다. 회사 일에 대해서라면 A부터 Z까지 다 챙기고 알아둬야 직성이 풀리겠지. 너 요새 주말에도 쉬지 않고 회사에 나간다며? 서류에 파묻혀 산다고 네 어머니가 걱정이 이만저만이 아니더구나."

"입사하고 얼마 되지도 않은 상태에서 재무이사라는 중책을 맡았으니 그건 당연한 거라고 생각합니다. 남들보다 두세 배는 더 열심히 해야, 절 일찍 위로 끌어 올리신 아버지의 판단이 틀리지 않았다는 걸 증명해 보일 수 있지 않겠습니까?"

"네가 잘못하고 있다는 게 아니다. 잘하고 있어. 하지만 너무 깊게 파고들어 부하직원의 치부를 억지로 들추지는 말라는 거다. 적당히 눈감아줄 건 감아주고, 타협할 건 타협해 가면서 일하라는 거야. 너무 딱딱하게 굴었다가는 네가 부러지고 만다. 이 세계는 그런 곳이야. 알겠냐?"

묵직하게 가라앉은 중후한 목소리로 당부하듯 말하고 윤 회장은 손에 들고 있던 녹즙을 쭉 들이켰다. 일후는 그 모습을 가만히 지켜보며 그의 말을 곱씹었다. 윤 회장이 말한 '타협'이란 것. 눈 감아주어야 한다는 것. 그게 무엇을 말하는 것인지 그는 그 누구보다도 더 명확하게 알아듣고 있었다.

일후는 이미 오래전에 그 실체를 파악하고 좌절했었다. 아버지가, 그토록 존경해 왔던 자신의 아버지가, 실은 회사를 키우기 위해 더러운 무리들과 손을 잡았다는 사실. 아버지의 손님으로 집에 초대되어와 자신을 향해 사람 좋은 웃음을 지으며 잘 부탁한다고 말하던 한 이사가 사실은 서울 시내를 주름잡던 조직폭력배 두목이었다는 사실. 조직의 어마어마한 자금을 끌어들인 후 건영은 탄탄대로, 국내 최고의 유통그룹으로 진화했다는 사실. 그 모든 것들을 알고 나서 그는 평생의 자랑이었던 아버지와 건영에 대한 혐오감에 치를 떨었었다. 아무리 돈 때문이라지만 추잡하고 역겨운 인간들과 엮이려 드는 아버지를 도통 일후로서는 이해할 수가 없었다. 평소 따뜻하고 자상한 아버지와 부를 위해선 악마와도 손을 잡는 비겁하고 탐욕스러운 사업가 사이에서의 괴리감은 한창 예민하던 청소년기의 일후에게는 어마어마한 혼란이었다.

아버지와의 연을 끊고자 별의별 짓을 다했던 것 같다. 조폭의 돈으로 학교를 다닐 수 없다며 집을 나가 아르바이트를 전전하기도 했고, 경영대에 진학하지 않겠다 고집을 부리기도 했으며, 극구 만류하는 어머니를 뒤로하고 고집스럽게 해병대에 자원하기도 했었다. 질풍노도의 방황기를 보내는 그를 다잡아준 이는 다름 아닌 재후였다.

"네가 큰아버지를 이해해 드려야 해. 큰아버지로서는, 큰아버지 세대에서는 이게 최선이었을 거야. 그 돈의 출처는 정당하지 않겠지만 대신 큰아버지께선 그 누구보다도 더 그 돈을 깨끗이 유용하고 계셔. 그 마음, 그 결심, 끝까지 이어질 수 있도록 네가 도와드려야지. 어쩔 수 없이 흙탕물이 섞인 물로 시작했지만 그 물은 깨끗하게 정화되어야만 하지 않겠니? 그건 너만이 할 수 있어, 건영의 정식 후계자인 너만이."

일후가 이 자리에 있는 것은 모두 설득의 귀재 윤재후 때문이었다. 그의 말에 홀딱 넘어가 경영대에 진학, 건영에 입사, 지금의 자리에까지 앉게 되었다. 지금은 아버지가 이루어놓은 사업망과 그 전방위로 걸쳐져 있는 어마어마한 자금의 실체를 파악해 가고 있는 중이었다. 완벽한 정화를 위해서는 규모 파악이 필수이기에.

"그나저나 소라와는 어떻게 되어가고 있는 거냐? 그 녀석, 꽤나 널 따르던데."

"뭘 새삼스럽게. 잘 따르는 건 처음부터였죠."

"그래, 그랬었지. 널 보자마자 얼굴 부비며 오빠오빠, 잘도 불러댔었지. 형제자매 하나 없이 혼자 자랐다는 아이가 어째 그리 붙임성이 좋은지. 너도 어릴 땐 걜 동생처럼 애지중지 잘 챙기지 않았었니?"

"동생처럼 잘 챙겼던 건 재후 형이었죠. 저야 뭐, 그냥저냥."

"아무튼 소라 녀석이 요새 부쩍 너한테 호감을 보이는 것이, 아무래도 널 이성으로서 마음에 두고 있는 게 아닌가 싶다."

"아버지께서 언제부터 소설도 쓰셨습니까?"

근거 없는 소리 그만하라는 듯 일후가 퉁명스럽게 대꾸했다. 멋대가리 없는 놈. 윤명석은 속으로 혼잣말을 중얼거리고는 소리 내어 혀를 찼다. 어찌 된 게 혈기왕성, 젊디젊은 나이인 녀석이 도통 여자한테는 관심을 두지 않는지, 알다가도 모를 일이었다.

아비 닮아 스타일이 좋고 두뇌는 발군, 어미 닮아 수려한 외모를 지닌 일후는 어려서부터 여자들이 줄줄 따랐다. 학교 다닐 적에는 하루가 멀다 하고 러브레터니 선물이니 들고 찾아오는 여자들로 집 앞은 늘 인산인해를 이뤘었으니 말 다했지. 지금도 그 인기는 여전히 하늘을 찌르고 있어, 녀석을 제 사위로 맞고 싶다며 은근슬쩍 옆구리 찔러오는 집안이 한둘이 아니다. 그런데도 정작 녀석은 결혼은커녕 여자에게도 도통 관심을 두지 않아 명석의 피를 바짝바짝 말리고 있었다.

목석 같은 일후 녀석이 그나마 고분고분하게 대해주는 아가씨가 바로 한 이사의 여식인 소라였다. 딱히 눈에 띄게 사이 좋아 보이는 건 아니지만 녀석이 다른 여자들을 대하는 태도와 비교해 보면 소라에게 월등히 다정했다. 물론 그게 사랑이나 이성에게 보일 수 있는 호감이라고 정의 내릴 수 있는 수준은 아니다. 그저 '어려서부터 알고 지내온 여자라 경계심이 덜한 것' 쯤으로 해석할 수 있는 게 고작이었다.

"일 열심히 하는 것도 좋다만, 네 나이도 이제 서른이다. 사생활도 챙겨야지, 언제까지 솔로로 방황하며 살 거냐."

"솔로 생활이 방황이라는 건 어디에 근거한 말씀이십니까?"

"옛날 어르신들 말씀이시다. 결혼하면 좀 더 마음가짐도 선명해지고 늘 가지고 있던 마음속 불안함도 없어진다. 아비도 그랬어. 아니, 나까지 볼 거 없지. 네 형만 해도 그렇지 않니. 임자 생기고 나니 훨씬 더 여유로워 보이지 않아?"

"형은 원래 여유로운 사람이었어요."

"원래 그랬다지만 지금이 훨씬 더 마음 넓어지고 푸근해 뵈잖니."

"그건 아버지 착각이신 것 같은데요. 제 눈엔 똑같아 보여요. 그러니 형 핑계 대고 저한테 결혼 강요하실 생각, 하지 마십시오. 미리 말씀드리지만 전 서른다섯 이전엔 절대로 결혼 안 합니다."

"사람 인연이란 건 계획대로 되는 게 아니다. 내 운명, 만나고 싶을 때 딱딱 맞춰서 만나지는 게 아니란 말이다. 네가 결혼하고 싶을 때엔 인연이 안 나타날 수도 있잖니. 있을 때 잡아서 해야지."

"네. 아버지 말씀대로 있을 때, 그때 잡아 결혼하겠습니다."

"내 보기엔 이미 네 인연은 나타난 것 같은데?"

"아버지께서 누굴 보고 제 인연이라고 생각하셨는지는 모르겠지만 이것 하나만큼은 확실하게 말씀드릴 수 있습니다. 소라는, 아닙니다."

"야, 이 녀석아. 소라 같은 애가 어디 있다고……!"

아비 말은 귓등으로도 안 듣는 아들을 향해 여느 때처럼 버럭 큰 소리를 지르려는 순간이었다. 밖에서 '어머니—' 하고 간드러지게 외쳐 부르는 여자 목소리가 들려왔다. 소라다. 요새 하루가 멀다 하고 문지방이 닳도록 드나드는 소라가 오늘은 아침부터 들이닥친 것이었다. 명석은 절로 흘러나오는 웃음을 입가에 히쭉 떠올리며 아들을 향해 눈짓했다.

"양반은 못 되는구나, 저 녀석."

"어머니! 소라 왔어요! 저 배고파요. 밥 좀 주세요, 어머니."

안나가 애교 뚝뚝 떨어지는 앵앵 목소리를 듣고 오소소 돋는 소름에 흠칫 떤 것은 아래층에 내려와 일하는 아줌마를 돕고 있을 때였다. 방에서 옷을 갈아입다 난데없이 쳐들어온 '예의라곤 쥐뿔도 없고 무식하고 야만적인' 무뢰배로 인해 큰 봉변을 당한 직후 정말로 어마어마한 기세로 멘탈 회복, 아무렇지도 않은 듯 룰루랄라 웃으며 아줌마랑 수다까지 떨고 있었지만 속으론 쭉 '어떻게 하면 아침 식사 시간에 윤일후랑 만나지 않을 수 있을까?' 에 대해서만 죽어라 생각하고 있던 바로 그때였다.

"어머나, 소라야. 네가 아침 일찍 웬일이니? 학교 가기 전에 들른 거야?"

"네에— 저희 집 아줌마 오늘부터 며칠 휴가거든요. 아들이 교통사고 당해서 수술실에 들어가게 되었대요. 아버진 오늘 새벽에 출장 가셨고요. 졸지에 저 혼자 덜렁 남겨졌지 뭐예요. 아침에 혼자 밥 챙겨 먹으려고 생각하니까 괜히 서러워지더라고요. 이래서든 자린 몰라도 난 자린 안다 하나 봐요."

"잘했다. 혼자 밥 먹는 거, 그거 못할 짓이지. 우리 집도 아직 식사 전이니까 같이 먹자. 손 씻고 와 앉아."

"일후 오빠랑 재후 오빠는요?"

혀가 너무 짧은 거 아닌가 싶게 애교 물씬, 코맹맹이의 주인공은 이웃집 아가씨. 목소리만 들어도 명랑 쾌활한 사랑스러운 아가씨라는 걸 알겠다. 안나의 귀엔 구타유발, 짜증유발 유(類)로 들렸지만 남자들이나 어른들에겐 아닐 것이다. 귀엽고 깜찍하고 여성적으로 들리겠지. 괜히 심술이 난 안나는 콧잔등을 씰룩거리며 핏, 입술을 삐쭉거렸다.

"일후는 지금 제 아버지랑 서재에서 얘기 중이야. 무슨 일 얘길 아침 식전부터 하는지 원. 재후는 아직 출근 준비하는 모양이다. 아, 너도 학교 가는 중이랬지? 재후랑 같이 식사하고 나란히 학교 가면 되겠네. 참! 우리 집에 새 식구가 들어왔는데 혹시 알고 있니?"

"아뇨, 그런 말 못 들었는데요? 무슨 새 식구요?"

"재후가 어제 약혼녀를 데리고 왔어."

"네? 누굴 데려왔다고요?"

"약혼녀! 피앙세 말이야. 너도 놀랐지? 안 믿어지지?"

"재후 오빠가 약혼을 했어요?"

"그래, 얘. 오늘부터 그 아이가 우리 집에서 같이 살기로 했다."

"여기서 같이요? 왜요?"

"그럴 만한 사정이 생겼어. 인사 나눠야지?"

지금이다, 자신이 등장할 때는. 안나는 어쩐지 꺼려지는 이웃집 처자와의 만남에 대비해 크게 한 번 숨을 몰아쉬었다. 그리고 막 거실로 나서려는데, 타이밍도 절묘하게 그 순간 일후가 등장했다.

순간 저도 모르게 안나는 훌쩍 뒤로 물러나 제 모습을 숨겼다.

"오빠! 소라 왔어."

"들었어. 밥 먹으러 왔다며?"

"에이, 반응이 그게 뭐야. 하나도 안 반가운 얼굴이잖아. 오빠, 나 안 보고 싶었어?"

"네가 우리 집 왔다 간 지 이틀밖에 안 지났다."

"이틀 '밖에' 가 아니라 이틀 '이나' 지. 얼굴 본 지 이틀이나 지났는데 내가 안 보고 싶었단 말이야? 서운하다, 오빠. 난 오빠 보고 싶어서 눈이 실명되는 줄 알았는데."

"밥이나 먹고 가."

"오빠는? 오빠는 식사 안 해? 또 거를 거야? 그 버릇, 안 좋아. 아침 식사를 하는 경우와 안 하는 경우가 각각 사람 뇌에 얼마나 큰 영향을 미치는지 알아? 아침 식사를 해야 뇌가 활발히 움직인대. 일을 해도, 공부를 해도, 아침 식사를 하는 경우가 훨씬 더 잘된단 말이지. 난 오빠랑 결혼하면 오빠의 그런 버릇부터 잡고 볼 거야. 꼭! 아침에 일찍 일어나서 식사하게 할 거라고."

"네 그 재잘거림이 내 대뇌에는 훨씬 더 악영향인 것 같다만. 조용히 식사하고 학교나 가라, 꼬마야."

"오빠! 내가 꼬마라고 부르지 말랬잖아!"

일후가 자신의 팔을 감고 찰싹 달라붙어 있는 소라를 멀찌감치 떼어내며 차갑게 한마디 하자, 소라는 집이 떠나가라 고함을 질러댔다.

귀청이 떨어질 것 같은 초고음파 비명 소리에 박 여사는 눈살을 찌푸렸다. 다른 건 다 좋은데 소라의 저 히스테릭한 성격만은 아무래도 적응이 안 된다. 일찍 어머니를 여의고 아버지가 오냐오냐 애지중지 키워서인지 응석받이에 철부지라는 것도 살짝 걸렸다. 이쪽에서야 딸 하나 덤으로 키운다 생각하고 받아들일 수 있겠지만, 문제는 일후가 여자 응석을 받아줄 만큼 성격이 좋은 게 아니라는 거에 있었다. 소라 쟤는 진짜 왜 저러니? 그리도 일후 앞에서 어리광 피우지 말라니깐. 일후가 싫어하는 짓만 골라서 하고 있으니 원.

"아, 짜증 나. 어머니! 도대체 일후 오빠 언제쯤 절 여자로 봐줄 거래요? 제 나이가 몇인데. 벌써 스물셋이라고요. 이 나이가 됐는데도 오빠 왜 만날 절 애 취급 해요? 속상해 죽겠어요."

"그러게나 말이다. 네가 참 고생이 많다."

네가 애처럼 행동하지 마, 그럼 되지, 라고 말하고 싶은 걸 꾹 참고 박 여사는 최대한 인자하게 웃어주었다. 어찌 됐든 며느릿감으로 정해졌으니 예쁘게 봐줘야지. 미우나 고우나, 일후 배필이면 내 자식이나 마찬가지이니까.

"근데 재후 오빠랑 결혼할 사람은 어디 있어요? 소개시켜 주신다면서요."

마음에 안 든다는 듯 일후의 뒷모습을 뚱하게 지켜보더니 소라는 휙 갑자기 고개를 꺾어 박 여사를 돌아보았다. 트레이드마크인 환한 미소와 반짝반짝한 눈빛. 어지간히도 기대되는 모양이다. 열 살 때부터 일후와 재후를 알아왔고, 지금까지 쭉 친남매지간처럼 지내온데다 조만간 일후의 배필이 될 소라이니 그녀가 재후의 약혼녀에 대해 궁금해하는 것은 당연했다.

'가만있자, 그러고 보니 소라와 안나는 동서지간이 되겠네?'

생각하니 박 여사의 입이 헤벌쭉 벌어진다. 엊그제만 해도 이 녀석들 결혼 걱정에 한숨이 그치질 않았었는데, 이렇게 떡하니 며느리 둘을 한꺼번에 보게 생겼으니. 이보다 더 좋을 수가 있을까. 이게 다 안나 덕분이다. 그 복덩이가 고지식하기 그지없는 재후의 마음을 사로잡아 주어 어찌나 고마운지. 덕분에 마음 쓰고 있던 재후의 혼사 문제가 단번에 해결되지 않았는가 말이다. 예뻐. 아주 그냥 예뻐 죽겠어.

흡족한 마음으로 박원주는 주방을 향해 외쳤다.

"안나야! 이리 나와 보렴. 너한테 꼭 소개해 줄 아가씨가 있단다!"

제3장

스멀거리는 옛 마음

면접은 잘 끝냈다. 어차피 처음부터 친구 주예의 남편, 구성탄의 인맥으로 채용이 확정된 상태에서 이루어진 면접이라 크게 부담 가질 필요 없는 자리였지만 일자리가 간절했던 만큼 혹시라도 큰 실수를 하게 되어 결정이 번복되면 어쩌나 걱정했었는데, 다행히 사장은 그녀가 마음에 드는 모양이었다. 면접 직후 약속했던 6개월 치 월급을 시원하게 전액 현금으로 지급해 주더니만 일도 당일 날 곧바로 할 수 있게 해주었다. 그리고 이튿날인 오늘은 신입 환영을 위한 회식까지 잡아주었다.

걱정했던 것보다 훨씬 더 수월하게 일이 풀리는 것 같아 안나는 마음이 한결 홀가분해졌다. 사장은 마음 넓고 통 크고 인심까지 후했고, 레스토랑 식구들은 다들 친절했다. 유학 시절 잠깐씩 했던 서빙 알바가 도움이 되어 일도 그다지 힘들지는 않았다. 이틀

밖에 안 됐지만 그릇을 깨지도, 손님에게 불편을 끼치지도, 동료들과의 트러블도 전혀 없었으니 그야말로 만사 오케이. 사장에게 나쁜 손버릇이 있다는 것만 빼면 안나에겐 정말로 고맙고 행복한 직장이랄 수 있었다.

[사장? 공탄이 말에 의하면 한주먹 하던 분이라던데. 젊었을 적에 어둠의 세계에서 잘나가던 분이었는데, 어느 날 갑자기 중병을 얻어서 어쩔 수 없이 그 세계를 떠나왔다더라고. 그러다가 완치가 되어서 레스토랑 사업에 손을 대서 지금의 위치까지 왔다나 봐.]

"그러니까 사장이 깡패란 말이야?"

[지금 깡패는 아니지만 과거 깡패였던 건 맞지.]

"이제야 이해가 되네."

주예와 통화하던 중 안나는 한숨을 푹 쉬며 혼잣말을 중얼거렸다. 이 일자리를 소개해 준 구성탄, 일명 '공탄' 의 아내 강주예는 안나의 둘도 없는 친구이다. 유치원 다닐 때 처음 만나 단짝으로 지내다가 중학교 시절 연락이 끊겼는데, 우연히 다시 재회했을 땐 구공탄이라 불리는 동네 건달, 구성탄과 살림을 차린 후였다. 중학교 시절 부모님의 이혼으로 방황하며 일탈하던 중 성탄과 만나 사랑에 빠졌다고 했다. 지금도 두 사람은 어찌나 금술이 좋은지 안나가 갈 곳 없어 잠시 그들 집에 얹혀살던 때에 밤마다 들려오는 신음 소리에 낯이 뜨거워 어쩔 줄을 몰랐다는, 웃지 못할 사연이 있었다.

[뭐가? 왜? 무슨 일 있었어?]

"아냐, 아무것도."

[뭔데? 말해봐. 불만 사항 있으면 내가 공탄이한테 꼰질러 줄게. 사장이 우리 공탄이한테는 꼼짝 못해. 목숨 빚이 있거든.]

"됐어. 내 처지에 무슨. 내가 지금 이것저것 따지고 가릴 처지냐? 이렇게 일하게 된 것도 어딘데. 나도 양심이란 게 있다. 일자리 소개해 준 성탄 씨나 월급을 6개월 치나 가불해 준 사장님이나, 다 나한텐 과분하게 잘해주신 거야. 여기서 더 뭘 바라는 건 도둑놈 심보지. 난 만족해. 여기서 몇 년 고생하면 돈도 좀 모이겠지. 그럼 중단했던 공부도 다시 할 거야."

[그래야지. 넌 솔직히 내가 봐도 아까워. 머리도 좋잖아. 어릴 때부터 공부도 잘했고, 얼굴도 예쁘고, 집안도 화목하고, 공부까지 잘해서 내가 널 얼마나 질투했었는데. 어릴 땐 철이 없어서 너 왕따나 시키고.]

마치 자신 때문에 안나가 그리된 것마냥 주예가 죄책감 가득한 목소리로 웅얼거린다. 따돌림이라고 해봤자 고작 며칠이었으면서. 그것도 안나가 울어버리자 마음 약한 주예도 뒤따라 울면서 흐지부지되었던 일이었는데 그게 무슨 왕따였다고. 안나는 어린 시절 일들이 주마등처럼 스쳐 지나가자 피식 웃어버렸다. 그때 이후로 주예는 늘 안나의 편이었다.

"다시 한 번 말하지만, 정말 고맙다. 우리 집 부도나고 오갈 데 없는 날 받아준 거."

[별소릴 다하네, 지지배. 그딴 신소리는 됐고, 다른 건 몰라도 꼭 공부는 끝내. 네 아버지를 봐서라도. 솔직히 너희 아버지가 그렇게 갑자기 돌아가시지만 않았어도 네가 지금 이 고생을 하겠냐?

회사는 망하더라도 너 하나만은 어떻게든 가르치시려 노력하셨겠지.]

"그래, 그러셨을 거야. 당신 건강보다 가족들을 먼저 챙기셨던 분이었으니까."

[그런데 도대체 어떻게 된 거라니? 어떻게 그렇게 갑작스럽게 돌아가실 수가 있어? 음주운전이었다며? 너희 아버지가 술을 드시고 운전하셨다는 게 난 믿어지지가 않아.]

맞다. 아버지, 반형원이라면 대리운전을 부르셨을 거다. 오십 평생을 살면서 단 한 번이라도 교통법규를 위반한 적이 없는 양반이시니까. 음주운전은커녕 인적 없는 횡단보도에서조차 신호등을 칼같이 지키는 그라면, 그런 반형원이라면 그렇게 했을 것이다. 원래부터 원리원칙만 지키는 고지식한 사람이어서 '반 선비'란 별명까지 얻으셨던 분이 음주운전을 했을 리가 없다는 게 안나의 생각이고, 그를 아는 모든 사람들의 생각이었다. 하지만 그 증언들은 경찰에 받아들여지지 않았다.

"그래서 말인데, 그 문제에 대해 성탄 씨랑 상의하고 싶은 게 있어. 성탄 씨 언제쯤 시간이 되니?"

[상의? 왜? 새로운 목격자라도 나타났어?]

"그건 아니지만, 어제 엄마한테 갔다가 이상한 얘길 전해 들었거든."

[무슨 얘기?]

"아버지가 돌아가신 직후에 집으로 비행기 티켓이 도착했다는 거야. 아빠한테 여행 계획이 있으셨나 봐. 집으로 배달시킨 건 엄마한테 깜짝 선물을 주기 위해서였겠지. 우리 아빠, 그런 거 되게 좋아하시거든."

[여행 계획이 있었다고? 너희 아버지, 회사 부도난 것 때문에 자살하신 거라며. 사업 실패를 비관하셨던 게 원인이었다고, 경찰에서도 그리 밝혀냈다지 않았니? 죽기 전 네 어머니와 친구분, 동업자 관계인 이모부한테까지 자살 암시 문자도 여러 통 남기셨다고 했잖아.]

"그러게 말이야."

삶에 아무 미련도 없다던 그 문자 얘기는 안나도 들었다. 그 얘길 듣고 얼마나 울었는지 모른다. 도대체 얼마나 외로우셨으면 삶 대신 죽음을 택하셨을까. 무너지는 회사를 보면서 얼마나 힘겨워하셨으면, 그 고통의 무게를 혼자 지탱하기가 얼마나 버거웠으면 처자식을 남겨두고 목숨을 버리는 모진 마음까지 먹었을까. 사랑하는 아버지가 가장 힘들 때 곁에 있어주지도, 힘이 되어주지도 못한 미안함과 죄스러움, 안타까움에 마음이 미어지고 고통스러워 수많은 밤을 울며 지새웠었다.

그런 딸이 안쓰러워 어머닌 사건 당시 차마 진실을 얘기하지 못했다고 한다. 아버지가 자살하기 전 아내 몰래 만나던 여자가 있었다는 사실도, 누군가가 보낸 남편과 낯선 여자의 사진을 보고 혼자 분노하다 이혼할 마음까지 먹었던 사실도 모두 비밀에 붙이고 입을 다물었다. 아버지의 자살만으로도 충분히 딸에겐 충격이고 상처임을 알고 있었기에, 어머닌 그 모든 일들을 가슴에 담고 혼자 아파하고 있었다. 그러던 중, 우연히 집안일을 봐주던 아주머니와 연락이 닿아 비행기 티켓의 존재를 알게 된 것이고, 의문을 품은 어머니는 안나에게 도움을 청한 것이었다.

"회사가 부도나 죽고 싶을 만큼 괴로웠던 분이 엄마와 여행 계획을 세우고 있었다는 게 도무지 이해가 안 돼. 게다가 새롭게 알게 된 사실도 있어. 아빠한테 여자가 있었대."

[여자? 바람을 피우고 계셨단 말이니?]

"이상하지 않니? 여자가 있었는데, 회사는 부도가 나고, 아빠 엄마랑 여행 갈 계획을 세우고."

[정말 뭔가 심하게 뒤틀려 있는 느낌이네.]

"그렇지? 이상하지?"

[내가 공탄이한테 말해서 시간 내보라고 할게. 분명 공탄이도 이상하다고 느낄 거야. 자세한 건 그때 다시 얘기하자.]

"그래, 연락 줘."

안나는 주예와의 통화를 마무리하고는 그제야 안도의 한숨을 내쉬었다. 어제 어머니 하미란 여사에게서 비행기 티켓과 문제의 '반형원 바람피우는 증거 사진'을 전해 받고부터 계속해서 불안하고 초조했던 기분이 조금은 가라앉는 것 같았다.

"어이, 신입! 뭐 해, 여기서? 출근한 지 이틀밖에 안 됐는데 벌써부터 농땡이냐?"

느긋하게 출근하며 매장에 들어서는 사장이 문 앞에서 안나를 발견하고 말을 건다. 어제와 같이 멀끔한 정장 차림. 사장은 나이에 비해 체격이 좋고 탄탄한 편이라 정장도 잘 어울렸다. 우락부락한 얼굴과 그 섬뜩한 손버릇만 아니면 여자들한테도 꽤나 인기 있을 만한 사람이건만. 안나는 불편한 속내를 싹 감추곤 서둘러 환히 웃으며 인사를 했다.

"아닙니다. 친구한테 전화가 와서 잠깐 받느라고요. 이제 들어갈 거예요."

"친구 누구? 공탄이 마누라? 내가 잘 대해주고 있나 감시하려고 전화했대?"

"그게 아니라 그냥 개인적인 일로……."

"걱정하지 말라고 해. 내가 잘해준다고, 특별히 신경 써준다고 전해. 괜한 말을 해서 공탄이 귀에 잘못 들어가면, 그 녀석 나중에 나 안 보려고 할 거야. 그 녀석 무서워서 너 받아준 거니까 네가 알아서 잘 말해. 솔직히 내가 너한테 잘해주잖아. 돈도 땡겨주고 이렇게 이뻐해 주기도 하고."

능글맞게 웃으며 사장이 안나의 엉덩이를 손바닥으로 철썩 친다. 움찔 어깨까지 움츠리게 만들 정도로 제법 센 강도다. 안나는 얼굴을 찡그리며 이를 악물었다. 이 못된 손버릇을 대체 어떻게 해야 하지? 아무리 색안경 끼지 않고 봐주려고 해도 그럴 수가 없으니 대체 어떻게 할까? 정말 화딱지 난다.

"네……."

욕 한 바가지 쏟아부어 버리고 싶은 심정은 굴뚝같았지만 입 밖으로 꺼낸 말은 겨우 이것이다. 안나는 얼굴 근육을 억지로 펴고 심기 불편함을 애써 숨기며 빙긋 아무렇지도 않은 듯 웃어 보였다. 그러자 사장은 늘 그러하듯 안나의 어깨를 토닥거리며 '열심히 해, 응?' 하는 대수롭잖은 말을 하고는 매장 안으로 들어갔다.

사장의 뒷모습을 보며 안나는 푹— 한숨을 내쉬었다. 기분만으로는 딱 도살장에 끌려가는 소다. 안나는 축 처진 모습으로 그의 뒤를 따르기 위해 떨어지지 않는 발걸음을 억지로 한 발 뗐다.

"초년생치곤 직장 생활에 아주 잘 적응하고 있군."

그때 차갑고 명료한, 그러나 기분 나쁠 정도로 깊고 그윽한 목소리가 그녀의 발목을 휘어 감았다. 이 목소리는? 안나는 즉시 휙 뒤를 돌아보았다.

"상사에게 예쁨받는 그 방법 좀 나한테 알려줘 보지."

얄미울 정도로 잘생긴 얼굴에 훤칠한 바디라인의 소유자 윤일후가 정말 토 나올 정도로 잘난 모습으로 그녀의 앞에 떡하니 서 있었다. 여긴 대체 어떻게 알고 왔을까? 왜 왔을까? 뭘 어쩌려고 왔을까?

"뭘 어쩌려고 온 거 아니다. 그렇게 놀랄 거 없어. 집에서 따로 얘기할 시간도, 장소도 여의치 않아서 찾아온 것뿐이니까."

식겁한 그녀의 심정을 표정만으로 죄다 읽어버린 듯 일후는 묻지 않았는데도 술술 여기까지 납시신 이유를 댔다. 안나는 절로 쥐어지는 두 손을 꽉 쥐고는 대차게 대응했다.

"내가 여기서 일하는 건 어떻게 알았어요?"

"사람 붙여 뒤를 캔 건 아니니까 그런 눈으로 보지 마. 어머니와 네가 대화하는 걸 우연히 들었을 뿐이야."

"무슨 얘길 얼마나 대단하게 하려고 따로 찾아오기까지 해요? 왜요? 또 나가달라고요?"

"잘 알고 있군."

"우린 그 일 외엔 할 얘기가 없는 사이이니까요."

"피차 서로 대하기 껄끄럽다는 건 너도 인정하는구나. 그래, 그 거 하나만으로도 네가 우리 집을 나가야 할 이유는 충분하지."

"이 상황이 불편한 사람은 윤일후, 당신뿐인 거 아니에요? 난 하나도 껄끄럽지 않은데요. 아주 좋아요. 아주머니, 아저씨께서도 잘해주시고 일하는 경주댁 아줌마도 친절하세요. 심지어 당신 약 혼녀도 내게 아주, 아아아아주 상냥하던걸요?"

심히 비꼬인 말투로 말하고 안나는 한쪽 입술 꼬리를 차갑게 끌 어 올렸다. 전날 아침 댓바람부터 찾아온 윤일후의 약혼녀, 한소 라로부터 들었던 가시 박힌 말들이 불쑥 떠오른 것이었다.

"동서지간? 당신과 내가 동서지간이 될 수 있다고 생각해? 웃 기지 마. 이 집안, 당신이 넘볼 수 있는 수준의 집안 아니야. 정신 똑바로 차려. 내가 한 가지 예언해 볼까? 당신은 이 집에서 쫓겨날 거야. 내가 내 손으로 반드시, 무슨 수를 써서라도 당신을 이 집서 쫓아내고 말 거니까. 지금부터 각오 단단히 하는 게 좋을걸. 뭐? 결혼? 윤재후의 아내? 핫! 웃기고 있어, 정말. 주제를 알아야지!"

어디서 들었는지 안나의 사정을 줄줄 꿴 채로 다가와 소라는 이 렇게 말했다. 남들 그 누구도 들을 수 없게끔 나직이 속삭인 말이 었다. 물론 박 여사가 다가오자 언제 그랬냐는 듯 곧바로 쾌활하 게 웃으며 앞으로 잘 지내자는 환영 인사를 건네었었다. 박 여사 의 눈치가 보여 억지로 안나를 좋아하는 척했지만 실은 아주 많이 싫어하고 있었던 거다. 그 이유는 뻔했다. 안나가 집이 없고 가난해서. 안나와 동서지간이 되고 형님, 동생으로 친하게 지내는 것 자체가 자존심 상한다고 생각하는 게 틀림없었다.

기분 나쁘고 화가 났지만 안나는 그대로 참아 넘겼다. 그래 봤자 진짜 동서지간이 될 일도 없을 테니까. 그러니 괜히 소라의 도발에 울컥할 이유도, 반응할 필요도 없었다. 어차피 갑자기 가난해진 요 근래 몇 개월 사이, 이런 일은 비일비재로 겪어나서 큰 쇼크도 없었다. 단지 이런 일을 겪을 때마다 돌아가신 아버지가 엄청엄청 보고 싶어질 따름.

"우리 아버지나 어머닌 마음이 약하시거든. 집 없다는 널 쫓아내는 짓은 절대로 못하시겠지. 그러니까 네가 네 발로 나가야 하는 거다."

"누누이 말하지만 난 나갈 생각 눈곱만큼도 없어요. 아니, 아저씨, 아주머니 모두 내 편이시고 사랑하는 재후 선배까지 있는데 내가 왜 집을 나가야 해요? 어른들 허락까지 받았는데 왜 고작 당신 반대 때문에 나가야 하는데요? 그깟 5년 전 일 때문에? 그게 뭐라고요? 그때 그 해프닝, 난 이미 잊어버린 지 오래예요. 당신 좋아하면서 쫓아다녔던 1년여의 시간 따위 이미 내 기억에서 삭제된 후라고요. 지금 난 당신을 좋아하지 않아요. 그 어떤 감정도 남아 있지 않고요. 아시겠어요?"

"끝까지 내 집에서 나가지 않겠다는 거야?"

"저, 빈털터리예요. 이 집을 나가면 갈 곳이 없는 사람이죠. 그러니 안 나가는 게 아니라 못 나간다는 표현이 더 맞겠네요. 다시

한 번 말씀드리지만, 저 못 나가요. 재후 선배 옆에 꼭 들러붙어 있을 겁니다."

뭣 때문인지 괜한 오기가 생겼다. 자꾸 나가라는데, 네까짓 것은 넘보지도 못하는 집안이니 꿈 깨라는데, 그 말이 자꾸만 그녀의 악바리 근성을 자극했다. 짓누르면 튀어오르는, 꼴찌라 놀리면 미친 듯이 공부해 1등 해버리는, 그녀 특유의 근성이 발동되고 있었다.

"그렇게 말할 줄 알았다."

재수 없을 정도로 차가운 미소를 흘리며 일후가 중얼거렸다. 그러더니 바락바락 두 눈 부릅뜨고 그의 코앞까지 다가가 예사롭지 않은 입놀림으로 씹어뱉듯 말하는 안나를 향해 툭 던지듯 말한다.

"그럼 내가 네 거처를 마련해 주지."

"뭐요?"

"빠른 시일 내에 네가 지낼 집을 구해주겠다. 혼자 살 거니까 원룸 정도면 적당할 것 같은데, 이의 없지? 출퇴근하기 좋게 가게 근처로 알아봐 줄게."

"집을, 당신이?"

"왜 놀라지? 이걸 원한 게 아니었냐? 이번 주 내로 입주할 수 있도록 할 거야. 집이 구해지는 대로 넌 짐 싸서 나가면 돼. 재후 형이나 우리 부모님께는 적당히 둘러대고. 괜한 오해 사고 싶지 않으면."

"믿을 수 없어. 정말로 당신이 내게 살 집을 마련해 주겠다고요?"

"참고로 말하자면 재후 형은 우리 집 재산에 터럭만큼도 관련 없어. 이미 오래전에 상속을 포기했거든. 재후 형의 부친이신 내 작은아버지께서 사업에 목숨을 걸다시피 일하시다가 돌아가셨어. 그 이후 사업이라면 신물이 나신 작은어머니께서는 한국 재산과 생활을 모두 정리하고 독일로 떠나셨지. 현재 우리 집안이 소유하고 있는 재산에 형의 지분은 거의 없다고 해도 무방해. 사업에 동참할 의향도 없고 관심도 없는 게 윤재후란 말이지. 네가 원하는 삶. 재후 형은 이미 거부한 지 오래란 얘기다."

무표정한 얼굴로, 감정 없는 시선으로 그녀의 도톰하고 매력적인 입술을 내려다보며 일후는 중얼거렸다. 그의 이지적이면서도 남성적인 턱 선과 차가운 시선을 마주한 채로 두 눈 휘둥그레 뜨고 서 있던 안나는 그제야 서서히 사태 파악이 되는 듯 인상을 찌그러뜨렸다.

"당신은 아직도, 내가 돈을 노리고 재후 선배한테 접근했다고 생각하는 거네요."

"아직도 부인할 기운이 남아 있는 거냐? 그만하지. 도돌이표도 이쯤 되면 지겨울 텐데."

"……."

"이쯤 해서 쿨하게 인정하고 사라져라. 그렇다면 재후 형이 가지고 있는 네 참하고 사랑스런 이미지까진 어쩌진 않을 거다. 하지만 계속해서 욕심을 부린다면 나도 가만있지 않아."

"가만있지 않으면 어쩔 건데요? 뭐? 뭐, 어쩔 건데요?"

안나는 급격히 끓는 분노로 인해 붉어진 얼굴로 그를 잔뜩 노려보았다. 화가 났다. 대체 뭣 때문에 이런 취급까지 당해야 하는지,

자신이 뭘 그렇게 잘못했다고 이러는 건지, 정말 너무 화가 났다. 물론 사랑하지 않는 재후를 사랑한다고 말하면서까지 그의 집에 얹혀사는 것은 잘못한 일이다. 자신의 안위를 위해 거짓말을 하고 남들 앞에서 연기를 하고 있으니 잘못이 아니라곤 말할 수 없다. 하지만 누군가에게 딱히 피해를 입힌 것도 아니질 않은가. 재후가 원한 일이었다. 그가 모든 걸 감수하고 안나를 위해 시작한 일인데, 왜 재후의 동생인 일후에게 이런 말도 안 되는 비난을 들어야 하는 것인지 그녀는 억울해서 미칠 지경이었다.

"널 까발려 줄 거다."

"뭐라고요?"

"낱낱이. 속속들이. 네 모든 것을 다."

"……."

"그때 가서 울며 후회해도 봐주지 않아. 그러니 이쯤 해서 멈춰. 떠나. 그럼 순순히 보내주겠다."

간도 크게 그의 코앞까지 얼굴을 들이민 채인 안나를 향해 일후는 천천히 뇌까렸다. 그의 입술이 느릿느릿 열리고 닫히며 뜨거운 숨결이 안나의 입술로 흩뿌려졌다. 자극적인 그 느낌에 파르르, 입술이 떨려왔다. 팟팟, 머릿속으로 5년 전 그가 자신에게 했던 잔인할 정도로 차가운 키스가, 그 느낌이 떠올랐다 사라지길 반복한다. 짓누르고 뭉개고, 상처만 주는 그 잔인한 키스에 치를 떨면서도 헐떡였던 바보 같은 자신도 떠올랐다 사라진다.

제정신이 아니구나, 반안나. 그게 지금 왜 떠올라? 그 순간을 왜 기억하고 있어? 잊었어야지. 다 지워 없앴어야지. 실제로 다 잊고 있었잖아. 그런데 왜 이제 와서 그딴 걸 다시 떠올려? 아직 그를 사랑하기라도 한 거니? 아직도 그에게 미련이 남아 있는 거야?

안나는 아직도 그딴 기억을 대뇌에 모셔두고 있는 자신에 대한 혐오감이 물씬 묻은, 찬 음성으로 천천히 뇌까렸다.

"까발려 봐, 어디."

"……."

"낱낱이 속속들이, 한번 까발려 봐. 내 속에 뭐가 들어 있는지 나도 아주 궁금하니까."

감정 하나 들어 있지 않던 일후의 시선이 흔들렸다. 눈매를 가늘게 좁혀 뜨고 그는 안나의 붉게 달아오른 얼굴을 내려다보았다. 복숭아 빛 두 볼이 그녀가 얼마나 열이 받아 있는지 증명해 주고 있었다.

"기대하고 있겠습니다, 도련님."

낯빛과는 전혀 다른 싸한 말투로 말하고는 안나는 차갑게 미소 지었다. 그리고는 고개를 까딱 움직이며 도도하게 작별 인사를 고했다.

"그럼 전 돈을 벌어야 해서 이만. 안녕히 가세요."

✻

또 왔다. 또 와버렸다. 다시는 찾을 생각 없던 곳이었는데. 일후는 당장에라도 뒤를 돌아 이곳을 뜨고 싶은 충동을 꾹 누르며, 서릿발 내린 듯 냉랭한 눈으로 자신을 똑바로 바라보는 안나를 지그시 내려다보았다.

"어쩐 일이세요? 두 분께서 제가 일하는 가게에 다 오시고."

안나는 레스토랑 유니폼을 입고 손님을 맞이하는 단정한 자세로 서 있었다. 두 손을 가지런히 배꼽 근처에 두고 얼굴에는 희미한 미소까지 띤 모습은 영락없는 영업 모드. 형식적인 미소로 감정을 숨기고 있으나 일후는 꿰뚫고 있었다. 그녀가 이 상황을 매우 불쾌해하고 있음을. 그가 이곳을 찾아와 그녀에게 집을 나가라 종용했던 게 바로 엊그제였으니 그럴 수밖에 없을 것이다. 그날 그는 선전포고를 날렸고, 그녀는 그것을 받아들였다. 전쟁은 이미 시작된 것이다.

"제가 오자고 했어요. 오늘이 제 생일 전야거든요. 오빠들 축하받고 싶어서 밥 사달라고 했죠. 조금 있다가 재후 오빠도 이리로 올 거예요. 언니도 저, 축하해 주실 거죠?"

살랑살랑 애교가 듬뿍듬뿍 묻어나는 이 목소리의 주인공은 한소라. 약속도 없이 회사로 찾아와 생일 턱을 내겠다며 무작정 퇴근하자 졸라대더니, 아무 이유도 없이 여기 아니면 안 된다며 우격다짐으로 일후를 이곳까지 끌고 온 장본인이었다. 평소 그녀의 생일을 먼저 챙겨본 적 없었고 그녀의 생일이 며칠인지도 기억 못하는 일후로서는 그녀가 거짓말을 하는지 아닌지조차 가늠하지 못한 채 끌려올 수밖에 없었다.

이곳. 불편한 장소. 불편한 반안나에게로.

"아, 생일이세요? 축하해요."

영혼 없는 축하 인사가 안나의 입술 밖으로 흘러나왔다. 그녀는 스르륵, 무덤덤한 시선을 끌어 내려 소라와 그가 낀 팔짱을 내려다보았다. 소라는 그의 팔에 제 팔을 끼우는 것도 모자라 아예 '이건 내 것' 이라는 듯 가슴팍으로 꽉 끌어안고 있었다. 어딘지 불편해진 기분으로 일후는 슬쩍 소라의 손을 떼어내며 중얼거렸다.

"자리에 앉자."

안나는 별다른 내색 없이 보통 손님들과 똑같이 대하며 테이블로 안내하고 자리를 떴다. 요 며칠 일후가 아침을 거르며 출근한 덕택에 두 사람은 그날 이후 처음 마주한 것이었는데, 그런 것치고 안나는 꽤나 태연하게 대처하고 있었다.

"까발려 봐, 어디. 내 속에 뭐가 들어 있는지 나도 아주 궁금하니까."

불꽃이 튀는 생생한 눈빛으로 그녀가 그리 말했었다. 거리낄 게 하나도 없는 사람처럼. 정말로 재후를 사랑하는 사람처럼. 그 당당하고 굴절 없는 눈빛과 투명하고 깨끗한 눈동자에, 그조차도 한순간 그녀의 말을 믿어버릴 뻔했다. 정말로 그녀가 재후를 진심으로 사랑하고 있을지도 모른다는 생각이 잠시잠깐 뇌리를 관통했었다. 하지만 진짜 그럴 리는 없었다.

과거의 반안나는 돈이 없는 남자와는 절대로 어울리지 않는 여자였다. 그리고 사람은 쉽게 그 성향을 바꾸지 못한다. 5년이란 시간은 사랑을 우습게 알고, 남자를 너무나도 쉽게 갈아치우고, 수많은 남자들의 순정을 짓밟았던 희대의 된장녀, 뼛속까지 속물인 반안나가 개과천선하기에는 너무나 짧은 시간이었다.

"어머나! 저 묘한 광경은 뭐야? 안나 언니, 저래도 되는 거야?"

살짝 턱을 들고 립스틱을 곱게 칠한 반짝이는 입술을 유혹적으로 오물거리며 소라가 앙증맞게 눈웃음을 쳤다. 그녀의 시선은 일후의 등 뒤에 가 있었다. 일후는 자연스럽게 고개를 꺾어 뒤를 돌아보았다.

"저 남잔 누구야? 왜 저런 곳에서 저런 장면을 연출하는 거야?"

정장을 말끔하게 차려입은 덩치 큰 남자와 안나가 구석에서 뭔가 얘기를 나누고 있었다. 삼십대 중반쯤 되어 보이는 남자는 즐거운 일이 있는 듯 연신 웃으며 안나의 어깨를 위아래로 쓰다듬고 있었다. 안나는 그를 마주 보며 웃고 있었지만 한눈에도 즐거워서 웃고 있는 게 아니란 걸 알 수 있었다. 경직된 그 표정은 절대로 자연스러운 상황에서 나오는 미소랄 수 없었다.

"여기서 돈을 버는 게 아니라 남자를 꼬시고 있었나 보네. 웃긴다. 간덩이가 큰 거야, 뻔뻔한 거야? 어떻게 우리가 와 있는데 버젓이 대놓고 저럴 수가 있어?"

"실황중계 그만해. 반안나 얘긴 별로 알고 싶지 않아."

"왜 알고 싶지 않아? 안나 언니, 아니, 저 여자는 재후 오빠가 결혼하겠다고 집에 데리고 온 여자잖아. 진짜로 결혼하면 일후 오빠한텐 형수님 아니야? 오빠 형수님이 저런 여자여도 상관없어?"

"저런 여자라니, 그게 무슨 뜻이야?"

"약혼자를 두고 다른 남자를 유혹하고 있잖아. 오빠 눈 없어? 상황 파악 안 돼?"

"상황 파악은 네가 안 되는 것 같다만. 반안나는 그저 직장상사와 얘기 중일 뿐이야."

"저게 어떻게 직장상사랑 얘기하는 삘이야? 직장상사가 부하직원 어깨 문지르니? 주물주물, 슥싹슥싹, 얘기 중에 단 한 번도 손 안 떼고 계속 만지는데. 저게 직장상사와 부하직원 사이에서 일어날 수 있는 일이야? 상사가 부하한테 저런 짓을 하는 건 엄연히 성희롱이야. 성희롱, 신고하면 잡혀 들어가. 실형 때릴 수도 있다고. 여자가 싫은 거 참고 당할 이유 전혀 없다니까. 저렇게 가만히 있는 건 좋아서 그러는 거야. 이건 두 사람이 보통 사이가 아니란 뜻이라고."

"사회생활 못해본 티 좀 내지 마, 한소라. 성희롱 때문에 피해 본 여성들이 네 얘길 들으면 단체로 열받아 졸도하시겠다."

"내 말이 틀렸다는 거야? 저 여자가 바람피우는 게 아니라고?"

"왜? 바람을 피웠으면 좋겠냐?"

"누, 누가 그렇대?"

"왜 말을 더듬어? 정곡을 찔린 사람처럼."

"아니거든! 아무리 저 여자가 마음에 안 들어도 그 정도까진 아니라고. 재후 오빠가 선택한 여자가 남자 수십 번 갈아치운 헤픈 여자이길 내가 바랄 리 있어? 난 재후 오빠랑 저 여자가 잘되길 빌어. 솔직히 내 기준에는 안 차지만, 그래도 재후 오빠만 행복하다면 나도 그까짓 것 상관하지 않을 수 있어. 재후 오빠가 여자 때문에 상처받는 건 바라지 않으니까."

뾰로통하게 말하곤 소라는 고개를 휙 옆으로 꺾고 가슴 밑으로는 팔짱을 꼈다. 매도당했다고 생각되는 모양이다. 자신은 그런 뜻, 그런 마음으로 한 말이 아닌데 억울한 것이다. 하지만 먼저 억울한 사람을 매도한 건 소라다.

일후는 짜증 나는 시선을 걷어 올려 창가에 시선을 둔 채 미간을 찌푸렸다. 빌어먹게도, 오늘따라 황혼이 참 눈부시다.

"근데 일후 오빠 좀 이상하다? 왜 내 말에 그리 민감하게 대응해? 오빠, 저 여자 싫어하는 거 아니었어?"

"또 반안나 얘기냐?"

소라의 시선을 외면한 채로 일후가 물었다. 따분해 죽겠다는, 이보다 더 지겨울 수 없다는, 지극히 나른한 말투였다.

'섹시해.'

일후를 지켜보며 소라는 생각했다. 윤일후는 세상에서 가장 섹시한 남자라고. 쉽게 손에 들어오지 않는 희귀종에 자신의 부와 사회적 지위를 최고까지 끌어올려 줄 남자라는 사실까지 더하면 그의 매력은 상상을 초월한다. 여자라면 누구나 저런 남자를 한 번쯤 손에 넣고 마음대로 주무르고 싶을 것이다. 저 대단한 남자를 노예처럼 부리면서 천금을 희롱하는 기분, 그건 아마 그 어떤 오르가즘보다도 더 짜릿할 것이다. 그렇다는 걸 소라는 그 누구보다도 더 잘 알고 있었다.

"일후다. 네가 손에 넣어야 할 네 짝은 윤일후, 건영그룹 외아들. 다른 놈은 안 돼. 꿈도 꾸지 마라. 윤일후 이외에는 그 어떤 남자도 돌아봐선 안 돼. 마음에 두는 것, 이 아비가 용서 못한다."

"왜요? 왜 저만 아버지에게 필요한 사람을 사랑해야 하는데요? 내 친구들, 그 누구도 아버지의 강요에 의해 누군갈 억지로 마음에 담지는 않아요. 그 부모가 절대 그런 짓 안 시켜요. 근데 왜 저만…… 왜 저한테만 이런 일이 닥치는데요? 사랑해야만 하니까 억지로 사랑해야 하는 거. 필요에 의해 억지로 마음에도 없는 사람을 사랑해야 하는 거. 그걸 왜 저만 해야 하는 건데요? 왜!"

"어리석은 소리 마! 건영의 후계자와 결혼하는 게 무슨 동네 구멍가게에서 껌 하나 사는 일인 줄 아니? 네 친구들? 그 친구들의 부모도 건영의 윤일후라면 마음이 달라질 게다. 건영의 후계자를 사위로 삼을 수만 있다면 무슨 짓이라도 할 거야. 왜 너한테만 이런 일이 생기는 거냐고 물었니? 그건 네가 내 딸이기 때문이다. 이한영만, 한때 청계천 일대를 주름 잡던 조직깡패 두목, 폭력배에서 대기업 이사로 탈바꿈한 조폭계의 전설적인 인물! 네가 바로 그 딸이니까 그래야 하는 거야."

"아빠……."

"넌 지금부터 윤일후가 널 좋아하게 만들어야 한다. 피부, 몸매, 패션, 모두 너만 전담해서 관리해 주는 사람을 붙여줄 거야. 넌 윤일후가 널 보면 참지 못하게, 절로 욕정이 끓어오르게, 그렇게 널 가꾸고 만들어야 해. 알겠냐?"

"전 이제 열여섯이에요! 아직 미성년자, 학생이라고요! 그런 제게 어떻게 그런 말을!"

"그런 약한 소리는 집어치워! 넌 어째 어미 손에 큰 적도 없는데 네 어미 성향을 그대로 닮았니. 어째 이 아비는 하나도 안 닮았어? 그래가지고 어찌 이 한영만의 딸이라 할 수 있겠냐 말이야."

"아빠!"

"명심해라. 네 인생 최대 목표는 윤일후를 홀리는 거다. 녀석이 네 미모에 넘어가 청혼하게 만들어. 녀석과 결혼하면 넌 천하의 건영그룹 며느리가 되는 것이야. 윤일후의 아들을 낳으면 넌 차기 경영자의 아내뿐 아니라 그다음 후계자의 어머니가 되는 거지. 나는 그 할아비가 되는 것이고."

"그게 아빠가 원하시는 거예요? 건영을 쥐락펴락할 수 있는 힘? 그게 그렇게도 중요한 건가요? 딸의 행복보다도 더?"

"윤일후를 가지면 넌 세상을 손에 쥐게 되는 거다. 네 팔자는 네 친구들과는 비교도 할 수 없을 만큼 우월해지는 거야. 이게 다 나 혼자 잘살자고 하는 짓이 아니란 말이야."

"……."

열여섯 살 때부터 소라는 아버지에게 세뇌와 같은 교육을 받아왔다. 자신의 남자는 윤일후이고 그와 결혼하여 아들을 낳는 것이 인생 최대의 목표라고. 어린 마음에 말도 안 된다 반항도 해보고 발악하며 거부해 보기도 했지만 그녀는 아버지의 말을 들을 수밖에 없었다. 거절할 용기, 힘이 그녀에겐 없었다. 거부하고 반항할 때마다 뒤따르는 무거운 벌이 그녀는 무서웠다.

아버지 한영만은 건영에 대한 욕심이 컸다. 건영이 대한민국에서 내로라하는 재벌 기업으로 성장한 데에는 그의 어마어마한 규모의 검은 자본이 한몫 단단히 했는데, 윤 회장은 그를 전면에 내놓고 부각시키기를 심히 꺼려했다. 차마 조폭 출신의 한영만의 도움을 받아 회사를 재벌 반열에 올렸다는 말을 대외적으로 당당히 할 수는 없었던 것이다. 이런 이유로 개국공신과도 같은 자신이 뒷방 늙은이 취급을 당하는 것이 늘 불만이었던 한영만은 아름답게 커가는 딸을 보고 한 가지 기발한 생각을 떠올렸다. 딸을 이용한 신분 세탁이 바로 그것이었다.

목표가 세워진 한영만에게 딸의 의견은 중요하지 않았다. 딸이 어떤 삶을 살길 원하는지, 어떤 사람이 되기 위해 노력하는지 신경 쓰지 않았다. 그저 족쇄처럼 따라다니는 자신의 출신성분을 세탁하기 위해 혈안이 되어 딸이 추구하는 행복 따위에는 관심도 두지 않았다. 그렇게 해서 길러진 게 바로 지금의 한소라다.

아름답고 사랑스러운 여자. 일후와 결혼하기 위해서라면 무엇이든 할 수 있는 여자. 무슨 일이 있어도 윤일후와 결혼해야만 사는 여자.

"이상하잖아. 저 여자가 얹혀사는 거 유일하게 반대하던 사람이 오빠였다면서. 어머니 얘기 들어보니까 오빤 저 여자의 진실성도 의심했다며. 그럼 완전 사기꾼이라고 생각한다는 건데, 왜 갑자기 저 여자의 편을 들어? 기분 나쁘게."

"편?"

"방금 역성들었잖아. 내가 저 여자, 남자 꼬시는 것 같다고 하니까 펄쩍 뛰면서 아니라고 했잖아. 딱 봐도 꼬시는 건데 뭐가 아니라는 거야? 오빠도 남자라서 반안나한테 마음이 기울어진 거야, 뭐야?"

"뭐라고?"

"그러지 마. 오빠까지 날 실망시키지 말아줘. 재후 오빠야 원래 여자 보는 눈 형편없으니까 그러려니 하겠지만 일후 오빤 좀 다르잖아. 아무하고나 만나는 사람도 아니고, 만났던 몇몇 여자들도 다 미모의 재원들. 내가 수긍할 수밖에 없는 여자들이었잖아. 그런 눈 높은 오빠가 재후 오빠와 똑같이 저런 여자한테 마음을 빼앗긴다면 난 정말 슬플 것 같아. 그거야 말로 내 굴욕이지."

"재후 형은 여자 보는 눈이 없는 게 아니라 사랑과 동정을 구분 못하는 거다. 마음이 약해서 위기에 빠진 여자를 그냥 지나치지 못하는 거야. 예전에 잠깐 만나던 여자도 그런 케이스였어. 자기가 힘들 때 재후 형에게 도움을 청해놓고, 더 이상 도움이 필요 없어지니 형을 걷어찼지. 그런 일을 당하고도 형은 아무렇지도 않게 웃으며 그 여잘 보내줬어. 형은 그런 사람이야."

"그게 여자 보는 눈이 없는 거지. 그 여자가 진심으로 재후 오빨 사랑해서 사랑한다고 했을까? 재후 오빠가 만만하니까, 도와달라면 물심양면 헌신적으로 도움을 줄 남자니까, 그래서 이용해 먹기 쉬우니까 거짓 고백 따위로 사람 홀린 거라고. 저 여자도 마찬가지지. 집안 폭삭 망해 오갈 데 없어지니까 재후 오빨 물고 늘어지는 거 아니야. 말로는 전부터 만났다, 사랑한다, 말하지만 그게 과연 그럴까? 난 재후 오빠가 몇 년 동안 여자 만난다는 소리 들어보질 못했는데. 일후 오빤 들어봤어? 못 들어봤지?"

"……."

"것 봐! 거짓말인 거야. 전부터 사랑하던 사이였다는 것도 거짓말이고, 재후 오빠랑 사랑하는 사이라는 것도 거짓말이야. 상식적으로 생각해 봐. 정말로 저 여자가 재후 오빨 사랑한다면 아까 같은 그런 그림, 만들 수 있겠어? 그런 색기 어린 얼굴을 하고 남자 유혹하면서…….”

“그런 거 아니었다고, 내가 말 안 했던가.”

소라가 약간 업된 기분으로 반짝반짝 두 눈을 빛내며 반안나의 험담을 늘어놓기 시작할 무렵이었다. 그의 차가운 음성이 소라의 말을 딱 잘라 버린다. 소라는 뚝 하던 말을 멈추고 벙찐 채 일후를 바라보았다. 이건 대체 뭐지? 이 알 수 없는 기류는 대체 뭐야?

“반안나가 재후 형과 어울리지 않는 이유는 셀 수 없이 많아. 굳이 억지로 짜맞춰 없는 이유 만들 필요 없어.”

딱딱한 억양. 표정 없는 얼굴. 그 깊이를 가늠할 수 없는 어둡고 아득한 눈동자. 얄짤없이 잘라 말하는 그의 말투에서는 싸한 냉기마저 느껴진다. 아무리 봐도 반안나에게 우호적이랄 수 없는 모습이었다.

아닌가? 내가 잘못 느낀 건가?

“알았어. 정 오빠가 그렇게 생각한다면야 뭐. 근데 반안나네는 뭐 하던 집안이었대? 망하기 전엔 유복하게 살았다며.”

“그런 호구조사는 본인한테 직접 해. 난 관심 없으니까.”

재후 형은 대체 언제 오는 거야? 속으로 중얼거리며 일후는 인상을 찌푸렸다. 짜증이 솟구쳤다. 근원지를 알 수 없는 짜증스런 감정이 아주 많이, 미친 듯이 솟구치고 있었다.

“오빠, 적을 알고 나를 알아야 백전백승이라고 했어. 반안나를 쫓아내려면 반안나에 대해서 잘 알고 있어야지. 쟤가 저렇게 껌딱지처럼 들러붙어 떨어질 생각을 안 하는데, 계획을 제대로 세워야 내보낼 수 있을 거 아니야. 쟤, 저래 봬도 보통내기 아니다? 여자들은 여자들이 보면 딱 성향 파악 되거든? 쟤 보기보다 엄청 독하고 무서운 애야. 절대로 쉽게 안 떨어질 애라고. 임신했네, 어쩌네, 난리 치면서 껌딱지처럼 재후 오빠 인생에 눌러붙을 생각 하기 전에 우리가 나서서……."

"전화 좀 하고 올게."

짜증지수가 극한으로 치닫는 무렵, 도저히 참지 못하고 벌떡 일어난 일후가 한 말이었다. 그는 뒤도 돌아보지 않고 레스토랑을 나갔다.

제4장

신경줄 갉아먹는 존재

[오빠! 지금 거기 어디야? 왜 안 와? 기다려도 안 오기에 주문 먼저 했는데, 주문한 음식이 오빠보다 먼저 나왔어. 재후 오빠도 이미 도착하고. 대체 어디서 뭐 하기에 한 시간이 넘도록 돌아오질 않는 거야? 전화 통화하러 나간 거 아니었어?]

기분 나빠 죽겠는지 연신 하이톤 돌고래 소리를 발사하는 소라의 음성을 일후는 묵묵히 듣고 있었다. 마음 같아서는 당장에라도 끊어버리고 싶었지만 말도 없이 회사로 와버린 것은 확실히 자신이 잘못했으니 짜증 나도 참아야 했다.

[내일 내 생일이라고 했잖아. 내 생일 기억 못하는 것까진 그러려니 하겠어. 뭐, 언제는 오빠가 내 생일 챙겼나. 자기 자신 이외에는 그 누구도 안 챙기는 사람이니까 이젠 이런 거 무덤덤해. 어찌 보면 오빠한테 길들여진 거지. 오빤 진짜 복받은 거야. 세상

어떤 여자가 남친이 생일 날짜 매번 까먹는데 이렇게 마음 넓게 이해해 주니?]

"내가 네 남자친구라는 밑도 끝도 없는 착각은 아직도 변함없는 거냐."

[당연한 거 아니야? 정식으로 약혼한 건 아니지만 부모님들은 거의 기정사실로 받아들이고 계시는데. 난 오빠도 우리 사이를 어느 정도는 받아들인 거라고 생각했는데?]

"넌 착각이 일상이구나. 난 부모님이 생각해 낸 이 정략결혼을 기정사실로 받아들인 적, 단 한 순간도 없어."

[나와의 결혼 얘기 나오면서부터 오빠 지금껏 여자랑 사귄 적이 없잖아. 그게 그런 뜻 아니야?]

일후는 잠시 할 말을 잃고 꾹 입을 다물었다. 소라의 말을 부인하기엔 너무 확실한 진실이라 말을 이을 수가 없었다. 정말로 그는 최근 5년 동안 이성과 진지한 만남을 가진 적이 없었다. 만나더라도 단발성으로 한두 번이었고, 모두 따분하고 지루해 다음을 기약하질 않았었다.

친구들은 그런 일후를 보고 '벌써 남성호르몬이 줄어들고 있는 거 아니냐' 며 농담을 했다. 여자에 대한 근본적인 흥미가 떨어진 것처럼 보인다나 어쩐다나. 녀석들에겐 말도 안 된다고 부인해 주었으나 속으론 그도 정말로 그런 게 아닐까 진지하게 고민해 보았었다. 왜냐하면 5년 전까지는 자신도 여자한테 미친 듯이 흔들렸었으니까. 여자 때문에 이성이 날아가 스스로를 제어하지 못하고 폭주했었으니까.

"민석이 너, 어제 드디어 걔랑 한잔했다며? 어땠냐? 끝까지 갔어, 안 갔어?"

"내가 갔을 것 같냐, 못 갔을 것 같냐?"

"걔 소문을 참고하자면…… 못 갔을 것 같은데? 걘 아무하고나 안 잔다며. 스킬이 뛰어나기로 유명한 애 아님 절대로 말도 안 섞는다더라. 그만큼 도도하니까 모든 남자들의 도전 대상이 된 거겠지만, 어쨌든 네 녀석 수준으로는 그런 꽃퀸카를 꼬실 수가 없지. 걔도 눈이 있을 텐데."

"너 지금 나 무시한 거냐? 그 계집애랑 술자리 합석조차 해본 적 없는 주제에?"

"뭐야. 그럼 갔다는 거야? 끝까지? 어디서 했는데? 호텔? 네 오피스텔?"

"그런 것까진 내가 말해줄 의무 없고. 이 말, 저 말 떠벌거리고 싶지도 않다. 대신 한마디만 할게. 죽이더라."

"죽여?"

"방금 백화점에 가서 600만 원짜리 백 하나 사주고 왔다. 보답은 해줘야 할 것 같아서. 난 내가 즐거우면 여자도 당연히 그만한 즐거움을 누려야 한다는 주의거든. 여자의 가장 큰 즐거움은 쇼핑이지."

"유, 육백? 그 정도였냐?"

"역시 소문대로 몸매가 예술이더라고."

"뻥 아니었냐?"

"궁금하면 너도 만져 보던지."

"아니구나?!"

"지난달에 훈이 녀석, 걔한테 홀려서 가방이며 보석들을 잔뜩 안겨줬다던데. 그 이유를 알 것 같더라고. 아마 너도 걔랑 한 번만 자보면 알게 될 거야. 저절로 지갑이 열리는 그 기분."

"부, 부럽다. 나도 어떻게 한 번 만나보고 싶은데…… 안 될까?"

"걔 아무나 안 만난다니까. 급이 되어야 만나준다고. 너는 일단 강남으로 이사하고 보자. 응?"

대학 시절, 여자와 어울렸다는 것만으로도 거들먹거리며 허세를 부리던 친구 민석 때문에 알게 된 여자. 미모가 출중하여 수많은 남자들을 홀리는 대학가에서 소문난 얼짱. 한 번 맛보면 절대로 자진해서는 헤어 나올 수 없다는 게 그녀에 관한 일관된 경험담이었다. 수많은 얘기들이 남자 학우들 사이에서 떠돌았고, 그 덕분에 그녀를 쟁취하기 위한 자존심 싸움은 봇물을 이루었다. 그리고 그들의 무용담은 하나같이 '나도 그녀에게 감탄하여 가방을 사줬다'로 끝을 맺었다.

"누구 얘기 중이야?"

"너 모르냐? K대 마케팅과 반안나. 아아, 넌 이제 막 제대해서 걔에 대해 잘 모르겠구나."

"바나나?"

"반안나. 성은 반이요, 이름은 안나라. 크! 올해 신입생인데 아주 죽여줘. 너도 생각 있으면 한 번 대시해 보지 그래? 너 정도 스펙이면 걔도 사양하지 않을걸?"

그녀의 이름을 그때 처음 들었다. 그리고 그녀는 그에게 '돈이 많은 남자만 골라 만나고 하룻밤에 600만 원짜리 가방을 선물로 받는 걸 즐기는 여자'로 인식되었다. 그때까진 생각지도 못했었다, 자신마저 안나를 뜨겁게 갈구하게 될 줄은.

무엇으로 보나 그녀는 남자들의 혼을 쏙 빼놓고 돈을 갈취하는 팜므파탈. 일후의 취향이 아니었다. 오히려 일후는 그런 여자들의 접근을 경계하는 편에 속했다. 때문에 여자를 만날 때면 늘 자신이 건영그룹 후계자라는 사실을 숨겨왔었는데, 어떻게 된 일인지 그녀는 정확히 자신을 지목해 쫓아다니기 시작했고, 종국엔 그도 다른 남자들처럼 그녀에게 함락되고 말았다.

물론 그는 그녀에 대한 감정을 드러내지 않았다. 그녀를 볼 때마다 미친 듯 치밀어 오르는 욕구를 단순한 화학적 반응일 뿐이라고 생각했기 때문이었다. 남자라면 그럴 수 있다. 아름다운 여자에게 이끌리는 것은 남자의 본능이었다. 그리고 그는 자신이 성욕 정도는 충분히 자제할 수 있다고 생각했다. 실제로도 잘 조절해 왔다고 자부했다. 그녀가 자신의 돈을 노리고 일부러 접근한 것이라 생각하면, 자제하기는 훨씬 더 쉬워졌다. 하지만 억제된 본능은 언제든 분출하게 되어 있는 법. 아슬아슬 꾹꾹 눌러 참고 있던 욕망은 도화선에 불을 붙이자마자 단번에 타올라 폭발해 버렸다.

"소식 들었냐? 반안나가 어젯밤 클럽에 나타났다던데? Y대 최고 얼짱으로 소문난 놈이랑 팔짱까지 끼고. 어떻게 된 거냐? 걔 엊그제까지 너 좋다고 엄청 쫓아다녔잖아. 날마다 다니던 클럽도 끊고 너한테만 올인하는 것 같았는데."

"……."

"네가 너무 심하게 튕겨서 포기한 거 아니야? 아니면 드디어 목표 달성한 건가? 네 침대를 차지하고 나니 이젠 흥미가 없어진 것?"

"입 닥쳐."

"너 테크닉이 형편없었구나? 그러게 내가 말했잖냐. 자신 없으면 끝까지 거절해야 한다고. 그 계집애는 돈으로든 그 짓으로든 밀리는 남자는 상대 안 해."

"닥치라고 했다."

"자식! 계집애가 네 실력에 실망했다는 사실이 쪽팔리긴 한가 보지? 동네방네 네 실력 형편없다고 소문날까 봐 무섭냐?"

"신민석."

"그렇게 쪽팔려 할 건 없다, 윤일후. 네가 못하는 게 아니라 그 계집애가 너무 밝히는 거야. 원래 그 계집애 만족시키긴 보통 어려운 일이 아니거든. 하룻밤에 대여섯 번은 가게 해줘야 만족을 할……."

거기까지 들었던 것 같다. 그 뒤로는 기억이 없다. 꼭지가 팽 돌아 이성 상실, 정신줄을 놓고 미친 듯이 녀석을 팼다는 친구들 목격담밖에는. 정신을 차리고 보니 자신은 경찰서에 가 있었고 어머니와 변호사는 민석네 집과 합의를 하고 있었다. 그날 밤 그는 술을 미친 듯이 퍼마시고 학교 벤치 위에 널브러졌다가 오르골의 멜로디처럼 상큼한 여자의 음성을 들었다.

"여기서 뭐 하세요, 윤일후 씨?"

눈을 떴을 때 그녀가 자신을 내려다보고 있었다. 그 순간 그는 깨달았다, 자신이 반안나를 좋아하고 있음을. 단순히 아름다운 여자에게 느낄 수 있는 화학적인 반응이 아니었다. 매력적인 여자를 취하고 싶은 단순 욕정이 아니었다. 그저 그녀의 몸에 자신을 새겨 내 것임을 친구들 앞에서 자랑하고 싶었던 것도 아니었다. 그는 정말로, 진정으로 그녀의 사랑을 받고 싶었다. 그 갈망은 그녀가 자신의 돈을 보고 접근했다고 생각해 봐도 가라앉지 않았다. 이미 안나를 향한 열병은 중증으로 발전한 후였다.

사랑을 깨닫자 덜컥 겁이 났던 것 같다. 그녀가 어떤 여자인지 알면서도 마음을 빼앗긴 스스로에게 환멸이 느껴졌다. 그러나 그 와중에도 미치지 않고서야 반안나를 이렇게 원할 수는 없다, 생각했을 정도로 그녀를 향한 정욕이 거세게 솟구쳤고, 그는 술에 취해 흐릿한 정신에도 어렴풋이 예감하고 있었다. 이대로라면 자신이 뭔가 나쁜 짓을 저지를 것만 같은, 반안나에게 상처를 주게 될 것 같은, 그런 빌어먹을 느낌이었다.

그녀를 위해서, 그는 최대한 겁을 주었다. 거친 말과 행동으로 상처를 주고 그녀가 자신을 제 발로 떠나도록 만들었다. 그녀를 더 옆에 뒀다간 자신도 그녀도 모두 망가질 게 뻔하다고 생각했던 특단의 조치였다. 덕분에 그녀는 정말로 그의 곁을 떠나 멀리 달아났다. 그리고 5년 뒤, 다시 그의 앞에 나타났다. 사촌 형, 재후의 약혼녀로서.

[듣고 있어? 오빠! 일후 오빠!]

"……듣고 있다."

[그러니까 내 말은, 아무리 날 여친이라 생각하지 않는다 하더라도 이건 매너가 아니라고. 생일기념으로 밥 먹으러 식당에 왔는데 어떻게 혼자만 쏙 말도 없이 사라져? 같이 온 사람 황당하게.]

"회사에 일이 생겼어."

[회사? 거긴 왜 갔어? 퇴근했잖아.]

"오늘 안으로 처리해야 할 일이야."

[그거 오늘 처리 못하면 회사가 망하기라도 해? 정말 너무한 거 아니야? 내가 선물을 바라, 뭘 바라? 날짜 챙겨주는 것조차 바란 적 없는 내게 어떻게 저녁 먹을 시간조차 내주지 않는 건데?]

"미안하게 됐다. 선물은 내가 따로 보낼게."

[됐거든. 옆구리 찔러 받는 선물 하나도 안 기뻐. 아빠한테 다 말할 거야. 아빠가 그리도 칭송해 마지않는 최고의 신랑감, 윤일후가 이런 남잡니다! 하고 다 말할 거라고. 아버님, 어머님 귀에도 다 들어가게 만들 거야. 오늘은 단단히 각오하는 게 좋을걸? 집에 들어가면 분명 아버님한테 혼쭐이 날 거니까.]

"기대하고 있을게. 그럼 오늘 좋은 시간 보내."

[오빠는 지금 그런 말이 나와? 지금 내가 좋은 시간 보낼 수 있을 것 같아?!]

언제 들어도 신경을 긁는 소라의 날카로운 비명 소리를 끝으로 일후는 통화를 끝냈다. 그는 손에 들고 있던 핸드폰을 책상 위로 던지듯 내려놓고 흘러내린 머리카락을 거칠게 쓸어넘기며 뜨거운 숨을 내뱉었다. 머리가 지끈거렸다. 알 수 없는 분노와 짜증, 불쾌감이 한데 버무려져 그의 뇌를 총공격하고 있었다.

이 모든 게 반안나 탓이다. 그녀 때문에 모든 게 헝클어져 버렸다. 저녁 식사 장소를 안나가 일하는 레스토랑으로 정한 것부터 잘못이었다.

그녀가 상사로부터 추행을 당하는 걸 본 순간부터 일후의 뇌는 정상 작동이 불가능해졌다. 그녀가 어디서 뭘 하든, 무슨 일을 당하든, 자신과는 아무 상관도 없다는 걸 미친 듯이 떠올리고 상기시켜 보았음에도 제어는 불가능했다. 화가 치밀어 당장에라도 놈의 턱을 날리고 싶었다. 놈을 죽기 직전까지 패주고 널브러지게 만든 다음 바닥으로 질질 끌어 그 추잡한 면상을 쓰레기통에 처박아주고 싶었다. 그러고 싶어 미치는 줄 알았다. 5년 전과 다름없이 그는 또다시 통제불능 상태에 몰리고 있었다.

"젠장할."

육성으로 욕설을 중얼거리며 그는 형식적으로 들고 있던 서류를 책상 위로 내동댕이쳤다.

❋

"하하하! 이제 보니 안나 양이 꽤 유머러스한 구석이 있네. 이거 의외의 모습인걸?"

"의외긴요. 난 처음부터 딱 알아봤는데. 얘가 첫인상은 되게 깍쟁이 같은 느낌인데, 얘기를 하면 할수록 소탈하고 귀엽고 정이 막 가는 스타일이더라고요. 그런 사람 있잖아요. 괜히 준 거 없이 예쁘고 마음이 가는 사람. 얘기하는 것도 얼굴과는 영 딴판이더라니까요? 그런 의외성이 얠 더 매력적으로 보이게 하는 것 같아요. 우리 재후가 안나 양한테 빠진 게 다 이유가 있어요."

"그렇지. 그 녀석이 여자 함부로 만나는 타입은 절대 아니지."

평소 근엄하기 짝이 없는 윤명석 회장이 집 밖으로 웃음소리가 흘러넘치도록 활짝 웃고 있었다. 박원주 여사도 '얘가 내 며느리야!'의 시선으로 안나를 보며 몹시도 뿌듯해하고 있었다. 사무실에서 일과 씨름하다 지쳐 막 귀가해 들어오던 일후는 그 자리에 못 박혀 서버리고 말았다. 그리고 스스로를 향해 물었다. 이게 대체 무슨 얼빠진 상황이냐고.

아들이 들어오든 말든, 조카며느리의 유치한 유머 한 자락에 솔깃해 홀딱 빠져 버린 얼굴을 하고 있는 노부부라니. 재벌가 회장부부가 돈 한 푼 없이 길거리에 나앉은 알거지 조카며느리를 저렇게 흡족해하는 게 말이 돼? 다른 사람도 아닌 윤명석 회장이잖아. 아버지, 윤 회장은 사람 고르는 눈이 까다로운 만큼 아무한테나 쉽게 마음을 열지 않는다.

"저도 재후 선배의 그런 부분이 마음에 쏙 들었어요. 사실 생긴 건 좀 기생오라비 스타일이잖아요."

"응?"

"기생오라비?"

안나가 입을 열자 윤 회장과 박 여사가 당황한 듯 두 눈을 홀쩍 키웠다. 조카를 기생오라비라고 이리 대놓고 말하는 처자의 행동이 조금은 당혹스러운 것이다. 그럴 수밖에 없는 게, 지금까진 그 누구도 천하의 윤명석 회장 앞에서 재후의 험담을 할 수 없었다. 동생을 일찍 보내고 그 아들을 친아들처럼 키운 분이라 재후에 대한 애정이 남달랐기 때문이었다. 분명 버럭 역정을 내실 것이라 일후는 예상했다.

"풉!"

하지만 그 예상은 보기 좋게 빗나가 버렸다. 잠시의 침묵 뒤로 이어진 것은 이해할 수 없는 폭소세례였다. 아버지와 어머니가 배꼽을 잡고 웃기 시작했다.

"그래, 맞다! 재후가 좀 기생오라비 같이 생겼지. 곱상해가지고서는. 그 숯검댕이 눈썹만 아니면 누가 걜 남자라고 하겠니? 영락없는 기생오라비지."

"허여멀쑥긴 하지. 공부만 하느라고 말이야. 녀석, 아무래도 내년 여름에는 억지로라도 서재에서 나오게 해야 할까 봐. 납치라도 해서 강제로 비행기에 실어 보내야겠어. 하와이, 브라질, 스페인, 유명한 해변가 쭉 돌고 오면 남자답게 선탠이 되어 있겠지."

"거길 다 돌면 너무 까매지지. 명색이 교수님이 너무 논 거 티 내면 써요?"

"그럼 아예 결혼을 시켜버리는 건 어떨까. 신혼여행 다녀왔다면 뭐라 할 사람도 없을 거 아니야."

"어머! 그럼 되겠네. 안나야, 그러자. 이렇게 말 나온 김에 결혼해 버리자. 내년 여름 어떠니? 그 정도면 너희 집 형편도 좀 나아지지 않을까?"

"아아. 그, 글쎄요……."

안나는 확답을 내놓기 어려운지 말끝을 흐렸다. 당장 오갈 곳 없이 쫄딱 망한 집안이 1년 이내에 괜찮아질 리 없을 테니 그럴 수밖에. 이런 건 재벌집 마나님으로 삼십 년간 아무 걱정 없이 살아온 박 여사의 머리에서나 나올 수 있을 법한 생각이지, 현실은 최대한 아끼고 아끼며 1년 내내 저축해도 1,000만 원이 될까 말까다.

"왜? 걱정돼? 결혼 얘기 하니까 표정이 어두워지네."

"아, 그게 아니라……."

"걱정하지 마. 나, 혼수 가지고 시집살이 시키는 못된 시어머니 될 생각 없어. 며느리 혼수로 친구들끼리 내가 잘났네, 네가 잘났네, 자랑하는 것도 꼴사납다고 생각하는 사람이야."

"아니에요! 전 그런 걱정은 안 해요……."

"그럼 뭐? 돈 걱정했어? 너도 우리 재후, 벌이가 시원찮아서 갑갑하지? 그래, 나도 그건 그렇다. 전임도 못 단 교수 월급 빤한데 그걸로 언제 집 사고 애들 키우며 살겠나, 걱정돼. 그래도 그것 때문에 결혼 망설이진 마. 다른 건 몰라도 집은 우리가 해줄 거니까. 내가 우리 재후 몫으로 따로 아파트 해놓은 거 있어."

"네? 굳이 그, 그러실 필요는 없는데요!"

"무슨 소리니? 그 정도는 해줘야지. 내가 이래 봬도 재후를 15년 넘게 키운 사람이야. 나한텐 일후나 재후나 다 똑같아."

"……."

"물론 재후는 생각이 좀 다를 수 있어. 아무래도 제 친엄마가 따로 있으니까. 요즘도 2~3년에 한 번씩은 꼬박꼬박 어머니 보러 독일 갔다 오곤 해. 그래도 기른 정 무시 못하지. 나도 재후를 아들처럼 생각하고 의지하지만, 재후도 날 친엄마보다 더 잘 따라. 얼마나 내 생각 많이 해주는데. 오히려 차갑고 잔정 없는 일후 녀석보다 걔가 훨씬 더 애틋해. 그런 녀석, 장가보낼 때 내가 집 한 채 못해주겠니? 그럴 여력이 없는 것도 아닌데 말이야. 안 그래요, 여보?"

"더한 것도 해줘야지. 재후 아비 생각하면 내 지분마저 떼어주고 싶은 심정인데 그까짓 집 한 채가 문젤까. 생각해 보면 재후 아비만큼 회사 일에 열성적이었던 사람도 없었어. 지금 우리 회사가 이만큼 자리 잡고 큰 데에는 재후 아비 능력과 열정이 큰 몫을 했지. 그 기여도만 따지면 집이 아니라 회사 하나를 떼어줘야 할 걸."

"그 마음만 감사히 받겠습니다, 큰아버님."

살짝 목에 멘, 울먹울먹 물기가 물씬 묻어나는 안나의 음성이 뒤를 이었다. 일후는 이마에 주름을 만들고 눈살을 찌푸렸다. 마음만 받겠다니, 돈을 보고 재후에게 들러붙은 여자의 입에서 나올 소린 절대 아니었다. 게다가 울먹거리는 저 음성은 뭐란 말인가.

아카데미 여우주연상 감의 연기다.

"어쩌면 말도 이렇게 예쁘게 하니? 넌 정말 딱 내 며느릿감이다. 우리 일후가 너처럼 예쁘고 참하고 착한 여자를 만났으면 좋았을 것을."

"……왜요? 소라 씨 예쁘고 착하잖아요."

"그렇긴 하지. 근데 알다시피 애가 고생을 전혀 모르고 자라서 철이 없어. 나이가 스물셋이나 됐는데 아직도 어린애야. 이이는 소라가 내년에 졸업하면 곧바로 일후랑 짝지어주자는데, 난 그건 솔직히 반대하는 입장이거든. 지금도 철부지인데 사회생활 요만큼도 안 해보고 시집와 봐. 그건 나더러 애 하나 더 키우란 소리야. 난 며느리를 들이고 싶지, 딸 하나 더 키우고 싶은 마음은 없거든. 좀 더 두고 보다가 결혼시키자는 게 내 생각이야."

"당사자들의 마음만 잘 맞는다면야 그런 건 상관없지 않을까요?"

"사실 일후가 별로 결혼 생각이 없어. 성격도 좀 까칠하니? 그녀석이 여자 응석이나 마냥 받아줄 성격은 아니잖아. 실제로도 소라를 좀 귀찮아하기도 하고."

"서로 좋아하는 거 아니었어요?"

"이이가 그냥 묶어준 거야. 소라 아버지가 우리 회사 이사거든. 회사 중역이시고 이이 지인이기도 하셔서 자연스럽게 어릴 때부터 둘이 잘 알고 지냈어이. 그래서 결혼시키자, 암묵적으로 합의를 해놓은 거지. 근데 당사자들은 싫다고 난리야. 좋아하는 사람 만나서 연애결혼할 거라고. 하지만 그래 봤자 지금까지 둘 다 쭉 만나는 사람이 없는 걸 어째. 연분인가 보지."

"아아."

뭔가 중대한 정보를 캐치한 사람처럼 의미심장하게 안나가 감탄사를 내뱉으며 고개를 끄덕인다. 무슨 약점을 잡으시려고? 왜? 5년 전 잔인하게 자길 뻥 걷어찬 남자가 정략결혼이나 하는 안쓰러운 지경에 처해 있으니 기분이 째지시나. 사랑 한 번 제대로 못해본 바보등신이라고 비웃으시려고? 차갑게 입술을 비틀며 일후가 얼굴을 찌푸렸다.

"일후 녀석은 아직 멀었고, 난 재후나 얼른 결혼했으면 해. 임자가 없는 것도 아니고 이렇게 떡하니 참한 색시도 있는데 미룰 이유 없지. 지금은 결혼한다 생각하면 비용 문제, 의식주 문제, 모든 게 다 암담하겠지만 결혼해 봐. 훨씬 마음이 안정되고 일도 술술 풀리는 기분 들 거야. 결혼이란 게 그런 거야. 배우자에게 기대면서 동시에 배우자의 힘이 되어주는 것. 너 이렇게 힘든데, 재후가 옆에서 힘이 되어줘야지."

"……."

"정 집이 부담스러우면 우리 집에 들어와 사는 것도 나쁘지 않고, 방법은 많아. 어때?"

"여기 들어와서요?"

얼떨떨한 얼굴로 안나는 천천히 되물었다. 점입가경이란 말을 이럴 때 쓰는 건가. 집을 준다며 결혼을 하라 부추기는 것도 모자라 이제는 결혼해 집에 들어와 살란다. 그것도 내년 여름에!

이러다 진짜 재후 선배랑 결혼해야 하는 거 아니야? 내년 여름까지 방 한 칸 마련할 돈을 어떻게 벌고 학비는 또 어떻게 벌어? 이미 6개월 치 월급은 다 받아먹었는데! 여름까지 나머지 월급으론 학비며 집세 마련은 턱도 없지. 아, 이를 어째. 한 1년 편하게 살 수 있겠다 싶었는데, 이젠 당장 재후와 헤어졌다며 여길 나가야 할 판이 됐네.

"2층에 남아도는 게 방이잖니. 좁으면 넓게 터서 써도 되니까 말만 해."

"그건 좀 민폐인 것 같은데……."

"괜찮아, 얘. 내가 인테리어에 얼마나 관심이 많고 좋아하는데. 우리 집, 내가 다 손수 골라 꾸민 거야. 사실 내가 일후 녀석이 일찍 장가가길 바란 것도 그 녀석 신혼방을 내가 꾸며주고 싶은 욕심 때문이었어. 그런데 그 녀석이 도통 장가갈 마음이 없는지 영 여자를 만날 기미가……."

결혼 얘기를 도대체 어떻게 하면 무마할 수 있을까 안나가 미친 듯이 머리를 굴리고 있을 때다. '인테리어는 내게 맡겨라' 연설에 열중해 있던 박 여사가 흠칫 고개를 들곤 저벅저벅 집 안으로 들어오는 아들을 향해 말 한마디를 날렸다.

"어? 일후야, 너 언제 왔니?"

모델 워킹 뺨치게 걸음마저 멋들어진 포즈로 들어선 윤일후는 어머니의 질문에도 아랑곳 않고 고개만 까딱하고는 그대로 2층 계단을 오르기 시작했다.

"식사는 했고? 오늘은 뭐 하다가 이렇게 늦은 거야? 또 일했니?"

그의 뒤통수에 대고 박 여사가 그렇게 외쳤건만, 답은 돌아오지 않았다. 뭔지 모르지만 빈정이 보통 상한 게 아닌 것 같다. 또 왜 저러는 걸까. 내일이 여친 생일이라는데도 밥 한 끼 같이 먹어주지 않고 회사로 쏙 들어가 버린 주제에 뭘 잘했다고, 흥! 일후의 떡 벌어진 날씬하고 납작한 등짝을 째려보며 안나는 코웃음을 날렸다.

"거 그냥 내버려 둬. 녀석 요새 일 때문에 스트레스가 이만저만이 아닐 거야. 머리깨나 아플걸. 안 그래도 책임 있는 자리에 앉은지 얼마 되지 않아 새로운 일 익히기도 빠듯할 텐데 그 외로, 회사 재무표를 창립년도부터 훑고 있다더구만. 너무 무리하지 말라고 그리 당부했는데도 날이면 날마다 야근이야. 쯧쯧, 누굴 닮아 저리 황소고집인지."

"당신 닮아서 그렇죠, 뭐. 한 번 빠진 일에는 물불 안 가리잖아요. 당신 신혼 초에 회사 일 집에까지 갖고 들어와서 나랑 얼마나 싸웠어요? 나랑 결혼해 달라고 1년 내내 줄기차게 쫓아다니기에 엄청 선심 써서 결혼해 줬더니, 졸지에 멀쩡한 여자 독수공방하게 만들었잖아요. 그럴 거면 왜 결혼해 달라고 졸라?"

"그땐 당신한테 빠져 있었으니까 그렇지. 당신도 방금 말했잖아, 내가 한 번 빠지면 물불 안 가린다고."

"난 일후도 당신 닮아 여자한테 올인하는 스타일일 줄 알았어요. 지가 좋아서 거의 매달리다시피 하는 결혼을 할 거라고 생각했다고요."

"곧 그러겠지. 소라한테 아직 빠져들지 못해서 그러는 것뿐, 조만간 불붙으면 활활 타오를 거야. 젊은 애들 붙여놓았는데 아무 일 안 생기진 않겠지. 기다려 보자고."

"에휴, 난 그때까진 우리 안나로 만족해야겠네."

박 여사가 안나를 돌아보며 흐뭇하게 미소를 지었다. 보고만 있어도 배가 부르는 모양이다. 윤 회장 내외의 대화에 귀 기울여 열심히 듣고 있던 안나는 박 여사와 눈이 마주치자 히죽 눈웃음을 지어 보이곤 사각, 손에 들고 있던 사과를 한입 베어 물었다.

오늘따라 사과가 참, 쓰다.

박 여사의 영원히 끝나지 않을 것 같던 수다가 막을 내린 것은 밤 11시 무렵.

시청하던 드라마가 끝이 나서야 박 여사는 자리에서 일어났다. 피곤해 잠이 쏟아지는 몸을 겨우 가누며 박 여사의 수다에 열심히 맞장구치던 안나는 그제야 자유를 얻을 수 있었다. 축 처진 몸을 이끌고 제 방문 앞까지 온 그녀는 비로소 '드디어 잘 수 있다'는 생각에 힘없이 주먹을 흔들며 '아싸!'를 외쳤다. 그리고는 문을 열기 위해 팔을 뻗는 그 순간, 이미 몽롱해진 그녀의 세계에 불쑥 이방인이 침입해 들어왔다.

"얘기 좀 해."

윤일후다. 하지만 그의 모습에 화들짝 놀라 정신을 차렸을 때, 안나는 벌써 그의 영역 안으로 끌려 들어가고 있었다. 완벽하게 현실로 돌아온 제정신으로 주위를 돌아보니 이미 일후의 방 안. 그의 크고 길쭉길쭉 강인하게 뻗은 손가락들이 자신의 팔목을 수

갑처럼 꽉 죄고 있었다.

"뭐 하는 짓이에요?"

"얘기 좀 하자고."

"할 얘기 있으면 복도에서 하면 되잖아요. 굳이 여기까지 날 끌고 들어올 이유는……."

없다고 소리치려는데 갑자기 불쑥 떠오른다. 그가 굳이 자신을 이곳, 자기 방까지 끌고 들어온 이유. 안나는 헛, 입방귀를 뀌고는 척 턱을 들어 일후를 도전적으로 바라보며 빙긋 미소를 지었다.

"아아, 이거였구나. 내 정체를 까발려 주겠다고 호언장담하시던 게 바로 이런 걸 두고 한 말이었구나. 당신과 내가 과거 무슨 사이였는지 이런 식으로 만방에 알리려는 거죠? 뭐, 아이디어는 좋네요. 그런데 이걸 어쩌나? 재후 선배는 내 과거 따위 개의치 않는다고 했는데. 지금의 나를 사랑하는 거라서 과거에 내가 누굴 좋아했든 사랑했든 전혀~ 신경 쓰지 않는대요. 그러니 이런 삽질은 제발 그만두시죠?"

"너 그 입, 조심하는 게 좋겠다. 5년 전에 네가 나를 사랑해서 쫓아다녔다는 뜻으로 들리거든."

"그 말은 5년 전에 내가 당신을 쫓아다닌 것도 다 돈 때문이었을 거다, 이겁니까?"

"아니란 말은 못 할 거다. 그걸 부인하면 네가 날 정말 사랑했다는 말이 되니까. 그건 아니잖아?"

"이것 보세요!"

"그렇게 우길 모양인데, 그만두지. 그래 봤자 내가 네 거짓말에 놀아날 일도 없을 거니와 너한테 득 되는 것도 없을 테니까. 그랬다는 게 알려지면 넌 오히려 제대로 아웃이야. 우리 부모님께서 과거 나를 사랑했던 여자와 형의 결혼을 승낙하실 리 없어. 괜히 집안 분란만 일으키게 될 거다."

"날 걱정하는 투로 말하지 마요. 그래 봤자 당신 말 믿고 당신 의도대로 행동해 줄 생각, 추호도 없으니까요. 당신이 아군이 아닌 적군이라는 건 누구보다도 내가 가장 잘 인지하고 있다는 사실, 잊지 마세요."

"내가 적군이면 내 가족들도 네 적군이야. 네 말을 믿어줄 사람 아무도 없어. 어설픈 작전일랑 넣어두는 게 네게 이로워."

"이거 왜 이러실까, 자꾸. 왜요? 지금 이 순간 내가 소리라도 칠까 봐 겁나세요? 가족들 불러 모아놓고 이 모습, 고대로 지켜보게 할까 봐 무서워요?"

"뭐?"

어디서 이런 배짱이 나왔을까. 바늘로 찔러도 피 한 방울 안 나올 것 같은, 독한 남자, 윤일후를 향해 겁대가리 없이 협박을 날리고 있다니. 너 진정 제정신이 아니구나, 반안나. 혼자 식겁하며 스스로를 꾸짖어봤지만 이미 그의 얼굴은 썩어가고 있었으니. 안나는 당황한 기색을 애써 누르고는 무서울 것 하나 없는 사람처럼 빙글빙글 유들유들 그를 향해 비웃음까지 날려주며 태연자약 여유를 부렸다.

"큰아버님, 큰어머님! 이리 와보세요~ 조카며느리 반안나가 도련님의 방에 있어요~ 이렇게 가까이 붙은 채~"

목소리 한껏 낮춰 속삭이며 놀려먹으니 일후의 표정은 굳어졌다. '가까이' 대목에선 고개를 더욱 바짝 세우고 가슴을 내밀어 그에게 더욱 밀착시키기까지 하니 잘생긴 그의 미간에는 짙은 고뇌의 주름이 잡힌다. 속이 아주 부글부글 끓을 거다. 성질대로라면 당장에라도 사람을 불러 '이 여잔 과거 날 좋아했던 여자입니다!' 하고 모든 사실을 까발리고 싶겠지.

하지만 그러면 그는 불편한 진실 한 가지를 인정해야만 한다. 안나가 5년 전 자신을 진심으로 사랑했다는 사실 말이다. 그뿐 아니라 사랑하는 가족들이 상처 입는 모습을 지켜봐야 할 거다. 아무리 차가운 크롬하트를 가진 윤일후라도 그렇겐 못하지. 5년 전 자신에게 잔인한 짓을 서슴지 않았던 윤일후에게도 심장이란 건 있는지, 어쨌든 인정하긴 싫지만 그는 형이나 가족들을 끔찍이도 위하는 사람 같거든.

"소리쳐 볼까요? 어떻게 되나?"

"뒷감당 자신 있는 거냐? 넌 여기서 쫓겨나."

"그쪽도 만만찮을 텐데요. 재후 선배가 당신이 이런 거 알면 가만 안 있을 겁니다. 볼 만하겠는데요? 형제끼리 한 여자 때문에 싸움질하는 거."

"넌 이 상황이 즐거워?"

"즐기는 걸로 보여요? 현재 사랑하는 남자가 알고 보니 예전에 사랑했던 남자의 형이었다. 여자로선 뭐, 썩 즐길 상황은 아닌데요."

"말은 바로 하지. '돈 때문에 접근했던 남자가 알고 보니 예전에 돈 때문에 접근했던 또 다른 남자의 형이었다' 겠지. 사랑이 아니라."

"이봐요."

"5년 전 나한테 거절당한 것 때문에 오기라도 부리는 모양인데, 좀 현명해지는 게 어때? 돈 많은 남자들은 세상에 널렸어. 그중 너한테 관심을 보이는 사람도 분명 있을 거다. 5년이 지났지만 아직 그 미모, 몸매, 봐줄 만하거든. 여기서 소득도 없이 힘만 빼는 것보다는 하루라도 빨리 다른 물주 찾아 새로운 게임을 벌이는 게 네겐 더 이익이란 말이야."

갑자기 그의 시선이 그녀의 몸을 훑어 내려갔다. 느리게, 천천히, 마치 첫날 목욕탕 갔다 온 직후 있었던 그 해프닝을 떠올리는 듯. 당당하게 그를 올려다보며 시크공주 흉내를 내고 있던 안나의 표정이 그대로 굳어버렸다.

머리부터 발끝까지 전기가 관통했다. 붉은 입술, 길고 하얀 목덜미, 움푹 파인 쇄골, 봉긋 솟은 가슴까지 그의 눈동자가 머무는 곳은 죄다 짜릿하고 뜨겁게 달궈지고 있었다. 그의 시선을 받는 몸이, 그 세포 하나하나가 아우성치며 그를 열렬히 반기고 있는 기분이었다. 미쳤어, 속으로 혼잣말을 중얼거려 봤지만 온몸이 잘 익은 홍시처럼 시뻘게지는 것을 막기엔 역부족이었다.

"이 변태."

이를 악물고 안나는 씹어뱉듯 그를 저주했다. 하지만 이딴 말에 흔들릴 윤일후가 아니었다. 그는 쥐고 있던 안나의 손목을 더욱 세차게 그러쥐며 한층 더 싸늘하게 중얼거렸다.

"내 집에서 나와 매일 대면하며 내 형에게 사랑을 속삭이는 거. 그게 더 변태 짓 같은데, 반안나? 소름 돋아."

"소리 지르겠어. 가족들 불러서 당신이 어떤 사람이라는 거 다 알게 할 거야."

"바로 쫓겨날 거라고 충고했을 텐데. 이젠 형한테서 떨어져 나갈 마음의 준비가 된 거냐?"

"내게 대체 왜 이래요? 난 당신 5년 전에 잠깐 쫓아다닌 죄밖에 없어. 당신은 날 싫어했었잖아. 그거 외에 내가 더 뭘 잘못했는데요? 내가 뭘 그리 잘못했는데 이렇게 날 못 쫓아내서 안달이에요?"

"넌 재후 형한테 안 어울려. 형의 여자가 될 자격이 없어."

"그런 자격은 당사자가 정하는 거 아닌가요? 재후 선배가 날 좋아한다잖아요. 날 사랑한다잖아요! 나도 재후 선배 사랑해요. 이런 감정이면 결혼도 할 수 있다고 생각해요. 그게 뭐 어때서요? 그게 죄예요? 당신 잠깐 좋아했다는 사실 하나 때문에 재후 선배와도 헤어져야 한다는 거예요? 왜 그래야 하는데요? 왜요? 당신이 뭔데!"

"넌 형을 사랑하지 않아. 그게 이유다. 네가 절대로 윤재후의 여자가 되면 안 되는 이유."

"사, 사랑한다니까요! 사랑해요. 윤재후, 사랑한다고요. 내가 사랑한다는데 왜 자꾸 당신이 아니라고 하는 건데요? 당신이 무슨 거짓말탐지기예요? 내가 진짜 재후 선배를 사랑하는지, 안 사랑하는지 얼굴만 봐도 알아맞혀요?"

"......."

"좋아요. 인정할게요. 5년 전에 나, 당신 사랑하지 않았어. 그냥 멋져 보여서, 돈 좀 있고 집안도 좋다 하고 생긴 것도 멀끔하니 잘생겨서. 그래서 쫓아다녔죠. 당신을 내 것으로 만들어서 동네방네 자랑하려고. 이런 남자도 날 좋아한다, 그렇게 콧대 좀 세워보려고요."

안나가 허세를 부리며 거짓말을 주절거리자, 불쾌한 듯 일후의 미간이 일순 꿈틀거렸다.

"이건 대체 뭐지? 또 무슨 작전을 쓰시려는 겁니까, 형수님?"

"철없던 그 시절엔 사랑보단 조건이나 수준 맞춰 남자 만나는 게 편하고 좋았어요. 골치 아프게 사랑 같은 복잡한 감정 생각하는 건 성미에 안 맞았던 거죠. 뭐, 너무 어려서 사랑이 뭔지도 잘 몰랐기도 했고요."

"지금은 사랑이 뭔지 안다는 건가."

"그럼요. 재후 선배가 바로 그 증거잖아요. 전 재후 선배의 모든 것을 좋아해요. 그 부드러운 미소, 따뜻한 성품, 남의 아픔도 자기 것처럼 함께 아파하고 돕기 위해 애써주는 자상한 마음씨. 착한 남자의 정석이잖아요. 전 전부터 그런 남자가 좋았거든요. 사실 당신은 제 취향은 아니었어요. 성격 고약하고 불친절하고, 정말 최악이었죠. 전 그런 남자 딱 질색이에요. 게다가 당신 몸 전체에서 풍기는 이미지, 그 뭐냐, 동물적인 섹시미? 그런 것보다는 재후 씨에게 흘러나오는 고상하고 우아한 절제미, 그런 게 더 절 자극하더라고요. 아, 완전 설렌다! 이런 게 사랑이 아니면 뭐겠어요?"

"……."

한껏 분위기에 고취되어 진짜 재후를 사랑하게 된 여자마냥 두 볼 발그레하게 붉힌 채 샤방샤방 반짝반짝 두 눈을 키우고 방그르르 웃고 있는 반안나. 일후는 그런 그녀를 굳은 표정으로 말없이 내려다보고 있었다. 오오, 이대로 넘어가는가. 설득되는 건가. 그렇다면 좋다. 쐐기를 박자. 일후가 더 이상 아무런 반박을 내놓지 못하게. 더 이상 재후와의 사이를 의심하지 못하게.

"동물적인 섹시미와 우아한 절제미?"

한껏 업되어 있는 안나의 턱 끝을 그의 기나긴 손끝이 슬그머니 쥐어온 것은 바로 그때였다. 그가 나른하게 중얼거리며 핏, 입술 끝자락을 끌어 올렸다. 일순 그에게 잡힌 손목을 제외한 온몸에 소름이 끼쳐 왔다. 이 부, 불길한 기분은 뭐지?

"흥미로운 비교분석이군."

불편할 정도로 나직하고 굵은 그의 음성이 부드럽게 울려왔다. 다정하다. 너무 다정하고 부드러워 소름이 끼칠 정도다. 안나는 잔뜩 겁을 먹고도 전혀 아무렇지도 않은 듯 애써 두 눈 부릅뜨고 그를 마주 보았다. 눈싸움이라도 하겠다는 듯 매우 전투적인 그녀의 눈빛에도 불구하고 그는 태연하게 그녀를 내려다보며 턱을 쥔 손끝에 꾹 힘을 주었다. 턱 끝으로 통증이 밀려왔다.

"아!"

안나는 저도 모르게 인상을 쓰며 신음을 흘렸다. 그러자 그녀의 입술이 봉긋, 꽃처럼 입구를 열었다.

"하지만 근거가 불충분해. 네가 해본 키스는 5년 전의 것이잖아?"

"어, 어라거여(뭐, 뭐라고요)?"

억지로 벌려진 입으로 어버버거리면서도 안나는 순간적으로 직감할 수 있었다. 그가 자신에게 키스를 하려 한다는 것을. 이 남자 진짜 미친 거 아닐까? 키스가 무슨 컴퓨터 프로그램도 아니고, 왜 최신 업데이트를 하겠다고 난리야? 화가 잔뜩 난 안나는 그의 손아귀를 떨궈내려 거칠게 고개를 흔들었다. 그러나 채 몇 번 흔들지도 못하고 그녀는 그의 입술로부터 숨결을 강탈당하고 말았다.

"흡!"

제5장

그녀를 좇는 눈

뜨거운 이물질이 단숨에 쳐들어와 그녀의 안을 헤집고 돌아다니자 그녀는 머리가 원치 않는 신음을 흘리고 말았다. 말초적인 자극. 손발이 오그라드는 엄청난 쾌감. 몸 안에 내재되어 있던 욕구가 눈을 떴다. 이성으로는 도저히 제어할 수 없는, 유혹적인 이 대단한 쾌감 앞에서 인간인 그녀는 그저 무릎 꿇고 더욱 큰 자극을 갈망하게 될 수밖에 없었다.

안나는 자신이 곧 그를 받아들이고 더 원하게 될 것이란 걸 깨닫고 있었다. 이대로 그를 받아들인다면 자신의 모든 계획은 수포로 돌아가게 될 것이란 것도. 그렇게 되면 그를 잊을 수도, 이 집에 남아 있을 수도 없게 된다. 안나는 두 눈 질끈 감고 쾌감의 끈을 끊어내기로 했다. 있는 힘껏 그를 밀어내고 힘차게 손바닥을 휘둘렀다.

짝!

"당신 미쳤어? 이게 대체 뭐 하는 짓이야? 날 뭘로 보고 이런 짓을 해?"

꽉 쥔 주먹을 부르르 떠는 안나가 애써 목소리 볼륨을 줄이며 소리치자 피식, 그의 입술에서 나른한 웃음이 흘렀다. 고개가 90도로 꺾인 채인 그는 이 정도의 반응쯤 이미 예상했다는 듯 태연했다. 그는 천천히 고개를 돌려, 제법 매서운 기세로 자신을 노려보는 안나를 마주 보았다. 유난히 붉은 그녀의 입술이 타액에 젖어 반짝거리고 있었다. 깊은 숨을 몰아쉬고 있는 그녀의 뺨은 복숭아 빛. 눈동자에는 순수한 욕망이 이글거리며 타오른 채다.

일후는 아직까지 얼얼한 통증이 남아 있는 뺨을 한 손으로 매만지며 차갑게 입술을 비틀어 올렸다.

"호들갑 떨지 마. 나와의 키스가 처음도 아니잖아."

"그때와 지금은 달라. 지금 난 당신 형수라고! 당신이 나한테 키스한 게 가족들한테 알려지면 어떻게 될 것 같아? 재후 선배가 알게 되면 무슨 일이 일어날 것 같아?"

"얘기해."

"뭐?"

"가족들이건 형이건, 누구에게든 말하고 싶으면 말하라고. 난 상관 안 하니까."

"그러니까 일부러 키스한 거네, 당신. 계획적으로 일을 만들고 부풀려서 결국엔 내가 이 집에서 나가게 하려는 거였어."

"맞아."

기가 막히게도 너무나 쿨하게 그는 인정했다. 정말 어이가 없어서, 너무나 기가 차서 말도 안 나온다. 어떻게 이렇게 사람이 사악할 수가 있지? 어떻게 이렇게 철저하게 이기적이야? 자기 사촌 형이 날 사랑한다잖아. 자기 부모님이 내가 마음에 든다잖아. 이쯤되면 조금은 너그러워질 수 있는 거 아닌가? 자기 감정 억누르고 재후를 위해, 부모를 위해 과거의 일쯤 덮어줄 수도 있는 거 아니야? 대체 왜 날 안 받아들이겠다는 거야? 굳이 이런 짓까지 벌여가면서 왜 이토록 필사적으로 막아서는 거냐고.

"저기요, 5년 전의 그 일은 정말 유감입니다. 싫다는 사람 억지로 쫓아다닌 건 제가 정말 잘못했습니다. 스토커처럼 일거수일투족 관심 갖고 쫓아다니고 싫다는데도 들이댄 거. 그쪽 입장에선 정말 끔찍했을 수도 있다고 생각해요. 저도 그때의 일은 지금 후회하고 있어요. 다시 과거로 돌아간다면 나도 절대로 그런 짓 안 할 겁니다. 그럴 거라고 맹세할 수 있어요."

"이런 말을 하는 의도가 뭐지?"

뭐긴 뭐겠나? 이렇게라도 어르고 달래 내 편으로 만들겠다는 작전이지. 이 고집 세고 앞뒤 꽉 막힌 남자를 내가 원하는 대로 요리하기 위해선 정면승부는 아무리 봐도 무리수. 속임수밖에 답이 없어 보였다.

"제발 5년 전의 일은 잊어주세요."

"……"

"부탁이에요. 그때의 일은 그냥 기억에서 지워주세요. 전 정말 잊고 싶은 기억이에요. 당신도 그렇잖아요. 당신도 나도 그때의 일은 인생에서 도려내고 싶은 한 부분이란 것에 이의 없잖아요. 안 그래요? 그러니 서로 더 이상의 언급은 없었으면 좋겠어요. 그렇게 해요, 우리."

제법 간절한 눈으로 그를 바라보며 안나는 애원해 보았다. 딱 돈 벌어 이 집을 나갈 때까지만 없었던 일처럼 생각해 주면 안 되겠니, 의 심정으로 꽤나 진지해 뵈는 눈빛을 가장하여 부탁해 보았다. 그래, 내가 봐도 난 너무 불쌍해. 이렇게 불쌍한 애가 부탁하는 걸 어떤 사람이 거절할 수 있겠어? 윤일후가 진짜 사람이라면, 일말의 동정심이 남아 있는 인간이라면 절대로 거절 못 할 거다.

"그랬으면 좋겠지만, 그런데 이걸 어쩐다? 네가 약혼자의 사촌 동생인 나와 키스한 건 5년 전의 일이 아니라 5분 전 일인데."

하지만 온갖 처량한 감정은 다 끌어모으고 물기 머금은 눈을 깜빡깜빡 흔드는 그녀에게 날아온 건 얄짤없이 찬 음성. 너무 기가 차 안나는 버럭 고함을 내질렀다.

"아까 그건 당신이 강제로 한 거잖아!"

"억지로 했든, 원해서 자의적으로 했든, 너와 내가 키스를 했다는 사실은 변함없어."

"끝까지 이렇게 나올 겁니까?"

"네가 윤재후를 포기하지 않는다면."

"당신이 이러면 이럴수록 난 더 재후 선배랑 결혼하고 싶어지거든요? 사람에겐 누구나 반발 심리란 게 있습니다. 누르면 누를수록 그 반대로 행하고 싶어지는 거. 말리면 말릴수록 더 빠져들고 싶어지는 거. 당신이 재후 선배랑 결혼 못하게 하면 할수록 난 더 원하게 된다고요. 내가 재후 선배를 행복하게 해줄 수 있다는 걸 당신에게 똑똑히 증명해 보이고 싶어진단 말입니다."

"나를 향한 반발 심리 때문에 윤재후와 결혼하고 싶다는 거냐? 그것참 흥미로운 논리다. 확실히 네가 말하는 사랑은 아닌 것 같은데. 네가 정말 윤재후를 사랑한다면 그 입에서, 내게 뭔가를 보여주기 위해 그와 결혼할 거란 말은 절대로 나올 수가 없지."

"내 말은 그게 아니라……!"

"넌 진심으로 윤재후를 사랑하지도 않고 사랑할 생각도 없어. 오직 윤재후에게서 이득을 취하는 것에만 혈안이 되어 있지. 윤재후가 재벌집 조카가 아니었다면 네가 이렇게 굴욕을 당하면서까지 버티고 있었을까? 네 성격에, 네 그 높은 프라이드에? 돈이 아니었다면 하루도 못 버텼을 거다. 네가 원하는 것을 윤재후가 가지고 있음을 알기 때문에 참고 있는 거야. 그리고 넌 원래 그런 애였지. 5년 전에 내게 매달렸던 것도 내 집안과 돈 때문이라고 방금 전 말했잖아?"

"그건!"

"이젠 사랑을 알게 됐다고? 남자 쉽게 만나고 쉽게 헤어지던 5년 전의 넌 이제 없다고? 그걸 어떻게 믿지? 지금도 넌 여전히 윤재후의 도움을 물심양면으로 받아내고 있는데."

"이건 또 뭔 소리래? 잠깐만요. 남자를 쉽게 만나고 쉽게 헤어지다니요? 누가요? 내가요?"

"그 알량한 연애들이 다 가벼운 만남이 아니었다고 말하는 거냐?"

"아, 알량하다고요? 헛, 기가 막혀. 당신이 뭔데 나에 대해 그런 식으로 말해요?"

아까 전과는 전혀 다른 열기가 안나의 안에서 솟구쳤다. 너무 화가 나고 분해서 꼭지가 확 돌아버릴 것 같았다. 중상 모략도 유분수지. 대체 어디서 그딴 해괴망측한 소문을 듣고 와서 이러는 것인지, ~카더라 출처를 찾아가 목을 조르고 짤짤 흔들어주고 싶었다.

"다 부인하는 거냐? 그렇다면 그동안 만났던 그 수많은 남자들을 다 진심으로 좋아했었다는 건가?"

"수많은? 그러니까 그 남자들이 누구냐고요. 내가 누굴 만났는지 당신이 알아요? 내 연애 족적을 당신이 어떻게 다 꿰고 있다는 거예요? 당신이 뭐 내 매니저야 뭐야. 나 알아요? 나에 대해 관심이 많아요? 내가 누굴 만났었는지 조사하고 다녔어요? 뭐예요, 대체? 무슨 근거로 내가 남자를 쉽게 만나준다는 헛소릴 지껄이는 건데요?"

활활 끓어오르는 화를 속으로 삭이며 그를 노려본 채로, 어금니 꽉 사리물고 앙금 꽉꽉 만땅으로 채워 한창 나불거리고 있을 때였다. 그녀를 알 수 없는 눈빛으로 가만히 지켜보고만 있던 일후가 갑자기 손을 들어 안나의 입을 틀어막았다. 머리통까지 반대편 손으로 틀어쥐고는 한 치의 틈도 없이 완벽하게.

"흡!"

졸지에 입이 막힌 안나는 두 눈을 왕방울만 하게 키우고는 당장에라도 잡아먹을 것처럼 험한 시선으로 그를 노려보았다. 윤일후, 이게 대체 뭐 하는 짓이야?

"쉿!"

그가 공기 반, 소리 반을 절묘하게 입술 밖으로 흘려보냈다. 직 간적으로 안나는 둘만 있는 2층에 누군가가 등장했다는 것을 알 아챘다. 대체 누구지? 재후 선배? 회장님? 혹시 그들 중 누군가 내가 하는 말도 들었을까? 만약 그런 거라면!

"일후야."

똑똑 소리와 함께 낭랑하고 상냥한 여인의 목소리가 들려왔다. 박 여사였다. 당황한 안나는 거의 애원하는 얼굴로 일후를 바라봤 다. 제발 도와달라고, 어떻게든 들키지 않게 해달라고 눈으로 애 원했다.

이대로 문이 열리면 안나는 끝장이었다. 이런 모습을 어떤 어른 들이 이해할 수 있겠는가. 쫓아낼 거다. 당장 짐 싸서 나가라 말할 거다. 눈물을 머금고 안나는 이 집을 나가야 할 것이다. 형수가 도 련님을 유혹하려 했다는 말도 안 되는 오명까지 뒤집어쓰게 될지 도. 그걸 생각하니 억울함과 서러움이 밀려와 안나는 두 눈을 질 끈 감았다.

"윤일후, 안에 있니?"

다시금 노크 소리가 들렸다. 이젠 죽었구나, 생각하며 안나는 현실을 받아들이기 위해 애썼다. 이렇게 된 거, 담대하게 받아들 여야지. 거짓말한 거 정말정말 죄송하다고 진심으로 사죄드리자. 어쩌면 잘된 일인지도 모른다. 거짓말로 재후의 약혼녀인 척하며 이 집에 들어온 이래로 단 하루도 맘 편한 적 없었으니까. 적어도 앞으론 그런 죄책감 없이 지내도 되지 않은가.

"일후 방에 없니?"

박 여사가 한 번 더 물으며 문을 열었다. 훌쩍 열린 시야에 손잡이 돌아가는 게 실시간으로 들어온다 싶을 때였다. 갑자기 그녀의 몸이 휙 잡아당겨졌다. 순식간에 안나는 일후의 품 안으로 딸려 들어갔고, 동시에 윤일후의 몸에 겹쳐진 채 방 안 구석 어딘가로 구깃구깃 접혀졌다. 안나가 정신을 차렸을 땐, 박 여사가 밀고 들어온 방문만이 차마 눈 뜨고는 볼 수 없는 참혹한 자세로 찰싹 붙어 있는 둘의 존재를 가려주고 있었다.

"어머? 얘가 어디 갔어? 피곤해하는 것 같아서 홍삼 달인 물 좀 가져왔더니."

박 여사는 한 손에 컵을 받친 쟁반을 든 채로 방 안을 살피며 혼잣말을 중얼거렸다. 조금이라도 움직이거나 부스럭거리는 소리를 내면 곧바로 발각될 대위기의 상황. 하지만 이 상황에서도 안나의 신경은 오직 뒤에서 자신을 끌어안고 있는 윤일후에게 집중되어 있었다.

그의 팔이 그녀의 가슴 바로 아래 부근을 가로지르고 있었다. 꽉. 아주 꽉. 너무 꽉 끌어안고 있어서 지방 덩어리들이 위로 밀려 올라가 있는 지경이었다. 입은 여전히 그의 손에 봉해져 있었고, 그 덕에 그녀의 머리통은 일후의 넓고 단단한 가슴팍에 꽂혀 있었다. 꽉. 아주 꽉. 그 때문에 흰 목이 훤히 드러나 침을 삼킬 때마다 살결이 흔들렸다. 숨을 쉴수록 더 숨이 막히는 기분이 들 수밖에 없는 자세인 것이다.

"벌써 샤워하러 들어갔나? 그냥 놔두고 가야겠네."

온 신경이 예민하게 곤두선 그녀의 귓속으로 박 여사의 중얼거림이 들려왔다. 박 여사는 문손잡이를 천천히 놓더니 여유 있는 걸음걸이로 방을 가로질러 그의 침대 맡까지 다가가 손에 든 작은 쟁반을 침대 옆 협탁에 조심스럽게 내려놓는다.

"아휴, 아무래도 내년에 재후 결혼시킬 때 일후 녀석도 짝을 지어줘야겠다. 옆에서 챙겨주는 여자가 있어야지 원. 소라가 내조에 소질이 있어야 할 텐데. 그거라도 잘해야 예쁘게 봐주지, 영 저 녀석이랑은 어울리지가 않아서. 둘이 키스는 해봤나?"

"……."

"……."

박 여사는 혼잣말치곤 너무 크게 중얼거리고 있었다. 꽤 넓은 방 안의 공간, 활짝 열린 문짝 하나를 사이에 뒀음에도 불구하고 안나와 일후의 귀에까지 선명하게 들렸으니. 안나는 자신의 대뇌가 제멋대로 일후와 소라의 키스 장면을 떠올리자 질끈 두 눈을 감았다. 애비애비애비, 꺼져. 제발 그딴 망상 빨리 꺼져 버려. 생각하기 싫다고. 그런 걸 지금 왜 생각하니? 꺼져, 빨리 꺼져 버려!

그때, 옆구리 갈빗대 위에 얌전히 얹혀 있던 그의 손가락에 힘이 들어갔다. 아주 미세하게, 작게나마. 안나는 커다란 눈동자를 슥 굴려 그를 돌아보았다. 이미 그에 의해 완전 제압, 포박 상태인 그녀가 눈알을 굴려봤자 그의 표정을 확인할 수 있을 리는 없었지만 궁금해서 참을 수가 없었다. 그는 대체 무슨 생각을 하고 있는 걸까?

"해봤을 리가 없지. 둘이 만나기만 하면 티격태격거리는걸. 걔네들은 다 큰 성인 남녀인데 왜 아무 사달도 안 나지? 남의 집 아들은 밖에서 애도 잘만 낳아온다더니만 우리 아들은 예쁜 아가씨를 짝지어줘도 아무 일이 안 생기는지 원. 혹시 두 사람 속궁합이 안 맞는 거 아니야? 점집을 한 번 찾아가 봐야 하나?"

박 여사의 혼잣말은 이제 거의 관심 밖. 그의 팔이 점점 더 안나를 옥죄어왔다. 그녀를 더 강하게 끌어당겨, 두 사람 사이에는 약간의 틈조차 남아 있지 않을 만큼 밀착되고 있었다. 그의 오른쪽 허벅지가 안나의 뒤에서 다리 사이를 비집고 들어왔고, 어느새 그의 입술이 길게 펼쳐진 그녀의 목 근처를 배회하기 시작했다. 당장에라도 이를 박고 흡혈할 것만 같은 자극적인 자세다.

안나의 심장은 미친 듯이 펌프질을 해댔다. 숨마저 가빠져 왔다. 온몸이 민감해질 대로 민감해져서 당장에라도 얕은 신음을 흘릴 것만 같았다. 참고 자제하는 게 점점 더 힘들어지고 있었다.

"에휴, 아서라. 이런 문제까지 부모가 간섭한다고 또 난리 칠라. 그 녀석 화나면 뭔 짓을 할지 모르는데 괜히 긁어 부스럼 만들 필요 없지."

박 여사는 작게 한숨을 내쉬더니 휙 입구 쪽으로 몸을 돌렸다. 안나는 혹시라도 들키게 될까 봐 더욱 숨을 죽이고 온몸을 긴장시켰다. 하지만 그의 입술이 무방비 상태의 목선을 느리게 공략하자 안나는 '하앗!' 하고 작지만 뜨거운 숨을 토해낼 수밖에 없었다. 나른하게 움직이는 그의 뜨겁고 부드러운 혀가 천천히 안나의 야

들야들한 속살을 훑었다. 까칠하면서도 보드라운 것이 쓸고 지나
간 자리는 딱딱한 이가 사뿐히 박혔고, 그 뒤는 말랑말랑한 입술
이 다정하게 더듬었다. 안나는 목구멍 바깥으로 흘러나오는 신음
을 기를 쓰고 삼켰다.

여기까지 왔는데 이제 와 들킬 수는 없었다. 박 여사가 두어 걸
음만 더 걸어 나가면 모든 게 끝이 나질 않은가. 조금만 더 참으면
된다. 조금만 더 이 악물고 버텨보자. 윤일후는 그저 자신을 시험
하려는 것뿐이다. 최악의 상황을 박 여사가 직접 목격하게 만들고
싶은 것뿐이다. '도련님의 방까지 와 도련님을 유혹하려 한 여자'
라는 타이틀을 달아주기 위해 이딴 미친 짓을 감행하고 있는 것이
니 여기에 말려들어서는 안 된다. 그의 키스 따위에 기분 좋은 신
음을 흘려서는 절대로, 죽어도 안 된단 말이다.

"축하해, 사기꾼. 생명을 연장했군."

두 눈 질끈 감고 마인드컨트롤에 힘쓰는 그녀의 귓가에 그의 음
성이 들려왔다. 정신을 차리고 보니 방 안에는 그와 단둘뿐이었
다. 이미 박 여사는 문을 닫고 방을 나간 후였다. 안나는 그의 손
을 거칠게 떼어내며 그에게서 떨어져 나왔다. 아주 멀리. 저만큼.
그는 달아나는 그녀를 순순히 놓아주었다.

"일부러…… 그랬죠?"

"반응이 궁금해서. 생각보다 돈에 대한 집념이 대단하군. 그것
만큼은 높이 사지."

이렇게 말하는 남자에게 더 말해 뭣 할까. 돈 때문에, 윤재후 옆
자리를 사수하기 위해, 그 집념으로 그의 입술을 견뎌냈다고 믿는

저 철면피 윤일후 앞에서 더 무슨 말을 할까. 그의 키스가 너무 좋았다고? 아직도 그 옛날 감정 못 잊고 그에게 안기고 싶었다고 말하면? 이미 그녀를 돈만 아는 이기적인 여자로 믿고 있는 윤일후가 그녀의 진심을 믿어줄까? 아니다. 절대로 안 믿을 거다. 또 돈 때문에 자신에게 접근하는 거라 생각하겠지.

"네, 내가 좀 한 집념합니다. 아시잖아요. 내가 한 번 찍은 남자한테 얼마나 적극적이고 끈질기게 대시하는지. 나, 그리 쉽게 윤재후 포기 안 합니다."

"······."

"그럼. 할 얘기 다 하셨으면 이만 나가볼게요, 도련님. 내가 오늘 힘들게 일한 탓에 많이 피곤하거든요."

웃음기 한 번 내비치지 않고 그녀는 차갑게, 명료하게 선언했다. 그리고는 대답을 들을 의향은 전혀 없다는 듯 쌩 하니 그의 곁을 지나쳐 갔다. 일후는 무심하게 그녀의 뒷모습을 흘낏 돌아보았다. 꽉 쥔 작은 주먹. 너무나도 연약한 등. 부자연스럽게 위로 끌어 올려진 어깨. 큰소리치고는 있으나 그녀는 잔뜩 위축되고 놀란 게 확실했다.

그녀가 겁먹었다는 게 마음에 걸렸다. 자신이 안나에게 한 짓이 온당치 못하다는 것을 알고 있기 때문에. 아무리 그녀가 사기꾼이라 해도 이렇게까지 가혹하게 굴 필욘 없었다. 애초에 이렇게까지 굴 생각이 없었던 그다. 방금 전 자신의 행동은 말 그대로 충동, 그 이상도 이하도 아니었다.

"기다려."

쓸데없이 오지랖을 넓게 된 것은 순전히 그, 밑도 끝도 없이 밀려드는 자책감 때문이었다.

"내일까지 이력서 써와. 그 돈, 내가 벌게 해주지."

✳

"왜냐고? 방 한 칸 마련할 돈만 생기면 이 집에서 나가겠다며. 한데 내가 구해주는 집은 싫다며. 그럼 어쩔 수 있나? 돈 벌게 해 줘야지. 레스토랑 서빙 알바보다 우리 회사에서 일하는 게 훨씬 목표하는 돈을 빨리 벌 수 있을 거다. 페이도 세고 자유시간도 더 많을 거니까."

일주일 전, 일후가 대뜸 꺼냈던 얘길 떠올리며 안나는 눈살을 찌푸렸다. 사실 그때까지는, 그가 조금쯤은 자신을 신경 쓰고 있지 않을까 생각했었다. 5년 전 일이 썩 유쾌한 기억은 아닐 수도 있으나 그 왜, 있지 않은가. 자신만 좋아하며 열렬히 쫓아다니던 사람이 다른 누군가를 사랑한다고 했을 때 느끼는 묘한 박탈감과 질투심. 그런 게 발동한 것은 아닐까 잠시 의구심을 품었더랬다. 그럴 수밖에 없었다. 그는 재회한 지 며칠 만에 벌써 그녀에게 두 번의 키스를 해왔으니까. 특히 일주일 전 느꼈던 그 묘한 감정의 파장을 생각하면 의심은 너무나 자연스러웠다. 게다가 그런 와중에 회사 일자리까지 알아봐 준다고 했으니 의심은 어느새 확신으로 변해가고 있었다.

"당신이 날 돕겠다고요? 당신이? 다른 사람도 아닌 당신이 날?"

"너도 알다시피, 난 네가 내 집에서 나가기만 한다면야 무슨 짓이든 할 수 있어."

"내가 여기서 나가면 모든 게 다 해결된다고 생각하는군요?"

"어차피 이 집에 붙어 있고 싶어서 형한테 사랑을 맹세한 거 아니야? 재후 형도 너에 대한 동정심 때문에 그토록 마음 쓰고 있는 것일 테니, 네 형편이 나아지면 지금처럼 너한테 좀 더 잘해주지 못해 안달하진 않을 거다."

"내가 당신네 회사에서 일하기 싫다면요?"

"멍청한 거지. 굴러 들어온 복을 걷어찼으니. 우리 회사에서 일할 수 있는 기회란 그리 쉽게 오지 않을 거거든. 특히 너처럼 스펙 없는 사회 초년생한텐."

"왜 이러세요? 저 미국 유학 다녀온 여자거든요."

"졸업장 없는 유학이지."

"그건……!"

"주 5일, 평균 40시간 근무. 아침 8시 출근, 오후 5시 퇴근. 국민연금, 의료보험, 산재보험, 고용보험. 월 240만 원 이상의 급여. 저녁에 따로 아르바이트도 할 수 있고, 편입 공부도 가능해. 경력직이 아니라 상여금은 0%지만 시간 외 근무수당은 확실하게 챙겨 줄 거고. 이 정도면 지금 일하고 있는 레스토랑 일보다 훨씬 안정적이지. 이 자릴 단순히 나에 대한 오기로, 자존심 때문에 놔버린

다면 그거야말로 바보천치 같은 결정이다. 솔직히 네가 이것저것
따질 형편은 아니잖아?"

"월 240만 원이오?"

"수습 기간 지나면 더 많아질 거야, 아마도."

레스토랑에서 일하는 것보다 대기업 사무직으로 정식 취직하는
게 금전적으로나 미래를 위해서나 훨씬 낫다는 것은 유치원생도
알 수 있는 일이었다. 잠시 망설이고 고민하는 척은 했지만 그녀
는 일후의 제안을 감사하게 받아들일 수밖에 없었다. 그리고 또다
시 생각해 보았다. 윤일후가 왜 자신에게 이리 잘해주는지. 무슨
마음으로 이렇게 좋은 일자리까지 제공해 주는 것인지.

집에서 쫓아내기 위해서라고 말하고는 있지만 정말 그런 것일
까? 내게 아무 감정이 없다면 그런 과분한 일자리를 제안했을까?
단지 날 쫓아내기 위해서라면 굳이 자신의 곁에 붙박이로 붙어 상
시 대기하고 있어야 하는 비서 자리에 앉혀놓을 이유가 없지 않을
까? 그 끊이질 않고 그녀의 뇌리에 남아 미친 듯 맴돌던 의구심은
너무나도 쉽게 풀렸다.

"커피. 늘 하던 걸로. 반 비서가."

"영업부 김 부장한테서 서류 받아오세요. 아, 신입 시켜요."

"오늘 점심식사는 사무실에서 할 거니까 요 앞 음식점에서 도
시락 하나 사와요. 반 비서 시키세요."

"내일 아침까지 이 서류 정리 부탁해요. 아, 고 비서는 그냥 퇴

근하세요. 야근은 신입인 반 비서 시키면 되니까."

"오탈자 검사가 안 되어 있네요, 반 비서, 오늘 다 끝마쳐서 내 메일로 확인받고 퇴근하세요."

"커피 맛이 달군. 반 비서, 다시."

출근 첫날부터 시작된 어마어마한 업무량과 가혹하리만치 과중한 스트레스는 그가 굳이 자신을 제 비서실에 끌어다 앉혀놓은 이유를 짐작케 했다. 곁에 두고 달달 볶아 잡아먹겠다는 거다. 스트레스받아 죽기 일보 직전까지 몰아가겠다는 심보가 아니라면, 직장 생활 초년에 막 입사해서 업무 파악도 제대로 안된 왕초보 사원을 이토록 부려먹을 수는 없을 것이다. 덕분에 입사한 지 일주일 만에 안나는 두툼하여 흉측하기 그지없는 다크서클을 눈 밑에 달게 되었다.

"맛이 조금 다른데?"

"너무 쓴가요?"

"써도 맛있게 쓴 게 있는데, 이건 맛없게 써. 도저히 못 마시겠군."

거만하기 짝이 없는 말투로 중얼거리더니 일후는 손에 들고 있던 머그잔을 턱, 심히도 거친 손길로 탁자 위에 내려놓았다. 벌써 두 번째다. 출근하자마자 아메리카노 한 잔 내려오라 시키더니, 안나가 내려온 커피를 연달아 이런 식으로 입에 안 맞는다며 물리고 있었다. 커피 맛이 다 거기서 거기지, 뭐가 다르다고 이렇게 까다롭게 구는 것인지 안나는 기가 차고 코가 막히고 어이가 날아갈 지경이었다.

여기가 카페야? 내가 바리스타냐고. 이 몸이 커피 심부름이나 하려고 아침 새벽부터 일어나 단장하고 만원 지하철 타며 날마다 이렇게 출근하는 줄 아는 거냐고. 하긴, 이 인간이 진짜 커피 맛 때문에 이 까탈을 부리는 건 아니지. 아주 사람 미치게 만들려고 작정을 하고 괴롭히는 인간이 무슨 짓을 못하겠어.

"다시 타올까요, 이사님?"

속에서 천불이 올라오는 것을 느끼면서도 안나는 최대한 웃으며 물었다. 그러자 일후가 그녀의 물음에 슥슥 서류를 넘기던 손길을 우뚝 멈추더니 내내 서류에 두고 있던 시선을 끌어 올렸다. 쭉 그만을 주시하고 있던 안나의 눈동자에 속내를 파악하기 힘든 그의 시선이 부딪쳐 왔다. 검고 깊은 눈망울을 마주 대하는 순간 두근, 심장이 꿈틀거린다.

"일, 안 합니까?"

안나의 맑디맑은 청아한 눈을 쭉 자신에게로 잡아둔 채 그가 무심하게 중얼거렸다. 그 말투에 비웃음과 비꼬임이 서려 있다는 걸 깨달은 건 한참 후였다.

"네?"

"오전 내내 반 비서가 출근해서 한 일을 생각해 보세요. 커피 타기 위해 취직한 건 아니잖습니까?"

"그건 윤 이사님께서……."

"가서 일보세요. 새로 일 배우느라 업무 처리 속도도 현저하게 떨어질 텐데. 함께 일하는 고 비서 생각도 해줘야죠."

그건 다 당신 탓이잖아! 당신이 자꾸 일하는 날 불러 커피 타오라, 서류 받아오라, 세탁소 다녀와라, 거래처 사장님 선물 골라와라, 별의별 심부름을 다 시켜서잖아! 어디 그것뿐이냐? 업무란 업무는 죄다 이쪽에 몰아놓고 사람 쉴 틈 주지 않고 부려먹고 있잖아! 라고 똑 부러지게 따져 묻고 싶었지만, 안나는 서류를 들여다보느라 이쪽으론 신경조차 쓰지 않는 그를 향해 최대한 허리를 굽혀 인사를 했다.

"알겠습니다. 그럼 이만 나가보도록 하겠습니다."

"반 비서."

막 자리를 뜨려는데 일후가 또다시 발목을 잡는다. 울컥 뭔가가 치밀어 안나는 휙 고개를 꺾어 그의 정수리를 노려보았다. 그는 여전히 서류에 코를 박은 채 안나를 외면하고 있었다. 하찮은 것이 된 듯 분한 기분이 들던 바로 그 순간, 나른하고도 섹시한 그의 음성이 입술을 타고 흘러나왔다.

"커피잔은 가지고 나가야지—"

미쳤어. 미친 게 틀림없어. 윤일후에게 이렇게 굴욕을 당하면서, 이토록 비굴하게 고개를 숙여가며 일하면서 어떻게 윤일후한테 섹시함을 느낄 수가 있어? 저 거만하고 싸가지가 바가지인 남자에게서 어떻게? 뭣 때문에 심장은 이렇듯 벌컥거리는 건데?

"뭐지?"

안나에게서 아무 반응이 없자 윤일후가 슥 고개를 들었다. 느리지도, 빠르지도 않은 동작이었다. 날씬하게 각 진 턱이 들어 올려지고 조각처럼 좌우 대칭 완벽하게 잘생긴 윤일후의 정면 샷이 한

눈에 쏙 들어왔다. 안나의 심장은 그대로 멎어버렸다. 아— 정말 죽이지 않나? 잘생기긴 오질나게 잘생겼다, 윤일후.

"아닙니다, 이사님."

침이 뚝뚝 떨어지기 일보 직전. 안나는 서둘러 넋이 나간 듯한 표정을 수습한 후 커피잔을 챙겨 냉큼 그곳을 빠져나왔다.

"안나 씨, 또 혼쭐났어? 이번에도 맛이 영 아니래?"

"예?"

"얼굴색이 안 좋다. 얼마나 혼이 났으면 그래? 쯧쯧쯧!"

동료이자 선배, 윤일후 밑에서 무려 3개월을 버티고 있다는 베테랑 비서, 고은정이 걱정스럽게 안나를 살폈다. 40대 중반의 유부녀에 차분하고 깔끔한 스타일의 은정은 10년 넘도록 건영그룹 임원진을 보필했던 경력과 능력을 인정받아 일찌감치 총수의 아들인 일후의 비서로 낙점이 된 분으로, 워낙 성격이 무던하고 상냥해서 무경력 초짜에 상사가 꽂아 넣은 낙하산, 반안나에게도 늘 너그럽고 다정하게 대해주고 있었다. 사실 딱히 은정이 텃새 부리기도 뭐한 게, 안나는 말만 낙하산이지 그로 인한 혜택 따위 전혀 받지 못하는 케이스라서 말이다. 오히려 남들보다 배는 더 고생하며 일을 배우는 안나는 옆에서 보기 안쓰러울 정도였다.

"전 괜찮아요, 고 비서님."

"괜찮긴 뭐가 괜찮아. 내가 보기에도 이사님은 안나 씨한테 너무하셔. 도대체 왜 그러시지? 원래 안 그러시거든? 아랫사람한테도 되게 편하게 대해주셔서 난 우리 이사님 최고라고 다른 사원들한테 자랑하고 다녔단 말이야."

"자랑이요?"

"안 믿어지지?"

"네, 좀."

"근데 이사님 정말 좋은 분이야. 처음엔 회장님 아드님인데다가 나이도 어리셔서 좀 피곤할 줄 알았거든. 비서 일 하는 사람들끼리 얘기해 보면 재벌 2세 중에 그런 진상들 많아. 제 부모 백 믿고 날뛰는 것들, 쥐뿔도 모르면서 비서를 마치 제 개인 메이드처럼 부려먹는 족속들, 정말 신물 나. 근데 윤 이사님은 그런 건 진짜 전혀 없었거든. 스스로에겐 엄격하고 아랫사람한테는 관대한 스타일이야. 안나 씨 오기 전엔 커피도 본인이 직접 내려 마셨다니까?"

"그 말씀은 그러니까 저 인간이…… 아, 아니, 이사님께서 저한테만 유독?"

"그렇다는 거지. 그래서 오죽하면 내가 혼자 추리도 해봤다니까. 두 사람 혹시 원수진 게 있는 사이는 아닐까 하고. 물론 그럴 리는 없겠지. 두 사람이 그렇게 앙숙이면 이사님께서 안나 씨를 이 자리에 추천했을 리 없으니까."

"그렇죠……."

"사실 이사님께서 일자리 하나 알아보라고 명하셨을 땐 굉장히 놀랐어. 이사님과는 같이 일한 지 몇 달 안 됐지만, 내가 알기론 이렇게 일자리 알아보라고 명령하신 경우는 안나 씨가 처음이었거든. 급하니까 빨리 일할 수 있는 자리로 알아보라고까지 하셨으니까 확실히 특별한 케이스인 거지."

"그 빨리 일할 수 있는 자리가 여기였어요?"

"마침 이사님의 업무 보조 전담 비서를 따로 채용하려는 중이었거든. 원래는 이사님께서 안나 씨가 직업이라곤 가져본 적 없는 사회 초년생이라 업무 능력이 제로에 가깝다고 하셔서 콜센터부서 쪽으로 알아보려고 했었어. 근데 그쪽에 알아보니까 정식사원 모집한 지 얼마 안 되어서 당분간은 자리 만들기가 어렵다는 거야. 그대로 보고 올렸더니, 이사님께서 그럼 본인이 직접 비서로 채용하겠다고 하시더라고. 그때 생각했었지. 안나 씨가 이사님한텐 꽤 중요한 분인가 보다, 하고."

"켁! 뭐, 뭐라고요?"

'중요한 분'이란 대목까지 듣다가 너무 당황해 사레가 들렸다. 다른 건 몰라도 그건 정말 아닙니다, 고 비서님. 저 인간의 행동 어딜 봐서 내가 '중요한 분'이겠습니까?

"그럴 리가요. 이사님과 저, 그렇게 막역한 사이는 아닙니다."

"개인적으로 알고 지내는 사이인 건 맞잖아. 안 그래?"

"그건 그렇습니다만."

"그럼 분명 내심 다른 뜻이 있는 걸 거야. 괜히 그리 급하게 채용하셨을 리 없잖아. 그만큼 안나 씨를 생각한다는 건데, 그런 분이시라면 이렇게 안나 씰 혹독하게 트레이닝하는 이유도 있겠지."

그딴 게 있을 리가요. 그저 어떻게든 못 잡아먹어 안달인 것뿐이겠죠.

"똑똑똑― 안녕들 하십니까?"

그때 조심스럽게 비서실 문을 열고 고개를 내미는 사람이 있었다. 우연히 회식 자리에서 합석하게 되어 알게 된 타 부서 직원 김수형 씨. 그날 이후 요 며칠 하루에 두세 번씩 아주 뻔질나게 이곳을 드나들고 있었다. 느끼한 웃음을 달고, 손에는 늘 안나를 위한 작은 선물 하나씩을 들고. 이 죽일 놈의 인기. 예쁜 건 알아가지고.

"어머, 김수형 씨. 오늘도 출석부 도장 꽝 찍으러 오셨나?"

"오호, 고 비서님께서도 절 기다리셨군요."

"내가 기다리는 건 하나도 안 반가울 텐데? 김수형 씨, 여기 오는 건 다 안나 씨 때문이잖아."

"어라, 어떻게 아셨지?"

"다 표시 나거든요? 오늘은 뭘 갖고 오셨나? 등 뒤에 뭘 숨기고 있어?"

"짜잔— 뮤지컬 티켓이에요. 넉 장이요. 저랑 안나 씨, 고 비서님과 남편분, 이렇게 넷이서 가면 딱 좋을 것 같아서 준비했어요."

"어어? 이거 브로드웨이 초청 뮤지컬이잖아? 이거 되게 구하기 힘들다던데? 김수형 씨, 힘 좀 썼네?"

"제 후배 중 한 놈이 이 회사 마케팅부에 있거든요."

"안나 씬 좋겠다. 날이면 날마다 이렇게 공들여 가면서 쫓아다니는 남자도 있고. 청춘은 청춘이다. 나도 십 년 전엔 인기 좋았었는데."

"고 비서님도 참. 김수형 씨가 절 왜 쫓아다녀요? 그냥 제가 막 들어온 신입이니까 챙겨주시는 거죠. 고맙게 생각하고 있습니다."

분위기가 묘하게 돌아가는 것을 감지하자 안나는 서둘러 흐름을 차단했다.

"알고도 모르는 척하는 거야, 정말 모르는 거야? 김수형 씨가 정말 안나 씨를 후배로 생각하는 것 같아? 김수형 씨, 안나 씨를 그냥 후배라서 챙겨주는 거야?"

"아아, 그건…… 식사를 하면서 깊은 대화를 나눠보도록 하시죠. 점심 같이 드실래요? 하하하!"

직설적으로 묻는 고 비서의 태도에 당황한 듯 김수형은 화제를 전환시키며 웃어제꼈다. 사람은 참 좋은 것 같은데. 키도 뭐 얼추 180㎝는 되는 것 같고, 얼굴도 저 정도면 못생긴 건 아니고, 성격도 무난한 편. 무엇보다 젊은 나이에 건영그룹에 입사한 걸 보면 학벌이며 머리도 나쁘지 않은 것 같으니 이 정도면 중상클래스는 되었다. 아버지 돌아가시고 남은 건 부양해야 할 모친이 전부인 안나의 사정을 감안하면 김수형 정도면 감지덕지였다. 호박이 넝쿨째 들어왔구나~ 하며 자진방아를 돌려야 하는 상황인 것이다. 하지만…….

"이게 무슨 말입니까, 형수님?"

찜찜한 마음으로 착잡해하고 있을 때다. 윤일후인 게 명백한 차갑고 매끄러운 음성이 그녀의 뒤통수를 후려쳤다. 깜짝 놀라 절로 몸을 퍼드득 떨며, 안나는 휙 뒤를 돌아봤다. 몸에 착 달라붙은 날씬한 슈트 차림이 돋보이는 큰 키, 단단한 몸매, 온몸에서 흘러넘치는 자신만만하고 거만한 분위기, 상대방을 압도하는 위엄, 그럭저럭 괜찮은 수형의 외모를 오징어로 만들어 버리는 수려한 마스크까지. 남자가 가져야 할 매력이란 매력은 죄다 끌어모은 완전체인 양, 그가 그녀의 앞에 서 있었다.

"김수형 씨께서 왜 형수님을 후배 이상으로 생각한다는 거죠?"

"형수님이라니요? 그게 무슨……?"

"아, 내가 고 비서한테 말 안 했습니까? 반안나 씨, 내 사촌 형의 약혼녀입니다."

"이사님 사촌의 야, 약혼녀라고요?"

처음 듣는 정보에 놀란 듯 고은정 비서는 두 눈을 휘둥그레 뜨고 안나를 돌아보았다. 앞에 서 있던 김수형 사원은 턱이 바닥에 닿을 것처럼 떡, 하고 입을 벌리고 있었고. 졸지에 고 비서를 속이고 김수형을 농락한 죄를 뒤집어쓴 안나는 차마 내뱉지 못할 욕설을 속으로 우다다다— 쏟아내며 일후를 찌릿 째려보았다.

굳이 이렇게까지 해야 합니까? 예?

"가시죠, 형수님. 밥은 제가 사드리겠습니다."

안나의 기분 따윈 아랑곳하지 않는 듯 일후는 매력적인 미소를 흩뿌렸다.

제6장

She is not mine

　불과 몇십 분 전, 윤일후와 나누었던 대화를 떠올리며 안나는 입안에 들어가 있던 얇은 커피용 스트로를 질겅질겅 씹었다.

　"지금 내가 바람피웠다는 거예요?"

　"경고하는데 다른 남자 만나지 마. 내가 아무리 둘 사이를 반대하는 입장이라도 네가 재후 형 뒤에서 딴 짓하는 건 용납 못해."

　"이봐요. 난요, 그 사람을 회식 때 잠깐 보고 통성명한 죄밖에 없어요. 연락처를 줘본 적도 없고 따로 만난 적도 없다고요."

　"딱히 연락처를 줄 필욘 없었겠지. 그 사람은 이미 네가 어느 부서에서 근무하는지 알고 있었을 테니까."

　"그게 내 잘못인가요? 자기가 좋다고 쫓아다니는 걸 나더러 어쩌라고요? 오지 말라고 면박이라도 줘요? 나 쫓아다니지 말라고,

난 임자 있는 몸이니까 좋아하지 말라고, 경고라도 날려요? 저기요. 그 남자는 비서실 올 때마다 나 때문에 온 게 아니라고 말했었어요. 다른 이유들을 꼭 하나씩 대면서 찾아왔다고요. 고백할 용기도 없어서 쭈뼛쭈뼛, 대놓고 대시도 못하는 사람이었어요. 그런 사람한테 어떻게 먼저 그런 얘길 꺼내요?"

"그래서 누군가의 약혼녀라는 사실을 아무에게도 알리지 않았던 건가? 심지어 함께 일하는 고 비서한테까지?"

"그건⋯⋯!"

"넌 윤재후의 약혼녀야. 그 신분으론 절대 다른 남자를 만나선 안 돼."

정말이지 원수가 따로 없다. 사람들 앞에서 '사촌 형의 약혼녀'라는 무시무시한 폭탄을 투하해 놓고는 태연히 밥 사주겠다고 끌고 가 겨우 그런 말도 안 되는 협박이나 해대다니. 자기가 뭔데 이래라저래라야? 회사 사람들한테 형의 약혼녀란 소리는 왜 하는데?

어느 사원이든 회사 오너의 친인척한텐 자신의 솔직한 속내를 털어놓지 못한다. 아니, 안 한다. 말 한마디 잘못했다가는 모가지가 날아갈지도 모르는데, 어느 누가 마음 편히 얘길 섞겠나. 안나도 나름 처음 시작하는 사회생활, 잘해보고 싶었다. 괜히 진짜도 아닌 가짜 '회장님의 예비 조카며느리'란 소문이 사내에 퍼져 동료들의 기피 상대가 되고 싶지 않았단 말이다. 이런저런 사정 고려해서 일부러 입에 자물쇠 단 거였는데, 그런데 이 인간이 갑자기 튀어나와서는!

"솔직히 웃기지 않냐? 윤재후한테서 당장 떨어져 나가라 한 사람이 누군데 갑자기 약혼녀 신분이 어쩌고 하며 남자를 만나지 말래? 자기가 언제부터 날 형수님 대접해 줬었다고. 자기 형 등골이나 빨아먹는 빈대 취급 해놓고서는 갑자기 이럴 때만 형수님, 형수님. 쳇! 기가 막혀서, 진짜. 어쩜 사람이 그렇게 이중적이냐?"

"사람은 원래 이중적이지."

코앞에 윤일후가 서 있기라도 하듯 허공을 죽어라 째려보며 이를 가는 안나를 친구 주예가 가만히 지켜보며 대답했다. 점심시간 쯤을 내서 잠깐 만나기로 해 시간 맞춰 친구 회사까지 찾아온 주예는 자신을 만나자마자 속사포로 윤일후 폭풍 험담을 쏟아내고 있는 친구가 참 안쓰럽고 짠했다. 쟨 자신이 왜 이렇게 흥분하고 있는지 알고는 있는 걸까?

"그 인간, 사람들 앞에선 절대로 과거 티 안 낸다? 우리 둘이 알고 지냈다는 거 재후 선배 빼곤 아무도 눈치 못 챘어. 그만큼 가식이 쩐다는 거지. 아주 닭살 돋아서 1분 이상 대화를 못하겠다니까. 와, 어쩜 그리 깍듯하게 형수님이라고 부르는지. 그래 놓고 뒤돌아서면 싸하게 표정 굳히고 당장 재후 선배한테서 떨어지라고 으르렁거리고 말이야. 대체 그 인간이랑은 전생에 무슨 원수가 져서!"

"전생에 원수가 졌으면 지금쯤 부부가 되어 있었겠지. 그 반대니까 지금 원수가 되어 있는 거 아니겠냐?"

"그 인간, 내가 그 집에서 나올 때까진 계속해서 그렇듯 들볶을 거야. 사실 날 자기 비서로 채용한 것부터가 수상쩍지. 나한텐 손톱만큼의 호감도 없는 인간이 웬일로 그런 호의를 베풀었나 했어. 사실은 호의가 아니라 저의가 있었던 거야. 옆에 두고 감시하면서 날 괴롭히겠다는 심보였던 거지. 내 눈을 봐. 턱까지 내려온 다크 서클. 내가 이러고 살아. 그 인간, 윤일후 때문에."

"야, 그래도 윤일후와의 인연 때문에 이렇게 좋은 회사에 취직도 하게 된 거 아니냐? 딱히 윤일후를 저주할 이유는 없어 보이는데. 그냥 잘 지내봐. 또 알아? 윤재후와 아무 사이도 아니란 게 밝혀지고 윤일후와 다시 잘될지."

"미쳤니? 그 인간이랑 잘되긴 뭐가 잘돼! 그 인간은 날 괴롭히기 위해 태어난 사람이라고. 처음부터 그랬다니까. 소개팅 자리에서 날 보자마자 불쾌한 티를 팍팍 냈던 사람이야. 내겐 눈길조차 주지 않았었다고. 말이 되냐? 이 나를, 남자라는 족속들을 전부 다 끌어모으기로 소문난 자석녀였던 나를, 그렇게 무참히 깠다는 게 말이 되냐고!"

"안 되지."

"그런 뒤로도 그 남잔 날 계속해서 밀어냈어. 처음엔 뭔가 오해가 있는 게 아닐까 생각했는데 아니더라. 알고 보니 그냥 내가 싫은 거였더라고. 아무 이유 없이 그냥. 미친놈인 거지."

"그래서? 넌 지금도 윤일후를 좋아하니?"

"무슨 소리야? 그게 언젯적 일인데."

말도 안 된다는 듯 안나가 두 눈을 홀쩍 뜨고 주예를 바라봤다. 이제야 친구 얼굴을 똑바로 봐주는구나, 생각하며 주예는 입술을 삐쭉거렸다.

"언제 일인지는 중요하지 않지. 한 번 마음에 박힌 사람이 어디 쉽게 잊혀지겠냐?"

"그 인간 내 마음에 박힌 적 없거든? 그 정도로 심각했던 거 아니야. 그때 그 일은 그저그런 해프닝에 불과했었다고."

"해프닝인데 미국으로 날라? 다니던 학교를 옮겨? 앞뒤 안 맞잖아."

"그때는!"

"여자는 그렇다? 특히 너처럼 남자 어지간히 울려본 여자라면, 제 손에 안 들어왔던 남자 쉽게 포기 못하는 법이다?"

"개그 치니? 윤일후는 이미 5년 전에 끝났어. 미련 없다고. 이런 일로 얽히기 전까지는 그 인간, 한 번도 떠올린 적 없다니까. 나 쿨한 여자야, 이거 왜 이래?"

"하긴, 미국 생활 적응도 엄청 잘했었지. 너무 아무렇지도 않게 잘해서 내가 얼마나 조마조마했게. 네가 미국에 정착하겠다고 할까 봐. 그나저나 윤재후라는 사람은 대체 무슨 속셈이라니? 도와주겠다고 나선 건 고마운 일인데, 왜 굳이 약혼녀로 위장을 해? 그렇게까지 해가면서 널 자기 집으로 들일 이유는 없잖아."

친구가 한국에 들어오게 된 경위를 죽, 머릿속으로 훑던 주예는 어느 날 갑자기 그들 앞에 나타난 윤재후라는 남자에 대한 자신의 의구심을 떠올리며 눈살을 찌푸렸다. 대궐 같은 집에서 편하게 살았을 친구에겐 자신의 평수 좁은 집이 매우 불편할 것을 알았기에, 선배네로 들어가겠다는 걸 적극적으로 말리지는 못했지만 아무리 생각해 봐도 이 시기, 키다리 아저씨처럼 드라마틱하게 등장한 윤재후는 부자연스럽고 뜬금없는 존재였다.

"좀 이상하긴 하지?"

"좀이 아니라 많이 이상하지. 누군가가 불쌍해서 돕고 싶으면 보통은 돈을 빌려주거든. 전세 비용까진 아니더라도 월세나 하숙비 정도? 그 정도면 선배로서 충분한 거 아니야?"

"그 성격에 아마 돈이 있었으면 그리 해줬을지도 몰라. 근데 재벌집 조카라도 물려받을 재산이 있는 것도 아니라 우리랑 별반 다를 바 없는 사람이거든. 교수 월급 알잖아, 빤한 거."

"그렇게 도울 능력이 안 되면 그냥 지나치면 되잖아. 굳이 나서서 널 도우려고 할 이유 없지 않니? 어차피 너랑 친한 사이도 아니었고, 쭉 연락을 하던 것도 아니었으니까. 주변에서 네 소식이 들려오면 그런 사정이 있나 보다, 안됐다, 이러고 끝인 사이였잖아."

"그 선배가 워낙 착해서."

"착해서, 굳이 도울 인연도 아닌 후배를 가족들에게 약혼녀라고 소개했다고?"

"야! 의심하지 마. 네가 자꾸 그렇게 말하니까 나도 이상하게 생각되잖아!"

"이상한 걸 이상하다고 생각하는 건 너무나도 당연한 거야. 이해해 주려고 노력하는 네가 더 이상해. 눈에 보이지 않는 동기를 왜 만들어주려는 거야?"

"그래서? 선배한테 다른 속셈이 있는 거라고? 정말 날 생각해서가 아니라, 내가 모르는 꿍꿍이가 따로 있다는 거야?"

"아, 뭐, 꼭 그렇다는 건 아니고······."

"힘들 때 내겐 너뿐이었어. 집안 망한 이후로 친구들 연락 하나씩 끊길 때마다, 배신감보다는 외로움에 치를 떨었었거든. 곁에 아무도 없어서, 세상에 나 혼자뿐인 것만 같아서 죽도록 외로웠어. 하지만 네가 있으니까 웃을 수 있겠너라. 세상 아직은 더 버텨볼 만하다, 할 정도로 내게 넌 힘이 되어주었어. 선배는 그런 나한테 또 하나의 에너지야. 너 이외에, 날 외면하지 않는 한 사람. 힘들 때 내 손을 잡아준 진짜 고마운 사람. 그런 사람이 내게 다른 목적으로 접근했다고는 생각하고 싶지 않았어."

누가 흥신소 사장님 마누라 아니랄까 봐 조목조목 수상한 점을 골라내는 주예에게 안나는 담담하게 속마음을 털어놓았다. 친하지도 않는 선배의 이치에도 안 맞는 친절을 단 한 번 의심조차 하지 않는 안나가 못내 답답했던 주예는 그만 할 말을 잃고 말았다. 그동안 아버지의 갑작스런 죽음, 집안의 몰락, 익숙하지 않은 생활고 등을 겪으면서도 나름 빈대정신으로 잘 적응하나 싶었는데 실은 적응이 아니라 '버팀'이었나 보다. 깊은 쓰라림이 찾아오자 주예는 터지는 한숨을 꾹 눌러 참으며 애써 웃음 지었다.

"하긴. 가진 거 하나 없는 너한테 사기를 치겠니, 뭘 하겠니. 괜히 좋은 마음으로 널 도우려는 사람 의심할 이유 없지. 네 말대로 그분은 엄청 착하시고, 힘든 일 겪은 주변 사람들을 보면 절대로 그냥 지나치지 못하는 분인 거지. 그런 사람 실제로 있어, 오지랖 퍼들."

"너 같은 애들이지."

"무슨 소리야, 내가 얼마나 쿨한 여잔데."

"오지랖퍼 맞거든? 성탄 씨랑도 네가 오지랖 떠는 바람에 알게 된 거잖아. 골목길서 피를 철철 흘리며 끙끙 앓고 있는 사람, 그냥 못 지나치고 병원까지 데리고 갔다가 사랑에 빠진 거라며. 그러고 보니 성탄 씨가 네 오지랖의 최대 수혜자네."

"그런가?"

"네가 가진 그 오지랖 기질의 반의반만이라도 내가 가지고 있었더라도 이렇게 후회하진 않았을 텐데. 아버지가 돌아가시기 전에 가끔 전화로 그러셨거든. 회사 일이 잘 안 풀려서 피곤하시다고. 그때 조금만 신경 써드렸으면 이렇게 후회가 되진 않았을 거야. 그땐 아버지가 이렇게 빨리 돌아가실 줄은 상상도 못했어."

"경찰에선 자살로 결론 내렸다고 했지?"

"엊그제 전화로 말했다시피, 당시 돌아가시기 전 주변 사람들에게 유서 같은 문자를 뿌리셨으니까. 사망 추정 시각 한 시간 전쯤이었다고 해. 내용은 '씻을 수 없는 죄를 지었다, 죄책감에 죽고 싶다'였고."

"문자 내용이 수상하네. 그런 내용이라면 확실히 사업 때문에 비관하셔서 목숨을 끊으신 건 아니었네."

"난 여태 아버지가 회사 때문에 자살을 선택하신 줄 알았어. 그런데 실은 내연의 여자가 있었고, 그것 때문에 죄책감에 괴로워하시다 그리되셨다는 거야. 적어도 경찰은 그리 결론 내렸어. 엄마 내가 충격받을까 봐 말 못하셨고, 다른 가족들은 우리 아빠가 그럴 분 아니라고, 괜히 고인 욕되게 하지 말자고 다들 함구하신 거였더라. 그래서 나만 몰랐던 거야."

"그 문자 하나 때문에 자살로 결론난 거야? 너희 엄마만 그걸 그냥 믿으셨어?"

"엄마에게도 아빠가 바람을 피웠다는 증거가 있었거든. 이거, 그 여자랑 아빠가 함께 있는 사진이야."

안나가 가방에서 사진 뭉치가 든 종이봉투를 꺼내 테이블 위로 내려놓았다. 그 안에는 아버지가 돌아가시기 일주일 전쯤, 우편으로 집에 배달되어 온 사진들이 들어 있었다. 사진 속의 여자는 확실히 아버지 옆에 찰싹 달라붙은 채로 요염함을 뽐내고 있었다. 누가 봐도 과하게 가까워 보이는 사진이었고, 유부남인 아버지가 어머니 아닌 다른 여자와 이런 스킨십을 허용했다는 것만으로도 안나에겐 충분히 충격적인 일이었다. 아마 어머니 역시 이 사진을 보고 큰 배신감을 느꼈을 것이다. 그랬으니 말없이 소송을 준비하셨겠지.

"이 사진을 보낸 사람이 누군지는 모르는 거야?"

"발신인이 안 적혀 있었어. 엄마도 그때는 너무 놀라서 누가 보냈을까 생각할 겨를이 없으셨대."

"그 와중에 아버지가 음주운전으로 돌아가셨고, 문자와 유서가 발견되면서 사건은 자살로 종결됐다? 어머니께서는 그 사진 때문에 자살을 의심하지 않으셨고?"

"응, 그런데 이 비행기 티켓을 발견하고 자살이 아닐 수도 있다는 생각을 하신 거지. 내가 알아보니까 예약했던 날짜가 음주운전 사고 당일이었어. 누가 봐도 이상하지 않아? 오전에 비행기 좌석을 예매해 놓고 오후에 자살을 한다는 게."

"결국 이 여자가 누군지가 관건이라는 거네."

주예가 사진 속 아버지 내연녀를 검지로 콕 찍으며 말한다. 안나는 꽤나 진지하고 비장한 주예를 바라보며 걱정스럽게 물었다.

"사진만 가지고 알아낼 수 있을까? 이 여자가 누군지, 우리 아버지랑 정말 내연의 관계를 맺었었는지."

"글쎄, 일단은 알아봐야 알겠지. 이 사건에 대해서는 내가 미리 공탄이한테 말해놓았어. 공탄이도 뭔가 느낌이 안 좋다고 하더라. 알지? 공탄이가 그런 쪽으론 촉이 남다르다는 거. 얘기 듣자마자 구린내 난대."

"꼭 알아낼 수 있었으면 좋겠어. 난 우리 아버지가 엄마를 두고 다른 여자를 만났다는 걸 믿을 수가 없거든. 너도 알다시피 우리 아버지, 그럴 분 아니잖아."

"일단 우리 공탄이가 알아본다고 했으니까 너무 걱정하지 마. 잘될 거야."

주예는 다 죽어가는 안나의 얼굴을 바라보며 그녀의 두 손을 꼭 잡았다. 내연녀. 바람. 자살. 평생 이 예쁜 입에선 나오지 않을 것 같은 단어들이었는데, 어쩌다 안나가 이 지경까지 됐을까. 온실 속 화초처럼 곱게만 자란 안나가 어쩌다가 남의 집 생활에 원수 같은 남자 밑에서 노예처럼 부려지며 살게 되었을까. 안나의 앞날을 생각하니 한숨이 연달아 터졌다. 하지만 안나 앞에서 한숨을 내쉴 수도 없다. 안 그래도 어깨 축 처져 있는 애 앞에서 괜히 기분을 다운시키는 소리 나불거려서 좋을 거 하나 없었다.

"그건 그렇고, 너 백 하나 살래?"

"뭐? 백?"

"어, P사 거. 우리 공탄이가 큰마음 먹고 나 하나 사준 건데 도저히 안 되겠어. 지난달에 카드를 너무 많이 써서 이번 달 통장이 마이너스 위기야. 급한 대로 팔아서 써야지. 배야 다음에 또 사면 되니까. 네가 사줘라. 너 요새 회사 출근하잖아. 회사 사람들 보는 눈도 있는데, 만 원짜리 가방 들고 다닐 순 없잖니."

"이거 만 원짜리 가방 아니야. 만 원짜리가 요새 어디 있다고."

기어들어 가는 목소리로 중얼거리고는 냉큼 두 눈을 내리까는 안나. 그러나 주예는 이미 보고 말았다. 안나의 눈동자가 트윙클 트윙클 빛나는 걸. 얘가, 얘가, 얘가. 누구 앞에서 표정 관리야? 숨겨도 티가 나. 눈에 확 띄잖아, 이 계집애야. 아닌 척하면 이 강주예가 속아 넘어갈까 봐? 아서라. 넌 장안에 소문난 백마니아, 일명 '빽(Bag) 반안나'였잖아.

안나네 잘살 때 집에 놀러 갔다가 옷장 열어보고 기절초풍해 본 전적이 있는 주예였다. 삼단 서랍장에 나란히 진열되어 있던 색색의 명품 가방. 오죽하면 주예가 '너 빽(Bag) 성애자냐?' 하고 농담을 건넸을까. 그날 주예는 안나에게서 총 세 개의 백을 선물 받았다. 그리고 한참 동안 안나를 '빽반' 이라고 불렀었다.

"싸게 해줄게. 너 솔직히 말해봐. 들고 다닐 만한 가방 없잖아. 알바도 아니고, 정식으로 취직해서 회사까지 다니면서 싸구려 가방 메고 다니면 사람들이 너 우습게 봐. 하나쯤은 괜찮은 걸 메야지. 너 예전의 컬렉션은 싹 다 팔아치웠지?"

"그거라도 팔아야 수중에 돈이 생기니까."

"그거 봐. 하나도 없잖아. 일단 내 거 사둬. 진짜 싸게 해준다니까. 반값, 아니, 반의반 값."

"나도 사고는 싶어. 있으면 좋지. 근데 알잖아, 내 형편. 그런 데에 쓸 돈 있으면 한 푼이라도 모아야……"

"백 하나 장만한다고 모을 돈 못 모은대? 그런 게 어디 있냐? 고작 중곤데. 너 이거 내가 다른 사람한테 팔아버리고 나면 아까워서 죽을 거 아니야. 아니다. 오늘부터 당장 집에 가서 줄기차게 베개 붙들고 씨름할걸? 눈앞에 백이 아른거려서 일에 집중도 안 될 거야. 살 걸 그랬나? 괜히 안 산다고 버텼나? 용돈 조금씩만 모으면 만회할 수 있을 텐데 괜히 궁상을 떨었나? 등등, 별의별 생각 다 들걸? 일도 손에 안 잡히고. 그게 과연 돈을 아끼는 걸까?"

"……그런가?"

"레스토랑 사장한테 당겨 받은 6개월분 가불금 있잖아. 윤일후가 대신 갚아줬다며. 월급에서 조금씩 까기로 하고. 그걸로 일단 사는 거야."

"그걸로 백을 사라고?"

"뭐 어때? 어차피 네가 벌어서 갚을 건데. 너 그 문제로 윤일후한테 빚 졌다고 생각하지 마. 월급에서 까는 거면 카드 할부한 거나 다름이 없는 거라고. 당당하게 네가 갚는 거라니까?"

"그렇긴 한데……"

"그럼 일단 내가 물건을 보낼게. 우리 공탄이 시켜서 보낼 테니까 직접 보고 결정해."

"직접 보고? 그럼 더 가지고 싶어질 텐데."

혼잣말을 중얼거리며 안나는 초조하게 입안에 들어 있는 스트로를 질겅거렸다. P사의 명품 백. 얘기만 들어도 온몸이 근질근질, 당장에라도 사겠다 말하고 싶은 심정이었다. 하지만 안나의 지금 재정 상태로는 언감생심, 꿈도 꿔선 안 되는 물건이었다. 게다가 모친이 좁디좁은 조카 명의의 이모네 오피스텔에 얹혀살고 있는 마당이다. 한시라도 빨리 돈을 모아 함께 살 집을 마련해야 할 판국에, 그 딸이란 것이 그 돈으로 명품 백이나 사고 다닌다는 게 말이 되나. 안 된다. 절대로 안 될 말이다. 하, 하지만……!

"어머나, 이게 누구야? 안나 언니 아니세요?"

귀에 익은, 앵앵거리는 코맹맹이 목소리가 들려온 건 바로 그때였다. 세상의 모든 관심과 사랑을 다 흡수한 듯한 애정 충만한 꿀 목소리. 확인해 보나마나 이건 한소라 목소리였다. 건영그룹 본사 별다방에 한소라가 어쩐 일이지? 안나는 번쩍 고개를 들었다. 그리고 보았다. 소라 옆에 떡하니 서 있는 자신의 상사를.

"친구, 만나러 오셨나 봐요?"

소라가 주예의 행색을 위아래로 훑어보며 빙긋 웃었다. 아이 유치원 보내놓고 설거지며 청소기까지 돌리고 나온데다 얼른 다시 가게에 나가봐야 하는 터라 대충 꾸미고 나온 주예가 풀 메이크업에 비싼 옷으로 완벽 치장한 소라의 눈에 어찌 보일지는 들어보나마나. 말로 표현한 건 아니었으나 누가 봐도 소라의 시선은 상대를 깔보는 거였다. 안나는 기분이 상해 버렸다. 소라 옆에 서서 마치 남의 일인 양 무덤덤한 시선으로 상황을 관망하고만 있는 자신의 상사님한테도 화가 났다.

"동서는 도련님 만나러 왔나 봐?"

"네?"

난데없는 '동서'라는 호칭에 소라가 정색했다. 이 무슨 터무니 없는 소리냐는 듯. 가난한 안나와는 어울리고 싶지 않단 뜻을 분명히 밝힌 그녀다운 반응이었다. 자신에겐 절대로 집안의 '형님'으로 인정하지 않겠다 하면서도 윤 회장 내외 앞에서는 둘도 없이 소중한 형님인 양 가증 떨던 소라의 모습을 떠올리며, 안나는 더할 나위 없이 화사하게 웃었다.

"도련님, 아까 스테이크 감사히 잘 먹었어요. 역시 비싼 게 맛있다니까. 오랜만에 입이 호강했네요. 그럼 동서랑 얘기 잘 하시고요. 조금 있다가 사무실에서 봬요. 저흰 이만."

오늘따라 유난히 반짝이는 그녀의 눈동자에 멋들어지게 자그르르한 슈트발의 미남자, 윤일후가 맺혔다. 상대가 자신의 심리를 전혀 넘겨짚지 못하도록 철저하게 포커페이스를 유지하고 있는 윤일후는 지극히 무심한 눈으로, 그러나 참기 힘들 정도로 집요하고 진한 시선으로 안나를 뚫어져라 바라보고 있었다.

"나가자, 주예야."

안나는 손에 쥐고 있던 커피 음료를 들고 미련 없이 커피전문점을 나왔다. 소라가 얼마나 재수 없는지에 대해 연신 조잘거리는 주예의 입을 귓전에 달고, 여전히 짙게 쏟아지는 윤일후의 시선을 등 뒤에 매단 채였다.

✱

그날 밤. 힘든 일을 마무리하고 집에 막 들어온 안나에게 선물이 기다리고 있었다. 1층 손님방을 리모델링해 깔끔하고 쾌적하게 꾸며진 방이 바로 그것이었다. 벽지며 몰딩, 커튼까지 자잘하게 신경 쓴 흔적이 보이는 새 방을 보며 안나는 아랫입술을 지그시 깨물었다.

"왜? 마음에 안 드니?"

방에 들어서자마자 그대로 못 박혀 선 채 한참 동안 꼼짝도 하지 않는 그녀를 향해 박 여사 조심스럽게 물었다. 전문가까지 초빙해서 이것저것 꼼꼼히 체크해 준비한 방인데 당사자인 안나 취향이 아니면 어쩌나 걱정이 된 것이었다. 하나, 긴장한 박 여사의 눈에 들어온 것은 안나의 촉촉한 눈망울이었다.

"아니에요, 큰어머님! 정말 완전! 완전 마음에 들어요. 고맙습니다……."

말끝을 희미하게 흐리며 안나가 손으로 눈가를 훔쳤다. 너무나 감격한 나머지 눈물까지 흘리는 안나를 보니, 박 여사는 마음 한편이 시큰하게 아려오는 것을 느꼈다. 그동안 지낼 곳 없어서 얼마나 서러웠을꼬. 남의 집에서 얹혀살면서 마음고생이 얼마나 많았을꼬. 어린 게 얼마나 힘들었으면 그래, 이걸 보고 눈물을 흘려? 쯧쯧쯧, 불쌍타. 안쓰럽고 마음 아프다. 내 자식이 눈물 흘리는 것마냥 가슴이 미어진다. 그렇게 생각하며 박 여사는 다정하게 안나의 손을 잡아주었다.

"고맙긴 뭘. 있는 방 깨끗하게 치워서 쓰게 하는 것뿐인데. 내 조카랑 결혼할 사람에게 이런 거 하나 못해줄까. 걱정하지 마. 마음 푹 놓고, 있고 싶은 만큼 있어. 전에 얘기했던 것처럼 아예 여기 있다가 재후랑 결혼해도 좋고."

"벌써 결혼 얘기까지 하셨어요?"

옆에 서서 안나가 하는 양을 인자한 시선으로 물끄러미 내려다보고 있던 재후가 피식 웃으며 묻는다. 성격 좋고 친화력 하난 어딜 가나 짱 먹는 안나와 박 여사인지라, 처음부터 두 사람이 잘 맞을 거라고 생각하긴 했으나 벌써 이렇게까지 얘기가 진행될 줄은 꿈에도 몰랐던 듯했다. 박 여사는 잡고 있던 안나 손을 토닥토닥 다른 손으로 쓰다듬으며 고개를 끄덕였다.

"할 거면 빨리 하는 게 낫지 않겠니? 네 큰아버지께서도 내년 여름쯤 어떻겠냐고 하고, 나도 그즈음이면 좋겠다고 생각해서 안나를 설득 중이야. 하지만 안나는 아직 시기상조라고 생각하는 거 같아."

"아무래도 집안 사정이 있으니까 그렇겠죠. 저도 결혼 문제는 안나 쪽 사정을 배려해 줘야 한다고 생각해요."

"그 생각은 나도 마찬가지야. 하지만 꼭 결혼해야겠다고 마음 먹자면 방법은 많아. 그냥 날짜만 뒤로 미룬다고 배려가 되는 것은 아니잖니. 실질적으로 도울 수 있는 방법도 있어. 이쪽에서 결혼식과 혼수 일체를 부담할 수도 있는 거고, 어머님께서 이모님 댁에 계시는 게 마음에 걸린다면 따로 집을 해드리는 방법도 있고."

"큰어머니, 그건 좀⋯⋯."

"아아, 뭐 꼭 그러란 건 아니고. 난 그냥 그런 방법도 있다고 말하려는 거였어. 오해하지 마. 기분 나쁘게 들은 거 아니지, 안나?"

"그럼요, 큰어머니."

거짓말이다. 실은 살짝, 눈곱만큼 아주 조금, 기분이 나빴다. 그러나 안나는 박원주 여사가 진심으로 자신을 돕고 싶은 마음에 꺼낸 말이란 걸 잘 알고 있었다. 사람을 대할 때 그 사람의 좋은 점만 골라 좋은 쪽으로만 해석하는 순진한 사람이 박원주 여사가 아닌가. 그녀는 뭐든 밝은 면을 보고 플러스적인 말을 하고, 포지티브하게 해석한다. 성격이 비비 꼬여 있지도 않고 남을 비난하거나 깔보지도 않으며 다른 사람 험담을 하지도 않는다. 적어도 안나가 아는 박원주는 그런 사람이었다. 정말로 박 여사는 안나를 아끼고 있으며, 그녀를 며느리로 맞이하기 위해서 필요하다면 한재산 들이는 것도 마다하지 않는 게 틀림없었다.

정말 이런 분에게서 어떻게 윤일후 같은 인간이 나올 수가 있었을까 의심스럽다니깐.

"아무래도 일후한테 시켜서 안나 월급을 좀 많이 올려주라고 해야겠다. 빨리 돈 모아서 시집오라고. 요새 일후가 일을 좀 많이 시키는 것 같던데, 어때? 야근수당은 잘 챙겨줘?"

"아, 아직 월급을 못 받아봐서요. 도련님께서 어련히 잘 챙겨주시겠죠."

"안나가 일후 사무실에서 일해요?"

안나와 박 여사의 대화를 가만히 듣고만 있던 재후가 불쑥 물었다. 막 2층 계단을 내려오다가 들려오는 '결혼' 얘기에 저도 모르게 걸음을 멈추고 쫑긋 귀를 세우고 있던 일후는 일순 눈살을 팍 찡그렸다. 안나가 직장을 옮긴 걸 윤재후가 여직 모르고 있어?

"너 몰랐니? 안나 지금 일후 비서 일 하고 있잖아. 레스토랑에서 근무하던 안나를 일후가 빼왔어. 잘됐지 뭐. 일단 몸 쓰는 일은 아니니까. 이 연약한 몸으로 아침부터 밤까지 앉아 있지도 못하고 힘들게 서빙 하는 걸 생각하니 내가 다 마음이 짠했었구만. 얘 아침에 출근할 때면 내가 그 뒷모습 바라보면서 한숨을 쉬곤 했었다니까. 근데 일후가 보기에도 안쓰러웠나 봐. 일후 걔가 겉으론 싸하게 보여도 정이 많은 애야. 그러니 제 형수님 힘들어하는 모습 보고 안타까워서 이렇게 일자리까지 신경 써주지."

"그랬었어? 난 왜 몰랐었지?"

그러게, 왜 몰랐어?

일후는 천천히 고개를 꺾어 안나의 방을 들여다보았다. 박 여사와 재후 앞에 서 있는 안나의 얼굴이 정면으로 보였다. 예상했던 대로 그녀는 매우 당혹스러워하는 얼굴이었다. 겉으론 방실방실, 아무렇지도 않은 듯 웃고 있었지만 일후 눈에는 다 보였다. 그리고 안나가 당황했다는 건 뭔가 잘못되었다는 뜻이다.

"시, 실은 일부러 제가 재후 선배한테 말을 안 했어요, 큰어머님. 요새 논문 준비 때문에 정신이 없잖아요, 선배가. 별로 중요한 일도 아닌데 괜히 신경 쓰이게 하고 싶지 않아 그냥 얘기 안 했어요."

"에이. 뭐가 안 중요한 얘기야? 직장을 옮기는 문제였는데."

"그러게. 말해주지 그랬어? 축하해 줬을 텐데. 비서 일은 적성에 잘 맞아? 일후가 잘 대해줘?"

평소의 깊고 부드러운 말투로 재후가 자상하게 물었다. 먼발치에 삐딱하게 서서 빤히 지켜보고 있던 일후는 이제 서서히 몸을 바로 하기 시작했다. 기가 막혀 코웃음이 흘러나왔다. 재후의 말투는 지금의 상황과 안 어울렸다. 어색하다. 너무 부드럽고 너무 자상해서 연인의 말투 같지가 않다. 자신이었다면, 사랑하는 사람이 자신에게 이직 문제와 같은 중요한 사안에 대해 의논조차 하지 않았다면, 또 그 사실을 뒤늦게 다른 이를 통해 알게 되었다면 저렇게 태연하지 못했을 것이다. 저런 뜨뜻미지근한 반응은 제삼자, 자신과는 무관한 사람의 일을 대했을 때나 나올 수 있는 거였다.

저 둘, 대체 뭐지?

"표정을 보니까 우리 일후가 살갑게 대하진 않는 모양이네? 막, 공과 사는 정확하게 지켜야 된다면서 형수님 대접도 안 해주지? 일도 팍팍 시키고. 걔가 원래 그래. 애가 어찌나 융통성이 없는지. 그런 건 꼭 제 아비를 닮았다니까. 그러니 여자들이 끝까지 옆에 붙어 있겠어? 그 옆에 아직까지 남아 있는 소라가 대단한 거지. 너무 크게 마음 쓰지는 마, 안나야."

"에? 아, 그럼요. 마음 안 써요."

"걔가 표현이 서툴러서 그렇지 속마음은 형수님 걱정 엄청 하고 있을 거야."

"걱정이요? 아, 네…… <u>흐흐흐</u>……."

너무 어처구니가 없으면 웃음도 절로 흘러나온다. 의도치 않은 괴상한 웃음소리가 터지자 안나는 서둘러 손바닥으로 입을 틀어막았다. 윤일후가 마음 씀씀이가 깊고 속으로 형수 걱정을 하고 있다니, 이렇게 웃긴 얘기는 처음이었다. 배 째지겠다, 아주. 올해 들은 얘기 중 가장 어처구니없는 얘기다. 하지만 냉혈한인 게 틀림없는 윤일후를 잉태하시고 열 달 동안 뱃속에 품어 세상에 내보낸 박 여사의 생각은 아주 많이 다른 모양이다. 그녀는 정말로 사랑스럽다는 듯 두 눈에 애정을 가득 담고는 열렬히 아들 자랑을 늘어놓기 시작했다.

"겉으로 애가 차갑게 보이긴 해. 걔가 생긴 것부터 냉미남 과잖아. 평소에 표정을 달고 다니는 애가 아니라서 모르는 사람 눈엔 무정하게 보일 법도 해. 정색하면 진짜 내 눈에도, 바늘로 찔러도 피 한 방울 안 나오게 생겼다 싶으니까. 거기다 말투도 무뚝뚝하잖아. 성격 자체가 그리 생겨먹었어. 여자한테 다정한 말 건네는 스타일 또한 아니야. 마음은 안 그러면서 표현을 못하는 거지. 좋아하면 오히려 더 차갑게 구는 편이라니까. 자기 마음 들키는 걸 싫어하는 거야. 천상 상남자다 싶어."

"예에."

"어머, 말투가 영 안 믿는 눈치네? 우리 일후가 그렇게나 가혹하게 굴어? 이 녀석, 형수님한테 너무 심한 거 아니야? 내가 혼내줄까?"

"아! 아니에요. 그 정도는 아니니까 혼내시진 마세요."

"네가 일을 잘하나 보다, 하고 생각해. 그 녀석이 은근 까다로워서 손발 맞는 사람들만 골라 일 시키는 버릇이 있어. 마음에 든다 싶으면 제 옆에 두고 계속 일을 시키는 거지. 제 마음에 쏙 들게 해주니까."

"전 다른 케이스 같은데요, 큰어머님. 전 일도 느리고 아직은 서툴러요. 아마 까다로운 도련님 성에는 안 찰걸요? 마음엔 안 들지만 일단 채용했으니 내 스타일대로 훈련 시켜보자, 뭐 이런 마인드라면 또 모를까."

"그럴 수도 있겠다. 그것도 큰 틀에서 보면 안나 걱정하는 거니까, 겉으론 그렇게 까다롭게 굴어도 속으론 형수 생각 많이 하고 있는 거지. 사실 지금은 그 녀석도 일이 많아. 아버지 뒷배경으로 어린 나이에 이사 자리에 앉았다는 소리 들려올까 봐 기를 쓰고 일하는 느낌이야. 자존심이 센 녀석이 그런 소리 듣고 싶겠어? 또 걔가 일에 있어서는 완벽주의자 기질이 있어서 대충 하진 못하는 성격이잖아."

"그건 그렇죠."

"죽기 살기로 일하는 것 같아서 어미인 나도 걱정이 이만저만이 아니야. 그러니 안나도 크게 마음 쓰지는 마. 우리 일후도 형수한테 일 많이 시키고 싶겠어? 어쩔 수 없으니까 그런 거야."

마음 쓸 게 뭐가 있나. 안나는 일이 많은 것에 대한 불만은 없다. 그가 자신에게 일을 시키는 것은 당연한 거라고 생각했다. 가족이기 이전에 상사이니까. 게다가 그는 자신을 형수로 인정해 주지도 않질 않은가. 그런 그에게 뭔가를 기대하는 것 자체가 바보 같은 일이었다.

"어? 일후야."

재후가 느슨한 셔츠와 청바지 차림의 일후를 발견하고 알은체를 했다. 어디서 뭘 하던 참이었는지 일후는 휙 몸을 돌려 2층으로 올라가기 시작했다. 재후의 부름을 못 들은 것인지, 듣고도 모르는 척한 것인지 파악하기 좀 애매한 타이밍에.

"윤일후."

재후는 좀 더 크고 명확한 목소리로 계단을 성큼성큼 올라가는 사촌 동생을 불러 세웠다. 빠르고 일정한 동작으로 계단을 오르던 일후가 우뚝 걸음을 멈추었다.

"고맙다. 안나가 건영에서 일할 수 있게 해줘서."

"……."

말없이 일후는 고개를 꺾어 재후를 돌아봤다. 재후는 느릿느릿 일정한 템포에 맞춰 계단을 올라오고 있었다.

"내가 미처 그것까진 신경을 못 썼어. 너한테 빚졌다. 고마워, 정말로. 경력 없는 신입을 자신의 비서 자리에 앉히는 일, 너한테 얼마나 힘든 일인지 잘 알고 있어."

"너무 고마워하지 마. 원래는 전화상담원으로 넣으려고 했는데 일이 꼬이는 바람에 어쩔 수 없이 그리 된 거니까. 별 기대감 없었어. 그냥 몇 개월 구멍 메운다 생각하고 아무거나 머리 쓰는 거 빼고 뭐든 시켜먹을 생각이었어."

"지금은 생각이 바뀐 말투네?"

"일을 잘하더라고, 생각보다는."

"그래?"

빙긋, 몹시도 뜻밖이라는 듯 의외의 미소가 재후 입가에 떠올랐다. 그 모습을 보자 방금 전 애써 가라앉혔던 마음이 요동을 치며 흔들렸다.

"잘해내고 있다고 생각해, 지금까진. 실수도 없고, 속도도 초보라는 걸 감안하면 빠른 편이야. 엊그젠 신통방통해서 형식적으로 받아놓고 아무 데나 쑤셔 박아놨던 이력서를 다시 훑어봤을 정도야."

"그 정도였어?"

"공부를 많이 했더라고. 학과 성적도 톱이었고, 틈틈이 한국 들어와서 준비해 합격한 자격증도 다수였어. 봉사 활동 경력도 상당했고 대학에서 참여한 사회 활동도 많은 편이었어. 거기다 글로벌 기업에서 잠시 인턴 생활도 해보았더라고. 물론 평가도 좋았어."

"한국에서와는 달리 미국에선 공부벌레로 살았나 보네."

"한국에서도 성적은 좋았던 걸로 알아. 모든 학우들이 받고 싶어 했던 유명 기업 장학금을 받은 적도 있거든. 학과 성적 톱뿐만 아니라 교내 활동도 활발하게 하고, 교수들에게도 좋은 점수를 받는 학생이 아니면 받을 수 없는, 경쟁률이 센 장학기관이었어. 당시 꽤 화제가 되었었는데 형은 기억 안 나나 봐? 같은 대학 아니었나?"

"아, 글쎄. 기억이 잘⋯⋯."

거짓말. 기억을 못하는 게 아니라 아예 모르는 게 틀림없다. 그러지 않고서야 윤재후가 저리 당황해할 리 없었다. 일후는 희미하게 굳어진 재후의 표정을 싸늘하게 바라보며 으득, 어금니를 사리

물었다. 참아. 네 일 아니니까 간섭하지 말고 넘겨. 속으로 마인드 컨트롤을 하며 일후는 어떻게든 이 순간, 거슬리는 이 모든 사안들을 외면하기 위해 기를 쓰고 버텼다.

"어쨌든 네가 제대로 된 인재를 손에 넣었다는 뜻이잖아. 잘됐네. 다행이다. 네 마음에 쏙 든 것 같아서 나도 마음이 편해진다. 그 정도면 비서 자리에만 앉혀놓기 아까운 것 같은데, 네가 잘 키워보는 건 어때?"

"형수님 사랑하는 거 맞아?"

하지만 결국 참는 거 실패. 불퉁거리는 마음을 억누르지 못하고 일후는 불쑥 재후를 향해 무례한 질문을 던지고 말았다. 후회는 없었다. 언젠가 꼭 진지하게 묻고 싶었기에. 또한 점점 더 커지는 의혹의 싹을 자르기 위해선 이러한 확인 절차가 필수적이었다. 그러나 일후는 질문을 던진 순간 직감했다. 의혹은 더 커질 것이란 걸.

재후가 놀라고 있었다.

"왜 그런 걸 물어? 당연한 걸."

"형님한테 관심이 전혀 없어 보여서."

"그게 무슨 말이야? 아, 혹시 내가 안나 장학금 사연에 대해 몰라서 그래? 그건 그땐 별로 친했던 사이가 아니라서……."

"장거리 연애를 했다던 미국 대학 시절 얘기도 그다지 잘 아는 것 같지 않은데?"

"그거야 서로 못 만나니까. 자세한 얘기 나눌 시간이 거의 없었어."

"사랑하면 시간이 문제가 안 될 텐데? 사랑하는 사람과 떨어져 지내게 되면 오히려 더 전화통 붙들고 구구절절 서로에 대해 깊이 얘기하게 되는 거 아니야?"

"내 성격이 원래 그 정도로 섬세하진 못하잖아. 겉으론 자상한 것 같아도 의외로 내가 그런 쪽으론 잘 못해. 그래서 안나한테 미안하게 생각하고 있어. 이번 직장 문제도 네가 나선 후에야 비로소 내 생각이 짧았다는 걸 깨달았으니 오죽하겠어?"

"결혼까지 생각하는 여자야. 게다가 사정이 어려워서 이것저것 챙겨줘야 하는 상황이고. 지낼 곳 없는 약혼녀, 집에 들일 생각은 했으면서 왜 그깟 일자리 하나 어찌 못하고 내가 먼저 움직이게 해? 하다못해 나한테라도 알아봐 달라고 부탁할 수 있는 거 아니야?"

"그런 청탁은 네가 싫어하잖아. 내가 부탁했다면 분명 너, 기분 나빠했을걸? 아마 나 붙들고 일장연설, 잔소리 한바탕 퍼부었을지도 몰라."

"사랑하는 여자가 성희롱 당하면서 일을 하고 있는데, 고작 동생한테 안 좋은 소리 듣는 게 겁나서 말을 못했다는 거야?"

"성희롱이라니?"

"형은 형수한테 관심이 없어."

성희롱이란 말에 깜짝 놀라는 재후를 가만히 바라보며 일후는 결론을 내렸다. 무서울 정도로 평온하면서도 단호한 일후의 음성에 재후는 흠칫 놀랐다.

"그, 그게 내가 요새 논문 때문에 바빠서……"

"아니. 바빠도 사랑은 하지, 남자는. 나라면 그렇게 안 했어."

"일후야."

"이런 변명 형한테 안 어울려. 인정할 건 인정해."

착 가라앉은 일후의 목소리는 저승사자의 그것 같았다. 계단 하나 차이로 아래에 서 있던 재후는 차갑게 빛나는 일후의 눈빛을 슬쩍 피하며 질끈 아랫입술을 깨물었다. 이거, 잘못하면 들키겠다 싶으니 천하의 윤재후도 무섭게 긴장되기 시작했다.

"전에 나한테 형수한테 잘해주라고 부탁했었지? 이번엔 내가 부탁할게. 형수한테 신경 좀 써."

"……."

"지금 형수가 의지할 수 있는 사람은 형뿐이잖아."

당혹스러워 보이는 재후를 향해 일후는 딱딱하고 주제넘은 충고를 날렸다. 모든 게 마음에 안 들었다. 제 여자의 힘듦을 등한시하는 무신경한 재후도, 그런 재후에게 이런 충고를 날리는 자신도. 왜 자신이 재후와 안나 사이에 끼어들어 이런 주제넘은 짓을 하고 있는지 그는 도통 이해할 수가 없었다. 둘 사이에 끼고 싶지 않았다. 감정적으론 물론이요, 관계적으로도 엮이고 싶은 마음 추호도 없었다. 그런데도 자신은 안나를 회사에 취직시키고 재후에게 신경 좀 쓰라고 같잖은 충고를 날리고 있었다.

일후는 신경질적인 동작으로 머릿결을 훑어 올리며 빠르게 2층 계단을 마저 올라갔다. 그런 동생을 바라보며 재후는 안도의 한숨을 내쉬었다.

'아직 눈치채지 못했군.'

다행이었다. 안나와 자신이 약혼한 사이가 아니란 것을 일후가 알게 된다면 일은 아마도 많이 복잡해질 것이다. 적어도 지금은 아니다. 밝혀지더라도 나중에, 좀 더 뒤여야만 했다. 그나저나 일후가 웬일일까? 생전 형한텐 싫은 소리 한 번 안 하던 녀석이 이번 일에는 꽤나 도전적이면서도 강경한 태도이다. 어쩐지 귀여워 재후는 피식 웃음을 지어 올렸다.

제7장

나쁜 여자

　일후의 머릿속에 자리한 반안나의 이미지는 '머리 빈 된장녀'
였다. 그것도 남자관계 복잡한 걸 넘어 난잡하기까지 한 된장녀.
처음부터 그랬다. 워낙 대학가에서 유명한 인기녀였었고, 그녀에
대해선 출처를 확인할 수 없는 수많은 루머들이 떠돌아다니고 있
었기 때문에 자연스럽게 그의 뇌는 '반안나는 그런 여자' 라는 결
론을 내려놓고 있었다. 거기다 우연찮게 대면하여 자신이 직접 목
격한 그녀의 모습은 사람들에게서 줄곧 들어왔던 이미지와 조금
도 달라 보이지 않았었다. 쾌활하고 화려하고 아름다운 여자였다.
수많은 사람들을 단번에 매료시키는 매력을 가지고 있었으며, 그
중 남자를 끌어당기는 능력은 가히 양귀비급이라 해도 과언이 아
니었다.
　순식간에 그녀에게 마음을 빼앗기는 자신을 발견할 수 있었다.

그녀에게서 눈을 뗄 수 없었고, 급기야 그 모임이 끝나갈 무렵, 자신조차 그녀를 향한 갈망을 품게 되어버렸음을 인지할 수 있었다. 단 한 번도 여자 앞에서 이성을 잃어본 적이 없는 자신이 이런 충동에 휩싸였다는 사실에 일후는 적지 않은 충격을 받았다. 믿을 수 없는 일이었고 믿기 싫은 일이었다. 그녀를 향해 발정 난 수컷처럼 헐떡거리는 수많은 남자들. 자신이 그토록 혐오해했던 그들과 별반 다르지 않다는 사실을 일후는 받아들일 수가 없었다.

결국 그날 그는 반안나를 거절한 유일무이한 역사적인 남자가 되었다. 그리고 이틀 뒤, 그녀는 당돌하게 자신을 찾아와 이렇게 물었다.

"왜 제가 싫은데요? 저의 어떤 점이 싫은 건데요? 도무지 모르겠어서 물어보러 왔어요. 말해줘요, 왜 날 거절한 건지."

그렇게 시작되었다, 반안나와의 질긴 인연은. 일후는 줄기차게 그녀를 멀리했고, 안나는 끊임없이 일후를 쫓았다. 덕분에 일후는 다른 여자들에게선 드러낸 적 없던 성적 본능이 그녀 앞에서만큼은 아주 쉽게 폭주하는 기현상을 매주, 매일, 극심하게 겪어야 했다. 자신이 본능을 제어하지 못하는 '짐승'임을 받아들이는 일은 누구에게든 죽을 만큼 괴로운 일일 것이다. 일후에게도 거의 고문이었다. 그리고 그 고문 같은 일을 일후는 5년이 지난 지금, 다시 겪고 있었다.

자신에겐 둘도 없이 소중한 존재, 윤재후. 그녀의 여자가 된 반안나. 안나는 명백히 재후의 것이고, 그의 사촌인 자신은 결단코 눈독 들여서는 안 될 존재였다. 알고 있다. 반안나는 자신이 손을 뻗어 취하면 절대로 안 되는, 오직 자신에게만 금지되어 있는 세상에 단 하나밖에 없는 여자라는 걸. 그런데도 그녀를 볼 때마다 일후의 심장은 폭주하고 있었다. 미친 짓임을 알고, 그러면 안 된다는 것도 아는데. 그런데도 그녀가 갖고 싶었다.

금기에의 욕망은 급기야 질투로까지 이어졌다. 퇴근 시간 즈음, 회사로 찾아온 재후를 맞는 안나를 보면서 일후는 태어나서 처음으로 형을 시기했다.

"어쩐 일이야?"

"어쩐 일이긴. 우리 안나, 잘 좀 봐달라고 부탁하러 왔지. 뇌물."

"이게 뭔데?"

"영화시사회 티켓. 소라가 좋아하는 영화배우가 나온다기에 구했어. 둘이 같이 다녀와."

"바빠. 영화 보러 다닐 시간 없어. 형이나 형수랑 다녀오지."

"네가 바쁘면 안나도 바쁘지. 네 비선데. 그러지 말고 소라랑 다녀와. 그 덕에 우리도 데이트다운 데이트 좀 해보자. 어찌 된 게 네 사무실에서 근무한 이후로 더 바빠졌어. 안나 얼굴 볼 시간이 없다. 오늘은 근사한 데에서 저녁도 먹고, 영화도 보고, 드라이브도 하려고."

"내가 한 말이 신경 쓰이긴 했나 보네."

"안 쓰였다면 거짓말이지."

　재후는 일후의 충고를 받아들여 안나에게 무심했던 태도를 반성하고 앞으로는 더 신경 쓰겠다고 다짐한 듯 보였다. 좋은 일이다. 이런 걸 바라고 충고했던 것이니 재후의 노력에 박수를 보내줘야 옳았다. 하지만 박수는커녕 좋은 말도 안 나왔다. 이렇게 깜짝 등장에 놀라며 행복해하는 안나의 모습을 보면서도 '잘했다'는 말이 안 나왔다. 오히려 머릿속이 맹렬히, 치열하게 생각하고 있었다. 어떻게 하면 두 사람을 완벽하게 찢어놓을까. 어떻게 해야 안나에게서 재후를 떨어뜨려놓을 수 있을까.

　질투심에 휩싸인 그를 두고 두 사람은 데이트를 나갔다. 일후는 두 사람이 나간 직후, 제 손에 남은 영화시사회 티켓을 북북 형체를 알아볼 수 없게 갈가리 찢어버렸다. 그리고는 곧바로 자리를 떠 이곳, 바에 와 술잔을 기울이고 있었다. 혼자 와 처량하게 독한 양주를 마시는 그를 구원해 준 사람은 대학 동창 민석이었다.

　"네가 웬일이냐? 나한테 연락을 다 하고."

　"근시일 내에 한 번 봐야겠다 생각했었어. 너, 결혼했잖아. 나한텐 말도 없이."

　"보자마자 공격하는 거냐? 그래, 나 결혼하면서 너한테만 연락 안 했다. 근데 우리가 굳이 연락하고 축하해 줄 사이는 아니잖아?"

　"아직도 앙금이 남아 있구나, 넌."

　"그럴 리가. 사내 녀석들이 주먹다짐 까짓것, 할 수도 있는 거지."

"진심으로 그렇게 생각해?"

차가운 크리스털 술잔을 기울이며 흘낏 시선을 주자, 막 도착해 툴에 엉덩이를 걸치던 민석이 우뚝 동작을 멈추었다. 그리고는 이내 슉, 눈자위 구석에 검은 동자를 밀어 넣는다. 5년 전에도 그랬듯이 여전히 제 감정을 전혀 숨기지 못하는 민석의 표정에는 '진심으로 그렇게 생각할 리가'라는 속내가 떠올라 있었다. 하여간 뒤끝이 끝내주게 긴 녀석이다.

"그때 넌 내게 전치 3주에 해당하는 폭행을 행사했어. 그리고 난 아무런 사과도 듣지 못했다. 사람을 그리 두들겨 패고도 미안하단 말 한마디 하지 않는 너, 정말 평소 내가 알던 윤일후 맞나 의심스러웠어. 미친 게 아닌가 싶었지. 진짜야. 그래서 당장 널 고소해 철장에 처넣어버리겠다고 노발대발하시는 부모님을 말리기까지 했어. 미친놈은 철장이 아니라 병원에 처넣어야 하는 거라며."

"미안하다."

"옆구리 찔러 절 받기는 싫다."

"미안하다고. 그땐 내 정신이 아니었어."

"미안해할 필요 없어. 내가 일방적으로 맞기만 한 것도 아니었고, 당시 네 부모님이 우리 쪽에 넘치도록 후하게 보상해 주셨으니까. 근데 우리가 그때 왜 싸웠었냐?"

"기억 안 나는 모양이지?"

"별거 아니었던 것 같긴 한데. 별거 아닌 일로 네가 눈 뒤집혀서 날 뒈지게 두들겨 팼다는 것만 기억나지, 정확히 뭣 때문에 싸움이 났는지는 도통 생각이 안 난다."

일후에겐 도저히 잊어버리려야 잊어버릴 수가 없었던, 악몽 같던 그날의 일을 민석은 벌써 잊어버렸단다. 5년밖에 지나지 않은 그 일을. 그날 민석과 싸운 이후 너무나 화가 난 나머지 그는 반안 나에게 씻을 수 없는 상처를 주었었다. 그런데 그 일의 원인 제공자인 신민석은 너무나도 멀쩡히 잘살고 있었다. 모든 걸 싹 잊고. 일후는 훗, 하고 흘리듯 힘없이 웃음을 터뜨렸다. 갑자기 피곤함이 미친 듯이 밀려왔다.

"어쨌든 결혼 축하한다. 행복하게 오래오래 잘살아라."

"너한테 덕담 듣는 날이 올 줄이야. 그래, 고맙다. 잘살아야지. 잘살 거다."

"신붓감이 훌륭하다고 소문이 자자하던데."

"뭐, 학벌 좋고 집안 좋고 인성 탁월하고, 나하고는 비교도 안 될 만큼 훌륭한 신부지. 거기다 지참금이 무려 200억이다."

민석은 털썩 주저앉더니 푹 한숨을 내쉬었다. 보아하니 결혼 생활이 그다지 행복한 것만은 아닌 듯. 크리스털 잔 속에 남아 있던 술 한 모금을 입안에 털어 넣으며 일후는 가볍게 물었다.

"200억?"

"아버지 회사에 투자금."

"아하, 정략결혼이시다?"

"우리 인생이 다 그런 거지. 소문으로는 네 아버지도 참한 색싯감을 이미 물색해 놓으셨다고 하던데. 너도 정략결혼의 희생양이 되는 건 시간문제야, 인마. 그러고 보면 너희 형이 참 행복한 팔자지. 유산 물려받기 위해 아버지한테 잘 보이려 발버둥 칠 필요도 없고, 지긋지긋한 사업에 매달려 하고 싶은 일 못할 이유도 없고, 사귀던 여자 버리고 사업에 도움 되는 상대와 정략적으로 결혼해야 할 필요도 없고."

"그렇군."

"얼마 전에 재후 형을 우연히 봤는데 옆에 여자가 있더라고. 분위기를 봐선 애인인 것 같던데, 어찌나 부럽던지."

"……뭐?"

아직 남은 얼음에 술을 채우기 위해 막 양주병을 틀어쥐던 일후가 순간, 움직임을 멈추었다. 알코올 때문에 뇌가 반 정도는 마비가 되었는데도 불구하고 너무나도 또렷하게 인식되는 한 가지 사실이 있었다.

"짊어져야 할 회사도, 직원도, 집안도 없는 형이니까 조만간 결혼도 하겠지? 부러워, 완전 부러워. 형수가 미인인데다가 나이까지 어린 것 같던데, 너도 알고 있지?"

반안나라면 누구나 혹할 수밖에 없는 미인이었다. 이십대 중반이긴 하지만 재후에 비하면 어린 편이고, 실제로 두터운 화장을 걷어내면 꽤 어려 보이기도 하다. 그렇기 때문에 쉽게 잊을 수 있는 여자도 아니었다. 그 얼굴을 못 보았다면 모를까. 다시 봤다면 5년 전의 그 반안나를 기억 못할 남자는 아마 없을 것이다. 일후는 제 손안에 볼모로 잡혀 있는 애처로운 술잔을 뚫어져라 노려보며 중얼거렸다.

"나뿐만 아니라 너도 알고 있어야 할 여자 아니냐?"

"엉?"

무슨 소리냐는 듯 민석이 두 눈을 홀쩍 크게 뜨며 반문했다. 일후의 심장은 더 빨리 뛰기 시작했다. 술에 취했는데도 불구하고 정신은 점점 더 말짱해지고, 맥박은 두 배로 더 빨라지고 있었다. 일후는 천천히 입을 열었다.

"반안나. 기억, 안 나?"

"바나나?"

"성은 반, 이름은 안나."

"아, 반안나! 재후 형이 사귀는 여자가 반안나라고? 그때 그 반안나? 놀라운 인연인데? 그때 우리들 사이에선 꽤나 핫했던 여학생이었는데 말이야. 서로 데이트 한 번 해보려고 용을 썼지. 근데 내가 본 여자는 그 여자 아니었는데? 정말 재후 형이 반안나랑 사귀는 거 맞아?"

"맞아."

"아아, 그럼 다른 여자랑 만나고 있었나 보다. 어쩐지 둘이 싸우는 것 같더라고. 그래서 난 연인들끼리 티격태격하는 모양이다 생각했지. 내가 봤던 여잔 훨씬 어려 보였어."

민석은 5년 전 자신이 일후에게 죽도록 맞았던 게 반안나 때문이라는 걸 기억하지 못하는 듯했다. 일후는 적지 않은 충격을 받았다. 이게 과연 있을 수 있는 일인가. 납득할 수 없다. 이건 말이 안 되었다. 있을 수도 없는 일이다. 반안나가 수많은 남학생들과 만나주는 대가로 백을 받아 챙겼고, 민석 역시 그런 일을 겪었는데 어떻게 그 모든 것들을 다 잊을 수 있단 말인가. 누군가가 민석의 뇌에 들어가 반안나와의 사건파일만 딜리트시킨 게 아니라면 일어날 수 없는 일이었다.

뭔가 잘못된 게 분명해.

"근데 그 반안나라는 여자, 너 엄청 따라다니지 않았냐? 안 만나준다고 막 우리 학교까지 찾아와서 깽판 놓았던 거 기억나는데."

"......"

"그때 진짜 대단했었지. 말은 안 했지만 애들이 얼마나 널 부러워했는지 몰라. 그 반안나라는 애가 콧대가 이만저만 높은 게 아니었거든. 걔랑 손 한 번만. 아니다, 옷깃 한 번만 스쳐도 영웅 대접 받았던 때였지."

옷깃, 한 번?

"그런 애가 너 좋다고 쫓아다니는데 정작 넌 거들떠보지도 않았잖아. 옆에서 보는 우리가 얼마나 짜증이 났었는지 알아? 열등감에 시달리면서 우리끼리 네 욕도 엄청 많이 했었다. 그렇게나 공 들인 우린 물 먹었는데, 넌 너무나도 손쉽게 손에 넣을 수 있었으니까. 만약 네가 반안나랑 사귀기라도 했다면 우린 진짜 죄다 접시물에 코 박고 죽었을 거야. 방구석에서 삽질하다가 뒈졌던가."

"손도 한 번 못 잡아봤다고? 너희들 모두? 그럼 나한테 했던 말들은 다 뭐야? 핫한 밤을 보내고, 기분 좋아 600백만 원짜리 백을 사줬다며."

"에이~ 그런 소리는 다 허풍이지. 그걸 진짜 믿었냐?"

"허풍이라고?"

"우리 중 개랑 3분 이상 얘기해 본 남자는 아마 너뿐일 거다. 계집애가 어찌나 도도하고 차갑던지, 비싼 선물 들고 몇 날 며칠을 쫓아다녀도 말조차 섞어주지 않았다니까. 어떤 앤 집 앞에서 3일을 죽치고 앉아 있었다더라. 그래도 만나주기는커녕 오히려 더 무시하더래. 찌질이라고. 뭐, 그 튕기는 게 매력이긴 했지만. 참! 지금은 네 형수님이니까 이런 말 하면 안 되겠지? 말조심해야겠네. 나중에라도 만나면 큰일이니까."

"……."

"넌 어떻게 지내고 있냐? 널 그렇게나 쫓아다니던 여자였는데, 그런 여자한테 형수님이라고 부르는 심정은 어때? 그 여자가 널 알아보긴 하든? 애인의 사촌 동생이 너란 걸 알았을 때 그 여자 반응은 어땠어? 놀라지? 엄청 놀라지?"

신민석은 예전에도 눈치가 없었다. 그리고 일후가 어떤 상태인지도 모르고 신기하다는 듯 두 눈을 빛내며 열심히 입을 나불거리는 걸 보면 지금도 눈치가 없었다. 일후는 이쪽으로 큰 바위 얼굴을 들이밀며 정말 궁금하다는 듯 질문을 날리는 민석을 차디찬 시선으로 쏘았다.

"재미있냐?"

"어?"

"재미있냐고."

"뭐…… 좀. 넌 안 재미있냐? 신기하잖아. 널 좋아했던 여자가 형수님이 됐는데 안 신기해? 세상에 그런 일을 겪는 사람이 몇이

나 되겠어? 그런 우연이 겹칠 확률이 얼마나 되겠냐? 이건 신이 짜주신 판이야. 다시 잘해보란 거지. 나 같으면 형 애인이든 말든 저질러. 그 여자, 지금도 예쁠 거 아니야. 5년이 지났으니 지금은 더 농염해졌겠는데 한 번 꼬셔볼 만도……."

"네 녀석이 꼬신다고 넘어오겠냐?"

해낙낙한 녀석의 얼굴을 똑바로 바라본 채로 일후가 차갑게 중얼거렸다. 술술 구역질 나는 소리를 잘도 내뱉던 민석은 단박에 미간을 찌푸리며 표정을 굳혔다.

"뭐?"

민석이 표정으로 '이 녀석이 갑자기 왜 이래?' 한다. 고맙다, 미안하다, 과거의 앙금 모두 풀고 주거니 받거니 훈훈하게 대화하는 도중 갑자기 일후의 태도가 돌변한 것이니 그로서는 놀랄 수밖에 없을지도 모른다. 하지만 지금의 일후는 녀석의 말을 단 1초도 더 들어줄 수 없었다. 기분이 엿 같다. 역겹고 더럽다. 이런 녀석, 한 때 친구라고 생각했다는 것조차 부끄럽고 치욕스러웠다. 일후는 영문을 전혀 모르는 듯 여전히 찌푸린 얼굴인 민석의 멱살을 거칠 게 거머쥐었다.

"끝까지 갔었다며."

"켁켁! 이, 이게 뭐 하는 짓이야? 야, 인마."

멱살을 쥐고 틀어쥐자마자마 힘없이 딸려온 민석이 버둥거렸다. 하지만 그의 말은 이미 일후의 귀에 들리지 않았다. 자신이 반 안나에게 했던 차갑고 못된 행동들만 머릿속을 가득 채우고 있었다. 5년 전에도 지금도, 일후가 한결같이 안나에게 못되게 굴었던 건 다 이 녀석들의 거짓말과 허풍 때문이었다.

"잠자리가 끝내줬다며."

"뭐, 뭐라는 거야? 이 자식이! 이거 놔. 안 놔?"

"몸매가 예술이었다며."

"켁켁, 야! 너 진짜 5년 만에 만난 동창을 목 졸라 죽일 셈이냐?"

"밤새 만족했다며!"

"야, 윤일후. 나 진짜 죽을 것 같아. 숨 막혀서 돌아가실 것 같다고! 이거 놓고 얘기하자. 제발, 나 좀 살려줘. 살려주라고, 인마!"

"네가 한 거짓말 때문에 얼마나 많은 사람이 피해 본 줄 알아? 얼마나 많이 상처받은 줄 아느냐고, 이 개자식아!"

눈에 핏발마저 선 일후가 거칠게 일갈했다. 그와 동시에 그의 손에서 버둥거리던 민석이 저만치로 떠밀려나가 바닥을 나뒹굴었다. 술집 곳곳에서 웅성거리거나 비명을 질렀다. 창피한 건 알아서, 민석은 아픈 것도 잊고 허겁지겁 자리에서 일어났다. 그리곤 갑자기 미친놈처럼 헐크가 되어 자신을 해코지하는 동창, 일후를 올려다보았다.

"도, 도대체 너 왜 그래? 5년 전에도 이러더니 대체 왜 또 이러냐고. 도대체 왜 나한테만 이러냔 말이야?"

민석은 울상이 되어 소리치고는 방금까지 꽉 짓눌려져 있던 목을 손으로 다급하게 훑었다. 하지만 가혹하게도 일후는 아직 민석을 놓아줄 생각이 없는 듯했다. 그는 이미 지옥에서 온 사자처럼 무섭고도 어두운 포스로 저벅저벅, 민석을 향해 걸어가고 있었다.

"으아악!"

＊

경찰서에서 풀려난 것은 밤 10시경이었다. 사람을 두들겨 팬 죄로 서까지 가게 된 일후는 피해자인 민석의 '처벌은 원하지 않는다'는 뜻에 따라 서둘러 일단락이 되었다. 아버지의 눈 밖에 나지 않기 위해 애정 없는 결혼도 불사하던 녀석인 만큼 괜히 쓸데없이 지저분한 일에 연루되고 싶지는 않았던 모양이었다. 일후가 쉽게 건드려선 안 되는 건영그룹 자제라는 것도 물론 결정에 큰 영향을 주었을 것이다. '너 같은 미친놈은 내가 살다 살다 처음 본다'며 혀를 내두르던 민석을 떠올리며 일후는 후— 하고 길게 숨을 내쉬었다.

"아직 혈기가 왕성하십니다, 도련님."

차가운 벤치에 눕다시피 앉아 멍하게 하늘을 올려다보고 있는 일후를 향해 건영의 고문변호사, 유치영이 말을 건넸다. 일흔을 바라보는 노신사는 예고도 없이 한밤중에 갑자기 불려 나왔음에도 불구하고 머리카락 한 올 흐트러지지 않은 단정하고 깔끔한 모습을 하고 있었다. 5년 전과 너무나도 흡사한 상황에 왠지 웃음이 터져 일후는 피식 웃고 말았다.

"그런가 봅니다, 유 변호사님."

"그래도 이젠 친구는 패지 마십시오. 부조금 한 푼 내지 않으신 분께서 새신랑 얼굴에 피멍이라뇨."

"그 녀석은 맞아도 쌉니다. 아마 아직도 자신이 뭘 잘못했는지
모를걸요?"

"오해가 있으면 푸십시오. 전은 이렇고 후는 이렇다, 말씀하시
고 내려놓으세요. 5년 전처럼, 다시 5년 후 이런 일이 생길까 봐
드리는 말씀입니다."

"유 변호사님이야말로 새신랑께서 저 때문에 갑자기 호출되셨
네요. 나중에 김 작가님께 눈총 받겠는데요?"

"걱정 마십시오. 그럴 리는 없습니다. 그 사람은 꽃미남이라면
정신 못 차리거든요. 도련님 일이라면 무조건 쌍수 들고 환영이니
눈총 따위 절대 줄 일 없을 겁니다."

유치영은 시답잖은 일후의 농담에도 특유의 인자한 미소를 지
으며 대답하고는 곧바로 자리를 떴다. 아내인 김 작가의 호출을
받고 난 직후였다. 그가 서둘러 차에 오르는 것을 멍하게 바라보
며 일후는 다시금 훅, 뜨겁고 답답한 숨을 토해내었다. 오늘따라
유난히 밤하늘이 깜깜했다. 그의 앞날처럼.

"사랑한다니까요! 사랑해요. 윤재후, 사랑한다고요. 내가 사랑
한다는데 왜 자꾸 당신이 아니라고 하는 건데요? 왜 내 말을 믿지
않는 건데요?"

아니어야 하니까. 반안나는 윤재후를 사랑하면 안 되니까.

일후는 안나가 그저 재후를 이용해 먹기 위해 들러붙은 사기

꾼이라고 애써 치부했지만 알고 있었다. 재후를 바라보는 안나의 눈동자가 선망으로 빛나고 있음을. 그런 눈빛을 한 사람은 다른 사람을 속일 수 없다. 사람 좋고 물렁해 뵈지만 실은 속에 능구렁이 수백 마리가 들어가 있는 윤 회장도 절대 속일 수 없다. 그녀의 행동 하나하나, 눈빛 한줄기, 놓치지 않고 스캔하며 감시하던 일후는 시간이 지나면 지날수록 초조해졌다. 안나가 정말로 재후를 사랑하고 있을지도 모르겠다는 생각이 들었기 때문이다.

그러면 안 된다. 안나는 재후를 진심으로 사랑하면 절대로 안 되는 여자였다. 돈을 노리는 사기꾼이어야 했다. 수많은 남자들의 마음을 홀려 그들이 자발적으로 빠져들게 만드는 '사이렌'. 한시라도 빨리 털어내야만 파멸의 운명에서 벗어날 수 있는 존재. 절대로 재후 옆에 둬선 안 되는 여자. 그런 여자여야만 했다. 그에겐 안나를 재후와 떨어뜨려야 할 이유가, 단지 그 명분만이 필요했던 것이다.

인정하긴 싫지만, 그는 진정으로 안나가 재후의 사람이 되는 게 싫었다. 원하지 않았다. 두고 볼 수 없었다. 그녀를 미치도록 원하는 사람은 바로 자신이었으니까. 그러면 안 된다는 걸 알면서도 그녀를 다시 보자마자 휘몰아치는 감정에 미칠 것만 같았다. 그래서 안나에게 강요했었다. 재후를 사랑하지 않는다 말하기를, 집에서 나가기를, 자신의 인생에서 완전히 사라져 주기를. 재후를 이용하기 위해 거짓말을 하고 있음을 인정하길 필사적으로 강요했다. 그래야 미련 없이 그녀를 내칠 수 있을 것 같았다.

민석을 믿지 말았어야 했다. 자신이 처음 눈에 담았던 그 느낌을 믿었어야 했다. 남들이 뭐라 하든 자신에게 부딪쳐 오는 그녀의 아름답고 순수했던 모습 그대로를 받아들였어야 했다. 그랬더라면 그는 5년 전 이미 그녀를 끌어안았을 것이다. 그랬다면 안나가 미국으로 유학을 떠나는 일도, 재후의 여자가 되어 자신의 앞에 나타나는 일도 없었겠지.

아아, 답답하다. 이제 어쩌면 좋지?

그의 안에서 반안나는 점점 더 커져 가고 있고, 그녀는 자신의 형수다. 사랑해 마지않는 윤재후의 약혼녀. 그녀가…… 그는 갖고 싶다.

"미친놈."

거리의 벤치에 널브러진 채 멍하게, 일후는 중얼거렸다. 멍하게 깜깜한 하늘과 총총 박힌 별들을 쳐다보다 택시를 부른 건 한참 후. 일단은 집에 가서 안나의 얼굴을 마주하고 싶었다. 뭘 어떻게 해야 이 모든 걸 수습할 수 있을지 판단이 서지 않았지만, 지금 당장은 그녀를 보고 싶었다. 그래야 숨이 쉬어질 것 같았다. 그 얼굴 보고 나면, 정상적인 사고를 할 수 있게 될 것도 같았다. 한데…….

반쯤 나갔던 정신을 겨우 수습하고 다운된 몸을 꾸역꾸역 움직여 귀갓길에 오른 그는 집 앞에서, 자신이 처해 있는 잔인한 현실과 정면으로 마주쳤다.

"흐응, 핫……!"

근처 가로등이 꺼져 있는 으슥한 곳에서 남녀가 키스를 하고 있었다. 끈적끈적하고 야한 여자의 신음성이 제법 크게 들려왔다. 멀찌감치 서 있는 그의 귀에 또렷하게 들릴 정도였으니 두 사람은 서로에게 정신없이 몰입되어 있는 게 틀림없었다.

"그렇군."

내 현실은 이거였어. 혼잣말을 중얼거리고 일후는 이를 악물었다. 아무리 밤이지만 길거리에서 여자와 뒤엉켜 키스를 하고 있는 남자의 뒷모습은 어딜 봐도 윤재후였다. 그리고 지금 이 시점에, 재후가 이웃집 담벼락에 밀어붙여 짓누른 채 정신없이 탐하고 있는 입술의 주인이 누구인지는 너무나도 빤했다.

일후는 또다시 미친 듯이 불타올랐다. 질투심이 그의 온몸을 가루로 만들 듯 정말 활활 타올랐다. 당장 달려가 두 사람을 떼어내고 싶은 충동이 극렬하게 치밀어 돌아버릴 지경이었다. 그러나 그는 천천히 심호흡을 했다. 아직 이성이란 것이 먼지만큼이라도 남아 있을 때 이 위기를 벗어나야만 했다. 그는 가까스로 초인적인 힘을 발휘해 휙, 제 몸을 돌려세울 수 있었다.

작은 흐느낌이 들려온 것은 바로 그때였다.

"오빠……."

여자의 신음성에 눈살을 찌푸리며, 일후는 천천히 고개를 꺾어 뒤를 돌아보았다.

오빠라고?

3시간 전.

윤재후는 가족들에게 약혼녀로 소개한 바 있는 후배, 반안나와 함께 영화관에 있었다. 위장 데이트의 일환이라고나 할까. 눈치 빠르고 예리하기로 소문난 동생, 일후의 눈을 속이기 위해 계획된 쇼였다. 녀석으로부터 '형수한테 신경 좀 쓰라'는 충고를 받고 난 직후 재후는 위기감을 제대로 느꼈었다. 이러다가 진짜 연인 사이가 아니란 걸 눈치채기라도 하면 일후 성격에 절대로 가만있지는 않을 것이었다. 어쩌다가 안나가 재후와 다시 만나게 된 것인지, 집에 들어와 살게 된 것은 어째서인지, 낱낱이 캐고 다닐 게 분명했다.

[어디야?]

어찌 알았는지 재후의 그녀는 아까부터 닦달성 문자메시지를 줄기차게 보내오고 있었다. 재후는 자신의 옆자리에 앉아 훌쩍거리고 있는 안나를 돌아보았다. 스크린에서는 인간에 대한 추악한 본성과 눈물 나는 가족애를 그린 영화가 상영되고 있었다. 돌아가신 아버지가 그리운지 그녀는 아까부터 쭉 주인공인 40대 가장이 나올 때마다 눈가를 훔치고 있었다. 영화 속 슬픔과 자신의 처지를 오버랩시키는 듯 흠뻑 몰입되어 있는 안나에게 재후가 해줄 수 있는 것은 손수건을 건네주고 어깨를 다독거려 주는 것뿐이었다. 더 뭘 해줄 수 있겠는가. 무엇을 해도 안나의 아버지는 돌아오지 못하는데.

[날 이렇게 화나게 할 거야? 지금 시위해? 내가 만나주지 않는다

고, 일부러 그 계집애랑 데이트하는 거냐고.]

다시 또 메시지가 날아왔다. 열 개째다. 문자 글투로 보니 화가 나도 보통 난 게 아닌 것 같다. 자신의 남자가 다른 여자와 단둘이 영화를 보러 들어갔으니 화가 날 만도 하다. 게다가 그녀는 안나가 그의 가족들에게 어떤 식으로 소개되었는지 잘 알고 있었다. 사랑하는 남자가 제 가족들에게 자신이 아닌 다른 여자를 약혼녀로 소개했다는 사실에 그녀는 몹시도 분개했었다.

[내가 괜히 안 만나줘? 그 계집애를 약혼녀로 속이고 집에 데리고 들어갔으니 그런 거잖아. 어떻게 나한테 말도 없이 그런 짓을 해? 게다가 그 일에 대해 아무런 해명도 없었잖아. 내가 화내는 건 당연한 거 아니야?]
[대체 왜 그러는 거야? 내내 안 그러다 왜 갑자기 이러는 건데.]
[일단 거기서 나와. 나와서 얘기 좀 해. 나 지금 영화관 앞이야.]
[나올 때까지 기다린다. 영화 끝나고 같이 나오다가 나랑 마주치면 어떻게 되는지 알지?]
[당장 나와. 지금. 혼자서!]

"선배, 급한 일 있으면 먼저 가보세요."
연달아 다섯 통의 문자가 날아오자 열심히 스크린을 보며 훌쩍거리고 있던 안나가 재후를 돌아보며 울먹거렸다. 영화관 내에 흐르는 처량한 주제가를 배경으로 울고 있는 안나를 보니 안쓰러움과 미안함이 배가되는 것 같아, 재후는 고개를 가로저으며 목소리 낮춰 속삭였다.

"아니야, 괜찮아."

"괜찮긴 뭐가 괜찮아요? 아까부터 계속 문자가 날아오던데."

"아, 이건……."

"얼른 일 보시고 들어오세요. 옆 사람들도 선배님께서 문자 확인하시는 거, 되게 신경 쓰는 눈치예요."

안나는 거의 들릴 듯 말 듯 작은 목소리로, 그러나 단호하게 그의 귓가에 속삭였다. 그리곤 언제 그랬냐는 듯 정면의 스크린을 보며 으아앙, 울상을 지었다. 금세 영화에 다시 몰입하는 걸 보며 재후는 피식 웃음을 터뜨리지 않을 수 없었다. 한쪽은 난리법석인데, 한쪽은 이리도 천하태평이라니. 아무것도 모르니 이리 평온할 수 있는 거겠지만.

"무섭긴 무서웠나 보네, 곧바로 나온 걸 보니."

재후가 영화관을 나오자 기다렸다는 듯이 문제의 그녀가 모습을 드러냈다. 늘 그렇듯 그녀는 도도한 아름다움을 뽐내고 있었다. 화가 머리끝까지 난 그녀는 오렌지빛 립스틱이 곱게 칠해진 입술을 꾹 다물고, 인형 눈처럼 커다랗고 동그란 눈을 신경질적으로 째리는 중이었다.

"내가 여기 있는 건 어떻게 알았어?"

"내가 모르는 게 어디 있어? 인간 윤재후에 대해서는 나보다 더 잘 아는 사람은 없을걸?"

"내 뒤를 밟은 거야?"

"밟았으면 어쩔 건데? 스토커라고 경찰에 신고라도 할 거야? 그래. 해보자, 어디. 어떻게 되나 한번 해보자고. 아마 난리 날걸? 약혼자까지 있는 윤재후가 다른 여자랑 놀아나고 있다는 걸 알면 어른들께서 가만있지 않으실 거야. 게다가 그 여자가 나라는 게 밝혀지면……!"

"그럴 일 없다는 거 알아. 넌 우리 사이를 밝히고 싶어 하지 않잖아. 사이라고 해봤자, 그저 즐기는 사이에 불과하지만."

두 눈에 오기가 창창, 밑도 끝도 없는 억지를 부리고 있는 여자의 말을 재후가 싹둑 잘랐다. 그녀는 차가운 재후의 태도에 적지 않은 충격을 받은 듯 두 눈을 크게 뜬 채로 거칠게 숨을 내쉬고 있었다.

"지금 말 다했어? 즐기는 사이? 그럼 내가 네 섹스 파트너라는 거야?"

"그럼 뭐가 더 있어야 해?"

"윤재후!"

"당황스럽다, 네 이런 태도. 내가 알기로 넌 세상에서 제일 쿨한 여자거든. 사랑은 하지만 결혼은 안 된다. 결혼은 안 하지만 섹스는 할 수 있다. 나로서는 도저히 이해할 수 없는 마인드의 소유자가 너야. 관습에 얽매이지 않고 감정에 휘둘리지 않고, 서로 원할 때 만나 스트레스 푸는 관계. 이런 관계는 내가 아니라 네가 원한 거였잖아."

"역시 그렇군. 나한테 보여주기 위해 그 여자를 집안에 끌어들인 거야. 그렇지? 내가 결혼은 절대 못한다니까, 안 해준다니까 화가 나서 그 여자와 약혼을 한 거였어. 제법이다, 윤재후? 이렇게 날 놀려먹을 줄도 알고. 축하해, 네 계획대로 되어서. 날 이렇게까지 승질나게 했다는 건 작전이 들어 먹혔다는 뜻이거든."

"이런 일에 칭찬이라니. 침대 위에서 받는 칭찬과는 또 다른 맛이네."

"그래서 뭘 원하는 거야? 결혼? 내가 돈이며 집안의 명예 따위다 버리고, 너랑 결혼해 주길 바라는 거야?"

"난 너한테 뭔가를 바랐던 적은 없어. 그저 네가 원하는 대로, 네가 행복할 수만 있다면 뭐든 다 해주고 싶었을 뿐이야. 지금까지도 그랬고, 앞으로도 그건 마찬가지야. 난 늘 네 편일 거다."

"내 편이지만 그 여자는 만나겠다는 거잖아. 결국 날…… 버리겠다는 거 아니야?"

상처받은 눈으로 바라보며 그녀가 물었다. 쥐어짜는 듯한 그녀의 목소리는 '어떻게 당신이 내게 그럴 수가 있어?'라는 듯 충격에 휩싸여 있었다. 이기적이고 제멋대로이며 막무가내인 그녀의 본질과 한 치도 다르지 않은 모습이다. 파멸의 여신. 악녀. 재후에게서 모든 걸 다 앗아갔으면서도 제 것은 무엇 하나 내주지 않는 나쁜 여자.

그럼에도 불구하고 그는 그녀를 뿌리칠 수가 없었다. 그 어떤 파렴치한 짓을 해도 그녀는 언제나 그의 눈에 사랑스럽고 귀여웠다. 몸 이외에는 그 어떤 것도 줄 수 없다고 말할 때에도. 사랑 따위, 미래 따위 함께해 줄 수 없다고 말할 때에도. 밤새 자신의 품에서 가르릉거리다 금세 다른 남자를 향해 교태를 부릴 때에도. 그러면서도 정작 재후에게는 다른 여자를 만나면 가만두지 않겠다고 으름장을 놓는 지금 이때에도. 재후는 그녀를 미워할 수가 없었다.

소라를 갖기 위해 그는 악마에게 영혼을 팔아 넘겼다. 나쁜 놈이 되길 자처했다. 그녀의 제안을 받아들여 일후와 결혼하는 것이 인생 최대 목표인 그녀의 육체를 차지했다. 그 누구에게도 말할 수 없는 내연의 남자가 되었지만 재후는 후회하지 않았다. 소라의 숨겨진 남자라도 그는 만족했다.

"날 걷어차겠다는 거잖아. 이제 와서, 여기까지 왔으면서, 정말 나랑 헤어지려는 거야?"

"한소라."

"어떻게 이럴 수가 있어? 오빠가 어떻게 나한테 이럴 수가 있냐고! 윤재후가! 다른 사람도 아닌 윤재후가 어떻게 날 버린단 말을 할 수 있어? 이 나쁜 놈! 천하의 몹쓸 놈! 사랑한다고 해놓고서, 나뿐이라고 해놓고서, 어떻게 이래? 거짓말이었어? 내게 했던 약속들은 다 거짓말이었던 거야? 그래?"

"아무것도 기대하지 말라고 했던 사람은 너야."

"그래도 좋다며. 내가 아무것도 주지 못해도 상관없다며. 그래도 나만 사랑한다고 했잖아! 어떻게 이리 달라질 수가 있어? 그 계집애가 그렇게 대단해? 안쓰러워 죽겠어? 그 여자 지켜주기 위해서는 나까지도 버릴 수 있다는 거야? 나 없이도 살 수 있다는 거야?"

"그런 거 아니야."

재후는 속삭이듯 속마음을 털어놓았다. 소라에겐 그 어떤 짐도 지우지 않겠다 마음먹었었고, 그래서 이번 일의 진실도 함구했었는데 도저히 더 이상은 버티지 못할 것 같았다. 소라가 울고 있다. 그 고운 눈망울에 서러운 눈물이 고여 있다. 차마 소리 내 울지도 못하고, 악 소리도 못 내고 고통스러워하고 있었다. 아파하는 소라를 보는 것은 그 어떤 고문보다도 더 견디기 힘든 일이었다. 제발 자신을 좋아해 달라고, 자신을 버리지 말아달라고, 악마 같은 아버지의 품에 돌려보내지 말아달라고 애원하던 스무 살 그때가 떠올라 가슴이 난도질당하는 기분이었다.

"난 아직도 널 사랑해."

"오빠……."

아픔으로 일렁거리는 눈동자를 그에게 고정한 채 소라가 중얼거렸다. 꽉 쥔 주먹은 파르르 떨며 힘겹게 버티고 있었다. 재후는 그녀의 가녀린 팔뚝을 가만히 내려다보았다. 붉은 멍 자국이 희미하게 나 있는 팔목이 아프게 눈에 들어오자 그는 처연하게 속삭였다.

"네가 스무 살 때부터 넌 내게 여자였어. 지금도 여잔 너뿐이야."

"재후 오빠……."

"원한다면 얼마든지 네 곁에 있어줄 거야, 나는. 네가 나를 필요로 할 때까지는 언제까지라도. 그러니까 울지 마."

무엇에도 스러지지 않을 것 같은 굳건한 시선이 소라를 정면으로 관통했다. 그와 동시에 세상 그 어떤 것과도 바꿀 수 없는 완벽한 편안함이 그녀의 몸을 감쌌다.

소라는 북받쳐 오르는 기쁨에 그만 바닥에 주저앉아 엉엉 울고 말았다.

제8장

더 이상 주저할 이유 없다

"이게 대체 무슨 그림이지?"

약혼녀가 버젓이 있는 사촌 형이, 자신과 혼담이 오고 가고 있는 한소라와, 집 담벼락에서, 어둠에 묻힌 채 키스를 나누고 있는 광경을 목격한 일후가 맨 처음 그들에게 건넨 말이었다. 지극히 이성적인 음성이었고 태도였다. 이상하게 재후의 품에 안겨 신음하고 있는 여자가 안나가 아니라는 것을 알고 오히려 더 차분해졌다. 마음이 가라앉고 머리는 맑아졌다. 속았다는 기분은 들었지만 화가 나진 않았다. 감정이 폭주하는 일도 없었다. 그들에 대한 증오심 또한 생겨나지 않았다. 한마디로 '평온' 그 자체였다.

재후도 딱히 다르지 않는 것 같았다. 자신들의 비밀스러운 모습을 일후에게 들켰으니 조금이라도 당황했을 법도 한데, 그런 기색

은 조금도 내비치지 않았다. 화들짝 놀란 것은 소라였다. 일후를
보는 순간 저승사자라도 본 듯 파르르 떨더니,

"어떡해, 어떡해. 일후 오빠, 난요……. 아아, 어떡하지? 그러니
까 어떻게 된 거냐면……. 재후 오빠, 말 좀 해봐. 뭐라고 말 좀
해! 아, 어떡해……."

횡설수설, 안절부절못하였다. 그러는 와중에도 재후에게 매달
려 제 몸을 지탱하고 있으니 둘 사이가 확실히 보통 사이는 아니
란 걸 일후는 확신할 수 있었다. 그리고 찾아드는 의문들. 도대체
언제부터 두 사람이 이런 관계였을까? 아무도 모르게 가족들마저
몽땅 속이고, 언제부터 두 사람이 오빠 동생이 아닌 남자 여자의
사이가 된 걸까? 안나는 앞으로 어떻게 되는 거지? 그 수많은 의
문들의 답을 그는 그들에게서 직접 듣고 싶었다.

"그러니까 두 사람은 3년 전부터 연인 사이가 되었다는 거로군.
이전에 이미 소라가 고백하긴 했지만 재후 형이 미성년자는 받아
주지 않는다고 거절했었던 것이니."

"정확히 말하면 그것도 아니야. 내가 대학생이 되었어도 재후
오빤 날 받아주지 않아."

울상이 된 얼굴로 고개도 제대로 들지 못하고 안절부절못하던
30분 전과는 너무 다른 모습으로 소라는 태연하고 새침하게 앉아
조목조목 상황 설명을 하고 있었다. 그녀의 희고 연약한 목에는
붉은 자국이 나 있었다. 흔하디흔한 손자국 같은 게 아니었다. 누

가 봐도 그건 열정의 상징, 키스마크였다. 일후의 눈매가 절로 가늘어졌다.

"그럼 두 사람이 이렇게 된 게, 언제부터라는 거야?"

'이렇게 된 게'라는 대목에서 잠시 쉬며 그는 소라의 목덜미를 향해 슥, 눈동자를 굴렸다. 그러자 눈치 빠른 재후가 재빨리 커다란 손으로 그녀의 목을 쥐고 감싸 안는다. 일순 내내 멀쩡하던 성질머리가 불끈 일어서는 것을 일후는 느꼈다. 윤재후, 안나를 두고 소라와 사귀고 있었어? 마음뿐 아니라 몸까지 섞고 있었어? 사랑하는 사람을 두고, 다른 여자가 눈에 들어와? 형, 그런 사람이었어?

"사실은 얼마 안 돼. 6개월쯤 된 것 같아. 거의 내가 매달리다시피 해서 만나게 된 거야. 내가 날 좀 어떻게 해달라고 했어. 도저히 이렇게는 못살겠다고, 제발 나 좀 데리고 도망가 달라고…… 내가 애원했어."

"그래서 나이만 먹었지 아직은 애나 다름이 없는 널 형이 받아들였단 말이야?"

"재후 오빠 잘못 없어. 내가 협박했어, 날 받아들이지 않으면 죽어버리겠다고."

"널 살리기 위해서, 이 모든 일을 저질렀다는 거냐? 형이? 그럼 두 사람은 대체 왜 이렇게 몰래 만나고 있는 거야? 재후 형이 널 받아들인 게 6개월 전이었다면서, 왜 6개월 동안 가족들 앞에선 아무 일도 없었던 것처럼 행동했던 거지?"

"내가 그렇게 해달라고 했어. 내가, 아빠가 무서워서 비밀로 해

달라고 했어."

"고작 아버지의 잔소리가 무서워서 온 가족들을 다 감쪽같이 속였단 말이야?"

"재후 오빠를 이해해 줘. 오빠는 내가 하자는 대로 했을 뿐이야. 오빠를 사랑하지만 난 아빠를 거역할 수 없었어. 아빠가 시키는 대로 하지 않을 수 없었어."

"그래서 사랑은 재후 형과 하고, 결혼은 나와 하려 했다는 거냐? 제정신이 아니구나, 너?"

"나로선 그게 최선이었어."

"그런 생각을 한 너나, 그런 널 마냥 봐주고만 있었던 재후 형이나, 도저히 내 상식으로는 이해할 수가 없다. 이해하고 싶지도 않아. 도대체 둘 다 뇌가 어떻게 생겨먹었기에……!"

"……."

"아아, 그래. 지금이라도 이렇게 밝혀졌으니 다행이라고 생각하자. 넘어가. 하나하나 캐려고 들자면 나오는 게 한두 개가 아닐 것 같고, 그래 봤자 두 사람에 대한 실망감만 더 커질 것 같으니까."

"정말 입이 열 개라도 할 말이 없어."

소라는 정말로 죽을죄를 지은 양 고개를 푹 숙이고 기어들어 가는 목소리로 웅얼거렸다.

"나한텐 미안해할 필요 없어. 어차피 난 부모님 뜻대로 너랑 결혼할 마음 추호도 없었고, 그러니 이번 일로 피해 본 것도 하나 없으니까. 나를 잘만 이용하면 재후 형을 마음대로 편하게 만날 수 있었을 테니 네 입장에선 내가 좋은 방패막이였겠지. 이해해 줄 수 있다, 그쯤은."

"고, 고마워. 오빠가 이렇게 너그럽게 용서해 주니까 마음이 한결 편하다."

용서를 받았다고 생각해서인지 소라는 안도의 한숨을 내쉬었다. 그러나 그 한숨이 채 꺼지기 전에 일후는 일침을 날렸다.

"하지만 반안나의 경우라면 얘기가 달라지지. 형은 반안나가 유학을 떠나기 전부터 만났다고 했어. 그때부터 사랑하는 사이였다고 어머니께 말씀드리는 걸 내 귀로 똑똑히 들었지. 그건 반안나를 사귀면서 소라를 만났다는 거 아니야?"

"오빠, 그건 오해야. 그, 그건!"

"소라 너도 마찬가지야. 반안나가 우리 집에 왔을 때 내게 뭐라고 했지? 재후 형이 선택한 여자이니 행복하길 바란다고 하지 않았던가? 집도 절도 없는 가난한 여자라 네 형님으로 받아들이긴 힘들지만 재후 형과는 잘되길 빈다고 하지 않았어? 하긴, 그 와중에도 내게 은을 띄우긴 했었지. 남자 수십 번 갈아치우고 다니는 헤픈 여자일 거라고. 직장상사랑 눈이나 맞는 바람기 다분한 여자일 거라고."

"그땐 내가 너무 화가 나서!"

"넌 가난해서 반안나가 싫었던 게 아니야. 질투하고 있었던 거야. 재후 형을 사랑하니까 그 옆에 있는 반안나가 미웠던 거지. 그래서 아무것도 모르는 반안나를 매도하고 악담했던 거였어."

"마, 맞아. 할 말이 없다, 진짜. 나도 내가 왜 그랬는지……."

다시금 고개를 숙이며 소라가 울먹거렸다. 지금 생각하면 한없이 유치하고 부질없는 짓이었는데 그땐 정말로 어쩔 수가 없었다. 안나를 보기만 해도 울컥 증오심이 치밀어 올랐었다. 모든 게 안나 때문인 것만 같단 생각이 솟구쳐서, 정말이지 죽이고 싶도록 미웠었다. 실은 안나가 잘못한 건 하나도 없었는데. 모든 것은 아버지의 강요에 굴복한 자신의 비겁함 탓이었는데 말이다.

"소라 탓하지 마. 소라 잘못 아니야. 일이 이렇게 된 건 다 내 잘못이다."

자책감에 흐느끼는 소라가 안타까웠나 보다. 지금껏 꾹 입을 다물고 잠자코 앉아 있기만 하던 재후가 소라의 역성을 들고 나섰다. 일후는 그 알량한 사랑 앞에 배알이 뒤틀리는 것 같았다.

"맞아. 형 잘못이지. 애초 이럴 거였으면 형은 반안나와 헤어졌어야 했어. 집으로 끌어들일 게 아니라 깨끗하게 정리했어야 했다고. 나였다면 반안나를 위해서라도 사실대로 말했을 거야. 네가 미국에서 공부하는 사이 다른 여자가 생겼다. 그 여자를 사랑한다. 너와 헤어지고 싶다."

"······."

"도대체 반안나는 왜 집으로 데리고 들어온 거야? 왜 헤어지지 않았어? 정말 내 말대로 동정심 때문이었던 거야? 아니면 양손에 떡을 쥐고 저울질 중이었나? 아! 아니네. 미래를 약속해 주지 않는 소라를 자극하기 위해 이용해 먹었던 거네. 마침 사정도 딱하게 됐겠다, 그 멍청하고 눈치 없는 여잔 형의 단순 호의를 애정을 받아들일 테니 딱 안성맞춤이었겠네. 맞지?"

"아니야."

재후가 조용히 답을 내놓았다. 감정이 잔뜩 실린 그의 기나긴 질문에 몹시도 모자란 답이었다. 뭔가 납득이 될 만한 해명이 필요했던 일후는 더욱더 심사가 뒤틀리는 것을 느꼈다. 일을 이렇게 만든 장본인이면서 어떻게 이렇게 평온할 수가 있단 말인가. 여러 사람 상처 주고 힘들게 했던 그 주체가 어떻게 이리 뻔뻔하게 아무렇지도 않을 수 있느냔 말이다.

일후는 쾅! 카페 테이블을 있는 힘껏 내리쳤다.

"아니면 뭔데? 뭣 때문에 그 여자와 헤어지지 않은 건데? 왜 소라와 만나면서 안 그런 척했던 거야? 왜 여직 사랑하는 척했던 거야? 도대체 왜? 왜 그 여잘 갖고 놀았던 거냐고. 약혼까지 해가면서, 왜!"

"두 사람 약혼한 거 아니야, 오빠!"

점점 언성이 높아지는 일후의 눈빛이 두려운 나머지 소라가 냉큼 입을 열었다. 그녀 자신도 한 시간 전에 겨우 알게 된 사실. 그것도 속 시원히 죄다 알게 된 것도 아니었지만 이대로 재후가 나쁜 사람으로 매도당하는 것을 보고만 있을 수 없었다. 소라는 '뭐?' 하며 기가 막힌 얼굴로 반문하는 일후를 향해 두 눈 똑바로 뜨고 당당히 얘기했다.

"거짓말이었대. 오빠네 집에 들어와 살게 해주려고 재후 오빠가 거짓말한 거였대."

"거짓말이었다고? 단순히 집에 들이기 위해서 그런 어마어마한 거짓말을 했단 말이야? 약혼을 했다고, 결혼할 사이라고?"

"그것뿐만은 아니다."

눈빛마저 위험해져 아슬아슬 위태위태, 분기탱천한 일후가 무섭지 않은 모양이다. 재후는 모든 게 밝혀지기 10분 전과 한 치도 다르지 않은 차분하고 냉철한 자세를 그대로 유지하고 있었다. 일후는 그의 초연한 태도가 싫었다. 안나에 대해 모든 걸 알고 있다는 듯, 그녀를 도울 사람은 자신뿐이라는 듯, 저 당당하고 확신에 찬 태도. 저런 재후 때문에 자신이 얼마나 괴로워했었는지를 떠올리자면 당장에라도 턱을 날려 버리고 싶은 심정이었다.

"그럼 뭐야? 뭣 때문에 그런 무리수를 두면서까지 안나를 집에 데리고 들어온 거야?"

"……."

"말해. 나도 내가 내 분노를 언제까지 조절할 수 있을지 잘 모르겠으니까, 빨리."

"미안해. 하지만 그건 말해줄 수 없어."

"왜?"

"말해주고 싶지만 지금은 안 돼."

"왜!"

일후가 버럭 소리쳤다. 재후 옆에 잔뜩 주눅 든 채 걱정 어린 시선으로 두 사람을 지켜보고 있던 소라가 펄쩍 뛸 정도로 큰 목소리였다. 그녀는 지금까지 일후가 이렇게 거칠고 무섭게 변하는 모습을 본 적이 없었다. 저도 모르게 눈물이 차올라 소라는 눈가에 훔치며 애원했다.

"일후 오빠, 진정해. 이러다가 진짜 칼부림 나겠어. 오해하지

마. 재후 오빠 정말로 안나 언니를 돕고 싶었을 뿐이야. 정말 그거 외엔 그 어떤 저의도 없어. 날 의식해서, 날 자극하기 위해 그 언니를 이용한 거 절대로 아니야. 정말이야. 재후 오빠, 그렇게 나쁜 사람 아니잖아."

"다른 이유가 있다며. 그게 뭐냐고, 그러니까. 왜 내게 말을 못 하는 거냐고, 대체."

"그건……."

소라도 말을 못 했다. 말끝을 흐리고 고개를 숙이면서도 재후 의 눈치를 보는 걸 보면 뭔가를 아는 것 같은데. 그런데도 아무 말도 하지 않는다. 일후에겐 아무것도 얘기해 주지 않겠다는 거 다. 얘기해 줄 수 없다는 거다. 그만큼 안나와는 상관없는 사람 이라는 거겠지. 안나의 일에 일후가 끼어들 이유도, 그럴 틈새도 없다는 거겠지. 화가 나지만 지금으로서는 틀린 말이 아니었다. 재후와 소라의 눈에 일후는 그저 윤재후 사촌 동생일 뿐일 것이 다.

"두 사람이 내게 얘기해 주지 않겠다면, 좋아. 내가 스스로 알아 보겠어."

"그러는 넌 왜 그렇게 안나에 대해 신경 쓰는 거냐?"

싸늘히 냉소하며 자리에서 일어나는 일후를, 무서울 정도로 잘 컨트롤돼 담담하기만 한 재후의 목소리가 흔들었다. 일후는 걸음 을 멈출 수밖에 없었다.

"내가 비난받을 짓을 했다는 것은 부인하지 않는다. 허락되지 않은 사람을 탐했다는 것도, 모두를 속이고 연극을 했다는 것도

손가락질받아 마땅해. 네가 날 비난한다 해도 할 말 없어. 일이 이
렇게 된 이상, 책임은 모두 내가 질 거다."

"······."

"하지만 안나는 경우가 달라. 안나와 나 사이의 일은 우리가 서
로 합의한 거야. 안나도 우리 집에 들어와 살기 위해서는 내 약혼
녀로 위장해야 함을 이해했어. 내가 먼저 제안한 건 사실이지만
안나도 동의했고 적극 동참한 일이지. 내가 안나를 속여서, 혹은
억지로, 일부러 만든 상황이 절대 아니란 말이다."

"소라와 연인 관계란 건 숨겼잖아."

"안나는 그저 날 선배로 생각해. 나 역시 안나를 아끼는 후배 정
도로 여기고 있어. 내가 누굴 만나든, 누구와 사랑에 빠져 있든 안
나는 신경 쓰지 않을 거야. 내게 사랑하는 사람이 있다고 하면, 잘
됐다고 축하해 주겠지. 내가 사귀는 사람이 소라라고 해도 안나가
상처받을 리는 없다는 말이다. 오히려 지금 이 일이 네게 알려진
게 안나에겐 더 큰 고민거리가 될 거다. 내 약혼녀가 아니란 사실
을 사람들이 알게 되면 좋을 게 하나 없으니까. 우리 집에서 나가
야 할지도 모르니까."

"그건 걱정하지 마. 형과 소라가 나한테만 숨기고 있는 비밀이
뭔지 알아내기 전까진 나도 반안나에게 내색 안 할 거니까."

"그럼 다시 한 번 물어보자. 너 왜 그러는 거냐? 왜 그렇게 화를
내는 거야?"

"그거야······."

"속아서, 분해서라는 시답잖은 변명은 하지 마. 그렇다고 하기엔

네 분노가 너무 크다. 너무 과해. 안나가 상처받는 게 걱정되니?"

"무슨 소릴 하는 거야?"

일후는 눈살을 찌푸리며 반문하고는 휙 고개를 꺾어 뒤를 돌아보았다. 세상에 이런 황당한 소린 처음 듣는다는 듯 엄청나게 기막힌 표정이었으나, 말을 건넨 당사자 윤재후는 평온하기 짝이 없는 모습으로 물끄러미 일후를 지켜보고만 있었다. 마치 속마음을 전부 다 꿰뚫어 보고 있는 듯 정말로 뚫어져라. 그러더니 이윽고 입을 떼고서 한다는 소리란?

"네 속내를 감추기엔 너무 멀리 왔어, 윤일후."

일후의 심장이 쿵 하고 바닥으로 떨어졌다.

✳

[어디냐?]

[어디냐고.]

[대답 안 해?]

[집인데요. 왜요?]

[약혼자와 데이트하러 간 여자가 이 시각에 왜 집에 있어?]

[이 시각에 집에 있지 그럼 어디 있어요? 전 데이트한다고 했지 외박한다고는 안 했는데요.]

[너 거기 꼼짝 말고 있어.]

[이보세요, 도련님. 여친이랑 노느라 시간 가는 줄 모르시나 본데, 지금 밤이거든요? 저 지금 자려고 준비 중이거든요? 꼼짝 안 할 거

거든요. 제 걱정은 마시고 어서 집에 들어오시기나 하시죠. 아주머니께서 노심초사 기다리는 눈치던데. 걱정시켜 드려서야 되겠어요?]

수십 번도 더 들여다보았던 일후와의 문자메시지 내역을 또다시 훑으며 안나는 눈살을 찌푸렸다. 지체 없이 도착하던 답문이 갑자기 중단되더니 10분이 넘도록 다음 답변이 날아오지 않았다. 꼼짝 말고 있으라더니 지금 집에 들어오는 중인가? 근데 왜 꼼짝 말고 있으라는 거야? 무슨 할 말 있나? 여친인 소라랑 신나게 영화도 보시고 데이트도 즐겼을 텐데, 그런 직후에 내게 무슨 말을 하겠다고? 설마 또 집에서 나가란 말을 하려는 건 아니겠지? 날 눈엣가시로 알고 있는 소라의 사주를 받아서 또다시 달달 볶아대려는 건 아니겠지? 별의별 생각들이 머릿속을 스쳤다.

"안나 씨."

휴대폰을 꽉 틀어쥔 채 메시지 창에 떠 있는 일후의 얼굴을 잔뜩 노려보고 있을 때다. 집 앞에 멋들어진 차 한 대가 서더니 운전석에서 낯익은 사람이 튀어나왔다.

"성탄 씨!"

"왜 밖에 나와 있어요? 도착하면 전화한다니까."

"아, 뭐…… 그냥 바람도 쐴 겸 해서요."

일후가 남긴 이상한 문자 때문에 마음이 싱숭생숭해서, 라곤 말 못했다.

"가방 얘기 들었죠?"

"네. 주예는 왜 그걸 자꾸 나한테 사라고 하는지 모르겠어요. 괜히 왔다 갔다 심부름하시는 거 짜증 나시죠?"

"집에 들어가는 길에 잠깐 들렀다가 가는 건데요, 뭘. 이거요. 받으세요."

"아, 네……."

주예 남편 성탄은 아내가 챙겨준 쇼핑백을 자동차 트렁크에서 꺼내 안나에게 건네주었다. 이걸 정말 받아도 되나 싶어 고민했지만 그것도 잠시, 안나는 결국 받아 들었다. 백컬렉터 반안나가 어디 가겠는가. 가죽 냄새만 맡아도 손이 절로 가는, 명품감별능력자 반안나이니만큼 그냥 가방을 보자마자 눈 휘둥그레, 손이 덜덜, 온몸의 피가 짜릿짜릿. 가방을 향한 끓는 열정을 어찌하지 못하고 덥석 받고 해낙낙해지고 말았다.

"사실 거죠? 주예가 싸게 준다고 하던데."

"그, 글쎄 잘 모르겠어요. 제가 이걸 들고 다닐 형편이 아니어서."

"웬만하면 그냥 사주세요, 우리 주예를 봐서."

"예?"

"그거 실은 우리 주예가 안나 씨 주려고 산 거거든요."

"저 주려고요?"

P사 최신 모델임을 알아보고 '예쁘다'를 속으로 연발하며 시선을 떼지 못하던 안나가 번쩍 고개를 들었다.

"주예가 안나 씨를 많이 좋아해요. 그건 아시죠? 주예는 사춘기 시절에 부모님한테 받은 상처가 너무 커서 사는 게 힘들었던 녀석이에요. 주변에 마음 터놓고 얘기할 사람 하나 없어서 더 그랬었죠. 그러다 안나 씨랑 연락되고 안정 찾아 성격도 다시 밝아졌어요. 그런 점에서 제가 안나 씨한테 많이 고마워하고 있습니다. 이번에 안 좋은 일을 당하셨을 때도 저랑 주예, 정말 많이 가슴 아파했거든요? 어떻게든 도움이 되고 싶었는데, 그럴 힘이 있는 것도 아니어서……."

"주예랑 성탄 씨 마음은 제가 잘 알고 있죠. 그리고 두 사람, 저한텐 충분히 힘이 됐어요. 오갈 데 없을 때 댁에 얹혀살게까지 해주셨잖아요."

"그거야 당연한 거였고요. 저희 집이 좁아서 끝까지 함께 못 산 게 저로선 더 미안한 마음입니다. 이 가방은 주예가 안나 씨 기운 내라는 의미로 선물해 줄 거였어요. 그냥 주면 기분 나빠할 수도 있겠다 싶어서, 중고니까 싸게 팔겠다는 말로 포장한 거고요."

"그런 거였어요?"

"제가 웬만하면 그냥 두고 보려고 했는데 안 되겠더라고요. 이러다가 안나 씨가 안 살 수도 있겠다 싶으니, 그렇게 되면 주예가 또 속상해할 것 같아서요."

"제가 돈 없다고 안 사면 주예 혼자 삽질하다 결국 털어놓고 얘기하겠죠. 그러면서 이런 거 하나 못 사는 형편이냐며, 혼자 눈물 콧물 다 짜겠죠. 에휴, 제가 주예 속상할 거 생각하니 안 살 수가 없네요. 그 계집애는 왜 이런 쓸데없는 짓을 하는지 몰라요? 그냥 주고 싶으면 주지, 누가 안 받는다고."

"마음에는 드세요? 주예가 3일 밤낮 인터넷으로 조사해서 고른 디자인인데."

아내가 즐거워할 생각에 흐뭇해진 듯 성탄이 빙그레 미소를 지으며 물었다. 주예의 행복이 곧 자신의 행복이라 생각하는 것 같아서 안나는 마음이 따뜻해졌다.

자고로 결혼이란 이런 사람들이 하는 거다. 서로의 마음을 먼저 생각하는 사람들. 서로의 기쁨이 곧 자신의 기쁨인 사람들. 행복해서 좋겠다, 주예는. 하긴 이 두 사람은 태어날 때부터 천생연분이지. '주예수그리스도'에서 이름을 딴 주예와 성탄절에 태어나 이름마저 구성탄이 된 두 사람이 연분이 아니면 누가 연분이겠는가. 내 연분은 누구람? 왜 아직까지 안 나타나서 내 속을 이리 썩이남?

불퉁하게 입술까지 삐쭉거리며 속으로 중얼거리는 안나의 머릿속에 둥실, 얼굴 하나가 떠오른다.

헉! 이게 미쳤나. 정신 차려, 반안나! 윤일후는 네 웬수라고!

"좋죠, 뭐. 저야 워낙 가방 마니아라서요. 백이라면 사족을 못 쓰는 사람이라서 뭐든 다 오케이예요."

"다행이네요. 아, 그리고 주예한테 아버님 사망에 관한 얘기 대충 전해 들었어요. 제가 듣기에도 상당히 어색한 부분들이 있는 것 같더라고요. 딱히 의혹이라거나 미스터리랄 것까진 없는 정황이지만 꺼림칙한 건 확인해 봐야 할 것 같아요."

"그렇죠? 성탄 씨도 그렇게 생각하죠? 제가 오버한 거 아니죠?"

"그럼요. 누구라도 그런 정황이라면 이상하다고 생각할 거예요. 다만 경찰에서 이미 일단락시킨 사건이기 때문에, 정말 확실한 증거가 아니면 재수사를 요구하기가 어렵다는 애로사항이 있어요. 지금 우리가 손에 쥔 게 달랑 내연 관계로 의심되는 여자 사진과 비행기 티켓뿐이라서 확실하게, 재수사 요구까지 할 수 있다, 라고는 말씀 못 드리거든요."

"알아요. 그런 건 각오하고 있어요. 전 아버지께서 다른 여자를 만나셨다는 오해만이라도 바로잡을 수 있다면 그걸로 족해요. 정말로 우리 아버지, 그러실 분 아니거든요. 세상 모든 남자들이 다 바람을 펴도 우리 아버진 그럴 분이 아니에요. 정말이요!"

"주예한테 얘기 들었어요. 성품이 굉장히 좋으셨다고."

"제가 이런 말 하면 사람들은 비웃더라고요. 남자들은 집에서 하는 행동, 밖에서 하는 행동 다르다고. 다들 자기 남편, 자기 아버지만큼은 그럴 사람 아니라고 하지만 실은 그렇지 않다고요. 남자는 다 똑같다면서 우리 아버지도 안에선 한없이 따뜻하고 자상한 아버지였고 로맨틱한 남편이었어도, 밖에서는 다른 여자와 바람도 피우고 별의별 짓 다 했을 거라고. 그렇지만 전 우리 아버질 믿거든요. 절대로 엄마와 절 배신하지 않았을 거라고, 정말 믿거든요."

사근사근, 조용조용 속삭이듯 말하는 안나의 진지한 태도에 성탄은 묵묵히 고개를 끄덕이며 동의해 주었다. 그리고는 토닥토닥 안나의 어깨를 두드리며 용기를 준다. 아버지 생각에 울컥 감정이 쏠리는 것을 느끼며 안나는 황급히 고개를 숙였다. 친구 남편 앞에서 꼴사납게 울고 싶지는 않았다. 누구 하나 위로해 주는 사람 없이 외롭고 힘겨운 생활을 버티고 버티는 중임을, 누군가가 알게 하고 싶지 않았다. 자존심이 있지. 천하의 반안나가 사람들 앞에서 약한 모습을 보이는 게 말이 되나. 안 운다. 안 울 거다. 절대로 울지 않을 거다.

"그 손, 치워."

굵고 묵직한 남자 목소리가 뒤통수를 때렸다. 그러더니만 순식 간에 안나는 남자의 손에 의해 잡아당겨지고 뒤로 빼돌려 숨겨졌 다. 정신을 차리고 보니 손에 들려 있던 P사 쇼핑백도 빼앗겨 성 탄의 손으로 되돌아간 후.

성탄은 난데없이 나타난 낯선 이와 다시 제 손에 들어와 버린 쇼핑백을 번갈아보며 두 눈을 휘둥그레 떴다. 대체 이게 어찌 된 일인지 영문을 모르겠다는 듯, 뭐라고 설명 좀 해달라는 듯 안나 를 향해 두 눈을 부릅뜨기까지 한다. 안나는 껌뻑껌뻑, 멀뚱멀뚱 제 시야를 가로막고 있는 남자의 넓은 등을 빤히 바라보았다.

"그거 갖고 꺼져."

"저, 저기요. 윤일후 씨, 당신이 뭔데 여기 끼어들어서 이래라 저래라 하는 거예요? 이분은요!"

"당신이 윤일후?"

안나가 막 성탄이 누군지 알리려는 찰나였다. 꺼지라는 막말까 지 서슴없이 내뱉는 윤일후에게 성탄이 씩, 미소를 지으며 물었 다. 윤일후에 대해서 뭔가 알고 있는 눈치다. 혹시 주예한테 들은 건가? 어디까지 들었지? 설마 아직도 자신이 윤일후에 대한 미련 을 못 버리고 구질구질 마음에 담고 짝사랑 중이라는 사실까지 다 들어버린 건 아니겠지?

"날 어떻게 알지?"

"아하, 맞군. 당신이 그 윤일후로군."

씩, 하고 웃는 성탄의 미소를 보자마자 안나는 떠올렸다. 설마는 사람도 잡는 법임. 주예가 절친의 아픈 첫사랑 얘길 남편에게까지 나불거리지는 않았을 거란 일말의 희망도 산산이 부서졌다. 성탄은 일후의 이름을 듣자마자 그가 안나의 오매불망 온리원 러브러브라는 것을 알아챈 게 틀림없었다.

"안나 씨, 그럼 오늘은 이만 가보겠습니다. 이 물건은 나중에 다시 보도록 하죠."

"네, 죄송해요. 그럼 살펴 가세…… 꺅!"

친구 남편에게 최소한의 예의를 갖추기 위해 허리를 굽히려 했으나 안나는 인사말도 채 마치지 못하고 일후의 손에 의해 질질 끌려 집 안으로 들어갔다.

성탄의 눈에도 윤일후는 매우 화가 난 것처럼 보였고, 돌아가는 상황으로 보아 그 분노는 고스란히 반안나에게로 돌아갈 것 같았다. 살짝 걱정이 되긴 했으나 성탄은 이내 근심을 털어내기로 했다. 아내의 말이 시기적절하게 떠올랐기 때문이다.

"안나는 아직도 윤일후를 못 잊은 것 같아."

성탄은 다시 돌려받은 가방을 그대로 자동차 뒷좌석에 넣고 운전석에 올라탔다. 당장에라도 잡아먹을 듯 성급히 안나를 끌고 들어가는 윤일후를 봤더니 갑자기 시장기가 도는 것 같았다. 빨리 집에 가서 오늘 하루 종일 맛보지 못했던 아내를 단숨에 먹어치우고 말리라, 작정을 하고 성탄은 서둘러 시동을 걸었다.

　안나의 손목을 거머쥔 채 집 안으로 들어선 일후는 걸음의 속도를 전혀 늦추지 않고 2층 계단을 올라가기 시작했다. 너무 걸음이 빠른데다가 보폭도 성큼성큼 넓디넓어서 안나는 그와 보조를 맞추기 위해 거의 뛰다시피 해야 했다. 뛰면서 그를 따라가는 것쯤이야 안나에겐 어렵지 않은 일. 가족들에게 들키지 않기 위해선 뭔들 못하랴. 할 수 있다. 혹시라도 힘들어 비명이라도 지르면 어쩌나 싶어 제 손으로 제 입을 막아가며 열심히 그의 뒤를 따르고 있었다. 하지만 그럼에도 불구하고 직면하는 상황에는 안나도 어찌할 도리가 없었다.

　"에구머니!"

　2층 계단 길목에서 딱 마주친 도우미 아주머니의 휘둥그레진 그 눈은 충격과 공포, 그 자체였다. 정면으로 마주친 안나도 놀라 눈이 튀어나올 뻔했다. 하지만 문제는 거기서 끝나지 않았다.

　"일후야? 안나는 또 왜……?"

　욕실을 쓰고 막 나오던 박 여사와도 정면으로 맞닥뜨렸다. 박 여사는 두 사람이 우연히 함께 2층으로 올라가는 모양이다, 라고 생각한 듯 처음엔 멍하게 바라보기만 했었다. 하지만 두 사람이 손목까지 잡고 같이 올라갈 일은 전혀 없음을 곧바로 깨달은 듯 박 여사는 곧바로 입을 쩍 벌리고 두 사람의 행각을 넋 놓고 바라보았다. 상황이 이럴진대, 일을 벌인 윤일후는 주변 사람들 시선 따위는 전혀 신경 쓰지 않는 듯 꿋꿋이 속도를 줄이지 않고 2층 계단을 올랐다.

"이봐요, 정말 미쳤어요? 왜 이래요? 방금 큰어머님 표정 봤어요? 완전 놀라셔서는……!"

화가 난 나머지 안나는 일후가 제 방 문을 열고 자신을 밀어 넣자마자 항의의 말을 거세게 쏟아냈다. 하지만 이마저도 그녀는 끝을 맺지 못하였다. 일후가 숨 돌릴 틈도 주지 않고 곧바로 그녀를 닫힌 문에 밀어붙였기 때문이다. 등골로 통증이 밀려듦과 동시에 쿵, 그의 건장한 팔이 그녀를 가두었다.

"당신 진짜……!"

머릿속으로 떠오른 말을 내뱉으려 입을 열었지만, 그 순간 벌린 입안으로 그의 혀가 들어왔다. 무자비하게, 저돌적으로, 일말의 망설임조차 느껴지지 않는 동작으로 단번에.

너무 놀라 안나는 헉, 하고 숨을 들이쉬었다. 그리고는 질끈 눈을 감고 두 손을 그의 가슴에 얹은 후 있는 힘껏 떠밀었다. 아니, 그러려고 했다. 제발이지 이런 짓 하지 말아달라고 마음으로 빌고 또 빌면서 있는 힘껏 그를 내치려고 했었다. 하지만 이미 내부로 침입한 이물질은 너무 뜨거웠다. 너무 달콤하고 너무 유혹적이었다. 순식간에 그녀의 몸이 달아오를 정도로.

그의 것은 뻔뻔스러울 정도로 당당히 움직이며 그녀의 입안 곳곳을 핥고 쓸고 지나갔다. 부드럽게 키스하다가 쭈욱, 한 번씩 거칠게 빨아올릴 때는 이미 붉게 달아오른 혓바닥이 녹아 없어질 것 같았고, 헉헉 자극적인 소리가 나올 만큼 거친 공격에 익숙해질 즈음에는 나른하고 다정한 애무로 그녀의 정신을 쏙 빼놓았다. 키스가 길어졌고, 그에 따라 그녀의 몸 안에서 웅크리고 있던 열정이 상승 곡선을 그리기 시작했으며, 급기야는 그를 미친 듯이 갈망하기에 이르렀다.

욕구가 극렬하게 치밀어 올랐다. 그가 더 깊이 키스해 주길, 그가 더 부드럽게 만져 주길 원하고 또 원하게 되었다.

그는 재후의 동생인데. 약혼녀까지 있는 사람인데……!

정신을 차리려고 애써보지 않은 건 아니었다. 노력했다. 자신은 이곳이 아니면 갈 곳이 없고, 여기에 있기 위해선 재후의 약혼녀 행세를 해야만 한다는 걸 부단히 떠올려보았다. 재후의 약혼녀로서는 일후와 이렇게 엮이면 절대로 안 된다는 사실을 열심히 되새겼다. 그를 좋아하던 5년 전의 순정이 다시 소환되면 큰일이라고, 이런 상태에서 그를 향해 연정을 품었다가는 큰 봉변당할 거라고 미친 듯이 되뇌었다. 하지만 아무리 해도 그를 밀어낼 수는 없었다.

뭔가 달랐다. 오늘은. 지금의 키스는.

늘 그렇듯 그녀의 모든 감정과 본능을 압도하는 유혹적인 키스였지만, 지금의 것은 뭔가 간절한 어떤 힘이 혼재되어 있는 것 같았다. 무척이나 저돌적이고, 무언가에 화가 난 듯 격렬했지만 그보다도 더 강하게 그녀를 사로잡는 무언가가 느껴졌다. 그의 손길에서, 그의 혀끝에서 그녀는 느낄 수가 있었다. 절박하게, 죽어도 좋을 만큼 간절하게, 그가 자신을 원하고 있었다.

"반안나……."

거친 숨결이 그의 입술에서 흘러나왔다. 절제되지 않은 다급하고 격한 숨결. 애원과도 같은 절절한 속삭임. 너무나도 극심한 허기짐이 느껴졌다. 이건 대체 뭔가, 이 느낌의 정체는 대체 뭔가, 혼란스러울 만큼 강력했다. 그 강력한 절절함에 안나는 저도 모르게 코끝이 찡해졌다. 눈시울도 붉어졌다. 그냥 근원을 알 수 없는 감정이 울컥 끓어올라 와 가슴을 아프게 했다. 도대체 이 사람한테 무슨 일이 있었던 걸까?

'넌 정말 이 사람을 많이 사랑하는구나, 반안나. 이 상황에서도 이 남자 걱정뿐이라니.'

한숨 섞인 자조적인 혼잣말이 가슴속에서 메아리쳤지만 이성은 더 이상 그녀를 막지 못하였다. 안나는 입술을 더 크게 벌려 그의 침입을 허용했다. 그리고 두 팔을 그의 목덜미에 부드럽게 감고 그를 더 강하게 끌어당겼다. 그녀의 행동에 잠시 움찔했으나 그는 곧 더 강렬하게, 더 깊이 그녀의 품에 파고들어 왔다.

"일후야?"

똑똑, 노크 소리와 함께 귀에 익은 목소리가 들려온 것은 바로 그때였다. 방문에 기대선 채 그에게 짓눌려 있던 안나는 퍼뜩 놀라 감고 있던 두 눈을 팟 떴다. 천천히 일후의 입술이 그녀에게서 떨어졌다.

"일후 안에 있지?"

박 여사가 일후를 불렀지만 그 음성은 마치 배경음 같았다. 일후는 박 여사의 부름 따위는 신경조차 쓰지 않는 듯 뚫어져라 안나를 내려다보고 있었다. 오직 제 안중에는 안나밖에 없는 사람처럼. 방금 전 격렬했던 키스의 잔영이 그대로 남아 있는 눈빛이었다. 당장에라도 그녀를 삼켜 버릴 듯, 마치 갖고 싶어 안달이라도 난 듯한 시선이었다. 너무 뜨거워 온몸이 재가 될 것만 같아 안나는 숨을 헐떡이며 그를 가만히 올려다보았다.

이제 어떡하면 좋아요?

"일후야?"

"무슨 일이세요?"

박 여사가 재차 노크를 하며 소리치자 일후는 착 가라앉은 목소리로 아무 일도 없었던 사람처럼 무심히 대꾸했다. 하지만 이미 그는 한 손으로 방문을 짚고 있었다. 혹시라도 박 여사가 문을 열고 들어올까 저어되는 것이었다. 안나는 안도의 한숨을 내쉬며 그의 품 안에서 빠져나오려 꿈틀거렸다. 그러나 이내 안나는 넝쿨처럼 휘감아오는 그의 팔에 막혀 다시 그의 품 안으로 빨려 들어갔다. 덕분에 가슴이 납작해질 만큼 세차게 그녀는 그에게 달라붙어 있어야 했다. 그가 문 하나 사이로 어머니와 심히 일상적인 대화를 나누는 사이에 쭉.

"들어가도 되니?"

"아뇨. 옷 갈아입는 중이에요. 말씀하세요, 듣고 있습니다."

"아아, 다른 게 아니라 네 아버지께서 널 좀 불러오라 하셔서. 회사 일 때문에 너랑 할 얘기가 있나 보던데."

"이 밤중에요?"

"그러게. 내가 이 밤중에 무슨 일 이야기냐고 타박을 좀 했다만. 그 양반 고집이 어디 보통 고집이니? 굳이 오늘, 이 시각에 얘길 해야 한다며 빨리 널 데려오라고 하시지 뭐니. 대체 오밤중에 퇴근하는 애 붙들고 뭔 난리인지. 회사에 무슨 일 났니? 무슨 일이 얼마나 다급하기에 집에서까지 일 이야기야?"

"걱정하지 마세요. 별일 아닙니다."

"무슨 일인지 알고 있는 말투구나. 혹시 네 아버지가 뭐 잘못한 거 있니?"

"그런 거 아니에요. 걱정 마세요. 그 문제는 제가 내일 직접 아버지께 찾아가 말씀 올린다고 전해주세요."

"아버진 지금 얘기하고 싶은 것 같던데?"

"지금은, 안 됩니다."

단호하게 답하고 그가 슥, 눈동자를 굴려 안나를 내려다보았다. 그의 품 안에서 어미 잃은 어린 새처럼 바들바들 떨고 있던 안나가 그의 시선을 느끼고는 훅 두 눈을 크게 떴다. 아직도 날 믿지 못하는 거냐? 내가 무서워? 날 경계해야 할 것 같아? 묻고 싶은 말들을 속으로 삼키고, 일후는 가만히, 그러나 꼭 힘주어 그녀를 안았다.

"할 일이 있어요."

"그래, 그러겠지. 그럼 쉬어라⋯⋯."

뭔가 찝찝한 듯 말끝을 흐린 박 여사가 물러갔다. 하지만 안나를 안고 있는 일후의 팔은 풀어질 기미가 보이지 않았다. 안나는 이제 그만 그의 품에서 빠져나오기 위해 그의 가슴팍을 밀어냈다. 밀어내려 했다. 그러나 밀어내도, 밀어내도 그는 꿈쩍하지 않았다.

"저기요, 도련님."

"이제 날 그렇게 부르지 마."

귓속으로 그의 나른하고 섹시한 음성이 흘러들어 왔다. 쉰 듯한 그 나직하고 부드러운 목소리는 '이게 윤일후 목소리?' 라 할 정도로 다정했다. 지금까지 단 한 번도 그에게서 들어본 적 없는 목소리였다. 온몸이 짜릿짜릿 소름 돋을 정도로 강렬한 쾌감이 밀려오고 심장이 다시금 팔딱거리며 뛰기 시작했다.

"윤재후를 사랑한다고도 하지 마."

그가 안나의 목덜미에 박고 있던 고개를 천천히 들었다. 그리고 절대로 놓아주지 않을 것처럼 꽉 사로잡아 두었던 그녀의 몸을 서서히 놓아주었다. 단단한 팔뚝이 느슨하게 풀어졌지만 안나는 그 자리에서 꼼짝하지 못하였다. 그의 뜨거운 시선이 그녀를 붙들고 놓아주지 않았다.

"윤재후를 사랑한다면 내게 아까와 같은 반응을 했을 리 없다는 건, 네가 더 잘 알 거다."

'아니에요, 난 윤재후를 사랑합니다'라고 말하고 싶었지만 안나의 입술은 떨어지지 않았다. 그의 말이 다 사실이니까. 자신은 내내 윤재후를 사랑한다고 우겨왔으나 정작 사랑했고 5년이나 잊지 못하며 그리워했던 사람은 윤일후였으니까.

"더 이상 형을 사랑한다는 거짓말에 속지 않을 거다."

선언 같은 일후의 말이 떨어지고, 그녀는 또다시 격렬하게 덮쳐오는 그의 입술에 몸을 맡기었다.

제9장

부도덕한 남자의 노골적인 유혹

"그래, 네가 요새 한 이사의 행적을 들쑤시고 다닌다고?"

회장실로 들어서자마자 아들을 취조하는 윤 회장의 눈빛은 매서웠다. 아들이 찾아오기를 출근 이후 쭉 기다린 듯 그의 입술은 바짝 말라 있었다. 일후의 방문과 보고를 이토록 피가 마르는 심정으로 기다렸다는 것은 그만큼 뒤가 구리다는 뜻. 감추고 싶은 비밀이 있는 게 틀림없었다. 일후는 아무것도 눈치채지 못한 사람처럼 심드렁하게 어깨까지 으쓱 끌어 올리며 대꾸했다.

"제가 궁금한 건 도저히 못 참는 성격이란 거 잘 아시잖아요."

"한 이사가 이뤄놓은 사업들을 죄다 다시 재검토하고 있다고 들었다. 사람들까지 풀어 일일이 서류 대조해 가며 조사하고 있다던데, 그렇게까지 해서 알고 싶은 게 뭐냐? 캐내고 싶은 게 뭐야?"

"알려주시게요?"

"내가 알고 있는 한도 내에서라면 알려줄 수도 있다. 꼴사납게 사방팔방으로 돌아다니면서 회사 뒷조사나 해대는 널 납득시킬 수만 있다면 내가 뭔들 못하겠니."

"유감스럽지만 아버지께서 제 궁금증을 풀어주실 순 없을 겁니다. 영주매장 확장 건조차 그 지세한 내막을 모르고 계시잖아요."

"난 건영의 오너다. 내가 모르는 건 없어."

"자금줄인 한 이사님 앞에선 한없이 약하신 오너시죠."

"한 이사를 의심하는 게냐?"

윤 회장의 눈매가 한층 더 가늘게 좁혀졌다. 그룹을 이어받을 차기 후계자 일후가 회사의 자금줄이었고 지금도 그룹 내에 입지가 대단한 한 이사와 사이가 좋지 않다는 것은 윤 회장으로서도 매우 부담스러운 일이었다. 일후에겐, 아니, 건영에겐 아직 한 이사가 필요했다. 한 이사의 막강한 자금력과 그가 회사 내에 형성해 둔 단단한 지지 세력을 적으로 돌린다면 일후와 건영은 오래가지 못할 것이다. 그걸 알기에 지금껏 한 이사의 만용을 눈감아주고 그의 고명딸을 며느리로 삼고자 했던 윤 회장이었다.

"의혹이 짙은 반디유통 건물 매입의 책임자이니 의심은 당연한 거 아니겠습니까."

"의혹이 짙다니. 전에도 말했지만 반디유통 건물 매입은 제대로 처리되었어. 네가 일전에 내게 이상하다고 말하여, 혹여 내가 놓친 것이 있나 싶어 얼마 전에 보고서를 다시 재검토해 읽어보았다. 하지만 아무런 문제도 발견하지 못했어. 아무 문제 없이 잘 해결난 일이란 말이다."

"서류는 얼마든지 꾸밀 수 있습니다. 문제는 앞뒤 정황이 전혀 맞지 않다는 것이죠."

"도대체 뭘 의심하는 거냐? 안 팔겠다는 사람한테 협박이라도 해서 계약서에 사인을 받아냈다는 거냐?"

"한 이사님이라면 충분히 하고도 남는 짓 아닙니까?"

"윤일후! 말 함부로 하지 마라. 한 이사는 우리 건영 사람이야."

"기회만 되면 언제든지 건영을 먹어버릴 수 있도록 아가리를 벌리고 있는 사람이기도 하죠."

위험한 발언을 한 치의 망설임도 없이 내뱉는 윤일후. 흔들리는 속내를 숨기고 애써 냉정함을 유지하고 있던 윤 회장의 낯빛이 급속도로 어두워졌다.

"대체 왜 그렇게 한 이사를 싫어하는 게냐? 한 이사는 우리 건영에 없어서는 안 될 사람이야. 건영이 대기업 반열에 오르는 데 중추적인 역할을 한 인물이고, 사업적인 능력도 탁월하다. 아무도 해결 못한 일들을 척척 해내왔던 사람이란 말이다. 그 출신성분 따지고 들기 전에 주위를 둘러봐라. 한 이사만큼 제 일 제대로 해내는 인물이 또 있는지."

"돈과 주먹이 있는 사람이니까요. 그것으로 못할 건 없었겠죠."

"일후야."

"아버지는 어땠는지 모르겠지만 전 싫습니다. 돈을 벌기 위해서 수단, 방법 가리지 않는 짓. 그리고 그걸 묵과하는 일. 모두 저는 용납 못합니다. 불법적인 수단으로 남의 것을 갈취하는 짓은 건달들이나 하는 짓이에요. 건달을 회사에 끌어들인 것도 모자라 사업마저 그런 방식으로 하시겠다는 아버지. 이해 못합니다, 전."

"네 입장을 내가 이해 못하는 건 아니다. 한 이사의 방식이 옳지 못하다는 것쯤은 나도 알아. 하지만……."

"하지만이란 없습니다. 전 반대입니다. 불법적으로 비양심적인 짓을 저지르면서까지 회사의 이익을 챙기는 행위는 무조건. 제가 건영에 없다면 모를까. 후계자 수업까지 받고 있는 차기 CEO로서 절대로 이런 방식을 묵과하지 않을 겁니다. 한 이사님이 생각을 바꾸지 않는다면 저 역시 받아들일 수 없어요."

느긋하게 대꾸하는 일후와는 정반대로 윤 회장은 진땀을 흘리고 있었다. 양복 재킷 안주머니에서 손수건을 꺼내 이마를 닦으며 그는 아들을 흘끗 훔쳐보곤 이내 시선을 회피했다.

아직 피라미에 불과한 아들 녀석 앞에서 속내가 모두 까발려지고 말았으니, 발가벗고 앉아 있는 기분이 든 게다. (주)건영의 회장인 자신이 한낱 조폭 출신 부하직원의 눈치를 보고 있다는 사실이 부끄럽기 한량없었다. 진작 싹을 잘라 없애 버리고 싶었으나 혹여 회사가 다칠까 봐, 사랑하는 가족들이 어찌 될까 봐, 겁이 나고 무서워 아무것도 못하고 여기까지 왔다는 사실이 못내 자존심 상하였다. 다른 이는 몰라도 일후한테만은 이런 모습 안 보이고 싶었건만. 아들 녀석 앞에선 한없이 크고 바른 존재이고 싶었건만.

"한 이사는 한 번도 문제를 일으킨 적이 없어. 도대체 무슨 명목으로 한 이사를 쳐내겠다는 거냐?"

"문제를 일으킨 적이 없다는 것은 한 번도 발각된 적이 없다는 뜻이겠죠. 거기엔 아버지의 믿음과 약간의 귀찮음, 두려움이 한몫

했을 테고요."

"내, 내가 한 이사를 두려워한다고 생각하는 거냐?"

"아버지께서 두려워할 만큼의 부와 힘을 가지고 있는 사람이죠, 한 이사님은. 소라와 절 묶으시려는 것도 그 두려운 존재와 한편이 되기 위해서이잖습니까."

"어째 됐든, 미우나 고우나 한 이사는 네 장인이 될 사람이다. 출신이 바닥이라 깔보지 말고, 사업 방식이 마음에 안 든다 대립하지 말고 네가 보듬도록 해. 전에도 말했다시피 리더란 아랫사람 잘못도 모른 척 눈감아줄 줄 알아야 하는 법이다. 회초리 칠 생각만 하지 말고 보듬고 어우를 생각을 하란 말이야."

"그분이 건달 출신이라서 비난하는 게 아닙니다. 그분의 사업 방식이 제 마음에 안 들어서도 아닙니다. 옳지 않기 때문입니다. 옳지 못한 방법으로 약한 사람들 괴롭히며 제 이익을 취하는 그분 마인드가 틀렸기 때문에 지적하는 겁니다. 전 그분이 이번 일에 분명히 나쁜 쪽으로 개입되어 있다고 생각해요. 어떻게 된 일인지 한 줌 의혹 없이 명명백백하게 밝혀낼 겁니다."

"어허—"

"그리고 다시 한 번 말씀드립니다만 한 이사님이 제 장인 될 일은 아마 영원히 없을 겁니다."

아비의 말을 들으려 하지 않는 아들의 답답함에 한숨을 터뜨리는 윤 회장을 향해 일후가 덧붙였다. 웃음기 하나 없이 진지한 일후를 보며 윤 회장은 연신 숨을 털어냈다. 아무리 세상 물정 모르는 젊은 놈이라지만 대체 어쩌려고! 한 이사 건드려서 좋을 게 뭐가 있어서 자꾸 맞대응을 하려는 것인지!

"소라 문제는 네가 오해하는 거다. 한 이사, 무시 못할 존재인 거 알고 내 사람, 내 가족으로 끌어들이기 전까진 믿을 수 없는 인물인 것도 인정한다. 그렇다만 겨우 그깟 이유로 소라를 너의 배필로 생각했던 것은 아니야. 그 아이, 옆에서 보니 참하고 예쁘더라. 네 어민 너무 철딱서니가 없다며 불만이라 하더라마는 내 눈엔 딱 네 짝이야. 네 안사람이 되면 제대로 내조할 아이라 생각해서 며느리로 들일 마음까지 먹었던 거다."

"하지만 당사자인 전 소라와 결혼할 생각이 전혀 없습니다. 그러니 포기하세요, 한 이사님과 사돈이 되는 것은."

"이미 양가 합의가 된 사안이야. 소라도 너와의 결혼을 받아들였고 너 또한⋯⋯."

"전 전부터 줄곧 소라와는 결혼하지 않는다고 말씀드려 왔습니다. 그리고 소라도 이젠 저와 결혼하고 싶다는 말은 절대로 못할 겁니다."

"그게 무슨 소리냐? 소라가 왜?"

"절 사랑하지 않으니까요."

"소라는 중학교 때부터 너와 결혼하겠다고 노래를 부르던 애다. 갑자기 마음이 바뀌었을 리 없지 않니."

"네. 갑자기 바뀐 게 아닐 겁니다, 아마도."

일후가 의미심장한 말을 흘리고는 씩, 기분 나쁜 미소를 지어 올렸다. 윤 회장은 희끗희끗한 눈썹을 잔뜩 일그러뜨리며 눈살을 찌푸렸다. 속 시원히 얘기해 줄 것이지. 아들은 뭘 숨기고 있는 듯 아리송한 말들만 잇고 있었다. 분명 뭔가가 있었다. 다른 꿍꿍이가 있지 않고서야 저리 확실히 맺고 끊을 리가 없었다. 대체 뭐지? 뭐가 이 녀석을 이토록 자신만만하게 만들어준 거지?

"하지만 원하시는 대로 내년 여름에 며느리를 보실 수 있게 해 드리겠습니다."

만만치 않은 아들 녀석을 상대하느라 기진맥진이 된 윤 회장에게 일후가 마지막으로 남긴 말이었다. 윤 회장은 회장실을 빠져나가는 아들의 뒷모습을 멍하게 바라볼 뿐이었다.

✳

점심시간을 코앞에 둔 시각. 점심시간 전까지 작업해 가져오라는 상관의 명령에 복종, 손가락에 땀이 나도록 타자를 쳐대고 있던 안나의 휴대폰에 메시지가 떴다.

[아침에 함께 출근하자고 말했을 텐데. 왜 기다리란 말 무시하고 혼자 출근한 거냐?]

"뭐야, 오전 내내 아무 말 없던 사람이 갑자기?"

안나는 휴대폰을 두 손으로 붙들고 글자판을 팍팍 눌러대며 혼잣말을 중얼거렸다. 물론 그가 이 시각에 이런 메시지를 보냈다는 것은 이제야 겨우 숨 돌릴 시간이 생겼다는 뜻이겠다. 그와 며칠 동안 함께 일하면서 느낀 건 그가 어마어마한 일중독자라는 사실이었다. 박 여사가 허구한 날 걱정하지 않을 수 없게끔 그는 날마다 과도한 양의 업무를 소화하고 있었다.

[전 그쪽이랑 다르거든요. 일찍 출근해서 사무실을 깨끗이 치우고 업무 준비도 미리 해둬야 해요. 그래야 상관이 일할 수 있는 최상의 조건이 될 거 아니에요. 그러라고 채용한 거 아닙니까, 윤일후 이사님?]

빠른 속도로 메시지를 날리고 안나는 다시금 컴퓨터 모니터에 정신을 집중했다. 하지만 그새 또다시 날아오는 메시지.

[좋아. 그럼 퇴근은 나랑 같이 해.]

보통 때였다면 '대체 이 남자 뭐 하자는 거야?' 하며 손가락 하나로 유 헤드 빙빙 표시나 해댔을 것이다. 그게 옳았다. 이 사람은 5년 전 자신이 줄기차게 쫓아다녔던 문제적 남자 윤일후였고, 자신은 지금 윤일후의 형수 자격으로 한 지붕 아래에 함께 살고 있으며, 그는 어떻게든 안나를 집에서 쫓아내기 위해 호시탐탐 기회를 노리는 남자이니까. 그런 사람에게서 출퇴근을 같이 하자는 말을 듣고 마냥 호의적으로 받아들이는 건 있을 수 없는 일이었다. 하나 지금은 보통 때가 아니다. 바로 그 있을 수 없는 일이 안나에게 일어나고 있으니까.

발작적으로 뛰어대기 시작하는 심장을 안나는 손으로 꾹 눌러 진정시켰다. 그리고는 '이딴 메시지 한 줄에 띌 듯이 좋아할 이유 없어, 반안나'라고 제 마음을 단속했다. 하지만 뛰는 심장, 흔들리는 마음을 말 몇 마디로 제어하는 일은 어려운 일이었다. 특히나 어젯밤 그런 일을 경험한 안나에게는 더더욱.

"더 이상 윤재후를 사랑한다는 거짓말에 속지 않을 거다."

어젯밤 그가 안나의 귓속에 뜨겁게 속삭여 온 말이었다. 촉촉이 젖은 밀어. 왠지 다정하게 느껴지는 그 속삭임을 끝으로, 그는 거칠게 그녀를 삼키었다. 커다랗고 단단한 그의 손이 그녀의 온몸을 구석구석 만지며 돌아다녔다. 매끈하고 날렵한 그의 혀끝이 귓속을 파고들다 부드럽게 귓불을 핥았고, 주섬주섬 목덜미를 깨물며 내려오다 쇄골에 만들어진 작은 우물에 멈추어 달달하게 맴을 돌았다. 그녀는 달아올랐고, 그도 헐떡였다. 그가 세차게 가슴을 그러쥐었을 때는 그의 손을 자신의 것으로 덮은 채 신음을 터뜨렸다.

그 순간은 머릿속이 새하얘져 아무 생각도 할 수가 없었다. 그가 누군지, 자신이 누군지, 둘은 지금 어디서 무얼 하고 있는지 까맣게 잊고 있었다. 오로지 머릿속엔 자신이 그를 얼마나 사랑하는지, 그를 수년간 마음에 담아놓고 얼마나 힘든 시간을 보냈었는지에 대한 생각만 떠돌고 있었다. 그의 키스는 마치 그러한 시간들에 대한 일종의 보상처럼 느껴졌었다. 5년간 윤일후만 죽어라 사랑하니 이렇게 이뤄지는 날도 오는구나, 싶었었다.

"미쳤었지."

"무슨 메시지인데 그래?"

강한 악센트를 가진 말을 스스로를 향해 토하듯 내뱉는 안나가 이상하게 보였나 보다. 옆자리에 앉아 일에 열중하고 있던 고 비서가 흥미로운 눈으로 고개까지 슬쩍 기울이며 물어왔다. 안나는 냉큼 휴대폰을 반대쪽으로 빼돌려 놓으며 빙긋 웃었다.

"아무것도 아니에요."

"김수형 씨한테서 온 거야? 그 사람 요새 얼씬도 안 하던데, 핸드폰으로는 메시지도 보내고 그래?"

"아니에요, 그런 거. 그냥 친구한테서 온 거예요……."

"아, 그래?"

라고 대꾸하지만 표정을 보면 전혀 안 믿는 눈치. 고 비서는 안나가 회장님 조카의 약혼녀라는 사실을 안 이후부터 꽤나 말을 조심하고 있었다. 그전까진 편안하게 동생 대하듯 상사 흉도 보고 회사에 돌아다니는 소문도 심심풀이땅콩으로 언급하곤 했었는데, 지금은 그런 일 따위 전혀 없었다. 그녀를 경계하는 거다. 건영 사람이다 이거지. 윤일후 때문에 회사 프락치 취급까지 당하고, 나 원 참.

[백 남은 어떻게 처리했어?]

속으로 열심히 윤일후 욕을 해대는 와중에도 날아오는 그의 메시지. 백 남은 또 뭐야? 안나는 손가락을 휴대폰 글자판에 올려놓고 빠르게 답문을 날렸다.

[무슨 소리예요? 알아듣게 얘기하세요, 이사님.]

[너한테 어젯밤 백 준 남자. 안 만난다고 확실히 거절했어?]

[저 그 사람 만날 건데요.]

[안 돼. 만나지 마. 다시 만나는 거 내 눈에 뜨이는 날엔 그 녀석 목을 부러뜨려 버릴 거니까 알아서 해.]

[당신이 뭔데 성탄 씨 목을 부러뜨려요? 그 사람 싸움 잘하거든요?]

[나도 잘한다.]

[지금 누가 누가 잘하나, 시합해요? 뭐 하는 짓이에요? 유치하게. 당신이 뭔데 나더러 남자를 만나라 마라 하는 건데요? 내가 누굴 만나든 당신이랑 상관없잖아요.]

[상관없을 수 없을 텐데, 자칭 형수님.]

[네, 네, 제가 형수님이죠. 일깨워 줘서 고맙습니다, 도련님. 근데요. 성탄 씨는 친구 남편이거든요? 전에 커피숍에서 본 친구 있죠? 그 친구가 보내서 심부름 온 거예요.]

[친구 남편이라고? 그 남자가?]

[친구가 백을 선물로 보내서 그거 전해주러 온 건데, 왜 내가 도련님한테 만나지 마라 간섭당해야 합니까?]

[그걸 몰라서 묻는 거냐?]

[모르겠는데요.]

[네가 내 키스를 받아들였으니까.]

이럴 줄 알았지. 이 인간이 그걸로 딴죽 걸 줄 알았다. 그래서 자신이 미쳤었다는 거다. 아무리 그가 5년간 못 잊고 가슴앓이 끙 끙 앓았던 짝사랑男이라 해도, 상황이 절대로 그러면 안 되는 상황이었다.

무려 '시동생'이 아닌가 말이다. 물론 진짜가 아니니 실제로 윤리적인 문젯거리가 생길 일은 없다. 그러나 이미 윤일후가 자신을 형수로 인식하고 있다는 게 중요한 거다. 자신 또한 그와 가족들 앞에서 형수 역할을 해왔었고, 이 집에 있는 한은 진짜 그의 형수라는 마인드로 있어야 한다. 그러함에도 불구하고 그녀는 그의 키스에 반응해 버렸다. 그것도 아주 열렬히. 재후를 사랑한다 강조했던 주제에 일후를 끌어안고 신음해 버린 것이다.

"지금이 아니면 오늘 넌 네 방으로 못 돌아가."

키스를 멈추고 그가 이렇게 말하며 시간을 주지 않았다면 아마 어젯밤 그녀는 일후의 여자가 되었을지도 모를 일이었다. 만약 그랬다면 자신은 '시동생과의 불륜'을 저지른 미친 여자가 되어야 했을 것이다. 정말 돌아버리겠다. 대체 윤일후는 무슨 생각인 걸까? 왜 이런 짓까지 하는 걸까? 날 정말로 좋아하게 되어서? 아니면 단지 재후와 결혼하지 못하는 구실을 만들기 위해? 자신과 관계를 가지면 재후와는 죽어도 결혼 못하니까? 그럼 어젯밤 그 따스하고 절절했던 속삭임은 다 거짓말이라는 건데.

그렇다고는 믿고 싶지 않아…….

[시동생과 키스한 기분이 어때?]

뚱한 기분으로 생각에 빠져 있는 그녀에게로 새로운 메시지가 날아왔다. 안나는 메시지를 눈으로 읽으며 입술을 삐쭉 꺾었다. 간도 크지. 진짜 형의 약혼녀인 줄 알고 있는 주제에 이딴 질문을 날릴 수 있다니, 기가 막히고 코가 막힐 따름이었다. 이 남잔 도덕 관념도 없나? 양심 없어? 어떻게 형의 약혼녀와 자기 방에서 그렇고 그런 짓을 해놓고서 이리 뻔뻔할 수가 있어? 난 진짜가 아니란 걸 아는데도 이렇게 찜찜한데.

[당신, 쓰레기라고 자랑하는 겁니까?]

[내가 쓰레기면 너도 쓰레기다. 우린 서로 즐긴 거잖아?]

[키스한 사람은 당신이에요. 나까지 끌어들여 도매금으로 넘기지 마세요.]

[키스한 사람은 나지. 거절하지 못한 사람은 너고.]

[지금 협박하는 거 맞죠? 내가 거절 못했으니 서로 같이 즐긴 거다. 그러니까 쌍방과실. 난 재후 선배의 여자가 될 자격이 없다. 주장하는 바가 이건가요?]

[별로. 폭로를 걱정하는 거라면 그럴 생각 없으니 염려 마. 어차피 넌 재후 형의 생각 같은 건 신경 쓰지도 않잖아.]

[내가 재후 선배 신경 쓰지 않는다고 누가 그래요? 난 윤재후의 약혼녀예요. 당신 형수라고요.]

[내 앞에서 형수 행세 하지 마. 더 이상 나한테 넌 형의 여자가 아니니까.]

'결국엔 폭로하겠다는 거네. 이 거짓말쟁이. 말 않겠다고 해놓고서 뒤통수칠 궁리나 하고 있는 사기꾼'이라고, 답문을 보내기 위해 열심히 휴대폰 메시지 입력창을 두드리고 있을 때였다. 벌컥, 갑자기 이사실 문이 열리더니 사무실 주인이 모습을 드러냈다. 헉!

컴퓨터를 들여다보며 일에 집중해 있던 고 비서가 절제된 동작으로 자리에서 일어났다. 하지만 준비된 고 비서의 세련된 동작과는 달리 휴대폰 붙들고 문자 쓰다 뒤늦게 반응하게 된 안나의 자세는 오리 궁둥이에 뒤뚱뒤뚱, 허둥지둥. 덕분에 우당탕탕, 책상위에 있던 연필꽂이가 엎어지는 사고(?)까지 발생! 안나는 너무 놀라 냉큼 허리를 굽히고는 엎어진 물건들을 주섬주섬 챙겼다.

"식사하러 갑시다, 반 비서."

막 물건을 줍고 허리를 편 안나에게 날아든 또 하나의 공격. 일후가 그녀를 그윽하게 바라보며 빙긋 웃고 있었다. 안나는 머릿속이 하얘지는 걸 느끼며 슥, 옆에 서 있는 고 비서를 훔쳐보고는 어색하게 중얼거렸다.

"오늘 점심은 저…… 고 비서님과 함께하기로 이미 약속이……."

"전 괜찮습니다. 다른 비서실 동료랑 같이 먹으면 됩니다."

눈치 없는 고 비서님. 윤일후랑은 절대로 같이 먹기 싫다는 티를 그렇게나 팍팍 내줬는데도 불구하고 '괜찮다'고 대답하시다니!

"미안해요, 고 비서. 형수님이랑은 같이 일하면서 한 번도 식사를 못해서요. 얼마 전에 형님한테 한 소리 들었어요. 형수 안 챙긴다고."

"이사님께서 안나 씨를 안 챙기긴 했죠. 전 솔직히 처음엔 이사님께서 안나 씨를 왜 그리도 못 잡아먹어서 안달인가 생각했다니까요. 혹시 좋아하나……? 하는 생각도 아주 잠깐 했었어요."

'이런 말을 하면 안 되려나?' 하는 얼굴로 고 비서가 조심스럽게, 아주 넌지시 얘길 꺼낸다. 그러자 일후가 피식, 웃음을 흘렸다. 마치 일상적인 얘길 들은 사람처럼. 상사 입장에서는 비서의 이런 얘기, 당연히 기분 나빠 해야 마땅한 게 아닌가? 왜 아무렇지도 않게 웃고만 있어?

"제가 형수님을 좋아한다고요?"

"왜 그런 거 있잖아요. 좋아하는 여자를 막 괴롭히는 남자들의 심리. 이사님이 유독 안나 씨한테만 특별히 까다롭게 구시니까 그런 생각도 해보게 되더라고요. 근데 이런 얘긴 좀 곤란한가?"

고 비서, 일후가 받아주니 눈치코치 다 팔아먹고 쓸데없는 말을 마구 쏟아낸다. 그래 놓고 뒤늦게 눈치는 왜 보신담?

'네네, 곤란한 얘기 하셨네요. 쓸데없는 얘기 하셨어요. 형수를 좋아하는 시동생이라니요. 말이 되는 소릴 하셔야죠. 그리고 윤일후는 날 좋아해서 괴롭힌 게 아니라, 꼴 뵈기가 싫어서 괴롭힌 거랍니다.'

안나는 속으로 구시렁거리며 어떻게든 그와의 식사 자리를 피하려 얼어버린 뇌를 굴리기 위해 애를 썼다. 하지만 바로 그때 매우 충격적이고 부도덕하게 들리는 윤일후의 대사가 그녀의 귀에 쏙 박혀 들어왔다.

"저 형수님 좋아하는 거 맞습니다."

"네?"

"형수님을 좋아한다고요, 제가."

"……!"

당연히 고 비서는 당황했다. 어찌 놀라지 않을쏘냐. 자신의 젊고 섹시하고 매력적인 상사가 연하의 어린 형수님을 좋아한다고 말하며 저렇게 달콤하고 뇌쇄적인 미소를 흘리고 있는걸. 대화의 맥락도 그렇고, 저 미묘한 뉘앙스도 그렇고, 분명히 오해를 살 만한 상황이었다. 그리고 원수 같은 윤일후는 그걸 정통으로 노린 게 틀림없었다.

"저, 저기 윤 이사님 말씀은 그러니까요……."

"가요, 안나 씨."

뭐라 해명이라도 해보려는 안나의 손을 일후가 덥석 잡았다. 그리고는 뜨악해 마지않는 안나를 싹 무시하고, 고 비서가 눈을 휘둥그레 뜨든지 말든지 전혀 개의치 않는 태연한 모습으로 사무실을 저벅저벅 걸어 나가기 시작했다. 뭐가 그리도 떳떳하고 당당한지, 엘리베이터로 이어진 복도를 개선장군처럼 위풍당당하게 걷는 그를 향해 안나는 이를 갈았다.

"지금 제정신이에요? 이거 놔요."

"못 놔."

"누가 보면 어쩌려고 이래요?"

"보든지 말든지."

"지금 그걸 말이라고 해요?!"

화딱지가 나 소리치며 안나는 강하게 그의 손을 뿌리쳤다. 하지만 이내 그녀의 손은 그의 손안으로, 그곳이 마치 제 보금자리인 양 자연스럽게 빨려 들어갔다. 깍지까지 껴져서.

다행히 복도를 지나치는 다른 직원은 없었다. 중역들의 사무실이 있는 층수인데다가 아직 점심시간이 아닌 관계로다가 복도는 나름대로 정숙한 분위기였다. 오히려 안나가 큰 소리치며 그를 뿌리치는 행동이 더 남들 눈에 잘 띌 것 같기도 했다. 결국 안나는 꾹 참으며 조용히 그의 뒤를 따랐다. 엘리베이터까지만 참자. 엘리베이터 안으로만 들어서기만 해라. 내가 가만두나, 뭐 이런 마음이었던 것 같다. 하지만 정작 텅 빈 엘리베이터 안으로 들어간 안나는,

"당신 미쳤어요?"

까지 말하고 빙그르르 몸이 돌려져 그의 가슴팍에 안착, 입술을 봉쇄당하고 말았다.

"흡!"

봐주는 거 없이 무차별적으로 쳐들어오는 그의 입술에 허를 찔린 안나는 아무런 방어도 하지 못하고 고스란히 제 입술을 그에게 내주고 말았다. 갓난아기를 보듬듯 그녀의 머리를 손으로 받치고 그는 파고들고 또 파고들었다. 깊숙이, 입안으로 들어와 핥고 빨아들이는 그의 입술 놀림은 그녀의 혼을 쏙 빼놓을 만했다.

원했던 거니까. 이렇게 해주길 바랐던 그녀이니까. 그렇게, 5년 동안이나 잊지 못했던 사람의 키스이니까. 자신이 그의 형수의 역할을 충실히 임해야 함을 순식간에 잊어버릴 만했다. 어느 순간 그녀도 그의 목을 끌어안고 있었다.

"어떻게 한 거냐, 반안나?"

엘리베이터 구석으로 그녀를 밀어붙이고서 그가 거칠게 속삭였다.

"날 어떻게 한 거지? 어떻게 이렇게 만들 수 있지? 말해봐."

"으흣!"

신음성 이외에 그녀가 보일 수 있는 반응 따위 없었다. 그는 그녀의 예민한 목선을 핥고 깨물었으며 부풀어 오른 가슴을 쥐고 그 끝을 유린하고 있었으므로. 얇은 니트 안에서 그녀의 가슴이 곤두섰다. 그의 손끝에서 전달 받은 찌릿찌릿한 쾌감이 온몸 구석구석으로 퍼지고 있었다. 숨을 헐떡거리며 그녀는 저도 모르게 허벅지를 끌어 올려 그의 허리를 감았다. 그와 동시에 치마 안으로 그의 손이 들어와 허벅지를 감쌌다.

"넌 마약 같아, 반안나. 사람을 미치게 하지."

다른 손이 니트 상의 안으로 들어왔다.

"매번. 항상."

귓불을 간질이는 그의 속삭임과 함께 이번엔 브래지어 안으로 들어왔다. 차가운 그의 손이 흥분으로 부푼 그녀의 가슴을 한가득 쥐어왔다. 물컹. 말랑한 살집 안으로 그의 손가락이 새겨진다. 절절하던 감각은 더욱 커지고 가까스로 참아내고 있던 신음은 저절로 터졌다.

"아핫! 흣!"

"도대체 어떻게 한 거냐? 어떻게 날 이렇게 미치게 만들지? 내게 무슨 짓을 하는 거야? 말해."

"나, 난 잘……."

어마어마한 감각이 몸 안에서 출렁거렸다. 그녀 혼자는 감당할 수 없는 쾌감. 도리도리 열심히 고개를 흔들어보았지만 몸 안의 욕구는 점점 더 커지기만 했다. 어떻게 하지? 어쩌면 좋지? 이 남자가 너무 좋아…….

"날 어떻게 생각하지? 네게 난 뭐냐?"

"다, 당신은 재후 선배의……!"

"틀렸어."

나직이 속삭이던 그가 덥석 그녀의 가슴을 입에 머금는다. 얇은 니트티 위로. 캡이 반쯤 벗겨진 브래지어 아래로 드러난 그것을 물고 그가 혀끝으로 굴리기 시작했다. 그리고 세차게 빨기 전 이렇게 웅얼거렸다.

"넌 날 사랑해야 해, 반안나."

"홋!"

신음과 비명이 봇물 터지듯 흘러나오려 하자 안나는 재빨리 손으로 제 입을 틀어막았다. 바로 그 순간, 안나는 엘리베이터가 멈추고 있음을 깨달았다. 그나마 눈곱만큼이라도 남아 있던 그녀의 발끝 감각이 재빠르게 캐치한 것이었다.

일후 역시 완전히 정신줄을 놓았던 것은 아닌 듯 재빨리 그녀의 가슴에 묻고 있던 고개를 들었다. 당황한 빛이 역력한 안나에 비해 그는 아무 일도 없었던 사람처럼 태연한 모습으로 안나의 흐트러진 옷매무새를 정리해 줬다. 봉긋 솟은 가슴을 브래지어 캡으로 감추고 니트티를 끌어 내린 후 카디건으로 잘 덮었고, 엉덩이 근처까지 끌어 올려진 치마를 끌어 내리고 구겨진 가장자리까지 쭉, 잡아당겨 펴주었다. 그리고선 멀찌감치 떨어져 서기까지. 엘리베이터가 서고 문이 열리는 짧은 시간 동안에 그는 그 모든 것을 다 해치웠다.

"이사님, 안녕하십니까!"

"안녕하세요!"

문이 열리고 들어온 한 무더기의 여직원들은 하나같이 일후를 알아보고 인사를 건넸다. 방금 전까지 여자 가슴에 얼굴을 묻고 야한 짓을 하고 있던 윤일후는 언제 그랬냐는 듯 얼굴색 하나 변하지 않은 멀쩡한 모습으로 여직원들의 인사를 하나하나 다 받아주고 있었다. 뭔지 모를 반감에 울컥 화가 치밀어 올라 안나는 일후를 쭉 째렸다. 대여섯 명의 여직원들을 사이에 두고 그와 안나의 시선이 부딪쳤다. 언제 그랬냐는 듯 직원들의 인사를 여유있게 받아내고 있던 그는 안나와 눈이 마주치자 피식, 색스럽게 미소를 지어 올렸다. 입술 끝을 시크하게 치켜 올리더니 대놓고 혀끝을 내밀어 입술을 핥으며 내돌리자 안나는 두 눈을 휘둥그레 뜨며 냉큼 고개를 끌어 내렸다.

낯선 여인네들의 투입으로 잠시 소강상태로 접어들었던 몸의 열기가 다시 재가열되었다. 온몸이 후끈거리고 얼굴이 달아올라 그를 계속해서 쳐다보고 있을 수가 없었다. 안나는 1층까지 내려가는 내내 그를 보지 않으리라, 단단히 결심하고는 바닥에 코를 박고 질끈 두 눈을 감았다.

"오늘 이사님 되게 멋지지 않아?"

"그러게. 오늘따라 뭔가 묘하게 섹시한데? 왠지 오늘 덮치면 내 것이 될 것 같은 기분?"

"한 번 시도해 봐?"

"아서, 회장님 아드님인데 우리 같은 애들이 언감생심."

"그래도 욕심난다. 잘난 집 아들만 아니면 내가 자빠뜨려 보는 건데."

"네 능력에 잘도. 나라면 모를까. 킥킥킥!"

윤일후에게 신경을 끄니 옆에서 숨죽여 지저귀는 여인네들의 수다가 쏙쏙 들려온다. 안나는 저도 모르게 인상을 팍 썼다. 흥분 감이 끓어올라 온통 후끈거리던 몸이 순식간에 싸하게 식어버렸다. 신경질이 솟구쳤다. 말도 안 되게, '윤일후한테 덤비려거든 내 뒤에 줄을 서라고!'의 심정이 되어버렸다.

울컥 성질머리가 끓어올라, 1층까지 내려가는 내내 그를 외면 하겠다는 결심을 무너뜨리고 안나는 휙 고개를 꺾어 그를 노려보 았다. 꼴 보기 싫어 죽겠어, 목 졸라 죽여 버리고 싶다, 어떻게 하 면 복수할 수 있지? 등등 수많은 생각들이 머릿속을 휙휙 스쳐 지 나가는 바로 그 순간! 신기한 게 눈에 들어왔다.

"읍!"

웃음이 터지려는 걸 꾹 참고 냉큼 그녀는 손으로 입을 가렸다. 그리고는 재빨리 시선을 끌어 내려 다시금 그를 외면했다. 하지만 눈동자는 절로 그곳을 향하는데…….

"큭!"

결국 웃음을 터뜨리고 말았다. 곧 사람들이 밀려들어 올 엘리베이터 안에서 여인을 마음껏 취하고, 문이 열리기 직전 아무 일도 없었다는 듯 모든 걸 깔끔하게 원상복구시켜 퍼펙트! 완전범죄를 이끌어낸 완벽맨 윤일후가 글쎄, 잔뜩 헝클어진 머리로 서 있었다. 안나의 브래지어까지 끌어 내려주고 멀쩡한 모습으로 서 있던 그가 글쎄, 안나가 엉망으로 만들어놓은 제 헤어는 생각지도 못했던 것이다.

띵—

엘리베이터가 경고음을 방출했다. 1층에 도달했다는 신호였다. 한꺼번에 들어왔던 여직원들이 빠져나가며 일후에게 연이어 인사를 건넸다. 고개를 끄덕이는 것으로 그들에게 일일이 답을 해주던 그는 비로소 안나와 단둘만 남자 씩, 알 듯 모를 듯 희미한 웃음을 지어 올리고는 이내 뚜벅뚜벅 앞장서서 걷기 시작했다.

안나에게 이 한마디를 남긴 후였다.

"이 엘리베이터는 CCTV가 두 대야."

큭큭, 웃겨서 연방 히죽거리고 있던 안나의 얼굴이 단박에 굳어버렸다.

진실의 무게

"저의가 뭐예요? 하필 거기서 그런 짓을 한 의도가 뭐냐고요!"

회사 건물을 나오자마자 안나는 그를 윽박지르듯 공격해 왔다. 아직 열기가 채 가라앉지 않아 여전히 새빨간 얼굴을 하고서. 일후는 자연스럽게 지그시 내려떠진 눈으로 그녀를 내려다보았다. 자신이 방금 전 탐욕스럽게 빨아대던 그녀의 입술이 여전히 젖어 있었다. 자신을 향해 혼란스런 시선을 보내던 그녀의 눈동자는 여전히 거세게 흔들리고 있었다. 자신이 입술을 대고 잘근잘근 깨물며 애무했던 목 옆선에는 붉은 잇자국이 선명하게 찍혀 있다. 그의 시선을 강렬하게 끌어당기고 있는 새하얀 살결과 연약한 쇄골에도 자신의 것으로 보이는 자잘한 자국들이 얼룩져 있었다. 아마그 아래에도 자신이 찍어놓은 낙인들이 가득 차 있을 것이다. '넌 내 것'이라는 낙인.

"그런 짓이라니?"

"모르는 척하지 마세요. 방금 그거 말이에요, 그거!"

"그러니까 그게 뭐냐고."

"장난해요? 내가 무슨 말을 하는지 정말 몰라요? 아니잖아요! 모르는 척하지 마세요. 그렇게 실실 웃지도 마요! 회사 CCTV도 잡히는 엘리베이터에서 그딴 짓을 해놓고 지금 웃음이 나옵니까?"

"걱정 마. 네 벗은 몸은 내가 잘 가렸으니까."

"그거면 된다고 생각해요? 당신이 누군지는 회사 전 직원이 다 알아요. 내 얼굴도 공개되었으니 조금만 조사하면 내가 누군지도 다 알게 될 거고요. 당신과 나. 형수와 시동생 관계라는 거 이미 알려져서 웬만한 사람들은 거의 다 알 텐데, 우리가 회사 엘리베이터에서 그딴 짓을 했다는 게 알려지면 그 파장이 얼마나 클 것인지 생각 못해요? 이건 정말 중차대한 문제예요. 혹시라도 그 테이프가 유출되거나 하면!"

생각만 해도 끔찍한 일을 입에 올리고 안나는 꽉 쥔 두 주먹을 부르르 떨었다. 가정하는 것만으로도 머리가 아찔하고, 떠올리는 것만으로도 고통스러운 정말이지 최악의 상황임이 분명한데도 일후의 표정은 평온하기 짝이 없었다. 마치 이 모든 것이 자신의 계획 안에 있었던 것처럼 천하태평. 안나는 훅, 한숨을 토해내며 꽉 틀어쥐고 있던 주먹을 허공에 뿌리쳤다.

"아, 네. 당신이 뭣 때문에 이러는지는 다 알겠어요. 어떻게든 날 매장시키고 싶겠죠. 이 일이 밖으로 새어 나가면 결국 아주머니와 아저씨께서도 알게 되실 거고, 그럼 전 회사에서도 집에서도 쫓겨날 테니 당신한텐 일타이피일 거예요."

"내가 널 곤경에 빠뜨리기 위해 이런다고 생각하는 거로군."

"아니란 말이에요?"

"말했잖아, 난 널 좋아한다고."

"헉!"

그의 직설적이고 반인륜, 폐륜적 발언에 기겁을 한 듯 안나가 두 눈을 휘둥그레 떴다. 동시에 거친 키스로 조금 부어오른 입술이 조그맣게 벌어졌다. 붉고 앙증맞은 혀가 슬쩍 들여다보인다. 일후는 그것을 뚫어져라 바라보며 씩 입술 언저리를 끌어 올렸다.

"아무리 놀랐다지만 너무하네. 그렇게 미친놈 바라보듯 볼 건 없잖아?"

"농담 그만해요. 하나도 재미없어."

"농담 아닌데. 넌 내가 장난으로 회사 승강기에서 그런 짓을 할 사람으로 보여?"

"아니요. 하지만 계획적으로, 날 골탕 먹이려고, 쫓아낼 구실을 만들기 위해 그런 짓을 저지를 수는 있어 보여요."

"널 쫓아내려다 나까지 쫓겨날 수도 있는데? 이건 내 방에서 키스 한 번 한 거랑은 다른 수준의 일이야. CCTV는 증거가 남거든. 이게 잘못 퍼지면 건영그룹의 이미지에 커다란 타격이 올 거다. 우리 아버진 회사에 누가 되는 일을 하는 자식 따윈 필요 없는 분이셔. 회사 내부의 반발이 거세어지면 날 가차 없이 쳐내실 거다. 뼈대 있는 가문이라고 늘 자부심 갖고 계신 분이니 호적에서도 파내시겠지."

"날 쫓아내기 위해 그렇게까지 할 필요 있어요?"

"널 쫓아내기 위해서 그런 거 아니라니까."

"네네! 날 좋아해서 그런 거였죠. 돌겠네, 진짜. 지금 그걸 날더러 믿으라는 거에요?"

고개를 쑥 앞으로 뺀 채 연신 주억거리다 안나는 버럭 고함을 내질렀다. 참아보려고 노력해 보았지만, 도저히 참아지지가 않았다. 참을 수가 없다. 이건 도저히 참을 수 있는 사안이 아니었다. 대체 이걸 어쩌라고? 이 사태를 어떻게 수습하라는 거야?

"믿게 안 해줬나? 아까 행동으로 다 보여준 걸로 아는데."

"당신은 내 시동생이에요. 난 당신 형수라고요. 윤재후의 약혼녀!"

"네 몸은 달리 말하던데."

"그건!"

할 말 없다. 입이 열 개라도 할 말이 없었다. 시동생한테 키스당하고 그런 식으로 반응하는 형수는 없을 테니까 말이다. 그의 키스를 받아들여선 안 되었다. 아무리 그가 좋았어도, 오랫동안 갈망하던 일이었다 하더라도, 참았어야 했다. 자신의 처지를 잘 숙지하고 차갑게 대응했어야 했다. 아아, 어쩌자고 그에게 그토록 매달렸던 거냐, 반안나.

"그 CCTV는 꺼져 있었어."

"……?"

"내가 사무실에서 나오기 직전, 경비실에 연락해 엘리베이터의

CCTV를 꺼놓도록 지시했다. 네가 걱정하는 그런 일은 안 생길 거야."

"꺼두라고 지시해 뒀었다고요?"

병찐 얼굴로 안나는 또다시 두 눈을 혹 치켜떴다. 그러더니 '이게 무슨 일이야?' 하는 얼굴로 눈꺼풀을 파닥파닥 빠르게 움직였다. 긴 속눈썹이 아름답게 나풀거리는 모습을 가만히 지켜보며 일후는 지그시 아랫입술을 깨물었다. 당장에라도 달려들어 먹어치우고 싶은 본능이 또다시 꿈틀거렸다.

오늘은 여기까지지만 다음은 절대 그냥 놔주지 않아, 반안나. 제대로 널 먹어치워 버릴 거다.

"그럼 아까 것은 안 찍혔다는 거예요?"

"찍혔기를 바랐던 건 아니겠지?"

"당근 아니죠! 아아, 심장이야. 진짜 십년감수했네. 그걸 왜 이제 말해요?"

"안 물어봤잖아."

"CCTV가 있다면서요. 그렇게만 말하면 당연히 찍혔다고 생각하…… 가만! 그럼 당신 진짜 계획적으로다가?"

"계획적이었던 건 맞아. 우리 둘만 있을 곳이 필요했거든."

"그게 다, 날 좋아하기 때문에 벌인 일이라는 겁니까?"

"이제 좀 머리가 돌아가네."

"그걸 나더러 믿으라는 거예요? 당신이 나한테 빠져 있다는, 너무 좋아 미치겠다는 그 웃기지도 않는 이야기를 내가 믿을 것 같아요? 사람을 바보등신으로 알아도 유분수지. 그걸 어떻게 믿어요? 지금까지 날 이상한 여자 취급하면서 재후 선배한테서 떼어내려고 안달했던 사람이 바로 당신인데! 난 다 알아요. 당신이 왜 이딴 짓을 하는 건지. 내가 죄책감 때문에 알아서 떨어져 나가길 바라는 거죠? 당신한테 다시 흔들려서 변심하길 바라는 거죠? 재후 선배에 대한 내 감정을 바꿔보려는 거잖아요. 그래서 떼어내려고. 맞죠? 그거죠? 이런 짓을 벌인 당신 저의가 바로 그거였죠?"

그녀는 자신의 코앞까지 다가와 바락바락 소리를 질러댔다. 눈동자에 불꽃이 튀고 미간에 지익 주름이 진 채로 이까지 앙다문 모습은 제법 앙칼져 보였다. 일후에 대한 반감이 극에 달해 치를 떠는 것이었지만, 일후는 평온하기 짝이 없는 모습으로 그윽하게 그녀의 얼굴을 내려다보고 있을 뿐이다.

"밥이나 먹자."

구구절절 반항의 말을 내뱉는 안나에게 그는 산뜻하게 대꾸했다. 그리고는 급격히 맥이 빠지는 듯 풀죽어가는 안나의 어깨를 끌어당겨 옆구리에 찰싹 붙이고는 태연히 명령했다.

"앞장서."

"취향이 원래 이랬던가?"

안나가 끌고 온 음식점을 휙 둘러보며 그가 물었다. 안나가 이런 토속적인 가게를 찾을 거라곤 생각 못했던 거다. 하긴 순대국밥 집과 명품백 컬렉터 반안나와는 태평양과 같은 넓은 갭이 있지. 겉으로 보이는 것만으로는.

"딱히 제 취향인 건 아니에요. 하지만 자주 찾는 곳은 이런 데죠. 점심시간에 레스토랑 가서 밥 먹는 사람, 몇 없잖아요."

"그렇긴 하지."

"혹시 이런 곳에서 식사하기 불편해요? 어색해요? 다른 데로 갈까요?"

"불편해 보여?"

막 자리에 앉고 있던 일후가 빙긋 양쪽 입술 끝을 끌어 올린다. 전혀 안 불편하다는 듯이. 하지만 썩 편한 얼굴은 아니었다. 내색하지 않고 있지만 어색하긴 할 거다. 이런 곳에 자주 와본 적도 없겠거니와 그에게서 풍기는 고급스러운 분위기와도 전혀 어울리지 않으니까. 파리가 미끄러질 것처럼 자그르르한 슈트, 단정하게 매어진 넥타이, 먼지 하나 없을 것 같은 수제 구두. 무엇 하나 근사하지 않은 게 없는 그의 모습은 딱 '난 부자요' 혹은 '난 비즈니스맨'이라고 써져 있는 듯하다. 이런 그가 부대찌개, 순대국밥을 우걱우걱 소탈하게 먹는 모습은 전혀 상상이 가질 않았다. 그도 날 보며 이런 생각을 하고 있겠지?

"많이요."

뭔가 얄미운 생각이 들어 안나는 입술을 삐쭉거리며 그가 기대해 마지않는 답을 완전히 비껴 대답했다.

"이런. 티가 났군."

"것도 많이 났죠. 당신 완전 튀거든요?"

"내가 키가 크긴 크지."

"키가 커서 튀는 게 아니라 옷차림이랑 외모가 튄다고요. 딱 봐도 '내가 제일 잘나가' 포스가 좔좔 흐르거든요. 이렇게 북적북적

시끄러운 곳에서 점심식사 할 사람으론 안 보인다는 거죠. 뭐 먹을 거예요?"

"뭘 먹어야 하지?"

"아줌마! 여기 순대국밥 두 그릇 맛있게 말아주세요!"

거침없이 소리치는 안나의 모습을 일후는 빤히 바라보았다. 아무리 봐도 5년 전 값비싼 명품 옷을 휘감고 다니며 질투의 시선을 한 몸에 받던 부잣집 외동딸 반안나 같지 않다. 지금은 그저 평범한, 빠듯한 월급에 아등바등 살아가는 보통 아가씨의 모습이다. 물론 근방 남정네들을 후끈 달아오르게 만드는 능력은 그대로다. 너무 그대로라, 이런 품위 따위 개나 주라는 식당 안에서도 성적 매력을 유감없이 발산하고 있었다. 일후는 주변에 포진한 늑대들의 시선이 힐끔힐끔 안나를 훔쳐보는 걸 느끼며 툭, 탁자 밑 무릎으로 안나의 것을 건들었다.

"너 내일부턴 바지 입고 출근해."

"바지요? 갑자기 웬 바지? 비서가 바지 입어도 돼요?"

"비서는 바지 입지 말라는 법이라도 있나?"

"없지만요. 미관상 보통은 치마를 입죠. 바지는 절대로 안 된다는 사칙까지 정해둔 회사도 있어요."

"우리 회산 그런 거 없어. 바지 입어."

"내 다리 괜찮은데. 알도 없고 매끈하게 잘 빠졌어요. 이래 봬도 대학 땐 미스K 나가보란 말 많이 들었다고요. K대 미녀 뽑는 대회 아시죠? 지금도 내 다리 괜찮은데. 바지 입어야 할 정도는 아닙니다만."

"네 다리 잘 빠진 거 알아. 그러니까 바지 입으라는 거다."

"지금 저 관리하시는 겁니까?"

"상사니까."

"상사로서의 관리가 아닌 것 같은데요. 여자친구로 착각하지 마십시오. 전 엄연히 당신의……."

"형수란 말, 꺼내지 마. 해고해 버릴 거다."

"사실인 걸 어쩌라고요."

"그 문제로는 말대꾸도 하지 마. 다른 의견은 안 받는다."

"말대꾸하고 안 하고는 아무 의미가 없어요. 내가 재후 선배의 약혼녀라는 건 엄연한 사실이니까요. 아니라고 당신이 우겨봤자 아닌 게 되는 게 아니잖아요."

"형과 나, 두 사람 중 누가 더 키스를 잘해?"

일후가 불쑥 물어온다. 너무나도 멀쩡한 얼굴로 태연히 숟가락을 놓으면서. 너무 답답해 막 물을 들이켜려던 안나는 품, 하고 입 안의 내용물을 뿜고 말았다. 물론 냉큼 손으로 막아 넓은 구역으로 분사되는 불상사는 막았다. 하나 그녀의 귓불은 벌써부터 뜨끈뜨끈 달아오르고 있었다. 이게 대체 무슨 망발이야? 사람들 다 듣는 데서. 안나는 모 코미디언의 매직아이처럼 눈동자를 이리저리 마구 굴려대며 혹시나 주변 사람들이 들었는지 확인했다.

"미쳤어요? 사람들이 들으면 어쩌려고."

"어쩌긴. 네가 팜므파탈이라서 두 형제를 갖고 노는 모양이구나, 하겠지."

"난 그런 적 없어요. 사람들한테 그런 추측거리 던져 준 적도 없······."

"없다고 말하면 안 되지. 나랑 한 키스가 벌써 몇 번인데."

"목소리 좀 낮춰요. 당신도 창피란 게 뭔지는 알 거 아니에요."

"난 별로 창피한 짓이라 생각하지 않아. 좋아하는 여자와 키스한 게 죄는 아니잖아?"

"그 여자가 나잖아요. 당신 형이 만나는 여자."

"만난다니까 묻는 거다. 형과 결혼을 약속한 사이이니 키스 정도 해봤을 거 아니야. 누가 더 잘하느냐고. 누구의 입술이 널 더 달아오르게 만들어?"

"변태 같은 질문 그만하시죠, 이사님."

아주 작정한 듯 듣기 민망한 소리만 지껄이는 일후를 향해 안나는 이를 갈았다. 대체 왜 이러는지 그의 마음을 종잡을 수가 없었다. 그래서 답답하다. 그가 무슨 생각으로 이러는 건지 알고 싶어 죽겠다. 혹시 정말로, 진심으로 날 좋아하게 된 건가? 쫓아내려고 안달복달하다가 그새 정이라도 든 건가? 새삼 나의 매력에 빠져들었나?

'뭐, 내가 좀 매력적이긴 하지만.'

그래도 어딘지 모르게 너무 갑작스럽다. 분명히 어제 퇴근 전까지만 해도 자신에게 적대적이었던 일후가 어젯밤 갑자기 달라졌다. 귀가한 직후 자신을 2층 제 방으로 끌고 가 키스를 하던 그는 전과 많이 달라 보였었다. 희미하게 술 냄새가 났던 것도 같아서, 혹시 술 때문에 충동적으로 그런 짓을 한 게 아닐까 생각해 보기도 했지만, 지금의 이 태도를 보면 딱히 그런 것 같지도 않다. 전부터 좋아했었던 것 같은 뉘앙스를 풍기기까지 하니 점점 더 미궁이었다. 대체 언제부터 날 좋아하게 된 거지? 왜 갑자기 마음을 바꾼 거지?

"물론 내가 더 낫겠지. 어릴 때부터 여자들은 날 더 좋아했거든. 공부는 재후 형이 좀 더 잘했지만 말이야."

"자랑이십니다."

"게다가 재후 형은 일편단심 민들레라서 좋아하는 여자가 아니면 절대로 키스 따위 하지 않아."

"재후 선배의 키스 실력이 경험 부족으로 형편없을 거라 추측하는 거라면, 아닙니다. 아주 잘하세요. 절 무지무지 흥분시키고 설레게 만든답니다. 당근 당신보다 훨씬 더 잘하죠."

"전에 말했던 그 우아한 절제미가 느껴지나?"

"본래 평소 금욕적이던 사람이 고삐 풀리면 더 무서운 법이거든요. 여자들은 그래요. 늘 세련되고 고상하고, 착하고 성실한 남자. 하지만 그러다가도 때가 되면 짐승이 되는 남자. 그런 남자를 좋아하죠. 내 남자가 섹시한 사람이었으면 좋겠다고 생각하긴 하지만, 그 섹시함이 철철 흘러 넘쳐 밖으로 새어 나가길 바라진 않는단 말이에요."

"아하."

"아무도 모르게, 나만 알 수 있게, 밤에만 짐승이 되어 날 잡아먹어줬으면 좋겠다, 이렇게 생각한단 말이죠. 이마에 떡하니 '나 잘한다' 하고 써놓고 다니는 사람은 노노. 정말 싫어합니다. 울끄니불끄니가 왜 인기 없는데요. 너무 적나라해서예요. 대놓고 나

체력 짱이야, 하는 사람들이라 정색하는 거라고요. 남자는 역시 은밀하게 위대하게, 아시겠어요? 뭐, 이렇게까지 말해줬는데도 못 알아듣고 자꾸 헛소리하시면 저도 더 이상 어찌 못하고요."

"밥 먹어라."

장황하게 핵심이 뭔지도 모를 헛소리를 주저리주저리 늘어놓는 그녀에게 그가 툭 한마디 털어냈다. 안나가 얼굴 벌겋게 달아오른 채로 열을 내며 얘기하는 사이 식사가 와 있었다. 반찬 세 가지에 국밥 두 그릇, 조촐한 밥상이었다. 모락모락 피어오르는 뽀얀 국물을 보니 갑자기 뱃속에 숨어 있던 거지 유전자들이 아우성거리기 시작한다. 안나는 공깃밥 한 숟가락을 가득 퍼 순대국에 맛깔나게 말았다.

"아, 배고파. 누가 속을 썩여서 그런지 오늘따라 유난히 더 배가 고프네."

"……"

"안 먹어요?"

"먹을 거다."

라고 대답했지만 그는 숟가락도 들지 않은 채였다. 정말로 진짜로 순대국밥을 처음 먹어보는 걸까? 잘사는 사람이 죄다 순대국밥 싫어하는 것도 아닐 텐데? 날 봐. 아주 잘 먹잖아. 어머니는 이런 음식 좋아하지 않아 어렸을 땐 거의 못 먹어봤지만, 중학교 때부터 아버지 따라 낚시터 다니면서 잘만 먹었다.

"팍팍 좀 떠서 드세요. 깨질깨질 왜 그래요?"

"뭐."

평소답지 않게 어정쩡하게 대답하고는 천천히 숟가락을 드는 윤일후. 쩨쩨하게 국물 조금 찍어 입술을 적신다. 먹는 거 앞에 두고 뭔 짓이야 싶은 생각에, 그녀는 제 숟가락으로 옆에 있던 양념을 움푹 떠서 그의 국그릇에 푹 담갔다.

"자자, 사람 먹는 음식이에요. 안 죽어요. 어서 드세요."

흠칫 놀라며 일후가 시선을 들어 안나를 바라봤다. 안나는 그의 국 속에 담갔던 숟가락을 꺼내 제 입에 넣고 슥 빨더니 씩 웃었다. 그리고는 정말 먹어도 안 죽는다는 걸 몸소 보여주기라도 하듯 게걸스럽게 식사를 시작한다. 반안나가. 순대국밥을. 우걱우걱. 후루루쩝쩝 소리까지 내며. 믿을 수 없어서 일후는 한참 동안이나 그녀를 지켜보았다. 그림처럼 아름답고 젊은 여자가 남자 앞에서 이렇게 복스럽게 밥을 먹을 수도 있구나, 멍하게 생각하면서 말이다.

"울끄니불끄니는 아니야."

그녀가 밥 먹는 모습만 봐도 배가 부르는 듯, 밥에는 거의 손을 안 대고 안나가 밥 먹는 모습만 줄기차게 관찰하던 그가 마침내 입을 연 것은 한참 뒤였다. 안나는 그새 더욱 새빨갛게 부어오른 입술 안으로 찬물을 꼴깍꼴깍 밀어 넣고 있었다.

"체력은 짱이지만."

그의 말이 떨어지기가 무섭게 그녀가 푸핫, 물을 뿜었다. 안나는 더러워진 얼굴을 티슈로 닦아내며 그를 죽일 듯이 노려보았다. 이 변태를 진짜 어찌해야 해?

＊

그들의 점심시간은 다음날도, 그 다음날도 이런 식이었다. 고비서와 식사하려는 그녀를 그가 세련되고 자연스러운 방식으로 가로채 빼내는 것으로 시작. 그녀가 안내하는, 사람 북적거리고 허름하기 짝이 없는 식당가에서 쓸데없는 잡담을 곁들여 식사를 마친다. 후식은 공짜 자판기커피다. 처음 그걸 안나가 들이밀었을 때의 윤일후는 가관이었다. 커피 맛에 일가견이 있는 듯, 늘 까다로운 입맛 자랑하던 윤일후였으니 설탕 듬뿍, 프림까지 넘실거리는 다방커피가 달가웠을 리 없었다. 하지만 3일째가 되니 것도 익숙해지는지 오늘은 자신이 먼저 빼들어 안나에게 서비스했다.

"점심엔 역시 자판기커피지."

"아메리카노 안 드세요? 커피 맛은 맛있게 써야 한다면서요. 솜씨 좋은 바리스타가 제대로 내려야 커피 본연의 맛이 살아난다던 사람, 어디 갔나?"

"그건 그거대로, 이건 이거대로 맛이 다르지. 그건 내 스타일, 이건 네 스타일."

"저도 비싼 커피 좋아하는데요. 평소엔 스벅표 아니면 안 마셔요. 메뉴가 이럴 때만 이걸로 마시는 거죠. 한국식당 밥은 이상해요. 밥을 먹고 자판기커피를 안 마시면 소화가 안 되는 느낌이라니까요? 여기가 꽉 막힌 기분이 들어요."

"어디? 여기?"

걱정하는 것처럼 묻더니 그는 아무렇지도 않게 그녀의 가슴에 손을 올렸다. 어찌나 놀랐던지. 너무 펄쩍 뛰어 뜨거운 커피 국물이 바닥으로 다 튀어나가 먹을 게 얼마 안 남게 되어버릴 정도였다. 정말이지 윤일후는 미친 게 틀림없었다. 어떻게 재후의 동생이면서 재후의 약혼녀인 자신에게 그딴 짓을 서슴없이 할 수 있는지, 그 머릿속에 뭐가 들어 있는지 도통 그녀는 알 수가 없었다. 정말 재후를 사랑한다면, 형으로서 존중한다면 자신에게 이러면 안 되는 거 아닌가? 아무리 좋아하는 마음이 생겨도 그렇지. 어떻게 뒤에서 이렇게 형수를 유혹할 수 있는 거야?

그가 자신을 좋아한다는 증거는 넘쳐 났다. 그가 요 근래 자신에게 했던 말과 행동만 봐도 확신할 수 있는 지경이었다.

"벌써 출근하려고요?"

"너 일찍 출근해야 한다면서."

"저야 비서니까 일찍 출근하는 거죠. 하지만 당신은 그럴 이유가 없잖아요."

"왜 없어?"

"뭔데요?"

"너."

"네?"

"너라고. 너랑 같이 출근하고 싶어서. 너 지하철 타고 힘들게 왔다 갔다 하는 거 보기 싫어서. 너 태워주려고. 그래서 내 출근

시각까지 앞당겨 일찍 나가는 거라고. 됐냐?"

얼굴색 하나 안 바꾸고 그가 그리 말했었다. 이른 아침이라 주
위에 아무도 없었기 망정이지 누가 들었으면 어쩔 뻔했나.

"내가 바지 입고 출근하라고 안 했던가?"
"진심으로 한 말이었어요?"
"들어가서 갈아입고 나와."
"아니, 왜요? 치마가 편한데, 나는."
"난 안 편해."
"내 옷인데 당신이 편하고 안 편하고, 그게 뭐 그리 중요해요?"
"신경 쓰여."
"그쪽이 내 다리에 신경 쓸 일이 뭐가 있다고."
"사무실에선 야한 짓하면 안 되잖아."
"뭐래. 알아듣게 얘기해요, 뭔 소린지 하나도 모르겠잖아요."
"다른 남자들이 네 다리 힐끔거리는 것도 신경 쓰이고, 내 앞에
서 맨다리 내놓고 돌아다니는 것도 신경 쓰여. 사무실 CCTV까지
꺼두고 싶은 충동이 일거든. 됐냐?"
"네?!"

윤일후는 사람 놀라게 만드는 재주가 탁월한 남자다. 아니다.
반안나 경악시키는 데에 재미 들린 남자다. 그는 안나가 당황해
할 얘기들로만 골라골라 공격해, 안나가 얼굴이 빨개진 채 어쩔

줄 몰라 하며 신경질을 부리면 그제야 만족스러워한다. 심지어 그런 안나를 귀엽다는 듯, 사랑스럽다는 듯, 애정 충만한 시선으로 바라보기까지 했다. 어디 그뿐인가. 엊그젠 뉘앙스 묘한 말로 그녀의 마음을 허리케인에 휩싸인 '도로시의 캔자스 외딴 시골집'처럼 뒤흔들어 놓았다.

"5년 전에 넌 날 정말로 좋아했었던 거냐?"

"그딴 건 또 왜 물어요?"

"전에 물었던가?"

"물었었죠. 대답도 했었고. 난 그때 정말로 순수하게 당신을 좋아했었어요. 당신이 봉사 활동 간 보육원에서 아이들과 신나게 놀아주는 모습을 우연히 봤거든요. 가슴이 찡하고 따뜻해졌어요. 작은 봉사 활동에도 진심으로 임한다는 느낌이 들더라고요. 어디 가서 당신 같은 남자 찾기 힘들 것 같다는 느낌? 아무튼 당신 정도면 내 남자친구 자격이 충분하다는 생각이 들었어요."

"듣던 중 반가운 소리군."

"봉사 활동도 열심이고 아이들을 좋아하는 따뜻한 가슴을 가졌으니 1차 인성에서 합격. 가만히 있어도 친구들이 절로 몰리는 걸 보면 사회성도 좋은 편, 성적도 늘 톱이니 브레인도 탁월, 집안도 좋다고 하니 2차 스펙에서 합격. 뭐, 외모야 워낙 출중하니까 3차는 생각해 보나마나였죠."

"하지만 내가 널 거절했었지."

"있을 수 없는 일이었죠. 내가 거절한다면 모를까, 내가 거절당

하다니! 이 내가! 날 거절한 남자는 당신이 처음이었다고요. 오죽
하면 오기로, 네가 이기나 내가 이기나 두고 보자 했다니까요. 뭐,
결국 당신이 이겼지만."

"네가 졌다고 생각해?"

"당신은 날 싫어했었고, 지금도 싫어하잖아요."

"싫어했던 게 아니라 싫어해 보려고 노력했던 거였다. 그게 잘
안 되어서 이 모양이 된 거고."

"싫어한 거나 그러려고 노력한 거나 그게 그거죠. 그게 어떻게
다른⋯⋯. 네?"

"내가 왜 그런 노력을 했을까. 그냥 싫어하면 되는 걸, 왜 그러
려고 노력까지 해야 했을까?"

"그 말은⋯⋯?"

좋아했다는 뜻이다. 5년 전 자신을 벌레 보듯 바라보며 멸시하
던 그가 실은 좋아하는 마음을 숨기고 있었던 거다. 생각지도 못
한 진실을 알게 된 안나는 혼란에 빠져들었다. 그가 자신을 좋아
했었다니. 그런데 왜 그렇게 싫어하는 척했던 건가? 왜 그리 자신
에게 상처 주지 못해 안달했던 건가? 대체 왜? 수많은 생각들로
머릿속이 복잡해졌지만 가장 큰 문제는, 또다시 그를 향한 마음에
불이 붙기 시작했다는 거다. 마치 5년 전 처음 만난 그때처럼 그에
대한 애정이 화르륵~ 시너와 만난 불꽃처럼 타올랐다.

사랑해. 사랑해. 진짜 사랑한다고. 당장 고백하며 달려들고 싶
은 마음이 불끈불끈 치솟았다. 하지만 그럴 수가 없다. 그는 그녀

의 시동생, 도련님이니까. 안나는 방금 전 식당 근처에서 나눴던 그와의 대화를 떠올려보았다.

"미안해. 5년 전 널 오해한 것도, 받아주지 않은 것도, 상처 준 것도 다."

"밑도 끝도 없이 왜 이래요? 아무런 설명도 해주지 않고 왜? 왜 갑자기 이러는 건데요? 5년 전 그때 무슨 일이 있었던 거죠? 뭘 오해했다는 거예요?"

"지금은 말해줄 수 없어. 미안하단 말밖에는."

"왜요?"

"네가 재후 형을 사랑한다고 주장하니까."

"그게 5년 전 일과 무슨 상관이 있는데요? 중요한 건 진실이잖아요. 사실을 말하면 되는 거잖아요. 진실은 어느 상황에서도 진실이에요. 바뀌지 않는 거라고요."

"그러는 넌 내게 백 퍼센트 완벽하게 진실해?"

"그게 무슨 소리예요?"

"정말로 재후 형을 사랑하는 거냐고."

그렇게 묻는 일후의 눈빛이 너무나도 또렷하게 반짝여서 안나는 아무 말도 못하고 말았다. 그런 눈을 한 사람한테 거짓말을 할 수는 없었으니까. 사랑이 간절한 사람이 아니면 그런 눈을 할 수가 없다. 그렇다는 걸 안나는 안다. 너무 간절해서, 너무나도 원해서, 그 절절한 마음이 눈빛으로도 느껴지는 것이라는 걸 안나는 그 누구보다도 더 잘 알고 있었다. 그가 어쩌면 진실을 꿰뚫고 있는지 모르겠다는 생각이 든 것도 바로 그 때문이었다.

[그래서 말할 거야?]

"모르겠어, 나도. 어떻게 해야 할지."

한숨을 푹 내쉬며 안나는 힘없이 중얼거렸다. 복잡한 심경으로 남은 점심시간을 어떻게 보냈는지 모르게 보내고 막 오후 업무에 돌입하려 할 무렵, 주예에게서 전화가 걸려와 잠시 사무실을 벗어나 옥상에 올라온 안나였다. 시원한 바깥바람을 맞으니 띵했던 머리가 그나마 맑아지는 기분이었다. 하지만 윤일후 생각을 하자마자 시원히 뚫렸던 가슴이 또다시 답답해진다.

[네 마음은 어떤데? 말하고 싶어?]

"내 마음은 중요하지 않아. 말하고 싶어도 상황이 이러니 말할 수 없는 거니까. 난 윤일후만 속인 게 아니라 그 부모님까지도 속였어. 그분들은 내게 진심이었단 말이야. 빌붙고 싶어서 그런 어마어마한 거짓말을 했다는 말은 절대 내 입으론 못해."

[선배가 먼저 그리 하자고 했던 거잖아. 처음부터 그럴 생각으로 네가 먼저 접근했던 거 아니니 괜히 지레 겁먹을 필요 없지 않을까? 내 보기엔 윤일후도 너의 거짓말에 대해 대충은 짐작하고 있지 않나 싶은데.]

"이상하긴 해. 갑자기 과거 좋아했었다는 사실을 밝히는 것부터, 모든 게 다. 날 진짜 형수님이라고 생각한다면 할 수 없는 짓들이거든. 하지만 진짜 다 알고 있는 건 아닐 거야. 내가 거짓말을 하고 있다는 걸 알았다면 그 사람이 지금껏 가만있었을 리 없어."

[네가 직접 사실을 말해주길 바라는 게 아닐까? 널 좋아하잖아. 믿고 기다리는 거겠지.]

"답답한 소리 한다. 그 사람은 날 좋아하는 게 아니야. 5년 전 당시에 날 좋아했던 것뿐이라고. 그때 좋아했던 것과 지금 좋아하는 건 분명히 달라. 그리고 그 사람은 맺고 끊는 게 너무 정확해서 탈인 사람이야. 의심이 생겼다면 그 즉시 내게 물었을 거야."

[그럼 키스는? 윤일후는 너한테 키스를 했잖아. 그건 네 감정을 이용하기 위한 그의 전략이라는 거니? 그것뿐이라는 거야?]

"당연한 거 아니니?"

믿지 못하겠다는 듯 다소 다급하게 추궁해 오는 주예를 향해 안나는 쏘쿨하게 대답해 주었다. 정말로 아무리 머리를 굴려보아도 그것 외엔 답이 없어 보였으니까. 윤일후가 지금, 현재의 자신을 사랑하고 있다는 건 상상도 할 수 없는 일이었다.

[하지만 넌? 넌 아직 윤일후 못 잊었잖아.]

"유감스럽지만. 그 사람이 5년 전 날 좋아했었다는 말을 들었을 때, 정말 온몸에서 힘이 다 빠지는 것 같더라. 밸도 없이 너무 좋아서 눈물이 다 나올 것 같더라고. 그 사람한테 달려가 안기고 싶어질 만큼 정말정말 기뻤어. 하지만 난 그럴 수 없었지. 알다시피 현재 난 그 사람의 형수이니까."

[가짜 형수지.]

"가짜 연극이 끝나기 전까지 난 그 사람 앞에서 좋아하는 내색조차 하면 안 돼."

[그냥 사실대로 말하는 게 어때? 동정심이 눈곱만큼이라도 있

는 인간이라면 윤일후도 널 이해해 줄 거야. 어쩔 수 없었잖아. 돈도 떨어지고 지낼 곳 없이 막막해진 너한테 선택의 여지란 없었어. 그나마 손을 뻗어 도움을 준 윤재후가 너에겐 한줄기 희망이었잖니. 그 상황이었다면 누구라도 그리 했을 거야. 솔직히 하루라도 일찍 밝히는 게, 조금이라도 죄를 덜어내는 거 아니겠니? 속이는 기간이 길어지면 길어질수록 배신감도 더 커지는 법이잖아.]

"……."

그게 답이긴 했다. 모든 진실을 밝히는 것. 모두를 속이고 거짓된 행동을 해왔다는 것을 안나 본인이 자발적으로 밝혀야만 스스로 이 괴롭고 복잡한 심경에서 벗어날 수 있을 것이다. 하지만 그러기 위해선 꽤나 큰 결단과 용기가 필요했다. 일단 일을 저지르고 나면 안나는 더 이상 그 집에 있을 이유가 없어진다. 짐을 싸서 그 집을 나와야 한다는 거다. 최악의 경우 회장님 내외분의 분노를 사게 될지도 모른다. 그렇게 되면 집에서뿐만 아니라 회사에서도 쫓겨나게 될 것이다. 그리고 그 모든 것보다 더 두려운 것은 윤일후에게 미움을 받게 되는 거다. 그건 정말 죽기보다 더 싫은 일이었다.

[참! 내 정신 좀 봐. 너한테 급하게 알리고 싶은 정보가 있어서 전화했던 건데.]

"정보? 우리 아버지 일이야?"

[그래, 애! 내가 뭐랬냐? 우리 공탄이한테 맡기면 안 풀리는 일이 없다고 했지? 탐문 이틀 만에 사진 속 여자에 대해 알고 있는 사람을 찾아냈어.]

"정말? 그 여자를 알고 있는 사람을 찾았어? 누군데? 그 여자가 정말 우리 아버지 내연녀였대?"

[너희 아버지 밑에서 일하던 조 과장이란 사람인데, 사진을 보자마자 그 여자를 바로 기억해 내더래. 너희 아버지가 자금난 때문에 힘겨워하고 있을 때 구세주처럼 나타난 사람이라 정확히 기억하고 있다는 거야. 그 여자 이름은 원미숙. 너희 아버지 회사에 20억 투자를 약속했던 여류사업가래.]

"투자자였다고? 내연녀가 아니고?"

[투자 이외에 내연 관계까지 맺었었는지는 아직 확인 못했어. 그 부분은 너희 아버지 사생활이라 정확히 캐내기 힘들지. 하지만 조 과장의 말을 들어보면 내연 관계는 분명 아닌 것 같아. 글쎄, 그 조 과장이란 사람이 원미숙이 회사에 몇 번 찾아왔는지까지 정확하게 기억하고 있더라니까. 심지어 사진 속 정황도 꽤 상세하게 알고 있더래. 원미숙이 거액의 투자를 약속한 날이었고, 식사 대접을 하기 위해 움직이고 있었다는 거야. 자신이 사진 앵글 밖에서 있었다나.]

"거액의 투자를 약속한 투자자를 대접하기 위해 움직이는 사진이라고? 그런데 왜 이게 우리 엄마한테는 내연녀 사진으로 보내진 거야?"

[그건 아직 모르지. 다만 원미숙이 먼저 투자를 제의했고, 그 투자금액이 믿기지 않을 만큼 컸다는 건 확실해. 원미숙은 아무 조건 없이 순수하게 투자 차원이라고는 했지만, 그렇다고 하기엔 너무 황송한 조건이어서 너희 아버지조차도 처음엔 사기꾼이 아닌

진실의 무게 261

가 의심했었대.]

"아버지조차도 의심했었다고?"

그건 아주 중요한 단서였다. 반형원은 착하고 사람 좋기로 유명했지만, 동시에 사람 보는 눈도 정확하다고 정평이 나 있는 사람이었으니까. 그가 첫눈에 의심을 했었다면 분명 그 여자에게 어딘가 수상한 구석이 있었을 것이다.

[한데 원미숙이 계약 얘기가 나오자마자 계약금조로 현금 5억을 곧바로 입금하더래. 너희 아버지께서는 의심을 거둘 수밖에 없었겠지. 당시 회사 사정이 좋지 않아서 더욱더 그랬을 거라고 하더라. 얘기 들어보니까 너희 아버지네 회사, 생각보다 훨씬 많이 어려웠었나 보더라.]

"그게 정말이야?"

[경쟁 기업에서 너희 아버지 건물을 사들이려고 눈에 불을 켜고 쫓아다녔다던데. 상대가 대기업이다 보니까 압력이나 간섭을 견디기 버거워하셨다고 하더라고.]

"그 정도였는지는 몰랐어. 미국에서 엄마가 전해주는 정보만 전해 들었었거든. 너도 알다시피 우리 엄마 사업에는 문외한이시잖아. 관심도 없으시고, 얘기해 드려도 잘 이해 못하시고. 그냥 좀 어렵다, 하지만 내가 걱정할 정도까진 아니다, 이런 식으로 말씀하셔서 그런가 보다 했는데."

[그럼…… 너희 아버지네 회사에 압력을 넣었다는 대기업이 어디인지도…… 몰라?]

"어……."

절로 말끝이 흐려졌다. 뭔가 싸한 기분이 들어서다. 이건 주예의 말투가 평소 거침없던 것과는 달리 뭔가 미적거리는 느낌이 들어서도 아니요, 단순히 대기업이란 단어에 반사적으로 불쑥 일후의 얼굴이 떠올라서도 아니었다. 그냥 촉이 왔다. 주예가 자신에게 슬픈 말을 건넬 거라는. 그녀가 이제부터 하는 말이 자신에게 큰 아픔을 줄 거라는. 그런 불길한 예감이 스멀스멀 명치에서부터 끓어올랐다.

아니야. 아닐 거다. 아니겠지. 설마. 어떻게 그런 일이 일어날 수 있겠는가. 순전히 우연인데. 그런 우연이 일어날 확률은 백만분의 일, 천만분의 일도 안 될 텐데!

[건영그룹이야.]

열심히 부인하며 스스로를 다독이던 안나의 시선은 다음 순간 우뚝 정지했다. 허공을 멍하게 바라본 채였다. 건영그룹. 아버지 회사에 압력을 행사하던 회사가 건영그룹. 다른 회사도 아니고 건영그룹이란다. 윤일후의 아버지가 총수로 앉아 있는 바로 그 건영그룹이란다.

투두둑!

안나는 손에 들고 있던 휴대폰을 떨어뜨렸다.

제11장

슬퍼지려 하기 진에

[고객님이 전화를 받을 수 없어 음성사서함으로……]

이번에도 통신회사 안내 멘트를 끝까지 듣지 못한 채 종료버튼을 눌렀다. 일후는 자신의 휴대폰이 반안나인 양 날카로운 시선으로 노려보았다. 도대체 왜 이렇게 속을 썩이는 건가. 전화 받는 게 뭐 그리 어려운 일이라고 받지 않아 사람을 이리 안달복달하게 만드는 건가. 이게 벌써 몇 번째 전화인가. 아파서 조퇴했다는데 아무리 아파도 어디가 어떻게 아픈지, 병원은 갔는지 안 갔는지, 의사는 뭐라 하는지는 알려줘야 하지 않나. 걱정하는 사람도 생각해 줘야지.

"어디 아픈지는 못 물어봤어요. 다 죽어가는 사람한테 어디가 아프냐고 묻기가 좀 그래서요. 빨리 병원 가봐야 할 것 같아서 신속하게 조퇴 처리하고 퇴근시켰습니다."

그가 회장님 호출을 받고 잠깐 자리를 비운 사이, 안나는 아파서 조퇴를 했다. 보고하는 고 비서의 얼굴에는 걱정스러움이 한가득이었다. 그는 곧바로 그녀에게 전화를 걸어보았다. 하지만 그에게 돌아온 건 전화를 받을 수 없다는 자동 멘트뿐이었다. 30분 후 다시 걸어보았지만 역시 똑같은 답만 되풀이되어 돌아왔다. 이후부턴 거의 5~10분 만에 한 번씩 걸었던 것 같다. 물론 답은 한결같았다. 한마디로 안나는 조퇴 후 3시간이 지난 지금까지 단 한 번도 전화를 받지 않았다.

당연히 일에 집중될 리가 없었다. 그녀에게 무슨 일이 생긴 건 아닌가 걱정이 되어 단 1초도 서류에 시선을 둘 수 없었다. 손에 핸드폰을 쥔 채로 그는 피가 타들어가는 기분을 느끼며 잘근잘근 초조함이 깃든 움직임으로 아랫입술을 깨물었다.

똑똑.

"이사님, 손님이 찾아오셨는데요."

노크 소리가 들리는가 싶더니 고 비서가 문을 열고 들어왔다. 누가 왔다는데도 시선조차 들지 않은 채 일후는 여전히 휴대폰을 노려보고 있었다. 30초가 지나면 다시 통화버튼을 눌러볼 생각이었다.

"반안나 씨 이모부 되신답니다."

"뭐?"

얼빠진 양 멍한 대꾸와 함께 일후의 시선도 훌쩍 들어졌다. 누구라고? 안나의 이모부? 자신의 귀를 의심하는 일후의 눈앞에 쥐색 슈트를 입은 중년남성이 서 있었다. 넉넉한 풍채에 호탕하고 성격 괄괄할 것 같은, 약간은 우락부락한 이목구비의 남자였다. 척 보기에도 머리보다 마음이 앞서고, 잇속보단 의리를 챙기는, 그래서 사회생활도 순탄치 않을 것처럼 생긴 사람이었다. 일후는 손에 들고 있던 휴대폰을 책상에 내려두고 천천히 자리에서 일어났다.

"권오성이오."

풍채와 인상만큼이나 터프한 손을 내밀며 그가 먼저 인사를 건네온다. 일후는 솥뚜껑만 한 손을 맞잡으며 희미하게 고개를 숙여 답했다.

"윤일후입니다."

"갑자기 이렇게 찾아와 놀랐을 겁니다. 무례했다면 미안합니다."

"놀란 건 사실이지만 무례라곤 생각하지 않습니다. 앉으십시오. 고 비서, 차 좀."

"아, 됐습니다. 오래 안 있을 거요. 할 얘기만 하고 갈 겁니다."

권오성은 양복 안주머니에서 손수건을 꺼내 이마에 맺힌 땀을 닦으며 차 대접을 고사했다. 일후는 고 비서를 내보내고 조용히 자리에 앉았다. 안나의 이모부라니. 도대체 그가 왜 자신을 찾아왔는지 매우 궁금했다.

"단도직입적으로 말하겠소. 나는 반디유통 사장의 동서 되는 사람이오."

"반디유통…… 이라고요? 죄송합니다만 반안나 씨의 이모부님이라고 하지 않으셨나요?"

"그것도 맞소. 난 안나의 이모부이고 그 애 부친인 반형원의 동서이기도 하오."

감정을 드러내지 않은 무표정 속에서도 일후의 미간은 꿈틀거렸다. 권오성을 바라보던 그의 시선이 자못 불안하게 흔들렸다. 예상치 못한 공격을 받고 적지 않은 타격을 받은 모양새다. 하나, 잠시 후 천천히 입술을 열었을 때의 일후는 아무 일도 없었던 것처럼 평온하기 그지없었다.

"반안나 씨의 부친이 반디유통의 반형원 사장이란 말입니까?"

"그렇소. 전부터 당신을 만나기 위해 여러 번 연락을 넣었었지만 쉽게 만날 수가 없었소. 우연히 안나가 당신 비서실에서 일하고 있다는 걸 알게 되어, 이렇게 내 조카 이름을 팔아 찾게 된 것입니다."

"날 왜 만나고 싶었던 거죠?"

"당신이 반디유통 건에 대해 흥미를 갖고 있단 말을 들었소. 그 뱀처럼 사악한 한영만이 뒤도 캐고 있다지?"

뜻밖에 한영만의 이름을 입에 올리는 권오성의 눈빛이 위험하고 살벌하게 빛났다.

"그런 얘긴 어디서 들으셨습니까?"

"나도 사업하는 놈이오. 건영에 비하면 보잘것없지만 장사치로서 이 바닥에서 20년 굴러먹었소. 듣는 귀도 있고 이런저런 소스 제공받는 정보통도 많소. 건영은 요새 차기 경영권을 두고 두 유력 후보가 치열한 세력 다툼을 벌이고 있다고들 하지. 윤 이사님이 바로 그 유력 후보 중 하나가 아니겠소? 나머지 하나는 한영만이 놈이고."

"그쪽 분께서 한영만 이사님께 좋지 않은 감정이 있다는 건 알겠습니다."

"나는 반형원 사장에게 빚보증을 서줬던 사람이오. 반디유통과는 떼려야 뗄 수가 없는 운명이었지. 당연히 반디 중역진들과는 아직도 연락을 하고 있을 정도로 긴밀한 사이입니다. 그런 내가, 반디유통을 그 지경으로 만들어 우리 집안을 풍비박산 낸 한영만이 놈의 비리를 누군가가 캐고 있다는 걸 알았는데 가만히 앉아 있을 수만은 없지 않겠소?"

"반디유통 부도에 한 이사님이 개입되어 있다, 주장하시는 겁니까?"

"내 주장일 뿐만 아니라 알 만한 사람들은 다 아는 공공연한 사실이지. 반디유통을 그리 헐값에 삼킨 것도, 우리 형님께서 그렇게 피 토하며 억울하게 돌아가신 것도 다 그 한영만이 놈 때문이오. 그 한영만이 놈이 우리한테 한 짓을 생각하면!"

"반디유통의 영주시 매장은 저희 건영 측에서 충분하게 값을 지불해 드린 것으로 압니다. 지방에 위치한 작은 건물에 불과했지만 영주시의 명물이었다는 점과 건영 측 필요에 의해 성사된 거래라는 점에서, 시세보다 더 높은 가격과 피해 보상금까지 후하게 드렸었죠."

울컥 끓어오르는 감정을 자제하기 위해 주먹까지 쥐며 부르르 떠는 권오성에 비해 일후는 차분했다. 그 어떤 상황에도 감정의 파도에 이성이 휩쓸리는 일은 없을 듯, 그는 차분하고 냉정했다. 오성은 아직 젊은 청년에 불과함에도 자신 못지않은 강심장을 자랑하는 윤 회장의 자제를 날카롭게 쏘아보며, 비릿한 미소를 지었다.

"당신은 한영만이에 대해서 전혀 모르는구만. 그놈은 이중장부를 써. 늘 사업을 추진할 때면 중간 마진을 남겨 제 재산을 축적하고 있지. 우리에게도 시세보다 현저하게 낮은 금액을 제시했소. 아마 그 거래로 한영만이의 통장은 꽤나 두둑해졌을 것이오."

"지금 그 발언, 책임지실 수 있습니까?"

일후의 눈매가 가늘게 좁혀 떠졌다. 거짓말은 용서하지 않겠다는 일종의 경고였으나 권오성은 거리낄 게 전혀 없었다. 그는 똑바른 시선으로 일후의 눈을 들여다보며 두껍고 거무스름한 입술을 불쾌하게 뒤틀었다.

"조사해 보면 다 나오는 거 아니겠소?"

"그렇겠죠."

"조사한 김에 우리 형님의 죽음에 대해서도 한번 해보시오. 분명히 한영만이 놈이 손을 쓴 것일 테니."

"반형원 씨는 스스로 목숨을 끊은 것으로 알고 있습니다만."

"경찰이 그렇게 내사 종결했지. 하지만 우리 형님은 바람을 피우실 분도 아닐뿐더러 사랑하는 아내와 딸을 두고 그렇게 쉽게 목숨을 버릴 양반도 아니셨소. 나와 그렇게 술을 많이 마시고 다녔어도, 룸에서 여자 한 번 부른 적 없는 양반이오. 그런 사람이 난데없이 바람이라니! 그것도 헐값에 평생 피땀 흘려 이뤄놓은 반디를 팔아넘기고! 당신이라면 믿을 수 있겠소?"

말도 안 된다는 듯 권오성이 주먹을 부르르 떨며 소리쳤다.

"거래액은 반디를 거저 준 거나 다름이 없는 금액이었소. 직원들 퇴직금도 안 나오는 헐값이었지. 덕분에 대출금이며 뭐며 하나도 갚지 못하게 되어버렸고, 남은 가족들은……!"

"……."

"한영만이 놈은 우리 가족을 두 번 죽인 거나 마찬가지요. 사랑하는 사람을 잃은 우리에게 배신감을 심어주어 살아갈 희망을 앗아갔고, 다시 일어설 수도 없을 만큼 절망하게 만들었소. 고인에겐 가족들을 배반했다는 멍에를 씌웠지."

감정이 격해지면서 권오성의 안면 근육은 서서히 일그러지고 있었다. 그 얼굴에는 가족이 죽고 힘들어하는 모습을 지켜보면서도 아무것도 할 수 없었던 무능력한 자신에 대한 혐오와 이 모든 불행의 원흉이라 굳게 믿고 있는 한영만에 대한 분노가 어지럽게 뒤엉켜 있었다. 회한에 찬 그의 눈가에 촉촉이 배어 올라오는 뜨거운 눈물을 가만히 바라보며, 일후는 떨리는 입술을 꾹 한일자로 굳게 다물었다.

"우리 안나와 처형이 얼마나 큰 고통을 받고 있는지 아시오? 도대체 왜 그래야 하오? 아무 죄도 없는 그 아이가 왜 그렇게 아파해야 하오? 지금도 지낼 곳이 없어 제 어미와 떨어져 지내고 있는데, 내가 그 녀석만 생각하면 피를 토하는 심정이오!"

"……."

"다른 건 몰라도 우리 형님께서 가정을 버리고 바람을 피웠다는 오해는 꼭 풀어주고 싶소. 고인께서 마음 편히 눈 감을 수 있도록, 내가 꼭 그리 해주고 싶소. 도와주시오. 당신이라면 도와줄 수 있을 거라고 생각해서 찾아온 거요."

권오성은 상대방 안면을 피투성이로 만들고도 남을 무지막지한 주먹을 활짝 펴고는 덥석 일후의 손을 잡았다. 지칠 대로 지친 듯 붉고 노랗게 충혈된 권오성의 눈자위에 눈물이 홍건하게 매달려 있었다. 찔러도 피 한 방울 안 나올 것처럼 매서워 보이던 그의 입에서 끅끅, 오열을 꾸역꾸역 들이마시며 참아내는 소리가 흘러나왔다.

억울한 자의 모습이다. 죽고 싶을 만큼 괴로워도 너무 억울하여 죽을 수 없는 자의 모습이었다.

일후는 너무 세차게 잡힌 한 손을 그대로 두고 다른 한 손을 들어 권오성의 손 위로 천천히 겹쳤다.

"제가, 조사해 보겠습니다."

기계음처럼 차분하고 정갈한 음성이 일후의 입에서 흘러나왔다. 오성은 왠지 모르는 안도감을 느꼈다. 정 하나 느껴지지 않는 상대의 모습에 '실패다, 마지막 하나 남은 희망의 끈마저 끊어졌다'란 생각이 들어야 정상이거늘. 그러기는커녕 안심이 되고 있었다. 이 사람이라면 우리를 도와줄 것이다, 하는 확신이 들었다. 건조하게 대꾸하기는 했으나 그는 분명 저 깊고 어두운 눈동자 어느 한구석에 '아픔'을 감추고 있었기 때문이다.

윤일후는 자신의 아픔에 공감하고 있었다. 함께 아파하고 있었다. 자신이 우는 모습에 마음으로 함께 울고 있었다. 이런 윤일후라면 분명히 자신의 얘길 믿어줬을 것이다. 자신들의 억울함을 풀어주기 위해 노력할 것이다.

오성은 조금, 아주 조금 입술 언저리를 끌어 올려 감사함을 표했다.

"안나가 집을 나갔다니, 그게 무슨 말씀이세요?"

현관문이 부서져라 열고 들어서는 일후는 누가 봐도 다급해 보였다. 평소에는 남들에게 달리는 모습은커녕 빠른 걸음으로 걷는 모습조차 잘 보여주지 않는 녀석이, 뭘 하든지 느긋하고 여유로웠던 녀석이, 그렇게 자신만만하고 당당하던 일후가 땀을 흘리고 있었다. 얼마나 서둘러 왔는지, 얼마나 초조해하면서 발걸음을 재촉했는지, 이마에 송송 맺혀 있는 땀을 보는 순간 박원주는 알 수 있었다. 그녀는 깊은 한숨을 내쉬며 불과 몇십 분 전 아들에게 전화로 했던 얘기들을 다시금 반복했다.

"나도 모르겠어, 이게 어찌 된 일인지. 내가 점심 모임이 있어서 외출을 했었거든. 막 집에 들어오는데 일하는 아주머니가 대뜸, 내가 없는 사이에 안나가 집을 나갔다지 뭐니! 아주머니가 말렸는데도 입 꾹 닫고, 아무 설명도 없이 그냥 나가더래. 그 얘길 듣고 내가 놀라지 안 놀라? 무슨 일인가 싶어서 당장 안나한테 전화해봤어. 근데 받질 않는 거야. 오늘따라 재후랑도 연락이 안 되고. 너무 답답해서 너한테 연락 넣어본 거다."

"어디로 간단 말, 없었다고요?"

"나간단 말도 없이 나간 애가 어디로 가겠다는 말을 했겠니? 행선지를 밝혔으면 내가 이렇게 걱정하지도 않아. 도대체 무슨 일인지 모르겠다. 안나가 왜 갑자기 집을 나가니? 왜 말도 없이 나가?"

"사정이 있었겠죠. 너무 걱정하지 마세요, 어머니."

"수중에 가진 돈도 없고, 지낼 곳이 마땅치 않아서 우리 집에 온 애야. 우리 회사에서 일한 지도 얼마 안 되어서 돈도 많이 못 모았잖아. 빈손으로 갑자기 집을 나가서 대체 뭘 어쩌려고 이러는 것인지⋯⋯."

"지낼 곳은 마련해 두고 나갔을 거예요."

놀라 새하얗게 질린 얼굴을 하고도 일후는 어머니를 안심시켰다. 일분일초도 안절부절못하며 두 손 꼭 맞잡고 이리저리 왔다 갔다, 연방 한숨을 내쉬는 박 여사는 당장에라도 쓰러질 것처럼 위태로워 보였다. 짧은 기간이었음에도 불구하고 그새 안나에게 정이 많이 들었던 모양이다. 친딸이 집을 나간 것마냥 놀라고 걱정하는 걸 보면. 문득 일후는 상상해 보았다. 안나가 재후의 약혼녀가 아니고, 당신 아들이 사랑하고 있는 여자란 걸 박 여사가 알면 어떤 반응을 보일지.

"혹시 너, 뭐 아는 거 없어? 두 사람, 무슨 일 있었던 건 아니야?"

"⋯⋯."

"왜 말이 없어? 넌 걱정도 안 되니? 애가 갑자기 없어졌는데,

멀쩡히 출근했던 애가 갑자기 집에 들어와 말도 없이 짐 싸서 나가 버렸는데 아무렇지도 않아?"

"제가 찾아볼게요."

일후는 담담하게 말하고 잠시잠깐 입을 다물었다. 고개가 저절로 힘없이 떨어졌다. 모든 것을 알게 된 지금, 자책감이 그를 무기력하게 만들고 있었다. 안나의 집안을 무너뜨리고, 안나의 아버지를 자살로 몰아넣은 게 바로 건영이라니. 안나를 힘들게 한 장본인이 바로 우리 집안이었다니!

믿을 수 없는 일이었다. 믿고 싶지 않은 일이었다. 그러나 모든 정황은 권오성의 말이 사실이라 가리키고 있었다. 서류를 검토하고 정황을 추정하는 내내 풀리지 않았던 의문들이 권오성의 말 몇 마디에 거짓말처럼 술술 풀어지고 있었다. 흩어져 있던 퍼즐이 하나씩 하나씩 맞아 들어가는 기분이 이런 것일까. 진실을 부정할 단계는 이미 지난 것으로 보였다.

"너 정말 아는 거 없니? 왜 나갔는지 짐작 가는 것도 전혀 없어? 난 정말 모르겠다. 내가 혹 잘못한 게 있나 싶기도 하고, 또……."

"어머니께서 잘못한 건 없으세요."

그저 안나가 이제야 진실을 알게 된 것뿐이었다. 아버지가 돌아가시기 직전 건영으로부터 협박을 받았다는 것을 이제야 겨우 알게 되어 이곳을 떠난 것이 분명했다. 아마도 단단히 상처받았겠지. 오해하고 있겠지. 아파하고 있을 거다. 그는 안나가 걱정되었다.

"무슨 말이니? 뭔가 짚이는 데라도 있는 거야? 그게 뭔데?"

"죄송해요. 아직은 말해 드릴 수 없어요."

"혹시…… 혹시 말이다."

아랫입술을 다급하게 핥고는 박 여사가 조심스럽게 아들을 올려다보았다. 쭉 바닥을 내려다보고 있던 일후가 천천히 눈을 들어 어머니를 마주했다. 박 여사는 눈에 띄게 초조해하고 있었다.

"안나가 집을 나간 게 너 때문이니?"

"……."

"그래. 실은 너희 두 사람 보통 사이 아닌 거, 이미 알고 있었다. 하지만 곧 수습될 줄 알았어. 널 믿었으니까. 내가 아는 너라면 재후한테 그런 짓 못해. 그래서 기다렸어, 네가 스스로 네 마음을 다 잡아주기를."

"어떻게 아셨어요?"

"난 네 어미야. 네 눈빛만 봐도 무슨 생각을 하는지 다 읽어낼 수 있어. 얼마 전부터 네가 안나를 여자로 보더구나. 형수가 아니라 사랑스러운 여자로, 그렇게 바라보고 있었어. 그걸 알아본 내 심정이 어땠는지 아니? 이 어미 억장이 얼마나 무너졌는지 알아? 세상에! 30년 만에 처음으로 마음에 담은 여자가 어째서 형수니? 어떻게 재후의 여자를 사랑할 수 있어?"

박 여사의 말 한마디, 한마디에는 고통이 심어져 있었다. 차마 입에 담을 수도 없고 아는 척해 보일 수도 없어서 속으로만 끙끙 앓았던 그녀의 고통이 절절이 배어 있었다. 일후는 가만히 눈을 감았다.

"난 안나를 좋아한다. 안나가 너무너무 좋아. 딸 같아. 친자식처럼 아껴주고 싶어. 내 곁에 두고 싶다. 너 때문에, 네가 가진 그 불순한 생각 때문에 안나에게 상처를 주고, 그래서 그 애가 우리의 곁을 떠난다면 난 정말 너 용서 못할 것 같아."

"어머니."

"다시 돌아오게 해주렴. 네가 포기해. 안나는 네 형인 재후의 약혼녀야."

박 여사가 일후의 손을 꼭 붙들고 간절히 애원했다. 모든 것이 일후 혼자만의 욕망 때문에 일어난 것이라 그녀는 단단히 확신하고 있었다. 일후 혼자 마음을 접으면 모든 것이 깔끔해지고 이전으로 되돌아가게 될 거라 믿는 것이다. 하지만 그런 일은 없을 것이다. 모든 것은 헝클어져 버렸다. 이전으로 되돌아갈 수는 없다.

그는 반안나를 사랑한다.

"안나는 재후 형의 약혼녀가 아니에요."

천천히 두 눈을 뜨며 일후는 말했다. 당장에라도 눈물을 쏟을 것 같은 눈으로 아들을 지켜보던 박 여사의 고운 이마에 주름이 갔다.

"그게 무슨 말이니?"

"말 그대로입니다. 재후 형이 거짓말을 한 거예요."

"거짓말이었다고?"

"모든 걸, 제가 바로잡을 겁니다."

"안나가 재후의 약혼녀가 아니라면 그, 그럼 대체 뭐란 말이니?"

"아버지가 하신 잘못도, 형의 거짓말도, 그래서 헝클어져 버린 우리의 관계도 다 제가 바로잡겠습니다."

"제발 알아듣게 얘기해 줘. 대체 이게 다 무슨 말이야?"

"안나를 데려올게요. 어머니 곁에 데려다 놓겠습니다."

"일후야."

뭐가 뭔지 하나도 모르겠다는 듯 혼란스러워하는 박 여사의 손을 일후가 꼭 잡았다. 그리고 빙긋, 입술 위에 웃음기를 띠어 보였다.

"어머니 며느리, 만들어 드릴게요."

✻

"그러니까 하필 건영아울렛이 너희 아버지 건물 옆에 세워진 게 화근이 된 거야."

"……"

"알지? 건영이 요새 로원과 아울렛매장으로 경쟁하는 거. 한때 백화점으로, 면세점으로 전쟁이니 뭐니 해대면서 무분별하게 경쟁하는 것 같더니만 이젠 그 짓을 아울렛으로 하고 있다나 봐. 미쳤지. 돈이 썩어 나가는 거지. 뭐 하러 제 살 깎아먹는 짓을 하고 난리래? 그렇게 해서 얻는 게 뭐라고. 괜히 우리 같은 서민들은 고래 싸움에 새우 등 터지는 격이 되는 거잖아. 너희 아버지도 그런 경우가 아니었겠냐고."

"……"

"아무튼 그런 건영과 로원이 나란히 영주시에 진출했는데 로원

아울렛 매장이 건영아울렛보다 아주 조금 더 넓었던 거야. 여기에 승부욕이 생긴 건영 측에서 매장 면적을 넓힐 묘안을 쥐어짜다가 바로 옆에 위치해 있던 너희 반디아울렛 건물을 사버리기로 한 거지. 하지만 너희 아버지가 그리 호락호락한 인물은 아니잖니?"

"쉽게 고집 꺾으실 분은 아니지."

외면하려 해도 집요하게 귓전을 맴도는 주예의 말에, 안나는 힘없이 동의했다. 다른 건 몰라도 사업 이념과 주관이 뚜렷한 것으론 아버지 반형원을 따를 자가 없다는 걸 그 누구보다도 안나가 아주 잘 알고 있었다. 그 어디 써먹을 데도 없는 기업 이념 따위 때문에 손해 본 게 한두 번이 아니었지만 그때마다 반형원은 늘 '그게 옳으니까'란 말로 자신의 결정을 번복하지 않았다.

"그쪽서 꽤나 괴롭혔나 보더라. 너희 아버지가 완강하게 거부하시니까 자꾸 비겁하게 뒤에서 술수를 썼다고 하더라고. 2년이나 남은 은행 빚 상환 시기가 갑자기 앞당겨진 것도 건영 쪽에서 손을 썼기 때문이라고 해. 결국 너희 회사는 은행으로 넘어가게 되었고, 지금은 다른 기업에서 인수했다더라."

"그래, 알았어⋯⋯."

안나는 주예의 말을 듣는 둥 마는 둥 하며 대충 대답 같은 걸 주절거리고는 손에 쥔 캔을 들어, 다시금 들입다 콸콸 맥주를 입안에 들이부었다.

짐을 싸서 일후의 집을 나와 찾아온 곳이 바로 이곳, 주예네 집. 18평 남짓 되는 주예네 연립은 두 부부가 아이 하나 데리고 살기 딱 좋은 집 구조를 가지고 있는데, 그 말은 즉, 자신이 얹혀살기엔 너무 좁은 곳이란 의미였다. 특히나 찰떡 속궁합을 과시하는 주예와 성탄에게는 더더욱 자신의 존재가 불편함 그 자체일 것이다. 누구보다도 더 그 상황을 잘 헤아리고 있기에 안나는 어떻게든 이곳에 들어와 사는 것만큼은 피하고 싶었다. 하지만 막상 집을 나오니 갈 곳이 없었다. 하루 온종일 돌아다니다가 저녁이 되어서야 찾은 곳이 결국 여기였다.

"알긴 뭘 알아, 내 얘긴 듣지도 않으면서."

"들어봤자니까. 건영이 연루되었다는 얘길 들었을 때부터 이미 대충 예상했었던 시나리오라 더 크게 충격받을 일도 없고 자세히 알고 싶지도 않아."

"윤일후 때문이구나?"

"그런 거 아니야."

안나는 짧고 담백하게 부인했다. 하지만 안나를 십수 년 알고 지내온 친구로서 주예는 알 수 있었다. 안나가 적지 않은 충격을 받은 상태이고, 그 충격의 대부분은 바로 윤일후 때문이라는 것을. 어찌 되었든 윤일후는 건영그룹 총수의 하나밖에 없는 아들이자 유일한 후계자였다. 건영은 곧 윤일후이고, 윤일후가 곧 건영이나 마찬가지인 셈. 그렇다면 안나가 사랑해 마지않는 남자는 아버지를 죽게 만든 원수라는 뜻이었다.

현대판 로미오와 줄리엣이 따로 없군.

"아니긴 뭐가 아니야. 건영그룹이 네 아버지 회사를 망하게 한 것 같다는 얘기가 나오자마자 이렇게 짐 싸들고 거기서 나왔으면서."

"그건 어쩔 수 없었어. 더 조사해서 정확한 정황들이 나와 봐야 알겠지만 지금으로서는 건영그룹을 의심할 수밖에 없잖아. 그런 마음으론 계속 눌러 있을 수가 없어. 아무것도 몰랐을 때와 똑같이 그 사람들을 보면서 웃고 떠들고, 그럴 수는 없어."

"더 조사해서 정확한 징황이 나와 봐야 알겠다면서 왜 그럴 수는 없는 건데? 왜 지금은 그 사람들과 웃고 떠들 수 없다는 건데? 그건 이미 네가 그들을 의심하고 있다는 거 아니야? 그래서 네 멋대로 마음을 닫아버린 거 아니냐고."

"무슨 말을 하고 싶은 거니?"

반쯤 풀린 눈으로 주예를 돌아보며 안나가 중얼거리듯 물었다. 취기가 오르기 시작한 듯 혀끝도 살짝 풀린 상태였다. 슬픈 듯 아스라한 습기에 잠겨 있는 검은 눈동자. 그 눈엔 지난 몇 시간 천국과 지옥을 수차례 왔다 갔다 한 흔적이 고스란히 드러나 있었다. 주예는 작게 한숨을 쉬고는 안나가 눈치채지 못하도록 재빨리 곁눈질로 시각을 확인했다.

차가 막히나? 왜 아직도 안 오지?

"지금 넌 그 어떤 때보다도 혼란스럽겠지만 그만큼 그 어떤 때보다도 더 이성적으로 생각해야만 해. 감정적으로 일을 처리하면 안 돼. 현상 그대로만 봐. 신빙성 없는 심증은 믿지 말고, 확실한 물증만 보고 판단해."

"넌 내가 괜히 윤일후를 증오한다고 생각해? 그 집을 나오고 연락을 끊은 게 감정적인 대처였다고 생각하는 거야?"

"윤일후가 그 일을 주도한 게 아니잖아. 프로젝트 책임자도 윤일후가 아닌 다른 중역이었어. 윤일후는 반디에 대해선 전혀 모르고 있을 확률이 크다고."

"그것도 심증뿐 아니니? 나더러 감정적이 되지 말라면서, 네가 오히려 이성적으로 생각하지 못하는 것 같다. 윤일후는 건영그룹 후계자야. 그냥 중역이 아니라고."

"일단 반디유통 건물 매입 프로젝트가 처음 시작된 건 작년이었고, 작년 윤일후는 건영의 일개 사원일 뿐이었어. 심증으로나 물증으로나, 이 건에 대해선 몰랐을 확률이 더 커."

"일개 사원이었다고 하더라도 후계자였다는 건 변함없어. 대충이나마 그 건에 대해서 알고 있었을 거야. 그리고 그건, 우리 아버지가 받은 그 부당한 압력들을 윤일후도 모두 알고 있음을 뜻해. 그게 뭘 의미하는지는 알고 있겠지?"

"윤일후보다 윤명석 회장을 더 증오해야 하는 거 아니니? 그 사람이 이 모든 일의 주도자이고 책임자잖아. 그런데 왜 넌 자꾸……!"

"그러는 넌 왜 윤일후를 감싸고도는 건데?"

술에 취한 주제에 예리하게 상대를 공격하는 스킬을 봐라. 찔끔. 찔리는 구석이 있으니 주예는 잠시 입을 다물었다. 그런 친구를 원망의 눈빛으로 바라보며 안나는 이 집에 들어온 이후 처음으로 눈물을 떨구었다.

"왜 자꾸 윤일후만은…… 그 남자만은 아닐 거라고 믿어보자는 거야? 왜? 왜 자꾸 날 흔들려고 하는 건데……? 나…… 나도 사람이야. 나도 믿고 싶지 않다고. 그 사람이 내 모든 불행의 원인이라는 사실을 받아들이기 힘들다고. 하지만 너도 알다시피 모든 정황이 윤일후를 향하고 있잖아!"

"안나야."

"그 사람 비서로 며칠간 일했었어. 그 사람이 회사에서 얼마나 큰 존재인지는 내가 가장 잘 안다고 생각해."

단정적으로 중얼거리고는 안나는 두 눈을 꾹 감았다. 긴 속눈썹 아래로 후두둑, 눈물이 방울방울 떨어졌다. 그녀의 상처와 아픔이 저절로 느껴져 주예는 깊은 한숨을 내쉴 수밖에 없었다. 사랑하는 사람이, 가장 사랑하는 아버지를 돌아가시게 한 장본인일지도 모른다는 사실은 그저 가정하는 것만으로도 고통스러운 일이었다. 더 이상 안나에게 힘든 일이 없었으면 좋겠다고 생각했는데. 이제 안나에게 즐거운 일만 생기길, 행복하기만을 바랐었는데…….

"그 사람은 회사의 모든 일들을 다 관장하고 있어. 겉으론 재무담당 이사라고 하지만, 알다시피 재무를 관장하게 되면 회사가 진행하는 거의 모든 사업에 대해 다 파악해 둬야 해. 이미 지나간 사업이라 할지라도 말이야. 거기다 이달부터 회장님은 가장 큰 몇몇 사업을 제외하고는 거의 모든 프로젝트의 사업 결정 권한을 윤일후에게 밀어주고 있어. 윤일후를 중심으로 실질적인 업무 대행 체제가 이뤄지고 있다고 해도 과언이 아닐 정도야. 그런 사람이 이 일에 대해 아무것도 모른다는 게 있을 수 있는 일이야?"

"서류가 잘못된 걸 수도 있어. 그 건의 실무를 담당했던 사람이

아닌 이상은 자세한 정황은 모를 수 있는 거라고. 너희 아버지에
대한 건은 누가 봐도 부당한 거래였는데, 그걸 윤일후가 그냥 눈
감고 지나쳤을 리가 없잖아."

"왜 그럴 거라고 믿어?"

"안 나야."

"왜? 왜 윤일후를 그렇게까지 믿어줘야 해? 내가 왜? 우리가
왜?"

"정말 몰라서 묻는 거니?"

"모르겠어. 난 도저히 네가 왜 이렇게까지 그 사람을 이해하려
고 드는지 도무지 모르겠어. 왜 자꾸 내게 그를 이해하라 강요하
는 거야? 왜 그 사람이 묵인한 짓이 아닐 거란 희망을 품게 해? 왜
그러는 건데, 대체?"

고요히 눈물을 흘리며 안나는 흔들림 없는 눈빛으로 주예를 바
라보았다. 그저 현실을 덤덤히 받아들이는 사람에게, 부질없는 희
망 따위 접어두고 아픈 진실을 그대로 받아들이겠다고 결심한 사
람에게 대체 주예는 왜 이러는 걸까? 왜 자꾸 이런 고통을 주는 것
일까?

이런 희망고문은 사양하고 싶었다. 가능성 희박한 희망 따위 가
슴에 심어둘 생각 없다. '윤일후가 그럴 리 없어. 그는 내게 이런
짓할 사람이 아니야'라고 생각했다가 아니면? 그럴 리 없다고 생
각했던 사람이 그런 사람이면? 아버지를 돌아가시게 하고 아버지
회사를 망가뜨린 장본인이 진짜 그라면? 그다음 느끼는 고통은 지
금의 몇 배일 것이다.

"네가 사랑하는 사람이니까."

"……뭐?"

"네가 사랑하는 사람이잖아, 윤일후. 그런 사람이 네 가족을 해쳤을 리 없어. 다른 사람은 몰라도 윤일후는 그러면 안 되잖아. 네가 좋아하는 사람이, 네가 5년간이나 마음에 뒀을 만큼 사랑하는 사람이, 네 아버지 회사를 짓밟고 아버지를 죽음으로 모는 일은 절대로 일어나면 안 되잖아. 그런 슬픈 일, 너한텐 두 번 다시 일어나면 안 되는 거잖아."

순간 안나는 말문이 막혀 아무 말도 할 수가 없었다. 눈물도 멎고, 뇌 회전도 멎고, 혀끝도 마비된 채 안나는 휙 주예를 외면했다. 하지만 주예의 말은 너무나도 절절히 가슴을 파고들어 왔다. 믿고 싶을 만큼. 그녀의 말대로 사랑하는 사람이니까, 그 이유 하나만으로도 너무나 간절히 그를 믿고 싶었다.

하지만 이젠 희망도 부질없는 것.

안나는 생각을 바꾸지 않을 것이다. 반디유통을 무너뜨린 곳은 건영그룹이고, 일후가 건영그룹 사람이라는 건 부인할 수 없는 진실이었다. 그가 아버지의 원수라는 것도 부인할 수 없었다. 이젠 그에게 마음을 주면 안 되는 것이다.

"누가 왔네?"

그때 누군가 벨을 눌렀다. 주예는 잠시 안나를 살피고는 힐끗, 다시금 시각을 확인했다. 일이 있어 늦게 귀가한다는 성탄은 아닐 것이고, 이 시각에 여길 찾아올 사람은 딱 한 명뿐이었다. 주예는 냉큼 일어나 거실에서 티브이를 보고 있는 아이를 챙겼다. 그리고

는 제발 자신이 펼쳐든 오지랖이 효과를 발휘해 주기를 기원하고
또 기원하며 현관문을 열었다.

"어서 오세요."

"……."

상대는 고개만 끄덕할 뿐 말이 없었다. 주예는 한눈에 알 수 있
었다. 이 남자가 오늘 하루 안나 때문에 마음고생, 몸고생을 심하게
했다는 것을. 그 잘생긴 얼굴이 하루 새에 반쪽이 됐다. 그만큼 이
남자도 안나를 사랑하는 것이겠다. 그리고 그 사실은 윤일후에게도
동기를 부여해 줄 것이다. 이번 일을 꼭, 필히 깨끗이 해결해야 할.

주예는 오늘 오전 남편 성탄에게서 들은 얘기를 떠올려 보았다.

"어제 안나 씨의 이모부 되시는 분을 만났어. 그분은 건영그룹
의 한영만 이사를 의심하고 있었어. 조직 출신이라는데 사업에 뛰
어들어서도 그쪽 성향 못 버리고 일 처리를 꽤나 무식하게 했다고
하더라고. 법으로 안 되는 건 주먹으로 처리했다나? 장부도 조작
하는 것 같았다고 하고. 아무래도 그쪽을 먼저 파봐야 할 것 같
아."

성탄의 말이 사실이라면 한영만 이사의 단독 소행일 가능성이
높았다. 윤일후는 아무것도 모르고 있었던 거라고 확신에 확신을
거듭하고 있는 것도 바로 그 때문이었다. 주예는 윤일후를 믿어
보기로 했다. 안나를 찾아 수차례 전화를 걸어왔던 일후의 그 끈
질김은, 그 집념은, 그 사랑은 한 번쯤 믿어보기에 충분했다.

"들어가 보세요."

말 한마디 남기고 주예는 자리를 떴다. 일후는 천천히 안나가 있는 방의 문을 열었다. 끼이익, 을씨년스러운 소리와 함께 그녀의 뒷모습이 드러났다. 작은 등. 흘러내린 머리카락 사이로 애처롭게 드리난 하얀 목. 두 나리를 가슴에 끌어안고 쪼그려 앉아 가냘픈 무릎에 얼굴을 묻은 채인 그녀는 너무나도 여려 보였다.

"반안나."

"……!"

대답은 없었지만 그녀의 어깨가 움찔했다. 그를 감지했다는 것을 의미했다. 일후는 아무 감정이 들어 있지 않은 무뚝뚝한 음성으로 물었다.

"이게 무슨 짓이야? 왜 말도 없이 집을 나와?"

"……."

"집에 가자. 어른들 걱정하셔."

"내가 여기 있는 건 어떻게 알고 찾아왔어요?"

안나가 고개를 들었다. 그리고는 스르륵, 귀신처럼 소리 없이 느리고 차분하게 움직여 일후를 돌아보았다. 퀭한 눈가. 텅 빈 시선. 핏기 하나 없는 입술. 그걸 보는 것만으로도 일후는 가슴이 찢어지는 것만 같았다. 그녀가 얼마나 아파하는지, 힘들어하는지 알 것 같아 미치도록 안타까웠다.

당장에라도 달려가 그녀를 안아주고 싶었다. 어디든 네 마음대로 가게 내버려 두지 않겠다, 다신 이런 짓 하지 마라, 네가 사라지면 난 그 어떤 일에도 집중할 수 없다, 너 없이 난 아무것도 못한다, 하고 절절히 고백하고 싶었다. 다시는 그녀가 자신의 곁에서 멀어지지 않게, 떨어지려는 시도조차 하지 못하게 자신의 것으로 만들어 버리고 싶었다. 하지만 마음이 원하는 그 수많은 일들 중, 그가 할 수 있는 건 아무것도 없었다.

"몇 시간 동안 받지 않던 네 전화를 강주예 씨가 받아줬어."

"내가 여기 있다고 알려준 사람이 주예란 말이에요? 내 친구를 구워삶다니 참 대~단하시네요, 윤일후 씨."

"일어나. 가자."

"난 안 가요."

"어머니 얼굴도 뵙지 않고 나왔다며. 나갈 때 나가더라도 어머니께 인사는 드리고 나가야지."

"내가 하루빨리 집에서 나가주길 바랐던 거 아니에요? 바라던 대로 해주었는데 웬 인사?"

"내가 원하는 대로 해주려고 이런 일을 벌였다는 거냐?"

"네, 재후 선배한테서 떨어져 나가줄게요. 회사에도 빠른 시일 내에 사표 제출하겠습니다."

"재후 형과는 아무 사이도 아니잖아."

"뭐라고요?"

일후의 말에 안나가 훅 미간에 주름을 잡았다. 그녀의 귀가 잘못된 게 아니라면 지금 일후는 '나는 네가 재후의 약혼녀가 아님을 알고 있다'라고 한 거였다. 하지만 어떻게? 그걸 어찌 알았지? 절로 커다래진 두 눈으로 그녀는 일후를 올려다보았다. 그는 딱딱하게 굳어 있던 표정을 스륵 풀고는 씩, 입가에 희미한 미소를 띠었다.

"전부터 알고 있었다. 형한테 확인도 받았어."

"무슨 말이에요? 어, 어떻게요?"

"형에게 따로 만나는 여자가 있다는 사실을 아주 우연히 알게 됐거든."

"재후 선배한테 여자가 있었다고요?"

무척이나 놀란 듯 안나의 입이 더 크게 벌어졌다. 이전엔 한 번도 고려해 보지 못한 수임이 틀림없었다. 이렇게 들통이 날 줄은 정말로 몰랐던 듯. 그럴 수밖에. 고작 가난해진 후배를 돕자고, 여자친구까지 있는 사람이 후배를 자신의 집에 약혼녀라 소개했다는 건 도저히 납득이 안 되는 일이니까. 이런 일을 직접 제안하고 실행하는 사람이라면 적어도 사랑하는 사람은 따로 없을 줄 알았을 테니까.

일후도 그 부분이 가장 의심스러웠다. 정말 재후는 안나에게 아무런 감정이 없었던 걸까? 조금도 좋아하는 마음이 없었던 걸까? 그럼 왜 군이 약혼녀로 위장하면서까지 집에 들인 것일까? 그 궁금증은 불과 몇 시간 전에 해소되었다.

[그 말은, 건영이 부도보다 더 큰 해를 안나네에 끼쳤었다는 거야?]

"그 말투는 뭐야? 형은 건영과 반디에 대해 알고 있었어?"

[작년에 우연히. 소라를 통해 건영이 반디유통 건물 매입을 추진하려 한다는 걸 알게 됐어. 그때 난 이미 반디의 사장 딸이 안나

라는 걸 알고 있었지. 안나는 우리 대학교 내에서 가장 주목받는 여학생이었고, 그녀의 집안이라면 거의 대부분의 남자들이 알고 있었거든. 게다가 반디의 '반'과 반안나의 '반'이 묘하게 매칭이 되어서 나도 모르게 기억하고 있었지. 그러던 중 소라에게서 반디가 부도 처리되었다는 소식을 듣게 됐어. 부도 처리 시점이 우리 건영과 거래를 끝낸 직후라는 것도.]

"이상하다고 생각했겠군."

[건영과의 거래를 추진하던 중, 뭔가 일이 꼬여서 그리된 것 같았어. 당시엔 건영이 반디 같은 작은 지역 유통회사를 힘의 논리로 밀어붙여 도산시켰다는 건 상상도 할 수 없었던 일이었어. 그저 경영이 힘든 반디에게 건영이 악영향을 끼쳤다는 것 정도? 그쯤 생각했었지. 난 그것마저 마음에 걸렸어, 일후야.]

안나가 집을 나간 직후, 사방팔방으로 그녀의 소재를 파악하다가 겨우 연결이 된 통화에서 재후는 털어놓았었다. 소라에게서 들은 몇 가지 정보로 그 모든 걸 계획했다고. 착하디착한 사람이니 건영이 안나네가 도산하는 데에 일조를 한 게 아닐까, 하는 의혹만으로도 그는 양심의 가책을 느꼈을 것이다. 그는 자신 나름의 방식으로 안나에게 도움이 되고 싶었을 터이다. 그래서 생각한 게 거짓 약혼이었던 거고, 거기에 온 가족이(심지어 일후마저) 속아 넘어간 거였다.

"이거였어? 소라와 형이 내겐 말 못하겠다고 했던 비밀이란 게."

[소라도 안나가 반디유통 딸이란 걸 그날 처음 알게 되었어. 사실을 알고 놀라더라. 그도 그럴 게, 한 이사님이 그 일의 책임자였잖아. 두려워하는 것 같았어. 혹시라도 한 이사님께서 불법적인 일을 자행한 건 아닌지. 그땐 그건 말도 안 되는 소리라고, 걱정하지 말라고 소라를 안심시켰었는데…….]

"내게 미리 귀띔이라도 해주지 그랬어."

[미리 말 못해줬던 건 정말 미안하게 생각해. 하지만 어쩔 수 없었어. 그땐 그 일이 이렇게 수면 위로 떠오를 거라고 생각지도 못했고, 그러길 원하지도 않았었거든. 그냥 내 선에서, 내가 안나를 돕는 선에서 일이 마무리 지어지길 바랐지. 그래서 안나가 자립할 수 있을 때까지만 지낼 곳을 제공하려던 거였고.]

"너무 생각이 짧았던 거 아니야? 안나는 아버지 회사를 망가뜨린 우리 집의 도움은 바라지 않았을 거야."

[말했잖아. 난 건영이 반디유통의 부도를 앞당기기는 했겠으나 직접적인 요인이라곤 생각하지 않았다고. 만약 그걸 알았더라면 사정은 많이 달라졌을 거다. 그랬다면 나도 이런 무모한 짓은 안 했어. 아니, 못했겠지.]

"……."

[네 답답한 마음은 이해해. 정말 일이 이렇게 되어서 나도 어찌해야 할지 모르겠어. 어떻게 해도 안나에게 용서받을 수 없을 것 같아서 마음이 무거워. 소라에겐 안타까운 일이지만, 불법적으로 한 회사를 도산시킨 일이니 마땅히 한 이사님께 그 죄를 물어야지. 네가 서류 조작의 흔적을 찾았다니 끝까지 파헤쳐 주었D_면

좋겠다.]

"그래야지. 그게 안나를 위해 할 수 있는 유일한 일이니까……."

[그래, 너만 믿는다.]

재후는 무기력하게 한숨을 쉬며 일후에게 뒷일을 부탁했다. 그는 사건이 이렇게 커질 거라곤 생각지도 못한 것 같았고, 그 때문에 당황하고 있었다. 의심대로 안나 아버지의 죽음에 한 이사가 연관되어 있다면 파국은 불을 보듯 뻔한 일. 어떻게 해도 모두가 행복해지는 해피엔딩은 불가능하게 되었으니 당황할 수밖에 없었을 거다.

그리고 그건 일후도 마찬가지였다. 그는 알고 있었다. 결코 이번 일은 쉽게 해결될 수 없는 일이고 해결이 되더라도 안나를 잃게 될 가능성이 아주 높은, 그에게는 승산 없는 싸움이라는 것을. 이대로라면 모든 게 다 밝혀지더라도 그는 아무것도 손에 넣을 수 없을 것이다. 안나는 모든 내막을 알고 자신을 떠날 수도 있었다. 어쩌면 안나를 보장받기 위해선 여기서 멈춰야 할지도 모르는 일이었다. 하지만 그건 그 무엇보다도 더 비겁하고 비극적인 일이었다. 정말로 그녀를 위한다면 그녀의 발밑에 진실을 가져다 놓아야 한다. 그다음 일은 안나에게 맡기는 게 옳은 일이었다.

일후는 안나를 내려다보았다. 그녀는 슬픔이 곳곳에 묻어 있는 얼굴로 그를 바라보고 있었다. 당장 손을 뻗어 홀쭉해진 그녀의 볼을 쓰다듬고 싶었다. 울어서 붓기 시작하는 불그스름한 눈두덩을 엄지로 문질러 주고 싶었다. 아픈 가슴, 그 통증을 고스란히 제

가슴으로 옮겨와 그녀 대신 아파주고 싶었다. 그녀의 고통을 모두 자신이 대신 앓아주고만 싶었다.

하지만 그 모든 '하고 싶은 일'을 뒤로하고, 그가 실제로 한 일은 차분히, 천천히 입을 열어 외면하고 싶은 현실을 끌어 내 그녀에게 차디찬 고통을 주는 일이었다.

"네가 집을 나온 이유는, 너희 아버지 회사를 무너뜨린 게 건영이라는 사실을 알아버렸기 때문인 거냐?"

제12장

처음으로 돌아가기

　무너지지 않기 위해, 그녀에게 부질없이 매달리지 않기 위해 일후는 안간힘을 쓰고 있었다. 스스로를 차갑게 가라앉혔다. 감정 없는 사람처럼 무표정을 가장했다. 사랑해 달라고, 날 좀 받아달라고 무릎이라도 꿇고 빌고 싶은 마음을 꾹 눌러 참기 위해서는 냉혈한처럼 표정을 굳히는 수밖에 없었다.

　"그, 그것도 알고 있었어요?"

　안나는 예상대로 놀랐다. 두 눈을 홉뜬 채로 일후를 노려보는 그녀의 눈동자는 두려움과 분노로 일렁거리고 있었다.

　"예전 서류 뒤지는 게 요즘의 내 일이니까. 이전 프로젝트 훑어보다가 알게 됐지. 물론 네가 반 사장의 따님이라는 건 몰랐었어. 그건 나도 불과 몇 시간 전에 알게 된 거다. 넌 어떻게 알게 됐지? 너도 권 사장님한테 들은 거냐?"

"우리 이모부를 만났어요?"

"넌 이 일을 누구한테서 들은 거야? 점심때만 해도 전혀 모르고 있었잖아. 어디까지 알고 있는지 말해봐."

"내가 누구한테서 들었는지, 얼마나 알고 있는지 그게 그리 중요한가요?"

"네 표정을 보니 대충 알겠다, 날 어떻게 생각하는지."

"그래요?"

한 치의 흐트러짐도 없는 냉정하고 이성적인 모습. 윤일후는 딱 그런 모습을 하고 있었다. 주예가 자신에게 요구했던 냉정한 태도의 표본이다. 안나로서는 시도조차 해볼 수 없었던 모습이다. 자신의 일이니까. 다른 사람이 아닌 자신의 일이라, 자신이 사랑하는 윤일후가 관련된 일이라서 안나는 절대로 냉정해질 수 없었다. 일후 생각만 하면 마음이 아파서, 눈물이 앞을 가려서 절대로 이성적이 될 수가 없었단 말이다. 그런데 여기 자신의 앞에 선 이 남자는 정말 너무나도 차분하다. 마치 남의 일에 개입되어 있는 사람처럼 완벽하게 객관적이고 이성적인 모습이다.

잠시 멈추었던 눈물이 또다시 쏟아질 것 같아, 안나는 숨을 크게 들이쉬었다. 득시글거리며 끓어오르려는 감정도 눌렀다. 누르고 또 누르고, 또 눌렀다. 그리고는 이 정도면 됐다 싶었을 때, 무표정한 얼굴로 천천히 일어나 그의 앞에 당당히 섰다.

"그럼 내가 당신을 따라 댁으로 들어갈 일은 절대로 없을 거란 것도 알겠네요. 난 못 들어가요. 안 들어갑니다. 목에 칼이 들어와도 당신네 도움은 절대로 안 받습니다."

"······."

예상했던 반응인 걸까. 안나가 악에 받친 표정으로 강한 악센트가 곳곳에 존재하는 대찬 말들을 쏟아내는데도 불구하고 그는 차분함을 유지한 채 서 있었다.

"치가 떨려. 구역질 나. 당신들의 횡포 때문에 내 아버지가 어떤 굴욕을 당했는지 생각하면 여기가, 이 여기가 찢어질 것 같다고."

안나는 이를 드러내며 쿵쿵, 자신의 가슴 언저리를 주먹으로 내려쳤다. 두 눈이 분노로 이글거렸다. 세차게 쥔 주먹은 당장에라도 그에게 어퍼컷을 날릴 것처럼 부르르 떨고 있었다.

"반디는 아버지가 일생에 걸쳐 이룬 사업체였어. 아버지의 피와 땀의 결정체였다고. 당신들 눈엔 보잘것없이 작은 회사일지 모르지만 우리 아버지껜 삶, 그 자체였어. 자존심이었어. 절대로 타협할 수 없는 양심과도 같은 거였어! 당신네들은 그걸 꺾은 거야. 우리 아버지의 자존심과 삶을 망가뜨린 거라고!"

"······."

"어떻게 그럴 수가 있어? 힘없는 지방의 중소기업일 뿐이었는데. 그런 우리 아버지 회사를 어쩌면 그렇게 괴롭히고 짓밟을 수가 있었어? 아무 잘못도 없었는데. 우리 아버진 그냥 늘 하던 대로, 그 자리에 있었던 것뿐이었는데. 남들에게 피해 준 적도 없고 과하게 욕심내신 적도 없었어. 당신께서 100원 벌면 직원들에게 50원 나눠주는 분이셨다고. 그해 수익금이 많으면 노력에 비해 너무 많다고, 기부금으로 다 사회 환원하셨던 분이었다고. 그렇게 바보 같을 정도로 양심적이신 분이었는데, 그런 분을 어쩌면 그토록 잔인하게……!"

"네 아버지 일은 유감이야."

안나의 몸이 부르르 떨렸다. 너무나 이성적인 그의 말에 가슴속에 있던 무언가가 와르르 무너짐과 동시에 분노가 솟아올랐다.

"유감? 당신, 지금 이 상황에 겨우 그딴 말밖에 못해? 우리 아버지 회사를 빼앗아놓고, 그래서 비관해 자살하게 해놓고, 겨우 그런 말로 무마하겠다는 거야? 왜? 내가 언론에 기사 풀고 고소장 접수시켜서 전 국민적 스캔들로 만들어 버릴까 봐 겁나? 그래서 회사 주가 떨어질까 봐 무서워? 당신네 회사 이미지 더러워질까 봐 미치겠어?"

"난 이 일을 무마하기 위해서 온 게 아니야."

"그럼 대체 여긴 왜 온 건데?!"

점점 안나의 목소리가 높아졌다. 꾹꾹 눌러뒀던 감정이 하나씩 하나씩 풀어져 밖으로 튀어나오고 있었다. 이성적이어야 하는 상황에 전혀 이성적인 대처를 하지 못한 채 싸구려 감정이나 뚝뚝 흘리고 있는 거다. 부끄럽지만 어쩔 수 없다. 이러고 싶지 않지만, 그래도 이게 나인걸. 이렇게 감정적인 인간이 반안나인걸.

처절한 마음으로, 정말이지 죽을 것 같은 심정으로 피를 토하듯 그에게 소리치던 안나는 일순 제 귀를 의심했다. 이 집에 들어와 그녀를 대면하고부터 지금껏, 조금도 변하지 않았던 그의 표정. 그 무심하고 차분하고, 칼바람 부는 듯 냉랭하기 짝이 없던 얼굴이 스르르 풀리더니, 그가 이렇게 속삭였기 때문이다.

"미안하다는 말을 하려고 왔어."

"......!"

숨이 막힐 듯한 정적이 흘렀다. 그 엄청난 긴장감과 무게감을 느끼면서 안나는 생각해 보았다. 자신이 바랐던 것은 무엇일까. 무엇을 위해 이렇게 악다구니를 쓰고 있었던 걸까. 왜 이토록 죽을 듯 아파하고 있는 걸까. 그가 대체 어떻게 해주길 바라는 것인가.

모든 게 혼란스러워 생각이란 걸 할 수 없는 지금 이 순간, 한 가지만은 확실했다. 그녀가 바랐던 건 겨우 이런 답은 아니라는 것. 건영이 아버지를 죽게 했다는 말만큼은 듣고 싶지 않았다. 거짓말이라도 좋으니 아니라고 말해주길 바랐다. 뻔뻔해도 좋으니 건영과는 무관한 일이라고 잡아떼길, 그래 주길 간절히 바랐다. 한데 이런 답이라니. 정말로 건영 때문에 아버지가 돌아가셨던 거라니…….

"지금 그 말은 그러니까, 당신네 회사가 우리 아버지를 죽게 했다는 걸 인정한다는 소리네. 결국은 당신이 우리 아버질 망가뜨린 장본인이라는 거잖아."

절망스런 마음을 추스르고 안나는 흔들림 없는 목소리로 똑똑히 응대했다.

"내 책임이야. 내 회사가 저지른 일이니 책임도 내가 져."

"앞뒤가 안 맞는 말씀을 하시네요, 윤일후 씨. 책임을 지시려거든 회사가 저질렀으니 나는 몰랐다, 이런 소린 말아야죠. 그건 책임을 회피하는 말이잖아요?"

"보고서에 의하면 우리 건영은 반디유통이 위치한 건물을 사들이기 위해 시세의 세 배에 가까운 건물 값을 치렀어. 어마어마한 보상금도 함께 지불했지. 그 금액이면 반디를 다른 건물로 옮기고도, 너희 가족이 수십 년은 일 안 하고 먹고살 수 있었어."

"웃기지 마. 미안하지만 우린 그런 돈 받은 적 없어. 받았다면 반디가 부도나고 우리 가족이 길거리에 나앉게 되는 일은 일어나지 않았겠지!"

"맞아. 그리고 그 말은 내게 올라온 보고서가 조작되었다는 뜻이지."

"조작?"

도저히 믿기 힘든 말을 듣고서도 안나는 미간을 찌푸리며 두 눈에 힘을 실었다.

"알아낼 거야. 누가 보고서를 조작했는지, 건영이 반디유통에 지불하기로 한 거액을 누가 가로챈 것인지, 네 아버지의 죽음에는 누가 얼마만큼 개입되어 있는지 샅샅이 다 캐낼 거다. 네 아버지를 네 앞에 데려올 수는 없어도, 반디유통을 제자리로 되돌려놓을 수는 있어. 그렇게 할 거다. 그러니까 그때까지만 기다려 줘. 어디에도 가지 말고 숨지도 마. 바로 내 앞에서 기다려 줘. 반드시 사건 일체를 파헤쳐 주동자를 네 앞에 데려다 놓을 테니."

그는 동네 앞을 지키는 천하대장군처럼 꼼짝하지 않고 가만히 서서 안나를 내려다보고 있었다. 표정은 다시 굳어 있었고 입은 꾹 다물려 있었으며 주먹은 다부지게 쥐어져 있었다. 단 한 번도 깜빡이지 않고 뚫어져라 그녀를 바라보는 그의 시선은 짙고 푸르고 아름다웠다. 차돌처럼 단단하고 윤기 있어 뵈는 그의 눈동자를 하염없이 바라보며 안나는 갈등하고 또 갈등했다. 그를 믿어야 하나, 말아야 하나. 그를 기다려야 하나, 말아야 하나.

믿고 싶었다. 지금 이 순간만큼은 그를 믿고 싶었다. 아무것도 몰랐다는 말도, 아버지를 죽음으로 몬 장본인은 따로 있다는 말도, 그 범인을 자신이 꼭 색출해 내겠다는 말도 다 믿어주고 싶었다. 할 수 있다면, 정말로 그의 말을 믿고 싶었다. 그래야 더 이상 아프지 않을 것 같으니까. 그래야만 그나마 버틸 수 있을 것 같으니까. 하지만…….

"당신을 어떻게 믿어? 당신은 건영인데."

안나는 건조한 목소리로 중얼거렸다. 눈동자에 뜨거운 습기가 떠오르는 것 같아 그녀는 냉큼 시선을 끌어 내렸다. 그를 바라보고 있으면 감정이 폭발해 펑펑 울어버릴 것 같았다. 당장에라도 그에게 매달려 아무것도 아닐 거라고, 그렇다고 말해달라고 애원할 것만 같았다. 그는 건영인데. 아버지의 회사를 망가뜨린 건영의 아들인데.

"그래, 난 건영이지."

담담한 목소리로 그가 중얼거렸다. 자포자기한 듯 매우 자조적인 어조였다. 건영으로 태어났으니 어쩌겠냐, 나는 뼛속까지 건영, 건영의 편에 설 수밖에 없다, 라는 뜻으로 들려 안나는 또 한번 울컥했다. '그래, 어쩔 수 없는 거다. 그에게 뭘 더 바라는 건 욕심이다' 하고 생각해 보아도 서러움이 복받쳤다. 도대체 왜 난 저런 남자를 좋아하게 되어버렸을까!

"너를 사랑하는 건영."

질끈 아랫입술을 깨물고 터지는 울음을 꾸역꾸역 목구멍으로 집어삼키려는 순간이었다. 그가 속삭였다. 사랑한다고. 그가, 윤일후가, 다른 사람이 아닌 자신을 사랑한다고 말했다. 너무 놀라 숨마저 멈춘 채 안나는 그 자리에서 굳어버렸다.

"네가 아프게 놔두지 않을 거다. 네 눈에 눈물 나게 하지 않을 거야, 다시는."

"……."

"믿어줘."

"……."

"나한테 오란 말은 하지 않을게. 날 좋아해 달라고도 안 해. 그냥 없어지지만 마. 여기서 도망가지만 마. 내가 모든 걸 다 알아낼 동안만, 내 눈앞에서 없어지지 마. 연락 끊지도 말고 숨어버리지도 마. 내가 아는 곳에 있어. 그거면 돼, 지금은."

"어차피…… 갈 곳도 없어요."

목이 메는 걸 꾹 참고 겨우 내뱉은 말이었다. 퉁명스럽게, 그에게 눈길조차 주지 않은 채 싸늘히 대꾸한 말이었으나 일후는 기분 나쁘지도 않은지 밸도 없이 씨익— 길고 화사한 웃음을 짓고 있었다. 훅, 긴 안도의 한숨까지 동반한 웃음은 애처롭기까지 했다. 그녀의 이 작은 허락마저 그에겐 소중하고 간절하구나 싶게. 잠시 후, 그는 쓱 고개를 수그리고 그녀의 귓가에 이렇게 속삭였다.

"갈 곳 있어도 어디 가지 마. 부탁이야."

뜨거운 숨결이 귓바퀴를 데우자 안나는 질끈 아랫입술을 깨물어야 했다. 속이 울렁거리고 머리가 어지러워졌다. 아까 마신 맥주가 이제야 취기로 올라오는 건가 싶을 만큼 아찔해졌다. 심장이 덜컹거리며 뛰어댔고 온몸이 후끈 더워졌으며 그의 입술이 닿을 듯 말 듯한 귓가는 불에 덴 듯 뜨거워졌다.

"아직은 날 버리지 마……."

이렇게 간절한 눈빛으로, 이렇게 촉촉한 목소리로 애원하는데 어떤 여자가 안 흔들릴 수 있을까. 게다가 아니라잖아. 자긴 전혀 모르는 일이라잖아. 어떤 나쁜 놈이 중간에서 농간을 부렸다잖아. 그럼 진짜 범인은 따로 있을 수도 있는 거 아니냐고. 같은 건영이라도 좋은 건영, 나쁜 건영이 있을 수 있는 거 아니겠냐고. 일후는 좋은 건영일 수도 있지 않겠느냐고!

안나는 천천히 고개를 꺾어 그를 정면으로 바라보았다. 여전히 그는 반질반질 윤이 나는 눈동자로, 그녀가 세상에 딱 하나 남은 여자인 양 열렬히, 사랑을 가득 담아 내려다보고 있었다. 안나는 두 눈을 지그시 아래로 내려뜨고는 우물쭈물 입술을 오므리며 중얼거렸다.

"걱정 말아요. 근방 1km 밖으로는 한 발자국도 안 뜰 거니까. 그리고 당신, 한 번 믿어볼게요."

"정말…… 이야?"

"갑자기 당신에 대한 신뢰가 생겼다거나, 뭐 그런 건 아니에요. 당신도 몰랐다니까, 회사 차원에서도 손해를 봤다니까, 뭐 그리고 제대로 조사해서 알아보겠다니까, 한 번 얼마나 제대로 조사하나 보자는 심정으로……."

"그렇게 길게 설명하지 않아도 돼. 네 마음 다 알아."

가만히 그녀를 내려다보며 그가 중얼거렸다. 빙긋 웃는 입가와 달콤하기 짝이 없는 차분한 음성. 둘이 조화되어 흘러나오는 말은 거의 마법과도 같았다. 그녀 내부에 제멋대로 뒤엉켜 미친 듯 들끓고 있는 상처와 분노를 모두 다 녹여 없애줄 것만 같은. 가슴이 찡, 하게 아려오자 안나는 획 고개를 꺾어 그를 외면했다. 그리고는 그 어느 때보다도 더 사무적으로 선언했다.

"빠른 시일 내에 알아내요, 누가 우리 아버지한테 그런 짓을 했는지."

✾

"병자가 된 기분이에요."

안나는 덤덤한 목소리로 중얼거리고는 피식 웃었다. 그리고는 천천히 고개를 움직여 오늘도 평화로운 동네를 빙 둘러보았다.

일후네를 나와 주예 집에 눌러앉은 지 벌써 일주일. 초침은 빠르게 흘러갔다. 밥 먹고 TV 보고 산책하고 아이를 돌보는 하루하루. 무의미한 일들로 일상을 보내는 동안, 안나는 상처받았던 마음을 추슬렀고 바닥을 보였던 기력도 회복했다. 그리고 자신을 사랑한다고 말했던 일후의 말을 진실로, 시간이 지날수록 조금씩 더 많이, 믿게 되었다. 믿고 싶어서, 믿어야만 내가 살 것 같으니까, 그래서 그를 믿기로 결정했던 전과는 달리 정말로 그에 대한 믿음과 확신이 서기 시작한 것이다.

사실 그녀의 확신은 처음부터 예정되어 있던 수순이 아닌가 싶다. 안나는 그를 믿을 수밖에 없었다. 그렇게 되어 있었다. 그날 그는 모든 게 진심이었고, 진심은 시간이 지날수록 빛을 발하게 되어 있으니까 말이다. 아마도 그 역시 알고 있지 않았을까. 충격과 흥분의 도가니에서 허우적거리고 있던 그녀가 언젠가는 정신을 가다듬고 이성을 되찾아 자신의 진심을 알아봐 줄 거라고. 그랬으니 그토록 날뛰는 그녀를 그리도 차분하고 성실하게 대해줬을 테다.

"병문안 오듯이 날마다 이렇게 안 오셔도 돼요. 이미 저, 선배 용서했다니까요."

"잘못했다는 사과도 제대로 하지 않았는데 벌써 용서했다고?"

놀이터 앞 빈 벤치. 그녀의 옆에 나란히 앉은 재후는 특유의 인자한 미소를 지어 올리며 한쪽 눈썹을 씰룩 끌어 올렸다. 그는 요새 거의 날마다 이 동네에 출몰, 안나에게 얼굴 도장을 찍고 있었다. 차마 입에 올리기도 부끄럽고 미안하다는 듯이 그 일에 대해선 제대로 언급조차 하지 못한 채로 말이다. 덕분에 피해자인 안나가 오히려 불편하고 힘들어질 지경에 이르러 있었다.

"선배는 선배 방식대로 사과하시고 계시다는 거, 저도 알아요. 미안하다고 주둥이만 나불거리는 인간보다는 훨씬 더 진정성 있어 뵌다고 생각하니까, 이제 그만하세요. 뭐예요? 날마다. 논문 포기하셨어요?"

"논문은 나중에 다시 준비해도 되니까."

"빨리 전임 달고 결혼도 해야죠. 사귀는 사람도 있다면서."

"그건 어떻게 알았어?"

"윤일후가 미안하단 소리만 나불거린 게 아니었거든요. 어떻게 그러실 수 있었어요? 여친을 놔두고 가족들한테 절 약혼녀로 소개하면 어떻게 해요? 진짜 여친이 가만히 있어요? 설마 여친한텐 비밀로?"

"비밀일 수가 없었지."

"저 때문에 선배의 애정사도 꼬였었겠네요. 그러게 왜 그랬어요?"

"······미안하다."

재후는 훅, 한숨을 내쉬고는 말하였다. 안나는 작은 주먹으로 그의 어깨를 치며 '진짜 왜 이러세요, 선배! 이러지 마시라니까요!' 라고 했지만 재후는 다른 할 말이 없었다. '미안하다' 이외의 말은 전부 변명에 불과했다.

"일후는 아직 연락 없니?"

"뭔 짓을 하는지, 일주일이 넘어가는데 코빼기도 안 비쳐요. 이럴 거면 뭐 하러 어디 가지 말라고 했는지 모르겠어요. 마음 같아선 진짜 잠적해 버리고 싶다니까요. 그 남자, 긴장 한 번 제대로 타보라고 연락 끊고 사라져 버리고 싶어요. 며칠간만 그러면 정신 차리지 않겠어요?"

"그러지 마. 너 없어지면 일후 녀석, 무슨 짓을 할지 몰라. 그리고 요새 그 녀석 눈코 뜰 새 없이 바빠. 집에도 거의 못 들어오다시피 해. 회사 일에 반디유통 건까지 모두 소화하느라 정신없는 모양이더라. 그 일을 캐고 있다는 걸 회사 내부 사람들은 전혀 모르고 있거든. 알다시피 회사 내에 유력한 용의자가 있기 때문에 그 건에 대해선 비밀리에 진행하고 있는 상황이야. 덕분에 회사 감사팀의 지원도 받지 못하고 있지."

"그럼 그 조사라는 걸 윤일후 혼자 하고 있다는 거예요?"

"나름대로 팀을 꾸리긴 했겠지. 외부 사람으로."

재후의 말을 듣자마자 안나는 생각했다. 그 외부 사람이 누군지 알 것 같다고. 실은 며칠 전부터 성탄이 부쩍 바빠져 귀가를 하지 않고 있었다. 얼핏 어떤 여자를 24시간 미행하고 있단 말을 들은 것 같은데, 그땐 그냥 새 일을 맡았나 보다 했다. 어째 그 새 일감을 윤일후가 줬을 거란 생각이 팍팍 드네.

"어쨌든 회사 감사팀이 해야 할 일을 혼자 하고 있는 건 맞잖아요."

"그러겠지. 프로젝트 책임자를 문책하기 위해선 제대로 된 증거를 찾아야 하는데, 이중 삼중으로 처리해 놓은 장부의 허점을 찾는 일이 결코 쉬운 일은 아니니까."

"미쳤네. 자기가 뭐라도 되는 줄 아나. 왜 그걸 혼자서 찾고 있어? 자기 사람 없대요? 그 자리까지 올랐으면서, 왜 믿을 만한 사람 하나 못 만들어서 그 힘든 일을 혼자 다 해요? 제정신이 아니야, 끼니까지 거르고."

"녀석이 끼니 거르는 건 어떻게 알았어?"

"그거야 고 비서님한테⋯⋯."

괜히 신경질이 나 아무 생각 없이 미운 소리 툭툭 내뱉던 안나가 하던 말을 우뚝, 멈추었다. 줄곧 윤일후 따위는 관심 無, 완전 신경 껐다는 듯한 태도를 취했던 것과는 전혀 다른 말이 제 입에서 튀어나왔음을 깨달았기 때문이다. 안나는 저도 모르게 스윽, 눈동자만 굴려 옆자리 재후를 훔쳐봤다. 역시 머리 좋은 재후는 모든 걸 알아들은 듯 씩, 더욱더 은밀하게 웃고 있었다.

"고 비서랑 연락하면서 일후를 챙기고 있었구나?"

"챙기긴 누가 챙겼다고요. 그냥 어찌 지내고 있나 물어본 것뿐이에요. 것도 고 비서님께서 먼저 연락하셔서요. 자꾸 일손이 부족하다고 다시 나오라잖아요. 새 직원 뽑으라고 그리 말씀을 드렸는데도, 그분이 자꾸 제가 아니면 안 된다고……."

"참 영리한 비서구나, 상사의 마음까지 헤아릴 줄 알고."

"그게 무슨 말씀이세요?"

"일후 말이야. 그 녀석 진짜야. 정말로 너 많이 좋아해."

또다. 출석부에 도장 찍듯 날마다 그녀를 찾아와 매일 앵무새처럼 반복하다 가는 윤재후의 말. 그는 일후의 진심이 그녀에게 전해지지 않을까 봐 노심초사하고 있는 게 틀림없었다. 그러니 이렇듯 '윤일후는 진심이다. 정말 열심히 증거를 모으고 있다. 다 너를 위해서다. 너를 사랑하기 때문이다'라고 틈만 나면 읊조리는 게 아닐까. 안나는 괜히 뚱하게 입술을 내밀고는 손가락으로 귓구멍을 후비는 시늉을 하며 말하였다.

"귀에 딱지 앉겠어요. 없는 시간 쪼개서 오시는 거면서, 왜 같은 말만 자꾸 반복하시는 거예요? 선배도 참."

"왜? 그 녀석, 널 제대로 안 챙긴다고 나한테 짜증 부렸던 것도 얘기해 줬잖아."

"뭐 다른 거 없어요? 일주일째 똑같은 레파토리 이제 좀 지겨운데."

"글쎄…… 이건 어때? 너 때문에 친구와 의절하게 생겼다는 거. 들은 적 없지?"

"저 때문에 의절을 해요?"

"주먹질까지 하며 싸웠다고 하더라고. 상대를 좀 심하게 두들 겨 팼나 봐. 경찰서까지 갔었대. 그 나이에 어릴 때도 안 하던 쌈 박질을 했다는데 어찌나 웃기던지. 그 사연을 듣고 확신하게 됐 지. 그 녀석이 정말로 너한테 푹 빠졌다는 걸."

"도대체 무슨 말씀을 하시는지 모르겠네요. 왜 윤일후가 저 때 문에 친구랑 싸우고 사람을 두들겨 패서 경찰서까지 갔다는 거예 요? 의절은 또 뭐고요?"

"궁금하지? 궁금하면, 자세한 얘긴 녀석한테 직접 들어. 그만 일어나자. 곧 비가 올 것 같아."

알쏭달쏭한 소리만 하더니 갑자기 재후가 자리에서 벌떡 일어 나며 손바닥을 허공에 내밀었다. 하늘을 쳐다보니 머리 위가 온통 먹구름이다. 곧 비가 내릴 것 같았다, 큰비가. 뭔가 을씨년스러운 기분이 들어 부르르 몸을 떨고, 안나는 재후의 팔을 잡아당겼다.

"우리 집은 아니지만 들어와서 차라도 한잔하고 가세요. 일주 일 내내 절 보러 오셨는데 집에는 한 번도 안 들어오셨잖아요."

"그러고 싶은데 바빠서."

"바쁘신데 날마다 여길 왜 와요? 괜히 멋쩍어서 그러는 거 다 알아요. 괜찮으니까 그냥 들어와요."

"아냐, 다음에 마실게."

"선배가 자꾸 그러시면 제가 더 불편하다니까요. 전 괜찮아요. 이제 아무렇지도 않아요. 건영에도 별 감정 없어요, 이제는. 제가 가슴에 원한 품고 있어봤자 우리 아버지가 살아 돌아오시는 것도 아니잖아요. 그렇게 편하게 생각하기로 했어요. 이번 일로 추락한 아버지의 명예만 다시 되살릴 수 있다면 그걸로 전 족해요."

"……."

"들어가요. 제가 기가 막히게 달달한 커피 한 잔 타드릴게요."

차마 아무 말도 못하는 재후의 팔을 끌어당기며 안나가 씩씩하게 말한다. 씁쓸하고 죄스러운 웃음을 흘리며 재후는 고개를 떨구었다. 넌 참 사람을 부끄럽게 하는 녀석이다, 하고 속으로 중얼거리고 있었다.

"어? 선배, 전화 왔어요."

휴대폰이 울리기 시작한 건 그가 마지못해 안나가 묵고 있는 연립으로 향하던 도중이었다. 발신자는 소라였다.

재후는 즉시 휴대폰 화면 상단 아이콘을 확인했다. 확인하지 못한 새 메시지는 없었다. 재후는 뭔가 잘못되었음을 즉각 캐치했다. 소라에겐 전화를 걸기 전 그의 옆에 누가 있는지 없는지 미리 메시지로 체크를 하는 버릇이 있다. 행여 그냥 전화를 걸었다가 옆에 일후나 윤 회장 내외가 있어서 상황이 곤란해질까 봐 미리 조심하는 것이었다. 늘 그랬던 소라가 이렇게 곧바로 전화를 걸었다는 것은 그만큼 다급한 일이 생겼다는 뜻. 재후는 서둘러 통화 버튼을 문질렀다.

"무슨 일이야?"

묵직하게 깔리는 재후의 음성은 결코 차분하지 않았다. 미묘한 떨림이 감지되자 앞서 걸음을 걷고 있던 안나는 그 자리에서 우뚝 멈추었다.

"뭐? 뭐라고? 소라야, 제발…… 울지 말고 차분히 얘기해. 무슨 일이 생긴 거야?"

한소라? 울고 있다고? 안나는 뭔지 모를 두려움에 휩싸여 천천히 고개를 꺾어 재후를 돌아보았다. 절망적이게도 재후의 얼굴이 온통 새하얘져 있었다.

"너 거기 어디야? 어디야?!"

[무슨 일이야?]

"오빠! 날 좀 구해줘. 무서워 죽겠어. 나…… 이러다 죽을 것 같아."

믿음직스러운 재후의 음성을 듣자마자 소라는 울음을 터뜨렸다. 방금 전 자신이 보고 들은 얘기들이 너무나도 무서워 손발이 덜덜 떨렸다. 어떻게 그런 짓을 할 수가 있었을까. 어떻게 그리 잔인한 짓을 할 수가 있었을까. 자신의 아버지란 사람이 이렇게까지 비열하고 무서운 사람인 줄 몰랐다. 그런 사람이 자신을 낳아 키웠었다니, 도무지 믿을 수가 없었다.

이건 절대로 이대로 묻혀서는 안 되는 얘기였다. 무슨 수를 써서라도 그가 한 짓을 만천하에 까발려야 했다. 하지만 어디서부터 어떻게 설명해야 할지. 손발이 달달 떨리고 정신이 아득해질 정도로 멍한데 어떻게 해야 할지!

"그, 그러니까 모든 게 다 우리 아버지 짓이었어. 우리 아버지가, 그 짐승만도 못한 인간이……!"

[울지 말고 차분히 얘기해. 무슨 일이 생긴 거야?]

"우, 우리 아버지가 안나 아버지를 죽인 거였다고……. 원미숙을 시켜서 안나 아버지를 사고 장소 근처까지 불러냈던 거였어. 투자에 대해 할 얘기가 있다고 밤에 아무도 모르게 그 후미진 곳으로 불러내서 죽이고는 자살로 위장한 거야. 그, 그랬던 거야. 그렇게 아, 안나 아버지를 죽였던 거야. 돈 때문에. 안나 아버지가 마땅히 받아야 했던 건영 배상금을 가로채기 위해서 우리 아버지가 사, 사, 살인까지 했던 거야……."

[너 거기 어디야? 어디야?!]

"무서워, 오빠. 그런 사람이 내 아버지였다니, 무서워서 죽을 거 같아."

[한소라, 정신 바짝 차려. 너 거기서 나와. 빨리, 최대한 빨리 나와.]

"지금 아버지, 지금 거실에 계셔. 여기 집이야. 그, 그 여자와 함께 그 짓을 하면서…… 추, 축배를 들고 있어. 사, 사람을 죽이고도 즐거워하고 있어!"

[창문을 통해 나와. 주위 돌아보면 천 같은 게 있을 거야. 그걸로 길게 밧줄을 만들어.]

"그러다 들통 나면? 내가 다 알아버린 걸 알면 우리 아버지, 가만 안 있을 거야. 날 죽이려 들 거라고. 가만두지 않을 거라고!"

[진정해, 한소라. 넌 그 사람 딸이야. 널 어쩐진 못할 거야.]

다급하고 격렬하게 속삭이는 재후의 목소리를 들으며 소라는 두 눈을 질끈 감았다. 천둥번개가 비를 몰고 오기 직전인 듯, 어두컴컴한 하늘. 창문 아래에서 혹시라도 아버지에게 들킬까 온몸을 작게 말아 쪼그리고 앉아 달달 떨고 있는 자신이 과연 이곳을 나갈 수 있을까 무서웠다. 너무 무서워 아무것도 하지 못할 것 같았다. 창문을 타고 2층 집을 도망쳐 나오기는커녕 제 방 문밖도 나서지 못할 정도다. 이런 자신이 뭘 어떻게 할 수 있을까. 이런 바보 같은 자신이 무얼 바꿀 수 있을까.

"오빠 몰라. 우리 아버지가 어떤 사람인지, 나한테 어떻게 했는지 오빠 아무것도 몰라……."

소라는 눈물이 쉴 새 없이 흐르는 눈물을 닦으며 처량하게 울먹였다.

[무서워하지 말고 어서 나와. 내가 지금 갈 거니까 넌 그때까지 무슨 수를 써서라도 거기서 나와. 알았지?]

"재후 오빠, 나 무서워. 어떡해……."

[알았지?!]

"네 아비가 무서우면 어쩌자는 거냐?"

두려움에 떨며 울먹거리는 그녀의 귀에 두 개의 소리가 잡힌 것은 바로 그때였다. 자신을 미친 듯이 걱정하는 재후의 외침과 술에 잔뜩 취해 살기가 서린 한영만의 비웃음. 소라는 손에 들고 있던 휴대폰을 툭, 바닥으로 떨어뜨렸다.

"널 낳아주고 키워준 아비를 보고 그렇게 바들바들 떨면 어쩌자는 거야? 응?"

사시나무 떨듯 파드득 떠는 제 두 손을 내려다보고 소라는 천천히 고개를 들었다. 훤히 열린 문 앞에 지옥의 사자처럼 우뚝, 그가 서 있었다. 한영만. 조폭계의 전설. 건영그룹을 대기업 반열에 올려놓은 일등공신. 타인의 생명 따위 제 이익을 위해선 무참히 짓밟아 버릴 수 있는 심성 간악한 인간. 조폭이란 꼬리표를 떼어내기 위해서라면, 제 딸의 인생마저도 망설임 없이 악마에게 갖다 바칠 비정한 아버지.

"세상 그 누구보다도 예쁘게 키워줬더니, 그 은혜도 모르고 감히 아비를 짐승만도 못한 놈이라고 해?"

"아, 아버지……!"

번쩍! 창문 밖에서 번개가 쳤다. 그리고 몇 초의 간격을 두고 우르르, 쾅쾅— 천둥이 몰아쳤다. 양복바지에 가운만 걸친 채인 한영만의 입가에 험악한 미소가 떠올랐다.

"널 재벌집 사모로 만들기 위해 내가 그리도 노력했거늘, 감히 내 뒤통수를 쳐? 네가? 내 딸이라는 년이?"

"아버지……."

"넌 일후와 결혼해야 한다고 내가 몇 번을 말했어? 일후를 유혹해서 결혼하는 게, 일후가 너한테 푹 빠져 헤어 나오지 못하도록 하는 게, 그게 네 임무라고 내가 몇 번이나 말했었냐! 이 멍청한 계집애!"

어느새 다가온 한영만이 소라의 멱살을 잡고 쭉 위로 끌어 올린다. 힘없이 딸려 올라간 소라는 숨통이 무섭게 조여오는 고통을 느끼며 켁켁, 헐떡거렸다. 두 손으로 제 목덜미를 틀어쥔 무자비한 아버지의 손아귀를 잡아당기며 살려고 미친 듯이 발버둥을 쳤다. 하지만 비명은 나오질 않았고, 숨은 점점 더 끊어지고 있었다. 소라는 눈물이 가득 차오른 채 핏발마저 선 눈으로 바닥을 내려다보았다. 바닥에 떨어져 있는 휴대폰에서는 아직도 '소라야! 소라야!' 하는 재후의 음성이 들려오고 있었다. 아아, 오빠…….

"사랑, 사랑, 사랑. 그놈의 사랑 타령만 하다가 죽은 제 어미 딸 아니랄까 봐! 후계 구도에도 못 오르는, 한심한 윤재후 놈한테 몸 주고 마음 주고! 이 미친년아! 멍청한 년아! 그러고도 정신 못 차리고 나를 염탐해 그놈에게 정보를 빼내줘? 이 쥐새끼 같은 년! 그러고도 네가 내 딸이냐!"

"그러다 딸년까지 죽이겠어."

흥분해 날뛰는 한영만을 가로막은 건 차갑고 가느다란 여자의 손이었다. 내연녀 관계에 있는 원미숙이 한영만의 손을 슬며시 찍어 누르자, 거짓말처럼 소라에게서 떨어져 나갔다. 털썩. 시체처럼 소라는 바닥으로 쓰러졌다.

"에잇, 재수 없는 년."

"그러게 내가 뭐랬어? 소라 계집애는 제 어미를 닮아 가망 없다고 했잖아. 당신 야망을 이뤄줄 재목이 못 되니 진작 버리고 나와 함께 일을 도모하자 했어, 안 했어? 봐봐, 이번 일도 내가 나서서 확실히 끝낸 거잖아. 남자는 미인계에 못 당한다니까. 그나저나 자기 딸, 윤재후한테 전화를 걸었었네? 도움을 요청했었나?"

부끄럽지도 않은 듯 가슴을 거의 다 드러낸 슬립에 가운을 여미지도 않은 채로 원미숙은 바닥에 떨어진 소라의 핸드폰을 집어 들었다. 방금 통화가 끊긴 휴대폰 최근통화목록에는 재후의 이름이 찍혀 있었다.

"이 남자가 그리 잘났나? 낳아주고 길러주신 아버지를 배신할 만큼?"

"그 자식 얘기는 꺼내지도 마. 어림 반 푼어치도 없어. 재산도 없고 경영권도 없는, 그딴 거지 같은 녀석한테 난 내 딸 안 줘. 절대 안 돼!"

"자식 이기는 부모 없다고 했어. 자명고 찢은 낭랑공주 얘기 몰라? 자기 딸도 낭랑공주 못지않아. 윤재후가 원하면 제 아버지 치부까지 팔아넘기고 말걸?"

"죽여 버리면 돼."

기운 없이 쓰러진 와중에도 또렷이 들리는 말. 퍼드득, 소라는 몸을 떨었다. 지금 자신이 제대로 들은 건가? 꿈이 아닌 건가? 정말 아버지가 재후 오빠를 죽이겠다는 건가?

"없애 버릴 거야. 그까짓 놈, 죽여서 어디 하수구에 처박아놓으면 실종 처리되겠지."

안 돼! 안 돼!

"어머나, 어쩜 좋아. 안됐다. 네 첫 남자인 것 같은데. 처음 몸 주고 정 줬던 첫 남자가 네 그 철없는 사랑으로 죽게 됐네? 그것도 사랑하는 아버지의 손에?"

두터운 파운데이션과 붉은 립스틱, 검은 눈 화장으로 얼룩덜룩한 여자의 얼굴이 이죽거리며 다가왔다. 소라의 눈앞에서 그녀는 마음껏 비웃음을 날리고 있었다. 날마다 죽은 어머니가 아꼈던 침대에서, 죽은 어머니가 가꿔왔던 온실에서, 죽은 어머니의 보석을 휘어감은 채로 아버지와 광란을 밤을 보내는 원미숙. 어린 시절 소라의 어머니 강혜원에게 한영만을 빼앗겼던 게 분해 그 복수를 하고 있다는 원미숙. 강혜원이 낳은 소라를 깔아뭉개고, 한영만과 소라의 사이를 이간질시키며, 소라를 불행하게 만드는 것만이 강혜원에 대한 복수라 착각하며 사는 원미숙. 그녀가 또다시 영만을 부추기고 있었다. 또! 또다시!

"퉤!"

소라는 분노를 담아 침을 뱉어줬다. 그녀를 건들이면 어떻게 된다는 것쯤은 알았다. 이런 식으로 소라를 부추겨 사건을 만드는 게 그녀의 취미라는 것도 알고 있었다. 이게 덫이고, 이 덫에 빠지면 어떻게 된다는 것도 이미 소라는 알고 있었다. 하지만 참을 수가 없었다. 그녀는 원미숙을 너무나도 증오하고 있었다.

"자기 딸, 버르장머리가 없다. 너무 오냐오냐하며 키운 거 아니야?"

뜻을 이뤘다는 듯 원미숙은 제 얼굴에 붙어 있는 소라의 타액을 닦지도 않고, 고개를 들어 한영만에게 보여주었다. 영만은 눈살을 찌푸리고는 살기마저 띤 시선을 꺾어 바닥에 쓰러져 있는 딸을 째려보았다.

"아니면 요새 안 맞아서 기가 살았나?"

낭랑한 원미숙의 목소리가 차가운 공기 중을 떠돌아다녔다.

번쩍! 또다시 번개가 쳤다. 영만의 험상궂게 일그러진 얼굴이 추하게 번뜩였다. 소라는 멈추지 않는 눈물을 손으로 닦지도 않은 채 소리쳤다.

"죽어야 할 사람은 당신이야! 고통받아야 할 사람은 바로 당신들이라고!"

"이 계집애가 아직도 정신 못 차리고!"

좌아앗!

천과 가죽의 마찰이 빚어내는 익숙한 소리가 들려왔다. 몸이 기억하는 그 섬뜩한 소리에 소라는 움찔 허리를 구부렸다. 고개 들어 확인해 보지 않아도 소리의 정체를 알 수 있었다. 입고 있던 바지에서 허리띠를 뽑아낸 것이 틀림없었다.

아버지가 매질을 준비하는 것이다.

소라는 어릴 때부터 끊임없이 겪어온 고통을 다시 한 번 예감하며 두 눈을 질끈 감았다.

제13장

지키고 싶은 것 중 제일

"이게 다 뭡니까?"

번쩍! 쏟아지는 빗줄기를 뚫고 집 안으로 들어선 남자는 번뜩이는 섬광을 등에 달고 있었다. 재후 오빠일까? 그가 날 구해주러 온 건가? 몽롱한 정신으로 생각하며 소라는 두 눈을 있는 힘을 다해 떠보려고 노력했다. 하지만 매질을 당해 정신마저 가물가물, 거실 바닥에 엎드린 채로 쓰러져 있는 소라가 겨우 눈꺼풀을 밀어 올려 확인한 것은 '누군가가 등장했다' 는 사실 하나뿐이었다.

"자네가 여긴 어쩐 일이지?"

잠시 매질을 쉬고 담배를 피우고 있던 아버지라는 인간은 놀란 듯 물었다. 대외적으로는 딸을 애지중지, 금이야 옥이야 귀하게 키우고 있다는 이미지를 구축해 놓고 있는 그이니, 이런 실제의 모습을 누군가에게 들킨 것에 대해 꽤나 당황스러울 수밖에 없을 것이었다.

"의논드릴 일이 있어서 잠깐 들른 겁니다만. 이게 대체 어찌 된 일이죠?"

"어, 이건…… 아무것도 아니네. 우린 잠깐 얘기 중이었네."

"바지벨트를 들고 얘기 중이었다고요?"

"이 녀석이 말을 안 들어서 말이야. 술까지 마셔서 취해 있었더니만 잠시 내가 내 정신이 아니었네. 하, 하여간 난 이게 문제란 말씀이야. 술만 마시면 개가 된다니까. 이봐, 뭐 해. 얼른 소라를 방으로 데리고 들어가지 않고."

갑작스러운 일후의 등장에 당황한 나머지 말까지 더듬거리던 한 이사는 손에 쥐고 있던 벨트를 휙 아무 데나 집어 던지고는, 역시 얼이 빠진 얼굴로 서 있던 원미숙을 향해 지시를 내렸다. 건영 그룹의 정식 후계자라 불리는 윤일후를 이런 식으로 대면하게 될 줄 전혀 몰랐던 원미숙은 번뜩 정신을 차렸다. 그리고는 서둘러 어깨에 대충 두르고 있던 가운을 여미며 냉큼 소라를 안아 일으켜 세웠다.

"으으음……."

소라의 입에서 고통스러운 신음이 흘러나왔다. 일후의 주의를 끌기 위해 과장된 손짓으로 얘기를 나누고 있던 한 이사의 표정이 순식간에 일그러졌다. 일후는 속내가 전혀 드러나지 않는 무표정한 얼굴로 한 이사를 뚫어져라 바라보았다.

"병원에 데리고 가봐야 하는 거 아닙니까, 한 이사님?"

"그 정도는 아닐세. 약 바르면 뭐 금방 나을 걸세. 신경 쓰지 말고 자네는……."

"약 발라서 나을 정돈 아닌 것 같습니다. 혼자서 일어서지도 못하는데 의사의 진찰을 받아야 하지 않겠습니까?"

"소라는 내 딸이네. 내가 알아서 해. 이런 일 한두 번도 아니고, 전에도 늘 약 바르고 며칠 지나면 깨끗이 나았었어."

"한두 번이 아니었다고요? 그러니까 지금, 한 이사님께서 따님을 상습적으로 폭행했다는 말씀이십니까?"

냉랭하기 짝이 없는 일후의 음성이 허공을 가르며 날아오자, 한 이사는 일순 움찔했다.

"그, 그게…… 남의 가정 문제를 함부로 예단하는 짓은 말게!"

"제가 제 두 눈으로 똑똑히 보고 있는 사안을 예단이라고 말씀하면 안 되시죠, 한 이사님."

"우리 부녀 사이의 일을 자네가 뭘 얼마나 안다고! 왜 오지랖 넓혀 남의 일에 끼어들려고 하느냔 말일세. 우리 일이네. 자넨 빠져. 우리 소라랑 결혼하기 싫다고 뻗대고 있는 주제에, 소라 일에 이래라저래라 참견하지 말란 말이야. 알아듣겠나? 이봐! 뭐 해, 어서 소라를 치우지 않고!"

"아, 알았어요."

한 이사의 말에 원미숙이 냉큼 대답하고는 축 늘어진 소라의 몸을 재차 들어 올렸다. 하지만 역시 그녀 혼자서는 감당하기 어려운 듯, 낑낑거리기만 할 뿐 소라를 완전히 일으켜 세우지는 못했다. 오히려 아픈 부위를 건드려 소라에게 고통만 안겨줄 뿐이었다. 아파 신음하는 그녀의 입에서 예상치 못한 단어가 흘러나온 것은 바로 그때였다.

"……재후 오빠, 도망쳐……."

"거 뭐 하는 거야, 대체? 그 조그마한 계집애 하나 제대로 방으로 못 옮기나? 얼른 그 물건을 치워야 윤 이사와 긴한 얘길 할 수 있을 거 아니야?"

당황한 한 이사가 애먼 원미숙에게 소리를 쳐댔다. 딸의 입에서 재후의 이름이 나왔다는 사실이 매우 당황스러운 모양이었다. 딸을 강제로라도 일후에게 시집보낼 생각이었던 한 이사이니 소라와 재후의 관계를 숨기고 싶은 건 당연한 일이었다. 그러나 일후는 오히려 그 뒷말이 더 거슬렸다. 도망치라니. 대체 왜 이런 말을?

"이야기는 다음에 나누도록 하죠. 오늘은 소라를 병원에 데리고 가봐야겠습니다."

"내 딸은 내가 알아서 한다고 했을 텐데."

"자식에 대한 권리 주장은, 딸에게 벨트나 휘두르는 당신 같은 아버지에겐 해당되지 않습니다."

"뭐, 뭐? 그게 대체 무슨 소리야? 난 소라 아비야!"

"그 역시 당신은 자격 박탈입니다."

"네가 뭔데 감히 내게 그런 소릴!"

"지금 이 순간부터 소라는 저희 집에서 데리고 있겠습니다. 물론 당신은 출입금지입니다. 필요하다면 법원에 접근금지신청도 넣을 겁니다. 그리 아십시오."

"이 자식이 무슨 헛소리를?! 너, 눈에 뵈는 게 없어? 여기가 어디라고 찾아와서 행패야!"

한 이사가 우락부락한 손을 들어 일후의 멱살을 거머쥐고 주먹을 장전했다. 단숨에 한영만과 일후는 코앞에 상대를 두고 서로를 노려보는 자세가 되고 말았다. 취기가 거나하게 올라와 핏발이 서 있는데다 묘한 살기마저 번뜩이고 있는 눈. 한 이사의 시선은 살벌하기 짝이 없었다. 당장 살인을 저지를 수도 있을 법한 그 기분 나쁜 눈을 마주했음에도 불구하고 일후의 얼굴은 여전히 표정 하나 잡히지 않은 포커페이스였다.

"제 변호사와 대면하고 싶으시다면, 좋으실 대로."

무표정에 찍, 비웃음 한 자락이 스치고 지나갔다. 일후의 안면을 박살 내기 위해 준비 중이던 한 이사의 오른 주먹이 부들부들 떨었다. 마음 같아선 녀석을 형체도 알아볼 수 없게 두들겨 패주고 싶었으나 유감스럽게도 이놈은 윤일후. 건영그룹 후계자였다. 잘못 건들었다가는 인생 골로 가는 수가 있었다. 한 이사는 불끈거리며 치솟는 분노를 꾹 눌러 참으며 애써 미소를 지어 올렸다.

"이것 보게, 윤 이사. 아니, 일후 군. 자네 정말 왜 이러나? 아무것도 아닌 일을 왜 자꾸 크게 키우려는 건가? 이건 내 집안일일세."

"⋯⋯."

"난 이 집안의 가장이야. 가장이 내 자식 교육도 내 마음대로 못 시키는가? 아비 말 안 들어서 몇 대 때렸다고 접근금지라니. 이게 동방예의지국이라는 우리나라에서 있을 수 있는 일이야? 언제부터 우리나라가 이리 각박해졌나? 예로부터 미운 아이 떡 하나 더

주고, 귀한 아이 매 한 대 더 때리라고 했어. 자식 잘되라고 매 한 대 더 때려 가르치는 게 아비 마음인 거야. 자네가 아직 어려서 뭘 모르는 모양인데, 회장님께서는 그 마음 아실 거네. 자네 오늘 여기 와서 이런 건 젊은 혈기에 멋모르고 그런 거라 이해해 줄 터이니 이만 물러가게. 괜히 끼어들어 분란 만들지 말고, 응? 자네가 하고자 했던 긴한 얘기는 내일 회사에서 하자고. 나도 소라 상처 덧나지 않게 최선을 다하겠네. 그러면 되겠지?"

"깡패 새끼들은 자식 교육을 이렇게 시키나 보지?"

예상치 못한 일후의 도발이 날아왔다. 그를 한발 물러서게 하기 위해 좋은 말로 살살 구슬리고 있던 한 이사는 일순 버럭, 발끈하며 두 눈에 살기를 모았다.

"뭐, 뭐라고?"

"때리고 욕하고. 그렇게 해서 제 말에 복종하도록 만드나 보지? 왜, 폭력이 아니면 자식조차 말을 들어주지 않던가? 완력을 쓰지 않으면 아무도 네 말을 귀 기울여 주지 않아? 강제가 아니면, 불법이 아니면 네가 원하는 것을 손에 넣을 수 없어? 아, 참. 능력이 안 되지. 머리에 든 게 없으니까. 가진 거라곤 주먹 하나뿐이니 해결 방식이 늘 그 모양 그 꼴인 거겠지. 주먹 하나 믿고 이 자리까지 올라온 당신한테서 뭔가를 기대한다는 것부터가 잘못인 건가."

"이, 이 자식이……!"

"주먹밖에 쓸 줄 모르는 놈은 그 바닥에 얌전히 있었어야 했어. 그 자리에 안주하고 만족하며 살았다면 나도 당신, 건들지 않아. 내 세계에, 내 회사에 들어와 당신 방식대로 그 무식한 주먹 휘두르지만 않았어도 당신 따위 신경 쓰지도 않았어. 네 주제대로 시궁창 같은 주먹세계에서 약자들의 등골 빼먹으며 버러지처럼 살았대도 관심 두지 않았을 거다."

"이, 이, 이……!"

분노가 극에 달한 한 이사는 다음 말조차 잇지 못했다. 평생 죽을 만큼 싫어했던, 지금까지 꼬리표로 따라다니는 지긋지긋한 깡패새끼란 소리를 다른 놈도 아닌 윤일후한테서 듣게 될 줄이야. 꿈에서도 상상하지 못했던 모욕적인 상황에 살기가 치미는 기분이었다. 없애 버리고 싶다. 내 손으로 이 자식을 처단해 버리고 싶다. 목을 졸라 죽여버리고 싶다!

번쩍!

번개에 이어 귀가 찢어지도록 어마어마한 굉음을 내며 천둥이 쳐졌다. 일후의 멱살을 쥐고 그의 얼굴에 주먹을 꽂지 않기 위해 안간힘을 쓰며 바르르 떨고 있는 한영만의 눈은 광기로 희번덕거리고 있었다. 그럼에도 불구하고 일후는 눈 하나 깜짝하지 않고 그를 비웃어주었다.

"모든 게 당신이 주제도 모르고 날뛰었기 때문이야. 뼛속까지 깡패인 주제에 아닌 척. 겉으론 노블리스 오블리제를 실천하는 기부천사, 성공한 기업인, 손 씻고 사회 저명인사가 된 인간 승리자, 인자한 아버지. 온갖 이미지 메이킹을 다 했었지. 하지만 네 실체는 늘 똑같았어. 그저 깡패새끼였을 뿐이지. 동업자를 등쳐먹는 사기꾼. 힘없는 중소기업들의 피를 빨아먹는 협잡꾼. 자식 인생 볼모로 신분 상승이나 꿈꾸는 비정한 아버지. 그게 바로 당신이야. 협박하고 사기 치고, 그래도 안 되면 죽이고. 그게 바로 당신이 사는 방식이지. 안 그러나?"

"……너 죽고 싶나?"

"난 내 아버지와는 달라. 절대로 당신한테 휘둘리지 않아. 내가 아버지처럼 고분고분 말 잘 듣고 무한정 믿어주는 '착한' 동업자가 되는 일은 없을 거야. 죽기 전에는. 절대로. 난 쓰레기 따윈 무섭지 않거든."

"이, 이 새끼가!"

한 이사가 그 더러운 성미를 참으로 잘도 꾹꾹 참고 있다고 생각한 그 순간이었다. 갑자기 그가 크아아악— 괴성을 지르며 멱살을 쥔 일후를 거세게 밀어붙였다. 문이 훤히 열린 현관 근처에 서 있던 일후는 단번에 집 밖으로 밀려갔고 눈 깜짝할 사이에 털썩, 앞마당에 드러눕혀졌다. 굵은 장대비가 누운 일후의 얼굴을 무차별적으로 때려왔다. 눈을 제대로 뜰 수 없을 정도로 어마어마한 폭우가 쏟아지고 있었다.

번쩍, 또다시 번개가 쳤다.

일후는 등으로 밀려오는 강한 통증에 인상을 찌푸리고는, 상체를 일으켜 세우며 커다란 손바닥을 펴 시야를 가려오는 빗물을 슥, 닦아냈다. 물기로 앞이 제대로 보이지 않던 시야가 일시적으로 깨끗해졌다. 하나, 쏟아지는 폭우에 눈앞은 또다시 희미한 물안개 속. 뿌연 습기 사이로 괴물처럼 걸어오는 한영만이 있었다.

그는 손에 칼을 들고 있었다.

구성탄은 자동차 안에서 쿵쿵 울리는 시끄러운 댄스음악에 맞춰 톡톡, 운전대에 손가락을 두들기며 손목을 내려다보았다. 아내가 작년에 선물해 준 손목시계는 현재, 고객의 컴백이 너무 늦어지고 있음을 알려주고 있었다. 원미숙을 미행해 달라는 주문으로 자신을 3일간 꼬박 원미숙 꽁무니만 쫓아다니게 만든 윤일후 고객이, 드디어 원미숙과 한영만의 접선 현장을 잡은 자신의 연락을 받고 달려온 건 30분 전. 그는 한영만이 어찌 나오는지, 한영만의 속내가 뭔지 떠보기 위해 문제의 서류를 들고 한영만의 집에 들어갔다.

"대략 10~15분이면 될 거야. 내가 그쪽을 의심하고 있다는 정도의 운만 띄우고 나올 생각이니까. 혹시라도 이야기하다 길어질 것 같으면 내가 따로 메시지를 보낼게. 물론 그럴 일은 없을 거야. 이 서류의 존재를 알게 되는 순간 한영만은 패닉 상태에 빠져 아무 생각도 할 수 없을 테니까."

한영만 집으로 들어가기 직전 일후가 싱긋 웃으며 했던 말을 떠올리며 성탄은 더욱더 초조하게 손가락을 두들겨 댔다. 아무리 생각해도 이상했다. 짧게 끝날 이야기를 길게 하고 있는데 메시지는 오지 않았다. 서류를 본 한영만이 패닉 상태에 빠져 혹시라도 돌발 행위를 한다면?

우지끈! 우르르쾅―!

천둥과 번개가 쉴 새 없이 번갈아 뜨는 하늘을 성탄은 눈살을 찌푸리며 쳐다봤다. 시간은 벌써 35분을 향해 가고, 아직도 일후를 삼킨 한영만의 집 대문은 굳게 닫혀 있었다. 성탄은 톡톡, 운전대를 두들기던 손을 휙 거두고 차 도어를 열어 밖으로 나왔다. 차가운 바람이 옷깃을 파고들었다. 가죽 점퍼가 금세 빗물에 젖어들었다. 성탄은 야구 모자를 깊게 눌러쓰고 앞뒤 주변을 살핀 후 천천히 한영만의 집 대문으로 접근했다.

문은 당연하게도 잠겨 있었다. 한영만네와는 십수 년을 이웃사촌으로 편하게 왕래하며 지내온 일후는 늘 하던 대로 대문 비밀번호를 찍고 들어갔었지만 성탄은 그리 할 수가 없었다. 그렇다면 방법은 한 가지. 성탄은 가죽 장갑을 낀 손을 우두둑우두둑 소리 나게 문지르고는 좌우, 주위를 조심스럽게 살핀 후, 가볍게 담을 타기 시작했다.

"너 이 자식, 이 피라미만도 못한 새끼. 가진 거라곤 돈밖에 없는 새끼가, 믿을 구석이라곤 제 아비밖에 없는 노무자식이 뉘 앞에서 까불어. 눈에 뵈는 게 없나. 죽어 황천길 가고 싶어 환장했나. 니가 지금 재벌 2세랍시고 떵떵거리고 사는 게 다 누구 덕분인데, 이 새끼야!"

몸을 둥글게 만 채로 굴러 가볍게 착지한 성탄의 눈에 두 덩치의 그림자가 들어왔다. 흙투성이가 된 채로 바닥을 뒹굴며 싸우고 있는 두 남자 중 키가 크고 멀끔한 양복을 차려입고 있는 남자는 한눈에도 윤일후로 보였다. 그렇다면 웃통을 벗은 채 더러운 욕설을 씨부렁거리고 있는 덩치는 한영만일 것이다. 그는 일후의 배에 걸터앉아 빈손의 일후를 칼로 찌르기 위해 사력을 다하고 있었다.

"널 죽일 거다. 널 칼로 회쳐서 내 집 앞마당에 묻어버릴 거야. 네가 없으면 네 아비도 허수아비지. 후계자가 없는 회장은 보험 하나 들지 않은 노인네처럼 위태위태한 거거든? 네 아비를 그리 만들어주마. 아들 잃은 네 아비의 손발을 모두 잘라내 아무 힘도 쓸 수 없는 꼭두각시로 만들어주지. 허울뿐인 회장 자리에 앉아, 제 수족들이 하나하나 내 발아래에서 기는 모습을 구경시켜 줘야 지. 내가 그동안 받아왔던 수모, 비웃음과 멸시를 똑같이 당하게 해주마. 그렇게 만들어줄 거다! 그러고 말 거야!"

한영만이 칼을 쥐고 찌르려는 그 힘을, 쓰러져 있는 일후는 모 두 감당하고 있었다. 하지만 조금씩, 아주 조금씩 일후의 심장과 가까워지는 칼끝의 예리함을 일후는 느끼고 있었다. 죽을힘을 다 해 막아내고 있지만 오래 버티긴 힘들었다. 손에서 힘이 점점 빠 졌다. 누그러들 기세가 보이지 않는 폭우로 눈앞은 한 치 앞을 예 상하기 힘든 상태이다. 그런 일후를 내려다보며 한영만은 그로테 스크하게 일그러진 얼굴로 훗훗, 웃음을 지었다.

"네놈은 이제 끝이야."

번쩍! 번개가 또다시 쳤다. 담장에서 무사히 뛰어내린 성탄이 재빨리 빗속의 인형(人形)들을 향해 뛰기 시작했다. 그와 동시에 괴 이하게 웃음 짓는 한영만이 소리를 지르며 온 힘을 다해 칼끝을 아래로 내리꽂았다.

"크아아아—!"

"안 돼!"

성탄의 비명 소리가 어둠을 울렸다. 동시에 미친 듯이 뛰던 그의 다리가 바닥에 못이 박힌 듯 멈춰 섰다. 우르르, 쾅쾅쾅! 천둥이 하늘에서 작렬했다. 전쟁이라도 난 듯 사방이 굉음으로 가득 찼다. 비는 여전히 쉴 새 없이 내렸고, 성탄은 빗속에서 멍하게 전방 50m 앞에서 벌어진 상황을 바라보았다.

한소라가 커다란 돌을 손에 들고 있었다. 한영만은 칼을 떨어뜨린 채 바닥으로 꼬꾸라졌다. 멀리서 경찰차의 사이렌 소리가 들려왔다.

＊

6개월 후.

화창한 봄날, 안나는 건영그룹 대회의실에 앉아 서류에 사인을 하기 위해 펜을 들었다. 합법적인 절차를 통해 반디유통을 다시 제자리로 돌리는 이 자리에는 대한민국 유통시장의 영원한 원톱, 건영그룹의 대표가 함께하고 있었다. 그는 자신의 회사가 저질렀던 실수를 만회하기 위해 손수 전담팀을 꾸려 조사를 했고 직접 안나의 아버지를 협박, 살해한 범인을 잡아 경찰에 넘기기까지 하였다. 그때의 일은 안나도 무척이나 감사……

하기는 개뿔.

'미친 거 아니야? 죽으려고 작정했어? 상대는 조폭 출신으로 한때 회칼 하나로 청계천을 주름잡던 전설의 한영만이었는데, 자기가 슈퍼맨이야? 어벤져스야? 지가 뭐라고 맨손으로 그놈과 맞장을 떠? 죽으려고 작정한 게 아니면 맨 정신으로 어찌 그런 생각

을 해? 출동한 경찰이 도착하지 않았다면 어쩔 뻔했어? 한소라가
제 아버지를 제지하지 않았다면 무슨 일이 벌어졌겠어? 아아, 생
각만 해도 끔찍하다.'

　사실 그날의 일은 처음부터 끝까지 다 끔찍한 기억뿐이었다. 재
후가 겁에 질려 떨고 있는 소라의 전화를 받고부터는 매 순간이
지옥이었다. 그 도도하고 쌀쌀맞은 부잣집 아가씨가 조폭 출신 아
버지로부터 맞고 자랐다니, 믿을 수가 없었다. 그녀가 재후와 사
랑하는 사이라니, 충격이었다. 그 모든 사실을 일후 또한 알고 있
었다니, 놀람의 연속이었다. 도대체 그 중요한 사실을 왜 자신에
게만 쏙 빼놓고 얘길 안 해줬단 말인가. 왠지 속았다는 생각에 분
해졌다. 하지만 그것도 잠시. 주예로부터 일후가 소라네 집으로
들어갔다는 사실을 전해 듣고 그녀는 또다시 엄습해 오는 불안감
에 덜덜 떨어야 했다.

　[방금 윤일후가 너희 아버지를 죽인 범인들이 모의하는 현장을
덮치려고 들어갔대. 글쎄, 윤일후 옆집에 살고 있는 건영그룹 이
사인 한영만이었다지 뭐니. 그 사람이 네 아버지한테 사업 자금을
미끼로 여자를 접근시켰는데, 그 여자가 바로 한영만의 내연녀이
자 조작된 외도 증거 사진 속 여자야. 한영만은 그 여자를 시켜서
아버지를 사고 장소로 불러내 살해하고 자살로 위장했지. 그 두
연놈이 한패거리라는 증거를 잡기 위해 윤일후는 회사에서, 우리
공탄이는 그 여자 뒤를 쫓았던 거야.]

소라가 걱정되어 재후와 함께 소라네 집으로 향하고 있던 안나는 주예의 말이 다 끝나기도 전에 머리가 어질어질, 지끈거리는 것을 느껴야 했다. 주예의 아버지가 범인이었다는 것도 믿을 수 없는 일이었지만, 살인까지 서슴지 않은 무서운 사람 손에 소라와 일후의 목숨이 달려 있다는 사실은 안나를 초주검으로 몰아넣었다.

정말이지 현장에 도착해 그를 두 눈으로 볼 때까지 얼마나 울었는지 모른다. 생눈으로 똑똑히, 그가 멀쩡한 걸 확인하기 전까지 얼마나 후회하고 또 후회했는지 모른다. 사랑한다고 말할걸. 이럴 줄 알았으면 진작 그의 마음을 받아줄걸. 네가 아버지의 원수여도 상관없다고 생각했을 만큼 미치도록 좋아한다고 고백할걸!

안나는 자신이 반시체가 다 된 얼굴로 현장에 도착해 허겁지겁 그를 찾았던 바로 그때 그 순간을 죽을 때까지 잊지 못한다. 비에 흠뻑 젖고 흙탕물 범벅이 된 그의 모습이 저 멀리 보이는 그 순간, 죽어도 여한이 없다는 말이 무슨 뜻인지 그제야 알 것 같았다. 약간 피로해 보이고 기운이 빠져 있는 것 외에는 너무나도 멀쩡해 보이는 그 모습을 보고 땅이 꺼져라 한숨을 쉬며 안도했다. 그가 살아 있음에 감사했다. 모든 걸 되돌려 놓겠다고, 증거를 들고 꼭 다시 돌아오겠다고 했던 그 약속을 지켜줌에 감사했다. 존재 그 자체에 감사했다.

그리고 그때 깨달았다. 더러운 흙탕물과 폭우 따위는 윤일후의 탑 클래스 섹시함을 더욱 배가시킬 뿐 가릴 수 없다는 것을. 비 맞은 생쥐처럼 쫄딱 젖은 몸을 하고도 뿜어져 나오는 아우라가! 매력이!

덕분에 그는 경찰이며 의료진들이며 주변 몇몇 여인네들의 시선을 한 몸에 받고 있었다. 냉큼 달려가 그의 품에 안긴 건 어쩌면 '이 남자는 내 거, 그러니 눈독 들이지 마'라는 일종의 경고였을지도 모른다. 그런 그녀에게 일후가 내뱉은 첫마디는 이거였지.

"너 뭐야? 여긴 어떻게 왔어?"

"당신은 내 부처님 손바닥인 거 몰라요?"

"경찰에 신고한 사람이 너였어?"

"다친 곳은요?"

"보다시피 멀쩡해, 네 덕분에."

"내가 뭘 했다고요. 경찰 오기 전에 당신은 이미 죽을 뻔했었다면서."

"걱정 마. 네 허락 없이 난 안 죽을 거니까."

"지금 농담이 나와요? 칼 맞고 암매장당할 뻔했으면서."

"널 보니까 나오네. 너만 보면 칠푼이 반푼이처럼 실실 웃음이 나오는데 이거 팔불출이 될 시초지? 아무래도 난 애처가 기질이 다분한 것 같아."

"누가 결혼해 준대요? 김칫국 마시고 있어."

"안 해주면 해줄 때까지 이렇게 안고 있어야지, 뭐."

"이, 이거 놔요. 사람들이 보잖아요."

"사람들이 보니까 안고 있는 걸로 만족하는 거야. 없었으면 더

한 것도 했다. 지금 기분으로는 3일 밤낮, 너와 단둘이 뒹굴고 싶은 기분이거든. 물론 장소는 내 침실이지."

"누가 들어요! 목소리 좀 낮추라고요, 쫌!"

"사랑해."

안나의 명령대로 목소리를 낮추고 그가 사랑을 속삭였다. 그리고는 꼭 안나를 안아주었었다. 세상에 다시없을 소중한 존재인 것마냥. 차가운 바람과 빗방울에 노출되어 있었음에도 불구하고 마음은 그 어느 때보다도 더 따스했던 그때, 그 느낌을 안나는 지금도 간직하고 있었다.

"이로써 지난 가을 건영이 사들였던 반디유통은 반안나 씨의 소유가 되었습니다."

사인을 끝내고 서로 서류케이스를 주고받자마자 건영그룹 고문 변호사 유치영이 선언을 했다. 처음 만났을 때부터 '아가씨께서 반안나 양이시군요?' 라며 알은체를 해오던 유 변호사는 회사 양도가 진행되는 전 과정을 일후와 함께해 준 이번 일의 숨은 공신이었다. 틈틈이 일하는 사이에 그가 안나에게 일후의 어린 시절에 대해 귀띔해 주거나, 아내인 김 작가님과 함께 좋아하는 피겨스케이터의 아이스쇼를 관람하는 등 개인적으로 꽤 친분을 쌓아두었던 터라 아마 일이 마무리된 후에도 종종 만나게 되지 싶었다.

"축하합니다, 반안나 사장님."

유치영 변호사가 자리를 뜨고 넓은 회의실에 단둘만이 남게 되자 일후는 먼저 손을 내밀어 악수를 청했다. 안나는 허리를 곧게 펴고 턱을 들어 올린 도도한 자세로 그의 손을 가볍게 마주 잡았다.

"고맙습니다, 윤일후 부회장님."

"이것으로 저는 반안나 씨께 약속했던 것들을 모두 지켰습니다. 범인이 누군지 알아냈고, 증거를 잡아 경찰에 넘겼으며, 외도 문제로 자살을 택했다는 고(故)반형원 사장님의 오명을 벗겨 드렸습니다. 또 억울하게 빼앗긴 돈과 회사를 돌려 드렸죠. 그러니 이제 반안나 씨가 약속을 지킬 차례입니다. 그만 저한테 오시는 게 어떻습니까?"

"제가 부회장님께 가기로 약속했었던가요? 전 그런 약속, 한 기억이 전혀 없는데요."

"입 밖으로 꺼내지만 않았을 뿐, 그런 전제가 깔려 있었던 거 아니었습니까?"

"그럴 리가요. 전 그런 생각을 해본 적도 없습니다만. 왜 제가 부회장님한테 가야 하죠?"

"그건 반안나 씨가 더 잘 아실 텐데."

"글쎄요. 전 하나도 모르겠는데요."

"저 좋다고 쫓아다녔던 거, 기억 안 나십니까?"

피식, 그가 웃으며 한쪽 입술 끝을 끌어 올렸다. 동시에 꾹, 그녀의 손을 잡고 있던 그의 손이 힘을 준다. 안나는 그의 검고 남성적인 손아귀에서 인질처럼 붙들린 가련한 제 손을 내려다보며 이를 악물었다.

"죄송합니다만 전 부회장님께서 무슨 말씀을 하시는지 도무지 못 알아먹겠습니다. 제가 누굴 쫓아다녔다는 건지?"

"다 잊었다는 겁니까? 모두? 6년 전 일까지 전부 다?"

있을 수 없는 일이라는 듯, 일후가 눈썹을 휙 치켜뜨며 물었다. 안나는 도대체 뭐가 문제라는 건지 도통 모르겠다는 얼굴로 시치미를 딱 뗐다.

"정말 죄송한데요, 전 제 인생에서 남자를 쫓아다닌 적이 단 한 번도 없거든요. 남자들이 죄다 절 쫓아왔죠. 제가 보기보다 콧대가 세거든요? 아무나 안 만나줍니다. 아무리 매달려도, 무슨 선물을 갖다 바쳐도 전 제가 꽂힌 사람 아니면 절대로 만나주지 않아요."

"그게 사실이라면 제가 바로, 당신이 꽂힌 유일한 남자로군요."

"착각은 금물이죠."

샤방샤방 눈웃음 가득 띤 채 안나는 열심히 손가락을 꼬물거렸다. 어찌나 세게 쥐었는지 아무리 빼보려고 해도 빼지지 않았다. 그 손을 쥔 장본인, 윤일후는 그 어느 때보다도 더 느긋한 눈빛으로 자신의 하나밖에 없는 사랑, 반안나를 바라보고 있었다. 시답잖은 대화와 손장난 등으로 그녀를 붙들어놓은 덕에 그의 눈이 호강하는 중이었다. 일후는 코앞에 그녀를 세워놓고 훤히 드러난 이마를, 귓불을, 목덜미를, 쇄골을 차례로 훑고 있었다. 반안나의 입술을 마지막으로 맛봤던 게 언제였더라?

"네가 내게 푹 빠졌다는 증거는 지금 당장에라도 댈 수 있어, 반안나."

"그런 게 있을 리가."

"난 증거 찾는 덴 도가 튼 사람이야."

"아예 없는 증거는 어떻게 찾아내나, 도사 씨? 만들어서 찾아내나? 그건 조작인데? 내게 사기 칠 생각 마세요, 부회장님."

"사기는 네 전문 분야잖아. 사랑하지도 않는 사람을 사랑한다고 거짓말까지 아주 술술 잘하시던데."

"그건 상황이 그래서 어쩔 수 없이 하게 된 거고요. 피해 본 사람 없으니 사기라고 할 수는 없거든요?"

"피해 본 사람이 없다고 누가 그래?"

"그 일로 피해 본 사람이 있다고요? 누군데요, 그 사람이?"

"나."

거만하게 두 눈 내리깐 채 그가 중얼거린다. 그리고는 천천히 그녀의 입술 근처까지 다가가 이렇게 속삭였다.

"내가 피해자다, 반안나."

"그, 그게 무슨 말……?"

그가 무슨 말을 하는지 전혀 모르겠다는 듯 안나가 말을 더듬었다. 꽤나 가까이 다가온 그의 존재에 놀라 그녀는 두 눈을 홉뜬 채였다. 그 커다란 눈동자를 그윽하게 들여다보며 그는 조용히 주문을 외웠다.

날 사랑해 줘. 날 원해줘. 날 봐줘.

내 손을…… 잡아줘.

"아니, 넌 알고 있어. 내 약점에 대해서는 뭐든 다 알고 있지. 내가 얼마나 너한테 간절한지, 너 때문에 얼마나 괴로운지, 얼마나 목말라 있는지."

뜨겁게 속삭이는 그의 입술이 더 가까이 다가왔다. 저도 모르게 방어적이 되어 그녀는 턱을 안으로 끌어당기며 그를 피했다. 하지만 일후의 달콤한 숨결은 더 가까이 다가왔다. 손끝이 자잘하게 떨려왔다. 맥박수가 점점 더 빨라졌다. 심장의 두근거림은 정상 속도를 이탈하고 있었다. 그의 시선이 뾰족한 턱과 입술에 머물러 떨어지지 않고 있음을 느끼고부터는 숨도 제대로 쉬어지질 않았다.

"그래서 이렇게 내 피를 바짝바짝 말리고 있는 거지. 넌 즐기는 거야. 내가 너 때문에 미쳐 가는 걸 지켜보며 즐거워하고 있는 거야. 내가 고통스러워하는 게 재미있지?"

"아, 아니⋯⋯."

"내가 언제까지나 참을 수 있을 거라고 생각지는 마, 반안나. 난 생각보다 자제력이 뛰어난 인간이 아니거든."

그의 입술이 손톱만큼 더 안으로 들어왔다. 이젠 정말 어떻게도 피할 수 없는 상황이었다. 안나는 자신도 모르는 사이 훅, 입을 열고 공기를 취했다. 가슴이 부풀어 올랐다. 후, 길게 숨을 내쉬었다 다시 크게 숨을 들이쉬니 가슴이 더 크게 부풀었다. 씁후씁후, 점점 더 그녀의 숨소리는 커졌고 그때마다 그의 눈꺼풀은 나른하게 풀렸다. 이윽고 그가 씩, 입가에 아름다운 반원을 그리며 미소 지을 때 그녀는 덥석 그의 입술을 물었다.

"잘했어, 반안나."

그녀의 혀가 자신의 안으로 침범하는 것을 즐겁게 방치한 채 그가 나른하게 속삭였다. 그의 섹시한 격려의 말을 들으며 안나는 두 팔을 넝쿨처럼 그의 목에 휘감았다. 힘주어 끌어당기니 그는 순순히 끌려 내려온다. 안나는 더 깊은 각도로 목을 꺾고 더욱더 저돌적으로 파고들어 갔다. 안으로, 위로, 아래로. 쭙쭙 소리가 날 때까지 그의 것을 물고 빨고 핥아 기어이 그의 입에서 헐떡거림이 흘러나오게 만들었다.

"너무 잘하면 곤란해. 여긴 내 회사라고."

그는 입으로는 거칠게 경고했으나 두 팔로는 그녀를 대회의실 의 넓고 둥근 탁자 위에 눕히고 있었다. 그녀의 두 손을 머리 위에 고정시켜 놓은 채 그 위를 덮치듯 내려다보고 선 그의 눈동자는 이미 이성의 지배에서 벗어난 상태임을 말해주고 있었다. 뜨거운 그 시선에 그녀는 온몸이 활활 타버릴 것만 같았다. 안나는 거세 게 끓어오르는 감정에 압도되어 헐떡거렸다. 흥분감에 솟아오른 가슴이 위로, 아래로 빠르게 오르락내리락 했다. 그는 거친 숨을 몰아쉬며 천천히 고개를 끌어 내렸다.

"아핫……!"

온 세포가 하나하나 활개를 치고 돌아다니는 듯, 예민하게 신경 이 곤두선 그녀의 몸은 그의 입술 한 번 스치는 것만으로도 절정 을 맞이하는 것 같았다. 목선을 잘근잘근 씹어 내려가는 그의 보 드라운 입술 감촉이 초감각적이 된 그녀의 몸을 궁극의 짜릿함, 그 쾌락의 순간으로 몰아가고 있었다. 기분이 좋았다. 지금 이 순 간만큼은 무슨 일을 당해도 좋다 생각될 만큼, 너무너무 좋았다. 정신이 아득해지고, 자신이 지금 어디서 뭘 하는지에 대한 자각조 차도 희미해졌다. 생각을 할 수조차 없었다. 그저 온몸이 터질 것 처럼 짜릿하다는 것밖에는, 이 짜릿한 감각에 떠내려가고 싶다는 것밖에는, 아무것도 생각나지 않았다.

"으흣, 으흣,"

짧고 얕은 신음을 얼마나 흘려냈을까. 질끈 감고 있던 두 눈을 슬그머니 뜨니 헝클어진 머릿결 아래 위험하게 빛나는 두 눈동자가 자신을 내려다보고 있었다.

"키스로 가버리면 재미없잖아, 반안나."

"내, 내가 뭐, 뭘 갔다고? 내가 어딜 갔다고?"

"이제 그만 인정하시지. 넌 나한테 푹 빠졌어."

"아니거든요? 무, 무슨 이딴 키스 한 번 가지고 내가 당신한테 푹 빠졌다는 거예요?"

"그 모습으로 부인하는 걸 보니 왠지 짜릿한데?"

그의 눈동자에 날카로운 빛이 감돈다 싶더니 입가에 치명적일 만큼 섹시한 미소가 떠오른다. 그리고는 당장에라도 먹어치우고 싶다는 듯 아랫입술을 슥 핥았다. 그가 노골적으로 내려다보고 있는 곳은 그녀의 가슴이었다. 그녀도 모르는 사이, 블라우스 단추가 다섯 개나 풀어져 있었다. 브래지어는 이미 풀어진 지 오래.

맨살이 드러난 자신의 앞판을 내려다보고 그녀는 꺅, 비명을 질렀다. 그리곤 냉큼 옷자락을 여미려고 했지만 이번엔 그의 나른한 음성이 느릿느릿, 달팽이관을 짜릿짜릿 달구며 들어왔다.

"뒤늦은 증거 인멸은 효과 없어. 게임 오버. 넌 이미 내게 졌어."

아아, 난 변태인가? 목소리만 들어도 느낄 것 같아. 그가 이런 날 보고 있다고만 생각해도 흥분돼. 이러면 튕길 수 있을 때까지

튕겨서 윤일후를 애태우게 해주자는 복수 계획은 도로아미타불이
되는 거잖아. 그를 잊지 못해 5년 동안이나 괴로워했던 것, 한방
에 갚아주리라 벼르고 별러 세웠던 계획인데 이렇게 무산되는 건
너무 허무하다고!

"쳇! 경험 부족한 여자 한 번 만족시켰다고 자신만만해하기는."

일부러 콧방귀 흥 뀌어주었다. 그리고는 도도하게 턱을 휙 치켜
들고, 가슴 근처를 간질이고 있는 그의 넥타이를 쭉 잡아당겨 그
의 입술에 제 입술을 들이댄 채 속삭였다.

"이런 장난 그만 치고 제대로 날 만족시켜 봐요, 윤일후 부회장
님. 내가 정말 당신한테 푹~ 빠졌다는 증거는 그때 잡을 수 있을
테니까."

"도전하는 거냐?"

그는 깔보듯 그녀를 내려다보며 차갑게 비웃었다. 승리를 자신
한다는 의미였다. 안나는 내부에서 열렬히, 어마어마한 기대감과
함께 승부욕이 솟구치는 것을 느꼈다.

"도전은 내가 아니라 당신이 하는 거지."

"난 쉬운 도전은 안 해."

"내 입에서 더 해달라는 말이 나오긴 쉽지 않을걸요? 알다시피
난 콧대가 높아요."

그러는 그녀의 시선은 이미 그의 입술에 가 있었다. 슬쩍 입술
을 벌린 그녀는 앙증맞은 혀끝을 뾰족하게 내밀어 그를 약 올리고
있었다. 슬쩍 턱을 내밀기만 해도 입안에 쏙 들어올 그녀의 혀가
간질 맛나게 왔다 갔다 하니, 일후의 집중력은 서서히 증발해 가

고 있는 중. 그는 자신이 가진 최대치의 자제력을 끌어 내 천천히 대답했다.

"산이 높을수록 정복하는 짜릿함도 큰 법이지."

"그래서 그 산엔 도대체 언제 올라오는 거예요?"

반안나가 물었다. 씩, 그는 시크하게 미소 지었다. 그리고 생각했다. 도발적인 그녀는 세상 그 어떤 피사체보다도 더 아름답다고. 앞으로 반안나의 입술을 보면 정상적인 생각을 할 수 없을 것 같다고. 바나나 우유에 빨대를 꽂아 빨아 마시는 것만 봐도 야한 상상을 하게 될 것 같다고.

"지금 당장."

그는 속삭이며 거칠게 그녀의 입술을 물었다.

단연코 가장 완벽한 커플

　새벽 3시쯤 잠에서 깼다. 밤새 노동에 가까운 활동량을 소화하고 녹초가 되어 쓰러졌는데도 메시지 알람이 들려오자마자 곧바로 눈이 떠져 버렸다. 아버지가 돌아가시고 회사가 파산하고, 집에 차압 딱지가 붙고 어머니와 지낼 곳 없어 헤어져야 했던 그날 이후 벌써 1년이 지났건만 안나는 여전히 숙면은 취하지 못하고 있었다. 아무리 피곤해도 작은 소리 한 번이면 금세 깨버린다. 처음엔 피곤하고 힘들었지만 이젠 이게 생활화가 되어버린 지경이었다. 오늘 같은 날은 누가 업어가도 모르게 깊이 자도 좋으련만.

　"누구야?"

　한쪽 팔만 세워 상체를 일으키고 휴대폰을 확인하는 안나의 등 뒤에서 잔뜩 잠긴, 허스키보이스가 날아왔다. 그녀가 꿈틀거리는 덕분에 깬 모양이다. 안나는 아무렇지도 않은 듯 휴대폰을 협탁에 내려놓고는 다시 몸을 뉘이며 대수롭지 않은 듯 대답했다.

"성탄 씨요."

"무슨 일인데?"

"알려주고 싶은 일이 있었대요."

안나는 턱까지 이불을 끌어 올리고 두 눈을 감았다. 명백히 다시 자던 잠 계속해서 이어 자겠다는 의사표시였으나 이번엔 그녀와 동침 중이던 남자, 윤일후의 잠이 싹 달아난 듯하다. 그는 아예 몸을 반쯤 일으킨 채 손으로 얼굴을 받친 자세로 두 눈을 감고 잠을 청하는 안나를 내려다보았다.

"이 시각에?"

"잠, 안 잘 거예요?"

"새벽 3시에 메시지를 보낼 만큼 급한 일이 네게 일어났다는데 속 편하게 잠이 올 리가 없잖아. 무슨 일이야?"

"피곤하잖아요. 내일 얘기해요."

"난 안 피곤해. 내 걱정 하는 거라면 눈을 떠. 그리고 말해, 무슨 일인지."

"별거 아니에요."

작게 한숨을 내쉬며 안나는 정말로 별일 아니라는 듯 대수롭지 않게 중얼거렸다. 여전히 꼭 두 눈을 감은 그대로. 백설공주처럼 창백한 얼굴, 발그레한 두 볼, 붉은 입술, 새하얀 베갯잇을 수놓은 새까만 머리카락. 아름답지만 부자연스러웠다. 일후는 스탠드조명 아래에서조차 또렷이 느껴지는 안나의 긴장감을 살피며 천천히 그녀의 몸을 끌어안았다. 딱딱하게 경직된 그녀의 몸이 아무

저항 없이 그의 품에 들어왔다.

"별거 아니니까 그냥 말하라고, 새벽 3시에 친구 남편이 네게 왜 메시지를 보냈는지."

"……."

"말 안 하면 제멋대로 오해해 버리는 수가 있다. 구성탄과 밀회의 메시지라도 주고받는 건가? 몸 바쳐 네게 헌신해 마지않는 나 같은 멋진 남자를 놔두고, 친구 남편을 사랑해 버린 건가? 등등 상상할 수 있는 막장 시나리오는 많아."

"그걸 말이라고 해요, 지금?"

안나의 눈이 번쩍 뜨였다. 비록 혐오감이 가득 섞인 시선이었지만 그녀가 드디어 자신을 똑바로 바라봐 주었다는 점에서 나름대로 의의가 있었다. 일단은 대만족. 지금부터 일후는 안나가 왜 뜨겁고 정열적인 밤을 지낸 이후 쭉 자신과는 눈도 제대로 맞추려 하지 않았는지 알아낼 작정이었다. 진실을 캐는 건 자신의 주특기니까.

"그러니까 빨리 말해. 무슨 메시지야?"

"성탄 씨가 방금……."

"방금?"

"원미숙을 잡았대요."

찌푸린 얼굴로 안나가 마지못한 대답을 내놓는다. 일후는 이마 위로 흐트러진 안나의 머리카락을 다정하게 쓸어 넘겨주며, 그녀의 혼란스러운 얼굴을 가만히 들여다보았다. 그녀는 여전히 그와 정면으로 두 눈을 마주치지 못하고 있었다.

"원미숙이라면?"

"한영만의 내연녀요. 아버지 일에 적극 가담한 공범이죠. 당신도 알다시피 6개월 전 그날, 딩신이 한영만과 몸싸움을 벌이며 싸우는 사이 도주했었잖아요. 경찰에서 수배령도 내렸었는데 어디로 잠적했는지 지금까지 쭉 찾을 수가 없었고요."

"그걸 따로 캐고 있었던 거야?"

"찜찜했어요. 주범은 한영만이고 그 여잔 그저 한영만이 시키는 대로 했을 뿐이란 거 잘 알고 있지만, 그래도 왠지 모르게 그 여자만큼은 꼭 잡아들이고 싶었어요. 엄마가 알게 모르게 그 여자 때문에 상처 많이 받았었거든요."

"어머니뿐 아니라 너도 받았었지."

"난 괜찮아요. 내가 어떻게 되든 상관없어요. 난 강하거든요. 그 정도 아픔은 어떻게든 이겨낼 수 있어요. 근데 엄마가 괴로워하는 건 못 보겠어요. 뻔히 무엇 때문에 힘들어하시는지 다 아는데, 그런데도 그냥 볼 수밖에 없는 내가 너무 싫었어요. 자식이 되어서는 아무런 도움도 못 되어드리는 게, 그 자괴감이 더 견디기 힘든 고통이었어요."

"네가 겪은 고통이 아무것도 아닌 것처럼 말하지 마. 그거 하나 때문에 여기까지 온 사람도 있어."

"……"

"네가 아파하는 건 보기 싫어. 볼 수 없어, 난."

그가 아주 조금 고개를 끌어 내려 귓속말로 다정하게 속삭였다. 그러자 주책바가지 안나의 심장이 또다시 벌컥, 움직였다. 안나는

저도 모르게 질끈 아랫입술을 깨물며 미친 듯이 제 심장을 향해
다다다 빠르고 잔소리 같은 명령어를 쏘아댔다.

'진정해. 가만히 있으라고. 변태녀처럼 그의 목소리, 그의 향
기, 그의 터치 한 번에 노글노글 흘러내리지 말고, 불끈불끈 흥분
하지도 말고, 멀쩡하게 가만히 있으라고. 넌 현자 타임이란 것도
없니? 왜 시도 때도 없이 저 남자의 기척만 나도 두근대는 건데?
왜? 어젯밤 내내 그를 가지고 또 가졌잖아. 세 번이나 했으면 이제
지겨워질 때도 됐잖아. 그런데 왜 또 그의 말 몇 마디에 심장 벌렁
거리는 거야? 왜 흥분하는데?'

열심히 자기 컨트롤을 해댔으나 안타깝게도 그가 슥, 배에 올려
둔 손에 힘을 주어 안나를 더 가까이 끌어당기자 그녀의 심장 발
작은 더욱 심해졌다. 그는 아직 알몸. 그녀도 아직 홀딱 벗은 채.
알몸끼리 살을 부대끼니 심장이 널을 뛰듯 미쳐 날뛰는 거였다.

그의 강인한 팔뚝이 얇고 연약한 그녀의 몸을 포개 단단히 끌어
안았다. 그녀의 등과 그의 가슴이 맞닿았다. 다리 사이로 그의 다
리가 들어와 연약한 속살을 훑었고, 머리 밑으로 그의 팔이 들어
와 팔베개를 했다. 또한 그의 입술은 그녀의 이마에 살포시 안착
해 부드러운 키스를 하고 있었다. 안나의 변태 심장은 온갖 아우
성을 치며 열렬히 반응했다.

"이 증상은 아마도 네가 레스토랑에서 부당한 대우를 당하는
걸 목격했을 때부터 생긴 것 같다."

"부당한 대우요?"

그의 가슴에 얼굴을 묻은 채 안나가 물었다.

"그 빌어먹을 사장이 널 술집 종업원 대하듯 대하는 걸 봤어. 넌 얼굴 가득 불쾌한 기색이 역력했지만 아무 말도 못했지."

"그걸 봤다고요? 그럼 건영에 일자리를 마련해 준 것도 그것 때문이었어요?"

"그곳에서 빼내오고 싶었어. 비록 네겐 하루빨리 돈을 벌어 집을 나가게 하고 싶어서라고 핑계를 댔지만, 실은 거기서 일하며 힘들어하는 네 모습을 보고 싶지 않았던 거다. 무시해 보려고 했지만 잘 안 됐어. 그때부터 넌 내 골칫거리였던 셈이지, 날 이러지도 저러지도 못하게 만드는."

"그저 날 못 잡아먹어서 안달하는 것 같았었는데."

"널 잡아먹고 싶었던 건 맞다. 물론 다른 의미로. 형의 여자를 탐한 부도덕한 남자였지."

"정말로 6년 전부터 날 좋아했었던 거예요? 하지만 그때 당신은 날 극도로 혐오했었잖아요."

"혐오하고는 싶었었지. 널 오해하고 있었거든. 나와는 라이프스타일이 전혀 다른 여자라고 생각했었어."

"수많은 남자들과 가볍게 만나고 헤어지는 헤픈 여자라고?"

"너한테 빠지면 다시는 헤어 나올 수 없을 것 같았어. 널 탐하는 순간이 바로 파멸의 구렁텅이로 빠지는 거란 생각이 들었지. 근데 문제는, 그걸 알면서도 난 널 갖고 싶어 했다는 거야. 너에게 아무 생각 없이 그냥 빠지고 싶었어. 자진해서. 내가 파멸해도 좋다고 생각할 만큼 네게 끌리고 있었던 거야. 난 그게 무서웠다. 그 강렬한 감정이, 태어나서 단 한 번도 느끼지 못했던 그 무모함이."

"그래서 그토록 잔인하게 날 밀어낸 거였군요."

"다시 만났을 때 정말 식겁했어. 5년 동안 너에 대한 감정은 모조리 다 지웠다고 생각했거든. 너란 존재는 싹 잊었다고 생각했는데 널 보자마자 또다시 난 그 무모한 이끌림에 사로잡혔어. 기가막혔지. 말도 안 되게 형에 대한 질투까지 생기니, 나중엔 정말 미쳐 버리겠더라고."

"사사건건 태클 걸었던 건, 그럼 질투 때문이었던 거예요? '반안나 따위 형한테 안 어울리니 떼어버리겠다' 가 아니라?"

처음 알게 된 사실에 안나가 놀라며 물었다.

"그런 마음도 없잖아 있었을 거다. 형은 내게 소중한 존재였고, 늘 좋은 여자 만나 행복하게 살길 바랐으니까. 형은 전에도 동정심 때문에 여자를 도와줬다가 이용만 당하고 버려진 적이 있어. 난 형이 또 그런 상처를 받게 될까 봐 걱정되었지. 형은 너처럼 팜므파탈형 여자를 상대하기엔 너무 얌전해. 나라면 모를까, 오래 만나기 힘들 거라고 생각했지."

"왜 자꾸 날 팜므파탈이라고 해요? 난 남자 인생을 망친 적이 없다고요. 남자들이 날 쫓아다닌 적은 많지만 그 남자들 다 만난 것도 아니고. 난 진짜 억울하다니까요."

팜므파탈이 아니라 변녀겠지. 이렇게 다정다감한 분위기로 쓰다듬고 어루만지며 로맨틱한 분위기를 만들고 있는 남자를 두고, 야한 짓 할 생각이나 미친 듯이 하는 변태! 성심성의를 다해 사랑을 고백하는 남자를 앞에 두고 덮칠 생각이나 하는 변녀!

"나한테만큼은 팜므파탈 맞아. 넌 내 옆에 있을 때마다 늘 내 모든 규칙을 허물어뜨렸으니까."

"……."

"그런데 너, 끝까지 날 바라봐 주지 않네? 이유가 뭐야?"

그가 그녀의 귓속에 대고 온몸을 사르르 녹여 버릴 수도 있을 만큼 달콤한 목소리로 속삭였다. 동시에 배 위에 있던 커다란 손을 슥 움직여 더 아래를 부드럽게 감쌌다.

가볍게 숨을 들이쉬며 안나는 두 눈을 부릅떴다. 뒤통수를 보이고 있어서 다행이지, 정면으로 그를 마주하고 있었다면…… 지금 머릿속에 떠다니는 영상들을 이미 실행에 옮기고도 남았다.

"내가 뭐 잘못한 거 있어?"

그의 손이 천천히 그곳을 눌렀다. 헉, 소리가 터져 나오려는 걸 꾹 참고 안나는 더 꽉 입술을 깨물었다.

"마음에 안 든 게 있나? 심기 건드린 게 있어?"

그의 손이 서서히 힘을 빼더니 다시 천천히 더 세게 눌러왔다. 찌르르, 온몸에 전기가 통하는 듯 짜릿한 감각이 혈관을 타고 파다닥거렸다. 안나는 저도 모르게 다급히 그의 손목을 붙들었다. 원래는 제지하려는 거였다. 그가 장난치지 못하게, 자신의 몸을 마음대로 조정하지 못하게, 떼어내려 했다. 하지만 정작 그의 팔을 잡고 그녀가 한 일은 더 세게 누르는 거였다.

"마음에…… 안 든 건 아니었구나."

속삭이며 그는 그녀가 시키는 대로 더 세게, 동그란 원을 그리며 천천히 문지르기 시작했다. 저릿저릿 다리에 힘이 빠지고 숨이 컥컥 막혀 안나는 더 이상 참지 못하고 가슴 가득 가둬뒀던 숨을 토하며 신음을 흘렀다.

"아, 아⋯⋯!"

"벌써 미끄러워졌어, 반안나. 지금 날 원하는구나?"

"으읏!"

안나는 그의 질문에 거절은커녕 제대로 된 대답도 내놓지 못했다. 부드러운 그의 움직임에 꽉 다물린 그녀의 세계가 열리고 있었기 때문이다. 안나는 두 손으로 제 얼굴을 가리고는 이를 더욱 앙다물었다. 절대로 신음 따위 흘리지 않겠다 마음먹고 죽어라 참고 또 참아보았다. 하지만 곧 흥건해진 그곳으로 이물질이 침입하는 게 느껴졌고, 아픔이 아닌 쾌감이 그녀의 온몸을 들뜨게 했다. 곳곳을 다정하게 찌르고 문지르는 그의 손길에 입안에서 흐느낌이 새어 나왔다. 계속, 계속해서 그녀를 쾌락의 상공에서 고도비행하게 만들었다. 이러니 아무리 반안나라도 어찌 배겨낼 수 있겠는가.

그녀는 창피함을 무릅쓰고 속삭이고 말았다.

"빠, 빨리⋯⋯."

"빨리, 뭐? 어떻게 해주길 바라는 거냐?"

귓가에 입술을 대고 그는 느긋하게 속삭이고 있었다. 마치 그녀가 진땀을 흘리며 괴로워하는 모습을 즐기고 있는 듯. 발끈 화가 치밀어 안나는 소리쳤다.

"내가 힘들어하는 모습은 절대로 보기 싫다면서요! 그러면서 이게 무슨 짓이에요? 신종 고문도 아니고!"

"그러니까 말해, 원하는 게 뭔지. 난 뭐든지 다 들어줄 수 있어.

네가 원하는 일이라면 뭐든 다."

"그, 그걸 꼭 말로 해야 알아요? 내가 힘들어하는 거 보면 몰라요?"

"얼굴을 그리 가리고 있는데 내가 알 턱이 있나."

"힘들다고요. 힘들어 죽겠다고요. 더 이상 버티기 힘드니까, 빨리, 빠, 빨리……."

"빨리, 뭐?"

"아, 진짜!"

들어와 달라고는 절대로 말 못한다. 그런 말을 어떻게 입에 올릴 수 있겠는가. 진정 변태도 아니고!

"이렇게?"

비웃는 듯한 그의 음성이 들림과 동시에 그의 손이 움직인다. 쑥, 하고 안으로 들어와 부드러운 돌기들을 헤집고 돌아다니기 시작한 것이다. 아흑, 비명 아닌 비명을 지르며 안나가 질끈 두 눈을 감았다. 아니야. 그게 아니라고.

"아니면 이렇게?"

고개를 좌우로 열심히 도리질하는 그녀를 보더니 이번엔 미끄러운 곳을 미련 없이 나와 바깥쪽 정점을 맹렬히 문지르기 시작한다. 자지러지는 듯한 비명이 안나의 입에서 흘러나왔다. 그러고도 입을 꾹 다무는 그녀를 가만히 지켜보더니 일후는 한숨을 푹 내쉬었다.

그는 천천히 그녀에게서 몸을 떼고 완전히 상체를 일으켜 세워, 손바닥으로 얼굴을 가린 채 흐느끼고 있는 안나를 빤히 내려다보았다.

"도대체 왜 날 똑바로 보지 않는 거야? 그 이유라도 좀 알자. 내가 싫어?"

"……."

"반안나."

그의 음성이 침울하다고 느끼는 순간, 안나는 얼굴을 덮고 있던 손을 천천히 끌어 내렸다. 조도 낮은 어두운 조명 아래에서 안나가 길 잃은 어린 양처럼 처량한 눈으로 그를 올려다보고 있었다. 그는 그런 그녀를 다 이해한다는 듯, 잘못이 있다면 다 자신에게 있다는 듯, 무진장 사려 깊은 시선으로 마주 바라본 채였다.

아아, 이다지도 상냥한 사람을 보며 이렇게나 야한 생각만 하는 나는 정말 세상에 다시없을 변녀로고.

"아직 날 받아들이기 힘들다면 힘들다고 말해도 돼. 눈치 보지 말고."

"……."

"억지로 날 좋아해 주지 않아도 돼. 아직 날 받아들이지 못하겠다고 해도, 여전히 내가 밉고 서운하다 해도 괜찮아. 아버님 일 때문에 마음 한구석이 찜찜할 거라고 이미 예상하고 있었어. 우리 건영이 잘못한 게 있는데 그거 이해 못하면 안 될 일이지. 나도 실은, 네게 날 더 좋아해 달라고 요구할 자격 없다는 거 알고 있어. 지금 당장 날 좋아해 달라고 말하는 건 무리라는 것도. 앞으로 네가 완전히 마음 열 때까지 한 발자국도 다가가지 않을게. 여기서 네가 다가올 때까지 기다릴 거야."

"그, 그럴 필요 없……."

"한눈 같은 거 안 팔게. 그럴 자신 있어. 사실 너 아니면 마음이 동하지 않아. 너만큼 날 흔드는 여자, 세상에 없어. 너 아니면 난 그 누구도 안 된다는 거, 이미 지난 6년 동안 뼈저리게 깨달았지. 그러니까 안심해. 다른 누군가에게 나 같은 대어를 가로채일 일은 절대로 없을 거다."

"그런 게 아니……."

"솔직히 말해봐. 조금은 걱정되지? 거절하면 내가 완전히 마음 접을까 봐. 곧바로 다른 여자 만날까 봐. 네 곁을 떠날까 봐."

빙긋 그가 친절한 미소를 지으며 물었다. 여전히 코부터 입, 턱은 손바닥으로 가린 채인 안나는 뭐라고 대답해야 할지 몰라 두 눈만 미친 듯이 깜빡거렸다. 망막이 자꾸 따끔따끔 시큰거렸다. 할 말은 이따~만큼인데, 어디서부터 어떻게 말해야 할지 막막했다. 그가 하고 있는 오해, 대체 어디서부터 어떻게 풀어줘야 할지 몰라 답답했다. 아아, 가슴이 답답하니 눈물이 막 나오려고 하네.

"아니라고……."

"음?"

"아니라고. 아니야!"

라고 외쳤지만 급격히 끓어오르는 울음소리가 섞이니 말소리는 그저 웅얼거림으로밖에 들리지 않았다. 갑자기 안나가 울음을 터뜨리자 당연히 일후는 당황했다. 6년 전 자신에게 그 구박을 당할 때도, 가세가 기울어 남의 집에 얹혀살면서도 단 한 번 눈물을 보이지 않던 안나가 울다니. 그것도 자신과 밤을 보낸 직후에? 이건 문제가 심각해도 보통 심각한 게 아니었다.

"너 왜 그래? 내가 뭘 잘못했어?"

"아니란 말이야. 당신이 잘못한 거 하나도 없단 말이야."

"뭐?"

"거절하려던 거 아니었어. 당신이 부담돼서 이러는 거 절대 아니라고. 아버지 일 때문에 여전히 당신이 밉고, 건영이 원수 같아서 이러는 거 절대로 아니란 말이야."

"아버지 일 때문이 아니라고?"

웅얼거리는 그녀의 말을 겨우 알아들었나 보다. 그가 신기한 물건 바라보듯 그녀를 내려다본 채로 두 눈을 홀쩍 크게 떴다. 안나는 두 눈을 질끈 감고 큰 소리로 외쳤다. 에라, 모르겠다의 심정으로.

"난 당신을 정말정말 좋아한다고. 당신의 섹시한 입술과 목소리와 손길이 정말 미치도록 좋다고. 목소리만 들어도 너무 흥분돼서 죽을 것 같단 말이야. 눈만 마주쳐도 숨이 차오른단 말이야! 지금도 너무 좋아 미치겠단 말이야!"

그래, 내가 이 구역의 미친 여자다. 눈만 마주쳐도 흥분돼서 숨이 찬다는 미친 소릴 남자 앞에서 고백하는 미친 여자. 침대 위에서 이딴 소리나 하는 미친 여자. 아아, 정말이지 단언컨대 반안나는 지구상에서 가장 완벽한 광녀입니다.

"그럼……."

언제 들어도 속이 울렁거리는, 정말이지 그윽하기 짝이 없는 윤일후의 목소리가 허공을 가른다 싶을 때다. 나른한 여운을 남기며 그가 하던 말을 잠시 멈추었다. 안나는 감았던 눈을 조금, 아주 조금 떠 실눈으로 동태 파악에 나섰다. 그러다 곧 훅, 안구를 습격하는 그의 모습에 그녀는 두 눈을 휘둥그레 뜰 수밖에 없었다. 언제다가왔는지 반듯이 누워 있는 자신의 위로, 그가 매우 음험한 자세를 취한 채 자신을 굽어보고 있는 게 아닌가!

"내내 내 눈을 피했던 것도 그 때문이었다는 거냐?"

거만한 시선으로 자신을 내려다보는 그의 모습은 야성미의 결정체! 으으, 자신도 모르게 앓는 소리가 흘러나와 안나는 냉큼 손으로 두 눈을 가리곤 미친 듯이 끄덕거렸다.

"눈만 마주쳐도 숨이 차서?"

끄덕끄덕.

"목소리만 들어도 흥분돼서?"

끄덕끄덕.

"그럼 지금도 날 원하고 있겠네."

끄덕끄덕.

진짜 에라, 모르겠다. 명백한 변녀 아우팅이었지만 이젠 될 대로 되라의 심정이었다. 여자가 너무 밝히는 거 아니냐 해도 어쩔 텐가? 남들 한창 연애할 때 짝사랑만 5년, 공부만 들입다 했으니 이제 좀 즐길 때도 되지 않았나? 나 좋다고 목매는 남자도 나타났겠다. 그 남자가 마침 5년간 짝사랑하던 남자이겠다. 변강쇠도 울고 갈 만큼 체력 킹왕짱이겠다. 뭐가 문제겠는가.

"그럼 더 이상 시간 낭비할 필요 없겠군."

그으슥한 그의 목소리가 또다시 마법처럼 그녀의 심장을 두드렸다. 시간 낭비? 그게 다 무슨 소리인지 따로 생각해 볼 틈은 없었다. 곧바로 그가 실행에 옮겼으니까. 일후는 이불을 걷어 젖히더니 안나의 벗은 하체를 끌어당기기 시작했다.

"꺄악!"

그날 밤은 유난히 길었고, 그의 체력은 역시 킹왕짱이었다.

✳

"그러니까, 어머니! 안나가 어젯밤 집에 안 들어왔다 이거죠? 외박했다는 거죠?"

"그렇지. 외박이지. 하룻밤 밖에서 잤으니까. 그게 왜?"

"어머, 어머니! 과년한 딸이 밖에서 자고 들어왔는데 어머닌 아무렇지도 않으세요? 뭐 하느라 외박했는지 안 궁금하세요?"

"일하느라 늦어져서 그냥 회사에서 잔 거겠지. 요즘 자주 그랬어. 회사 양도 작업이 보통 힘들었어야지. 아버지 회사 이름 달고 다시 재오픈하는 거라 굉장히 부담되나 봐. 어깨에 힘이 너무 많이 들어가 있어서 걱정이 될 정도야."

"에이~ 어머니, 그건 아니다. 양도 작업이야 어제부로 좋났는데요, 뭘. 아시잖아요. 어제 안나, 회사 양도받으러 건영에 들어간 거. 일후 씨랑 사인하고 한잔했겠죠."

"한 잔은 무슨. 안나가 술 마시고 어디 아무 데서나 뻗고 그럴 애야? 다른 건 몰라도 외박은 걱정 안 해. 걔가 학교 다닐 때도 술 같은 거 안 마시고도 잘 놀았거든. 술은 뭐, 적당히 마시고 헤어졌을 거야."

안나의 어머니, 하미란 여사가 주예를 향해 특유의 우아한 미소를 지으며 딸을 변호하고 나선다. 손에 쥐면 터질세라 불면 날아갈세라, 27년간 금이야 옥이야 고이 길러 온 딸이니 오죽 믿음이 가시겠나마는. 그래도 그렇지. 딸이 밖에서 자고 들어왔는데 어찌 이리 완벽하게 믿어 의심치 않을 수가 있을까? 얘기 딱 들으면 감이 안 오나? 어제는 윤일후와 만나 회사 인수를 마무리한 역사적인 날이었는데 뭣 때문에 밤을 샜겠는가. 딴 일로 바빠 밤을 샜겠지.

주예는 장난기가 살짝 도는 걸 느끼며 냉큼 하미란 여사 옆구리에 찰싹 붙어 생글거리기 시작했다.

"어머니! 혹시 안나, 오늘 집에 들어오면서 어기적거리며 걷지 않았어요?"

"뭐……?"

"허리 아프단 말은 안 해요?"

"그, 글쎄?"

"흐음, 이상하네. 허리가 안 아플 수 없을 텐데. 밤새 했으면 분명 파스 사다가 붙이겠다고 난리 났을 거란 말이죠."

"애, 너 대체 무슨 생각을 하는 거야? 우리 안나는……."

당황한 하 여사가 딸을 위한 변명을 늘어놓을 조짐이 보이자 주예는 냉큼 하 여사의 말을 자르고 들어갔다.

"안나도 다 큰 성인이에요, 어머니. 저랑 동갑이잖아요. 저요, 남들 학교 다닐 때 애 낳았어요. 그 나이에도 알 거 다 안다고요."

"그래도 우리 안나는……."

"애들도 사랑을 하는데 성인인 안나가 무슨 문제예요? 남자랑 같이 있다가 밤샐 수도 있는 거죠. 게다가 다른 사람도 아니고 지가 좋다는 남자랑 있었다는데."

"그야 그렇겠지만 안나는 그런 통 큰 짓 못해. 술도 잘 못하고……."

"솔직히 말씀해 보세요, 어머니. 안나가 어젯밤 내내 일후 씨랑 같이 있었다면 어쩌실 거예요?"

"어쩌긴 뭘 어째?"

"둘이 결혼하게 두실 거예요? 일후 씨 승낙하실 거예요?"

"내가 승낙하는 게 뭐 중요한가? 둘 사이는 둘이 알아서 하는 거지."

"건영인데도요?"

"그런 건 이미 다 정리했어. 정리 안 하고서야 두 사람 만나는 거 뻔히 아는데, 가만뒀을 리 있니."

보살이신가. 천사이신가. 하미란 여사는 일후가 건영 사람이라는 것에 대해서는 크게 신경 쓰지 않는 것 같다. 남편의 외도가 조작이었다는 것과 반디유통이 다시 딸의 손에 들어왔다는 사실에만 그저 감사할 뿐, 복수를 다짐한다거나 원한에 사무쳐 '윤가네엔 절대 내 딸 못 준다'는 식의 악감정은 품지 않는 거다. 그나마 다행이지. 안 그랬어 봐, 무슨 비극이 벌어졌겠어?

어쩌면 딸을 위해 하미란 여사가 미리 마음 정리한 게 아닌가도 싶다. 딸이 유학까지 갈 정도로 가슴앓이했던 상대가 바로 윤일후였다는 사실을 불과 얼마 전에야 알고, 생각이 참 많았다고 하시

니 말이다. 게다가 하미란의 눈에도 윤일후가 안나를 좋아하는 게
보인다고 한다. 오죽하면 윤일후더러 하미란이 이런 말을 다 했을
까. '자네, 내가 반대하면 병나겠네?' 라고.

"그럼 어머니께서 먼저 결혼 얘기를 꺼내시는 건 어때요?"

"결혼?"

"제가 보기엔 안나가 어머니 눈치 보는 것 같아요."

"걔가 내 눈치를 왜 봐? 그리고 걔네, 아직 결혼 얘기 오갈 정도
는 아니야. 정식으로 사귄 지 얼마나 됐다고."

"정식으로 사귄 지는 얼마 안 됐지만 두 사람은 전부터 줄곧 서
로 좋아하고 있었잖아요. 두 사람 사랑, 진짜 장난 아니에요. 안나
가 어머님 앞에선 그리 크게 티를 내진 않는데요. 제 앞에선 일후
씨 좋아하는 거 마구마구 티 내거든요? 정말 엄청 좋아해요. 일후
씨가 뭐 하나 챙겨줄 때마다 세상을 다 가진 것 같은 눈을 한다니
까요. 사소한 것에도 감동해 혼자 울고 있고, 하루라도 못 보면 안
달복달하고. 아무튼 어머니가 뭘 상상하시든 그 이상일걸요?"

"두 사람, 그 정도로 좋아한대? 난 전혀 몰랐는데."

"안나가 어머니 앞에선 일후 씨를 많이 좋아하는 게 죄스러운
가 봐요. 솔직히 어머님, 두 사람 사귀는 거 허락하긴 하셨어도 마
음이 내켜서 오케이하신 거 아니잖아요. 일후 씨가 안나의 아버지
를 살해한 진짜 범인을 잡아준 사람인데다가, 안나가 좋다고 하니
까 어쩔 수 없어서 허락하신 거지. 안 그래요?"

"그거야 건영그룹 사람이니까……."

"바로 그거예요. 그래서 두 사람이 6개월이나 찐~하게 사귀면

서도 더 이상 진전이 없는 거죠."

"진전?"

"결혼 말이에요, 어머니. 그리 서로 좋아 죽고 못 사는데 결혼할 생각은 꿈도 못 꾸고 있잖아요. 어머님 때문에요."

"나 때문이라고?"

콕 집어 자신 때문이라 말하는 주예를 바라보며, 하 여사가 전혀 생각 못했다는 듯 되물었다.

"일후 씨는 안나가 먼저 얘기 꺼내주길 바라는 것 같아요. 일후 씨 입장에선 그럴 수밖에 없겠죠. 아무래도 죄책감이 아직 남아 있을 테니까요. 안나가 먼저 꺼내야 한다는 건데, 근데 정작 안나는 어머니의 눈치를 보는 거죠."

"나는…… 나, 나는 아무 말 않고 있는 것이 허락의 의미라고 생각했는데."

"그것으론 부족하죠. 아무 말씀 안 하시는 건 그저 '반대할 의사가 없다'란 의미일 뿐, 적극적인 찬성의 뜻이라곤 할 수 없어요. 난 싫지만 너희들이 원한다면 별수 있니, 뭐 이런 뜻으로도 해석 가능하니까요. 안나가 의외로 좀 효녀잖아요. 자신의 선택이 어머니를 더 힘들게 하면 어쩌나 걱정이 이만저만 아닐 거예요."

"주예야, 나는…… 나는 말이야. 난 우리 딸 고통받는 거 싫어. 부모 때문에 힘들어하는 거 원하지 않아. 하늘에 있는 제 아버지도 그건 절대 원하는 바가 아닐 거야. 주예야, 난 정말이지 안나가 행복해지길 바랄 뿐이야. 다른 욕심 없어. 남편 그렇게 보내고 내가 무슨 낙으로 세상을 사는데."

이런 걸 '멘붕'이라고 하려나. 하 여사는 너무 놀라 숨도 제대로 안 쉬어지는 듯 말까지 더듬으며 당황해하고 있었다. 한 번도 이런 일은 생각해 보지 않았던 게다. 왜 아니겠는가. 절대로 이런 의심 못하게 철저히 자신을 단속하는 아이인걸. 그리고선 뒤로는 가슴 아파 죽는 애가 바로 반안나다. 효심이 지나쳐 자신의 인생이 막힌 하수구마냥 답답해져 가는 걸 그저 방치하고 있는 것이다.

이러다가 그 잘난 신랑감 놓치고 말지. 일후 놓치면 순정파 여인네 반안나가 다른 사람을 만날까? 노노, 처녀귀신으로 늙어 죽고 말걸. 사랑하고 또 사랑했던 남자 놓친 걸 땅을 치고 후회하며 술로 세월을 보낼 게 빤했다. 그렇게 되도록 놔둘 수는 없었다. 의리 하면 강주예인데, 하나밖에 없는 친구가 그런 지경에 처하는 걸 어떻게 두고 보고만 있을 수 있겠는가. 그래서 나서는 거였다.

"엄마! 주예야! 왜들 그러고 있어요?"

하 여사가 눈에 눈물 그렁그렁 매단 채 주예 손을 붙들고 열심히 하소연을 할 때였다. 윤 회장 사모님으로부터 걸려온 전화를 받기 위해 잠깐 밖에 나가 있었던 안나가 불쑥 문을 열고 안으로 들어섰다. 하 여사의 작은 흐느낌과 고개 숙인 뒷모습에 눈치 빠른 안나는 뭔가 심상치 않은 일이 벌어졌음을 직감한 것 같았다.

"어, 별거 아니야. 전화는 잘 받고 왔어? 일후 씨 어머님이 뭐래?"

"주말에 잠깐 시간 좀 내달라고."

"주말에? 왜? 무슨 일 있대?"

"소라 씨 몸이 좀 안 좋대. 임신 초기라서 주위의 도움이 절실한

데, 알다시피 소라 씨가 지금 시골에 있잖아. 박 여사님께서 돕고 싶어도 도울 수가 없는 처지라 매우 안타까우신 모양이야. 다시 올라오라고, 같이 살자고 말했는데도 소라 씨가 한사코 괜찮다며 사양하고 있다나 봐. 아무래도 나한테 미안해서 못 오는 것 같다고 하시네. 내가 말하면 마지못해 올라오지 않을까 싶다고, 같이 가서 설득해 보자고 하시더라고."

"너한테 미안해서 내려간 거래? 그 여잔 남편 학교 따라 시골로 내려갔다고 하지 않았어?"

"말로는 그렇지. 실상은 재후 선배가 일부러 소라 씨 입장 생각해서 학교를 옮긴 것 같아."

"그래서 정말 가보려고? 가서 진짜로 서울로 데리고 오려고? 넌 애, 진짜 속도 좋다. 걔네 아버지가 네 아버지를 어떻게 했는데……!"

주예가 하던 말을 우뚝 멈춘다. 안나가 주는 눈치를 그나마 빠르게 캐치하고 입을 다문 것이었다. 하 여사 앞에서 한영만 얘기 절대로 꺼내지 않는 것은 이들에겐 거의 불문율과도 같은 것. 잘못 꺼냈다가 안나한테 걸리면 며칠 동안 잔소리를 들어야 한다.

"그나저나 두 사람 서로 손 붙잡고 뭐 해?"

"안나야……."

"엄마?"

눈물로 흥건한 음성으로 딸을 부르며 고개를 드는 하 여사. 당황스럽게도 닭똥 같은 눈물을 뚝뚝 흘리고 계신다. 안나는 아까까지 기품 있는 미소로 주예와 편안하게 일상적인 대화를 나누고 계시던 어머니가 왜 갑자기 이러시는 건지 몰라, 두 눈을 휘둥그레 떴다.

"너, 정말 어젯밤 일후 군이랑 같이 있었던 거니?"

"예?"

"윤일후 군과 함께 있었던 거야? 정말 그렇게나 그 사람을 많이 사랑해? 그런데도 내 눈치 보느라 마음껏 표현도 못했었어?"

"어, 엄마!"

갑자기 이런 질문을 날리는 어머니의 행동에 당황스러워 안나는 어안이 벙벙한 채 멀뚱멀뚱 하 여사를 바라보았다. 그녀는 당장이라도 주름진 눈 끝에 그렁그렁, 눈물을 달고 딸을 안쓰러운 눈으로 쳐다보고 있었다.

"결혼하고 싶은데도 나 때문에 입도 벙긋 못했던 거야? 내가 상처받을까 봐? 내가 네 아버지 일로 행여 반대할까 봐 혼자 그리 끙끙 앓고 있었어?"

"무슨 말이야? 누, 누가 그래? 내가 일후 씨랑 결혼하고 싶어 한다고 누가……?"

모친의 눈물바람에 말까지 더듬던 안나는 문득 주예를 돌아보았다.

'너, 너……!'

너지? 네가 쓸데없는 말 한 거지? 네가 이상한 말해서 엄마가 이러시는 거지? 그렇지? 추궁하는 듯 째려보는, 부릅뜬 안나의 눈길에도 아랑곳 않고 주예는 어깨를 으쓱하며 모르는 체를 하고 있었다. 저 사고뭉치 같으니라고. 왜 시키지도 않은 짓을 해서 사람

난처하게 하는 걸까. 이제 겨우 아버지에 대해 잊어가고 있는 어머니이신데 대체 왜 상처를 들쑤셔? 결혼이 무에 대수라고?

"미안하다, 안나야. 내가, 엄마라는 사람이, 자식 속마음도 제대로 못 헤아리고. 자식 속이 썩어가는데 그것도 모르고 멍청하게 앉아서는."

"그런 거 아니야. 아무것도 아니야. 그런 생각 하지 마, 엄마."

"엄만 일후 군이나 그 부모한테 맺힌 거 없어, 안나야."

열심히 어머니 앞에서 도리질을 하며 해명 아닌 해명을 하는 안나를 하미란은 가만히 끌어안았다. 그리고는 그 어느 때보다도 더 평온한 목소리로 딸의 머리를 쓰다듬으며 차근차근 말을 이어 하기 시작했다.

"전에 만나 식사하면서 그쪽 분들한테도 말했지만, 난 이미 가슴속에 남은 앙금 다 지워 버렸어. 증오, 복수, 분노, 그런 거 마음에 담아두면 뭐 해? 그럴수록 나만 망가지고 내 삶만 불행해지는 걸. 난 나만 피해 입었다 생각하지 않아. 엄밀히 말하면 우리 모두 피해자이지. 윤 회장님도, 한영만의 딸도, 일후 군도 이번 일로 다 마음에 상처 하나씩 갖게 되었다고 생각한단다. 그래서 용서해 달라는 윤 회장님 부탁에도 '난 용서할 거 없다'고 말씀드렸었어. 그러니까 나 때문에 일후 군을 받아들이지 못하고 있었다면 그러지 마. 그러지 마, 안나야."

"엄마."

"난, 그리고 네 아버진 너만 행복하면 돼. 네가 행복하게 잘살면 그것으로 우린 족한 사람이야. 아버지도 하늘에서 그것만을 바라고 계실 거야. 그러니까 절대로 엄마나 아버지 때문에 네 행복을 스스로 걸어차지는 마. 우린 네 웃음이면 된다. 바라는 거 하나 없어. 너한테 이런 걱정까지 하게 만들고, 내가 면목이 없다. 네 어미 자격 없어, 나는."

"그런 말씀 하지 마요. 이 힘든 시기에 엄마가 옆에 안 계셨으면 나도 못 버텼어. 이 자리에 올라오기까지 내가 누구 때문에 버텼는데."

작은 체구의 어머니를 꼭 끌어안은 채 안나는 웅얼거리듯 말했다. 두 모녀의 눈물 나는 감동 씬을 구경하며 주예는 마음속으로나마 주 예수 그리스도를 소환, 두 사람 행복하게 해주십사 기도를 해보았다. 집 나온 지 10년이 넘어가도록 단 한 번도 찾지 않았던 주님이었건만 오늘은 왠지 생각이 난다. 주님, 하면 떠오르는 목사, 아버지까지. 마음이 착잡한 것이 올 추석엔 친정에 한 번 가봐야 하나 싶은 생각까지 들었다.

"자자, 그럼 어머니! 올 가을엔 안나 시집보내는 걸로 결정했습니다~ 반안나, 가전제품 한 가지 정돈 내가 사줄게. 말만 해. 세탁기? 청소기? 청소기는 너무 약한가? 그럼 에어컨?"

"어머! 얘, 네가 무슨 돈이 있다고."

"어머니. 저희 공탄이, 일후 씨가 회사에 정직원으로 채용해 준 거 모르세요? 지금 건영 보안팀장이잖아요. 평생 안전 직장 취직시켜 줬는데 에어컨 정도는 약소한 거죠."

"그거야 구 서방이 한영만 잡을 때 큰 공을 세워서 그런 거 아니야. 결정적인 증거를 잡도록 도와준 사람이 구 서방이라던데, 뭘.

그렇게 따지면 약소한 건 세탁기가 아니라 보안팀장이란 자리지."

"그래도 저흰 돈 받고 한 일이었는데요. 안나 일이라서 더 열심히 하긴 했지만 일후 씨가 수고비도 넉넉하게 챙겨줬어요. 저희는 손해 보는 것도 없었고, 오히려 일석이조였죠. 일도 하고 안나도 돕고. 사실 그쪽 일이 늘 위험하고 수입도 들쭉날쭉했어요. 불안정한 일이라 애 키우는 입장에선 이래저래 힘든 점이 많았었죠. 근데 그 일을 계기로 건영에 떡하니 취직까지 하게 되니까, 전 정말 너무 좋더라고요. 그렇잖아요! 누가 남편 직업 뭐냐고 물으면, 흥신소 해요~ 하는 것보단 건영그룹에 다녀요~ 하는 게 훨씬 간지 나잖아요. 헤헤!"

"우리 안나한테 주예 너 같은 친구가 있어서 얼마나 고마운지 모르겠다."

"에이, 제가 뭘 했다고요."

갑작스러운 칭찬의 말에 쑥스러운지 주예는 뒤통수를 긁적거리며 머쓱한 미소를 지어 올렸다. 그러더니만 하미란 여사가 잠잠하던 울음보를 다시 터뜨리며 흑흑흑, 손수건까지 꺼내 양쪽 눈을 차례로 찍어대시자 어쩔 줄을 몰라 하며 푼수를 떨어댄다.

"어머니, 얼마 전에 안나가 일후 씨한테서 엄청나게 큰 다이아몬드 목걸이를 선물 받았다고 했거든요? 그거 본 적 있으세요? 전 봤는데 완전 미치게 커요. 웬만하면 저도 좀 빌려서 친구들 모임에 걸고 나가보고 싶은데, 너무 커가지고 목에 걸 엄두가 안 나더라니까요. 그거 걸고 나갔다가 잃어버리면 진짜 저희 집 팔아야겠더라고요. 일후 씨는 우리 안나, 뭐에 그리 꽂혔는지 모르겠어요.

만날 틱틱거리기나 하고 시간 없다고 퇴짜나 놓는데. 반안나, 너 솔직히 말해봐. 일부러 복수하는 거지?"

"복수라니?"

"전에 쫄쫄 쫓아다녔다가 결국엔 거절당했던 거, 그거 보복하 느라 그리 애태우는 거 아니야?"

"얘는! 그, 그, 그런 거 아니거든?"

"에이, 그럼 뭔데? 왜 그런 건데?"

복수 얘긴 순전히 주예가 축 처진 이 죽일 놈의 분위기를 애써 띄우기 위해 했던 농담에 불과했다. 그러나 눈치라곤 약에 쓰려야 찾아볼 수도 없는 안나의 무신경한 방어적 발언은 주예의 노력을 수포로 만들어 버렸다.

"야, 너 건영 쪽 얘기는 엄마 앞에서 하지 말라고 했지? 엄마 속 상하시게 왜 자꾸 일후 씨 얘긴 꺼내?"

안 그래도, 딸이 자신 때문에 사랑하는 사람과 이러지도 저러지 도 못하고 있음을 알게 되어 딸에게 무거운 짐을 지워줬다 자책하 고 있던 하 여사는 안나의 말에 더 큰 소리로 울기 시작했다.

✳

약 한 달 뒤, 반디유통 사장실.

"아, 안 됩니다. 지금은 절대로 들어가시면……!"

열렬히 제지하는 이의 다급한 목소리를 뚫고 일후는 건영에 비 하면 허름하기 짝이 없는 사무실 문을 벌컥 열었다. 일후에 의해 사수하고자 했던 사장실 방문이 뚫리자 주예는 방금 전까지 뭔가 숨겨야 할, 엄청난 일이 있는 것처럼 호들갑 떨었던 태도를 싹 바꿔 훅 한숨을 내쉬었다.

"보시다시피 지금은 만날 수가 없어서요, 일후 씨."

주예는 어색한 미소를 지어 올리며 어쩔 수 없었다는 듯 어깨를 으쓱 끌어 올렸다. 사장실은 최근 구입해 달아놓은 암막커튼까지 쳐놓아 고요하고 어두웠다. 그리고 사무실 주인인 반안나는 소파 귀퉁이에 머리를 뉘고 거의 실신에 가까운 깊은 잠에 빠져들어 있었다. 입까지 벌리고서.

저 추한 모습만큼은 안 들키게 해주고 싶었는데. 지못미, 친구야.

최근 한 달 동안 반안나는 매장 오픈을 위해 밤낮 없이 미친 듯이 일만 하고 있었다. 밥도 안 먹고 잠도 안 자고, 마치 이 일이 아니면 당장 죽을 것처럼 필사적으로 매달리는 안나의 모습에 너무 걱정이 되어 주예마저 날마다 출근해 그녀의 건강을 살피고 있는 실정이었다. 덕분에 저도 모르는 사이 안나의 최측근으로서 업무까지 보좌하게 되는 상황으로 흘러, 이제는 아예 아이까지 하미란 여사에게 맡기고 정식 출퇴근하며 일을 하고 있는 주예였다.

곁에서 보는 안나는 안쓰럽기 그지없었다. 아침부터 밤까지 계속해서 일만 했고, 틈이 나면 부족한 수면을 보충하기에 바빴다. 당연히 반안나를 향한 애정 수치가 '반안나 아니면 죽음을 달라' 수준까지 올라와 폭발 지경까지 이른 윤일후에게 최근 한 달간은 고문과도 같은 시간이었을 것이다. 아무리 그녀의 처분만을 바라는 죄인, 아니, 사랑의 포로인 일후라도 참는 데에는 한계가 있는 거다.

한 달이라니. 한 달이나 얼굴도 못 보고 목소리도 못 듣게 하다니. 이건 정말 너무한 거 아닌가? 기준치 초과도 보통 초과가 아니다. 그러니 이렇게 그가 미치기 일보 직전이 되어 무쏘의 뿔처럼 혼자서 여기까지 쳐들어오는 사태가 발생한 것이 아니겠는가. 주예는 그새 반쪽이 된 얼굴로 멍하게 안나를 내려다보고 있는 일후를 향해 쯧쯧, 안쓰러움에 혀를 찼다.

"깨울까요?"

"아니, 아닙니다. 그만 나가보세요. 깰 때까지 옆에서 기다리겠습니다."

"그러세요, 그럼."

주예는 일후의 마음을 다 이해한다는 듯 푸근한 미소를 지으며 더 이상의 반론 없이 조용히 물러갔다. 탁, 작은 소리로 문이 닫히자 일후는 훅, 가둬뒀던 숨을 격렬하게 토해내며 목을 죄고 있던 넥타이를 슥슥 풀었다. 갑갑하던 넥타이가 반쯤 풀리니 그나마 숨이 돌려졌다. 그는 세상모르고 새근새근 잠들어 있는 안나 옆으로 가 털썩 주저앉았다.

"음⋯⋯."

다행히 꿈속은 평온하고 행복한가 보다. 잠든 그녀가 웃고 있었다. 일후는 손을 뻗어 그녀의 볼을 더듬었다. 손바닥으로 전해오는 촉감이 많이 거칠었다. 못 본 사이 눈 밑도 거뭇거뭇해졌고 머리카락도 윤기를 잃었다. 입술 언저리는 부르텄는지 붉은 기가 번져 있어, 립스틱 자국으로도 커버가 안 되고 있었다. 도대체 무슨 일을 이렇게 미친 듯이 해대는 걸까. 천천히 조금씩 만회해 가도 될 텐데, 대체 왜?

일후는 조심스럽게 오늘 오전 회사로 찾아온 하미란 여사와의 대화를 떠올렸다.

"내가 자네를 찾아온 이유는, 우리 안나와 무슨 일이 있었던 건지 알고 싶어서야. 한 달 전부터 우리 안나, 갑자기 우리 매장 오픈 준비를 서두르기 시작했어. 그러면서 하루가 멀다 하고 야근인데, 정말 이러다가 쓰러지는 거 아닌가 싶을 정도로 스스로를 너무 혹사시키는 것 같아. 어미로서 너무 걱정이 되어서 도대체 그 이유가 뭘까 생각해 봤어. 근데 달리 생각나는 게 자네밖에 없더란 말이지."

"저희가 헤어진 거라고 생각하셨나요?"

"한 달 전, 두 사람이 결혼까지 생각할 정도로 가까운 사이라는 걸 알게 되었네. 서로 둘도 없이 아끼고 사랑함에도 나 때문에 결혼을 망설이고 있다는 것도 알게 됐지. 사실 조금 놀랐네. 난 젊은 이들이 부모 눈치 보느라 자기 인생을 온전히 자신의 것으로 만들지 못한다는 건 말도 안 되는 일이라고 생각하거든."

"그렇게 말씀해 주셔서 감사합니다, 어머님."

"고맙단 말 듣고 싶어서 여기까지 온 건 아니고, 어쨌든 난 그때 두 사람의 결혼을 허락했어. 그런데도 이런 일이 벌어지니 이게 대체 어떻게 된 일인가 싶네."

"어머님께서 결혼을, 허락하셨다고요?"

"못 들었나? 그럼 자네가 안나 청혼을 거절한 게 아니야?"

"전 청혼은커녕 어머님께서 결혼을 허락하셨다는 얘기조차 들은 적 없습니다만."

"아니, 그럼 안나는 도대체 왜 그리 폐인처럼 일에 몰두하고 있다는 건가?"

"그 질문의 답은 안나에게 직접 들으셔야 할 것 같은데요, 어머님."

하미란 여사의 말에 의하면, 한 달 전 안나는 어머니께 윤일후와 결혼해도 좋다는 허락을 받았다고 했다. 그리고 그즈음 양도받은 반디유통 매장 재오픈을 위한 준비에 박차를 가하기 시작했다. 밤잠 자지 않고 일하느라 귀가도 하지 않은 게 벌써 몇 주째 이어지고 있다고 한다. 그사이 그녀는 일후와는 만나주지도 않았다. 일후는 그녀의 처분만을 기다리다 말라비틀어지는 중이었고.

일후는 천천히 테이블 위에 놓인 물건들을 하나하나 뒤적거렸다. 아무리 생각해도 풀리지 않는, 미스터리 같은 반안나의 행적에 대해 추정할 수 있는 정보를 찾는 거였다. 응접세트의 낮은 테이블 위에는 마시다 만 커피, 식사 대용의 비스킷, 휴지, 신문, 서류 등 잡다한 물건들이 너저분하게 널려 있었다. 서류들은 반디아울렛의 영업 정상화를 위한 것들이고, 나머지 물건들도 죄다 그것을 위해 애쓴 증거품에 불과했다. 일 이외에 한눈을 판 흔적이라곤 신문지에 끄적거린 낙서가 전부였다. 일후는 동글동글한 글씨

체로 두껍고 시꺼멓게 될 때까지 반복해서 몇 번이고 써진 글자들을 가만히 들여다보았다.

—청혼. 매장 오픈.

"뭐 하는…… 거예요?"

잠결에 눈을 떴나 보다. 안나는 가느다랗게 눈을 떠 겨우 확보된 시야로 희미하게 들어오는 일후의 모습을 멍하게 바라보며 중얼거렸다. 작은 그녀의 목소리는 까칠할 대로 까칠해져 피곤함의 강도가 고스란히 전해지고 있었다. 일후는 천천히 고개를 꺾어 그녀를 보았다.

"이 시각에 웬일이에요? 지금 한창 일할 시간일 텐데."

"널 만날 시간 정도는 충분히 뺄 수 있어."

거만하기 이를 데 없이 두 눈 최대한 내리깔고 윤일후가 시크하게 중얼거린다. 아무 일도 없었던 사람처럼. 늘 만나던 사람 만나는 것처럼. 참으로 무심하고 대수롭지 않은 말투다. 거의 한 달 만에 보는 건데도 딱히 반가운 기색도 없는 것 같아, 안나는 갑자기 서운해졌다. 마구 껴안고 뽀뽀하며 '보고 싶었다, 너무 보고 싶어서 죽는 줄 알았다, 그래서 이렇게 부랴부랴 찾아왔다, 사랑한다' 등등, 구구절절 애절하게 고백해 주는 걸 굳이 바랐던 것은 아니었다. 그런데도 기운이 쭉 빠지면서 가슴이 사포로 문지른 듯 쓰려왔다. 그럼에도 불구하고 안나는 아무렇지도 않게 웃으며 몸을 일으켰다.

"연락이라도 하고 오지. 어쩐 일이에요? 언제 왔어요? 왔으면 깨우지 왜 그러고 있어요?"

"방금. 연락은 이쪽에서 해봤자 네가 받지 않을 걸 뻔히 아니까 그냥 온 거고. 머리에 들러붙은 건 밥풀이냐?"

"에?"

멍하게 묻는 그녀의 머리에서 일후는 다 말라비틀어진 밥풀을 뜯어낸다. 그리곤 아직도 잠이 덜 깬 듯 어리바리하기 짝이 없는 안나를 향해 스윽, 고개를 끌어 내렸다. 눈꺼풀이 반쯤 감긴 사이로 드러난 까맣고 깊은 그의 눈동자는 안나를 그윽하리만치 다정한 눈빛으로 내려다보았다.

"이제 보니 세수를 안 했구나, 너."

"아! 그, 그게……."

"머리도 안 감았네."

예리하신 윤일후 씨. 정확히 세수는 3일째 안 했다. 머리는 일주일째 감길 않았고 샤워는 언제 했는지 기억이 안 난다. 2주 전에 동네 목욕탕에 다녀온 게 전부이다. 그나마 이는 꼬박꼬박 식사 후 닦고 있지만, 이미 추레함은 도를 넘은 후라는 걸 안나는 알고 있었다. 안나는 윤기를 잃어 뻣뻣하기 그지없는 얼굴을 손으로 벅벅 만지며 어색한 웃음을 남발했다.

"바빠서 할 시간이……."

"청담동 퀸카 반안나한테 이런 면이 있는 줄은 아무도 모를 거야. 그렇지?"

"으흐흐, 좀 더럽죠? 지, 지금이라도 씻고 올까요?"

"네가 이렇게 열심히 일만 하길 내가 바랐을 거라고 생각해?"

굵고 나직한 그 특유의 음성이 찌르르, 안나의 신경줄을 자극했다. 아아, 너무 가까워. 그가 코앞까지 와 있으니 또다시 심장이 아우성치며 반응하기 시작하잖아. 한 달 동안 일만 하느라 여자의 본능적인 욕구 따위 갈퀴로 긁어야 할 정도로 바닥에 들러붙어 있는 지경이었는데, 단숨에 이렇게 치솟아 위험수위를 넘나들고 있잖아!

안나는 저도 모르게 아랫입술을 슥 핥으며 그의 입술을 뚫어져라 바라봤다.

"그게 무슨 말이에요?"

"너 나와 결혼하기 위해 일에 몰두했던 거였잖아. 결국은 나 때문에 두문불출, 오픈 준비에 힘썼던 거 아니야?"

"그걸 어, 어떻게 알았어요?"

"전에 말했을 텐데, 난 증거 찾는 덴 도가 텄다고."

좀 더 고개를 아래로 끌어 내리며 그가 속삭였다. 덕분에 그의 입술은 이제 혀끝만 내밀어도 닿을 수 있는, 매우 가까운 거리에 위치해 있었다. 입안에 가득 도는 허기짐. 꼴깍 침이 삼켜졌다. 군침이 절로 돌아 삼키지 않을 수가 없었다. 그의 입술이 주는 달콤함, 짜릿함, 진정한 쾌락을 기억하는 듯 온몸이 흥분되기 시작한 것이다. 안나는 동그랗게 뜬 눈으로 일후를 빤히 바라보며 말했다.

"엄마가 우리의 사이를 정식으로 인정해 주셨어요. 그래서 빨리 결혼하고 싶었는데, 지금 내 위치로는 어림없다는 생각이 들더라고요. 건영그룹 부회장이라는 당신 위치와 지금의 난 하늘과 땅만큼이나 차이가 나니까요. 다른 건 몰라도 적어도 반디유통만큼은 제 손으로 다시 일으켜 세우고 싶었어요. 이만큼 능력 있는 사람이라는 거, 내가 꼭 직접 증명해 보이고 싶었거든요!"

"그래서 그 증명이란 것 때문에 한 달 동안이나 연락 두절이었던 거냐?"

"하루빨리 매장을 재오픈시켜야 했으니까요. 얼추 계산해 보니 죽어라 일하면 한두 달 안에 다 해치울 수도 있을 것 같더라고요. 괜히 질질 끄는 것보다 짧은 시간 빡빡하게 일하는 게 더 효율적이잖아요. 가장 큰 목표는 시간을 단축하는 거였으니까, 전 이게 최선이라고 생각했어요."

"그리고 그렇게 서둘렀던 건 내게 청혼하기 위해서였고?"

"청혼은 내가 해야 한다고 생각했으니까요."

"그런 건 남자가 하는 거다, 반안나."

지극히 마초적인, 딱딱하고 엄격한 목소리로 그가 선언했다. 마치 사전적인 의미를 읊듯이 심히도 단정적인 그의 말투에 늘 독립적인 여성이었던 안나는 발끈하고 말았다.

"굳이 남자만 하라는 법 있어요? 남녀평등 시대에, 그깟 청혼 아무나 하면 어때요? 더 많이 좋아하는 사람이 하면 되는 거지."

"네가 더 많이 좋아한다고 누가 그래?"

"아니라곤 말 못할 텐데요. 좋아하는 감정을 수치화한다면 내가 더 높잖아요. 난 만렙이라고요."

"만렙?"

"자신해요. 당신이 날 따라오려면 아직 멀었어. 더 많이 날 사랑해야 한다고요. 내가 연락할 때까지 한 달 동안이나 묵묵히 기다릴 게 아니라, 하루 연락 안 되면 곧바로 쳐들어왔어야 해요. 내가 엄마한테 결혼 허락받을 때까지 기다릴 게 아니라, 당신이 찾아가 애원해서라도 허락받아냈어야 했죠. 하루라도 못 보면 눈에 가시가 돋아야 하고, 당장 결혼 못하면 죽을 것 같아야 나의 경지에 올라올 수 있단 말이에요. 알겠어요?"

"지금 너, 내게 고백하는 거냐?"

"고백이랄 것까진 없고요. 그냥 사실을 설명하는 것뿐이에요. 6년 전 싫다는 당신을 귀찮을 정도로 쫓아다닌 사람은 나예요. 재후 선배의 약혼녀 행세를 하면서도 동생인 당신에게 또다시 연정을 품게 된 사람도 나였고요. 일련의 일들을 겪고도 당신에 대한 마음을 놓지 못한 사람도 나였어요. 난 구제불능이에요. 적어도 당신에 관해서는 어떻게도 안 되는, 구제불능 맞아요. 아마 죽을 때까지 이럴걸요? 불치병 걸린 사람처럼 평생 이러다 죽을 거예요. 나도 이런 나, 포기했어요. 그걸 아니까 청혼도 내가 하겠다는 거라고요."

"그러니까, 평생 나만 사랑할 거라고, 전에도 지금도 앞으로도 계속 나 하나만 사랑할 거라고 맹세하는 거네."

열심히 설명하는 그녀에게 그가 더 가까이 다가오며 위협적으로 속삭였다. 저도 모르게 안나는 그를 피해 상체를 뒤로 쑥 젖혔다. 하지만 둘 사이에 생긴 공간을 다시 메우며 그는 더 가까이 다가왔다.

"진심 어린 사랑 고백 잘 들었다, 바나나. 덧붙여 신세 한탄까지."

"신세 한탄이라니요?"

"자신보다 애정이 덜한 남자를 사랑해야만 하는 신세 한탄. 너 방금 그거 한 거 아니야?"

"그, 글쎄요. 내가 그랬나?"

"만약 그런 거라면 넌 정말 날 모르는 거다. 내가 어떤 마음으로, 어떤 욕심을 품고 널 지켜보고 있었는지, 하나도. 난 6년 전에도, 혹시라도 내가 날 주체 못해 널 어떻게 해버릴까 봐 겁이 났던 사람이야."

"에이, 거짓말."

"넌 내 타입 아니니까 가까이해선 안 된다고 생각하면서도, 그러면서도 너만 보면 온몸이 불덩이처럼 타올라 늘 경계해야만 했다고. 내가 행여 네게 상처를 주게 될까 봐 두려웠어. 내가 날 컨트롤 못하고 널 덮치기라도 할까 봐 항상 겁에 질려 있었다고. 알아?"

"믿을 수 없어요. 전혀 그렇게 안 보였다고요."

"내가 너 때문에 무슨 짓까지 한 줄 알아? 6년 전, 그 나이에 초딩처럼 친구 녀석과 싸움질까지 했어. 그리고는 최근까지 의절하며 지냈지. 얼마 전에 겨우 다시 만나 화해하려다가 또 싸웠다. 너에 대한 헛소문을 퍼뜨려 명예를 실추시킨 주제에 아무런 죄의식도 없어 보였거든. 그래서 또다시 죽도록 패줬지."

"그 얘긴 얼핏 들은 것도 같고……."

기억을 더듬는 듯 안나가 눈동자를 위로 치켜뜨고 입술을 동그랗게 오므린다.

"그런데도 성이 안 차. 용서가 안 돼. 그래서 지금은 놈의 회사를 박살 내버릴까 생각 중이지."

"회사까지요?"

뜨악한 얼굴로 그녀가 그를 빤히 바라봤다. 뭐 그렇게까지 하려는 건가 싶은 얼굴이었다. 사소한 말다툼을 사업에까지 연결시키는 그를 두고 덜 큰 어른, 유치하다 생각하는 게 틀림없었다. 하지만 비웃어도 어쩔 수 없다. 그는 내 여자의 명예가 짓밟히는 걸 두고 볼 만큼 호락호락한 남자가 아니었다. 6년 전에도, 지금도.

"내가 원래 너와 관련된 일이면 물불 안 가려."

"알죠. 칼 들고 설치는 인간과도 맞장 뜨는 사람이라는 거."

"그런 내가, 너와 연락되지 않았던 한 달 동안 어떤 생활을 했을 것 같아? 얼마나 괴롭고 힘겨운 생활을 이어갔을 것 같아?"

"찾지도 않았으면서."

안나가 입술을 내밀며 툴툴거리자, 일후는 거칠게 머리를 쓸어 올리며 한숨처럼 말했다.

"사업 일이 마무리되었으니 더 이상 날 보지 않으려는 줄 알았어. 내가 아무리 노력을 해도, 난 건영이니까 더 이상 너의 사랑을 받을 수 없을 줄 알았다고. 내 사랑 따위는 네 상처를 치유해 주지 못했다고, 극복시키지 못하는 거라고 그렇게 생각했어. 난 너한테 버림받았다고 생각한 거라고. 그래서 널 찾지 못했던 거야. 찾지 않았던 게 아니라 못한 거란 말이야."

"하지만 난 당신과 헤어질 생각은 전혀 없었는데요?"

"그래, 엉뚱하게도 내게 청혼을 하겠다고, 이러고 있었지."

일후가 훅, 숨을 내쉬더니 나른하게 중얼거린다. 그러더니 아련히 반쯤 끌어 내렸던 눈꺼풀을 갑자기 휙 떴다. 날카롭게 빛나는 그의 검은 눈동자와 정면으로 마주치자 안나는 깜짝 놀라 두 눈을 깜빡였다. 뭔가 달라진 듯한 그의 눈빛이 안나를 무서울 정도로 강렬한 긴장 상태로 몰고 갔다.

"애초 네게 칼자루를 쥐어준 게 잘못이었어."

커다랗게 열린 그녀의 시야로 그가 더 가까이 다가온다. 뒤로, 더 뒤로 상체를 젖히다 결국 풀썩 소파에 드러누워 버린 안나를 일후는 단번에 점령해 버렸다. 안나의 두 팔을 손으로 눌러 고정시키고는 천천히 몸을 짓눌러 그녀의 다리 사이에 자리를 잡은 거였다.

"날 이렇게 미치게 만드는 너한테, 날 좌지우지할 기회를 줘선 안 되는 거였지. 내 일상을 망가뜨리고 내 의지를 앗아가게 허락해서는 안 되는 거였어. 죽을 만큼 큰 고통에 허덕일 것이 뻔했으니까."

달콤한 속삭임을 듣는 와중에도 그의 단단한 몸이 적나라하게 느껴졌다. 안나는 숨이 턱 막혀 재빨리 입을 벙긋 열었다. 뭐라 말해야 하는데, 말하고 싶은데 아무 말도 생각나지 않았다. 어떻게 해도 짓눌린 하체에서는 피어나는 열기를 잠재우긴 힘들 것 같았다. 얼얼하고 저릿저릿한 감각의 폭풍이 다리 사이에서 온몸으로 퍼져 나가 두 손 두 발 모조리 흐물흐물하게 만들어놓고 있었다.

그리고 이 모든 쾌감의 유발자, 윤일후는 나른한 시선으로 흐트러진 그녀를 내려다보며 중얼거리고 있다.

"널 구제불능일 정도로 사랑하는 건 나야, 반안나."

곧이어 그의 허리가 깊숙이 잠기었다. 하체가 인두로 지져지는 듯 더욱더 뜨거워졌다. 안나의 입술에서 흐느끼는 듯 가쁜 신음 소리가 흘러나왔고, 일후는 그 신음을 양분 삼기라도 하듯 빨아 마시며 속삭였다.

"명심해. 너만큼 내게 딱 맞은 사람은 세상에 없어."

제 말이 사실임을 증명하기라도 하듯 그는 안나의 몸속으로 거칠게 파고들었다.

에필로그

"영주시 지역 발전을 위해 저희 건영이 한 발자국 물러섰던 1년 전 일을 떠올려 주십시오, 반 사장님. 우린 영주시에서 저희 아웃렛매장을 철수시키기까지 했습니다. 기업이 시장을 포기한다는 게 얼마나 힘든 결정인지 모르시진 않겠지요?"

"대신 과천 근교에 더 큰 매장을 확보하지 않으셨나요? 건영은 로원과의 세력 다툼에서 여전히 우위를 점하고 있는 걸로 압니다."

"영주시에서 로원은 매년 최고 매출을 경신하고 있죠. 작년 매출은 우리 건영의 과천점 매출을 뛰어넘었습니다."

반디유통의 넓은 회의실. 건영그룹의 실세, 실무적 권한을 모두 갖고 있는 부회장, 윤일후가 드디어 불쾌한 심기를 드러내며 착 목소리를 깔았다. 책상에 팔꿈치를 세우고 두 손을 깍지 낀 채 턱 밑에 괸 그는 반대편에 앉은 아름다운 여사장, 반안나를 노려보고 있었다. 원리원칙주의자로 부회장 직에 앉자마자 회사 내 암약해 있는 검고 구린 세력들을 모조리 쳐내, '윤 사신'이란 별명까지 얻었던 천하의 윤일후. 그의 앞에서도 기가 꺾이지 않는 유일무이의 여자, 반안나는 집에서와 마찬가지로 사업 협상 테이블에서조차 끝까지 자신의 주장을 고수하고 있었다.

"매출 경신은 저희 반디도 마찬가지입니다만. 자료를 보시면 아시겠지만 전체 매출이 올라가고 있을 뿐입니다. 로원이 지난 3년간 시장점유율에서 하락세를 보이고 있다는 걸 윤일후 부회장님께서도 잘 아시지 않습니까? 건영이 영주시 지역 발전을 위해 내려주신 결단으로 인해 이토록 큰 성과를 낼 수 있었던 거죠. 그 점, 감사하게 생각하고 있습니다."

"감사하게 생각하신다면 이번 합자 건에 대해선 저희 쪽 의견을 좀 더 수렴해 주셔야 하지 않을까요?"

"전 이번 합자 자체로도 충분하다고 생각하는데요, 부회장님. 저희 반디유통의 입장은 여러 번 밝혔습니다만, 이번 수도권 최대 규모의 교외형 복합 쇼핑몰 사업을 굳이 건영과 합자해 추진할 이유는 없었습니다. 반디유통 최대의 사업에 건영의 이름을 넣는 것만으로도 충분히 건영 의견을 수렴한 것이죠."

"건영과 반디의 완벽한 어울림을 쇼핑몰 콘셉트로 잡자고 제안했던 것은 그쪽입니다, 반 사장님."

딱딱하기 그지없는 말투로 자신의 말을 빠짐없이 맞받아치는 안나를 빤히 바라보며, 윤일후가 재미있다는 듯 지적했다. 놀리는 듯한 그의 말투에도 불구하고 안나는 자신의 주장을 굽힐 의사가 전혀 없었다. 안나는 지치지도 않는지 회의 시작부터 지금껏, 자세 한 번, 표정 하나 흐트러지지 않은 흔들림 없는 모습으로 윤일후에 대응하고 있었다.

"회사 간의 유대를 강조하자는 의미였습니다. 사업에 개인적인 의미를 붙이는 건 그때나 지금이나 반대의 입장임을 분명히 밝혔을 텐데요."

"건영과 반디를 아우르는 차세대 탄생을 축하하는 의미는 단 1퍼센트도 없었다고, 확실히 말할 수 있습니까?"

"두 회사의 기대를 한 몸에 받고 있는 차세대 경영자가 탄생했음을 축하하기 위해 굳이 그의 이름까지 내걸 필요는 없다고 보는 겁니다, 전."

"기념비적인 매장에, 기념이 될 만한 명칭을 부여하는 건 당연합니다."

"자칫 회사 간의 유대가 사적인 의미로 축소될 가능성이 있으니 유의해야 한다고 보는 것이죠. 제 말 이해 못하시겠습니까?"

"그래서 기어이 『반디 WITH 건영』으로 가겠다는 건가?"

한층 무겁고 나른해진 윤일후 부회장의 음성이 긴장감 넘치는 회의실 공기를 갈랐다. 세로로 긴 테이블을 사이에 두고 눈싸움을 하듯 서로를 노려보고 있는 두 젊은 경영인은 주위의 시선을 아랑곳하지 않는 듯했다. 양쪽으로 즐비하게 늘어져 앉아 있는 건영과 반디의 실무진들은 한 치의 양보도 없는 상사들의 태도에 아까부터 계속해서 바늘방석에 앉아 있는 듯 안절부절못하고 있었다.

"부회장님께선 기어이 아이의 이름을 내걸겠다는 거고요?"

"『반디 WITH 건영』보다는 『이안』이 훨씬 더 세련되고 깔끔해. 부르기도 쉽고."

"그 문제라면 『WITH』라 부르는 복안도 마련해 뒀다고 말씀드리지 않았나요?"

"그 역시 『이안』보다는 못해."

"아니요, 그 이름은 사적인 의미가 훨씬 더 많이 투영되어 있으니 부적합합니다. 반디와 건영이 함께한다는 의미로는 『WITH』가 더 적격이에요."

"반디와 건영이 함께한다는 의미로도 『이안』이 훨씬 더 나아."

"부회장님, 『이안』은 부회장님과 저의 아들, 윤이안의 이름입니다. 쇼핑몰 이름을 이안으로 내건다면 누가 봐도 우리 두 사람과 이안이의 개인적인 의미를 담았다고 생각하게 될 겁니다. 부회장님께서도 그런 오해를 받고 싶진 않으실 겁니다. 우리가 개인적 의미를 아예 배제했던 건 아니지만, 그것보다는 회사의 유대에 더 무게를 뒀던 게 사실이잖습니까?"

"회사의 유대에 더 무게를 뒀던 거라고, 누가 그래?"

찬물을 끼얹는 듯 싸한 음성이 일후의 입술 사이를 매끄럽게 타고 흘러나왔다. 언저리가 희미하게 꺾인 그의 입술을 뚫어져라 노려보며 안나는 미간에 불끈 힘을 주었다. 저 남자가!? 지금 무슨 헛소리를 지껄이는 거야? 사람 엿 먹이려는 것도 아니고, 여기서 대체 뭘 어쩌겠다고? 나더러 뭘 어쩌라고?

"그 말씀은 그러니까……."

"순전히 개인적인 의미를 담은 사업이라는 거지. 나와 내 아내와 아들을 기념한."

"윤일후 부회장님? 사업이 장난도 아니고, 그런 생각으로 사업 제휴를 제안하셨던 거라니, 솔직히 좀 당황스럽네요. 그런 의미였다는 걸 진작 말씀해 주셨다면 상황이 많이 달라졌을 텐데요."

"그럴 줄 알고 미리 말하지 않았던 거지."

"지금 건물 부지며 사업 실시 인가까지 다 나온 상태입니다. 판을 접기엔 너무 멀리 와버렸단 말이에요. 장난으로 이랬다저랬다 할 수 없단 말입니다. 아시겠어요?"

"난 일 가지곤 장난 안 쳐. 그건 누구보다 반 사장이 더 잘 알잖아?"

"정말 이러시깁니까?"

안나가 이를 악물고 두 눈을 부릅뜬다. 당장에라도 불처럼 타오를 듯 분노하는 그녀의 모습에 그녀를 아는 모든 사람들이 달달 떨었다. 아버지를 닮아 회사에서는 늘 온화하고 다정다감한 경영자였으나 가끔씩 불의를 보면 못 참고 버럭거리는 성미가 발동하면 이렇게 아무도 못 말린다. 때문에 주변에선 다들 그녀를 '번개탄'이라고 불렀고, 그녀에겐 '화가 났다 싶으면 멀리 떨어져 피신해야 한다'는 주의문이 따라붙었다. 그리고 이런 그녀의 성격을 가장 잘 컨트롤하는 사람이 바로 '윤 사신'이라 불리는 그녀의 남편, 윤일후였다.

"사업 인가까지 나온 마당이니 별수 없지 않나? 이대로 가야지. 윤일후와 반안나의 이안쇼핑센터."

"부회장님!"

"얘기가 잘 끝난 것 같으니 난 이만 일어나지. 약속이 잡혀 있어서."

일방적인 결정을 내리고 일후는 자리에서 일어났다. 이글이글 타오르는 안나의 시선에도 아랑곳 않고 그는 매우 여유 있고 즐거운 모습이었다. 일후가 이끈 실무진들은 뒤따라 일어나며 안나의 눈치를 살폈다. 일이 이렇게 애매하게 끝나면 그들도 좋을 게 하나도 없기 때문에 여전히 안절부절못하는 심정. 그들은 윤일후 부회장에게 가장 큰 영향을 미치는 인물이 바로 반안나 사장이라는 걸 아주 잘 알고 있었다.

"제 차로 가시죠, 부회장님."

막 긴장 백배 사무실을 나서려는 윤일후의 발목을 잡아챈 이는 안나였다. 그녀는 기다렸다는 듯이 우뚝 그 자리에 멈춰 선 일후를 향해 친절한 미소를 날리며 덧붙여 말했다.

"어차피 다음 목적지는 저와 동일하잖아요?"

"운전은 내가 하지."

일후 역시 부드럽게 대답하며 눈썹을 찡긋 끌어 올렸다. 그러고는 고개를 끄덕여 수락의 표시를 내비치자, 교통체증 심한 도로변에서 신호를 받은 자동차들마냥 약속이나 한 듯 사무실에 있던 사원들은 하나둘 썰물처럼 빠져나가기 시작했다.

"파이팅."

안나 옆에서 회의록을 속기하고 있던 비서, 강주예도 자리를 뜨기 전 속삭였다. 일후 부회장을 설득하려면 이제 남은 최후의 방법을 쓰는 수밖에 도리가 없다는 것을 그녀도 아는 것이었다. 비겁하지만 거대 기업 건영과 그 수장 윤일후를 이겨먹기 위해선 어쩔 수 없다. 솔직히 건영과 반디, 윤일후와 반안나는 그 시작점부터 불균형 아닌가? 도저히 정식 싸움으로는 그를 이길 수 없었다. 일후를 이겨먹기 위해선 미인계, 아니, 아내계를 쓰는 수밖에 없는 것이다. 윤일후가 여자의 애교를 극도로 싫어한다고 그 누가 말했던가.

"내가 할게. 오늘 회의를 위해 바쁜 시간 쪼개 이렇게 우리 회사까지 나와 주었는데 그 정도 서비스쯤이야 해줘야지. 안 그래, 자기?"

텅 빈 회의실에서 안나가 살랑살랑 눈웃음을 치며 다가왔다.

새하얀 목덜미가 다 드러나도록 꽉 틀어 올린 머리에 각진 안경, 비즈니스우먼다운 정장을 차려입은 그녀의 모습에서 유일하게 일후의 취향이 있다면 그것은 바로 다리였다. 매끄럽게 잘 빠진, 신이 빚은 완벽한 곡선이랄 수밖에 없는, 그래서 긴 바지로 꽁꽁 싸매고 남들에겐 보여주고 싶지 않은 바로 그 백만 불짜리 다리. 물론 그를 자극하는 것이 유일한 즐거움인 듯 지금까지도 반항심이 한도 끝도 없이 자라나고 있는 아내는, 보란 듯이 밖에 나갈 땐 무조건 치마만 입는다. 청개구리 같은 바나나 부인.

"내가 피곤한 아내에게 운전대 맡길 사람으로 보여?"

"피곤한 아내, 퍽이나 생각해 주시네."

"그야 난 아내 사랑으로 유명한 남자니까."

"날 그리 사랑한다면 이번 일은 내게 맡겨주시지? 고집 좀 그만 부리고."

"사업과 사적인 일은 분리해서 생각해야 한다던 사람, 어디 갔나?"

"사업과 개인의 일을 분리한다는 사람이 중요한 사업 현안에 개인 감정을 끌어들이는 거야?"

"우리 쇼핑몰 이름으로 『이안』이 나쁘다고 생각진 않아."

"그렇겠지. 당신은 나름대로 Eye의 E(이)와 눈을 뜻하는 한자 眼(안)을 조합해, 소위 '보는 즐거움이 있는 쇼핑'을 표방하며 화려하고 볼거리 많은 대규모 쇼핑단지를 만들겠다는 취지에 완벽히 부합한 적절한 이름이란 평을 이끌어냈으니까. 하지만 그『이안』이 우리 이안이를 뜻한다는 건 모두가 다 아는 사실이야. 다들 뭐라고 생각하겠어?"

"참 화목한 가족이구나, 하겠지?"

어깨를 으쓱이며 말하는 일후의 말에 안나는 미간을 찌푸렸다.

"아니지. '쇼핑단지에 아들 이름 박아 넣고 뭐 하자는 거야? 놀고 있네.' 이러지."

"사모님 입이 꽤나 거칠군."

"그러니까 자기야, 내 말 듣자. 응? 우리 이안이 이름만 빼자. 응? 응, 응?"

어느 틈에 턱밑까지 다가와 찰싹 달라붙어 속눈썹을 나비처럼 나풀거리는 아내. 사랑스러운 안나는 남편의 약점을 너무 잘 알고 있어서 탈이다. 여자에 관해서는 예나 지금이나 철벽방어를 자랑하는 철벽남 윤일후가 어째 아내에게만큼은 단 1초도 못 버티는 걸까. 무리한 부탁이다 싶은 것도 안나의 혀 짧은 말 몇 마디면 오케이다. 너무한다 싶은 일도 어깨 몇 번 털며 '으으으웅~' 하면 패스. 화가 날 법한 일을 벌였다 해도 뽀뽀나 포옹 한 번이면 거짓말처럼 화가 잦아든다. 이러니 건영그룹 윤일후 부회장에겐 만사가 아내로 통한다는 말이 나오지.

한 번은 이런 일이 있었다. 그의 동창인 신민석의 아내라는 여자가 안나를 통해 접촉을 해왔는데, 그녀의 말에 의하면 그들은 안나 때문에 회사가 망하기 일보 직전이 되었다고 했다. 신민석이 안나에게 실례를 범한 지난 과오 때문에, 일후로부터 사업적인 보복을 당했다는 거다. 신민석의 아내는 안나를 찾아와 무릎 꿇고 잘못을 빌며 울기까지 했다. 제발 용서해 달라는데, 안나는 영문 몰라 얼이 뻥 빠질 뻔했었다. 나중에서야 신민석이 윤일후의 경찰행 사건 장본인이란 걸 알고 안나는 배꼽을 잡고 웃었더랬다. 그 유치한 복수를 정말 하셨다니. 이 귀여운 남자를 어쩌면 좋아! 하고.

그날 이후 안나는 남편을 유혹하여 신민석의 불쌍한 아내에게 자비를 베풀도록 하였다. 그 일이 있은 후 '윤일후는 만사부(婦)통'이란 설은 더욱더 확고해졌다.

"넌 내가 하는 일에 딴죽 거는 게 취미지?"

"나라도 딴죽 걸어주니까 자기가 발전하는 거야. 건영그룹 부회장님. 회장님의 외아들. 창업주의 손자. 적통 로얄 패밀리에 차기 회장으로 지목된 경영 후계자. 그런 당신한테 누가 반기를 들 수 있겠어? 밥줄 끊길까 봐 못하지. 나니까 자기한테 딴죽도 걸어주고 바른말도 해주는 거야. 고마워해야 한단 말이야, 자기는."

"왜 난, 네가 자꾸 날 좌지우지하고 싶어 억지 부리는 것처럼 느껴지는 걸까."

"그런 점도 없지 않아 있지. '이 남자는 내 손안에 있다. 내가 원하는 대로 조종 가능하다. 그러니까 누구도 침 흘리지 마라. 관심 갖지도 말고 욕심내지도 마라' 뭐 이런 느낌?"

앙증맞은 미소를 입가에 달고 입술을 뾰족하게 내밀며 종알거리는 청개구리 아내 반안나를 내려다보며 일후는 피식 웃음을 흘리지 않을 수 없었다. 어쩌면 하는 말도 이리 다 귀엽고 사랑스러울까. 유부녀가 이렇게 깜찍하고 예뻐도 되는 건가. 아기 엄마가 아기보다 더 사랑스러워도 되나. 이래서 세 살짜리 윤이안도 엄마를 귀엽다고 토닥토닥 해주나 보다.

이안은 이목구비가 안나를 쏙 빼닮아 화사하고 예쁘장한 남자아이였지만 성격은 일후를 닮아 까칠하고 무뚝뚝하고 과묵하며, 결정적으로 속이 깊었다. 겨우 세 살밖에 안 먹은 아이인데도 엄마가 회사 일에 지쳐 집에 들어와 쓰러지듯 침대에 누워 있으면 뽈뽈뽈 달려가 옆에 눕고는 토닥토닥 위로해 준다. 사업가 엄마를 둔 덕에 자주 못 보니 가끔은 칭얼거릴 법도 한데, 언제나 녀석은 말없이 엄마를 꼭 안아준다.

덕분에 애가 애답지 않다는 안나의 걱정을 일후는 매일 듣고 있었다. 그런 그녀에게 일후가 할 수 있는 말은 '녀석의 여자 취향도 제 아비를 똑 닮아 엄마를 무진장 좋아하는 것'이라는 둘러댐뿐이었다. 물론 안나가 바쁠 때마다 아들 이안과 딸 이나가 쏟아지는 아버지의 사랑과 관심에 어쩔 줄을 모르게 만드는 것은 필수다. 지금까지 일후는 그 어렵다면 어려운 '좋은 아버지 노릇'을 꽤나 잘 해내고 있었다.

"넌 아직도 날 그리 마음껏 휘두르고 싶냐? 그렇게나 휘둘렀는데도."

"그게 무슨 말이셔? 당연한 거 아니야? 당신은 내가 평생 휘둘러야 하는 사람이야. 내 손에서 못 빠져나간다고. 완전히 내 거라니까. 유아 마인!"

"동의. 이의 없어."

"솔직히 말해서 자기, 내 마음대로 해서 손해 본 일 있어? 2년 전 반디 병합하자 제안했던 아버님 제안에 내가 기를 쓰고 반대한 덕에 지금은 건영도 반디도 잘나가잖아. 회사 일로 대립하면서 잠시 소원했던 아버님과 당신 사이도 나 때문에 좋아졌어. 내가 가운데에서 잘 중재해 가지고. 아버님이 날 너~무너무 아끼셔서 내 말이라면 껌뻑 넘어가시니까. 또 나와 결혼하자마자 허니문 베이비 생겨 아들 낳고, 다음 해에 곧바로 딸까지 숨풍숨풍—"

"바로 그 욕심 덕분에 우리 신혼 기간은 형편없이 짧아졌지."

"가족계획 내 마음대로 짰던 건 물론 미안하게 생각해. 자긴 신혼 기간 5~6년 잡고 충분히 즐기고 싶다고 말했었지만 난 하루라도 빨리 자기 아기를 갖고 싶었다고."

인간 각목인 듯 뻣뻣하고 멋대가리 없이 서 있는 일후와는 정반대로 안나는 하체를 자극적으로 밀어붙이며 생긋, 뇌쇄적인 미소를 짓고 있었다. 정장 재킷에 둘러싸인 날씬한 팔을 그의 목에 휘감고 한 손으로는 도도하고 딱딱하기 그지없는 일후의 턱을 가볍게 쥐고 있었다. 아침이슬처럼 영롱하기까지 한, 맑고 커다란 눈동자는 최근 들어 살짝 까칠해진 듯 핏기를 잃은 남편의 입술에 닿아 있었다. 일후는 노골적인 유혹의 시선을 보내는 아내의 가슴 골을 내려다보며 건조하게 중얼거렸다.

"피임에 관해 전적으로 네게 일임한 게 잘못이었다. 항상 말하지만 너한테는 전적인 권한을 줘선 안 돼."

"하지만 그 덕분에 사랑스러운 아들딸을 얻었잖아. 날 닮아 꽃미남에 당신 닮아 속 깊은 우리 아들 이안이. 그리고 이목구비 하나하나 당신을 쏙 빼닮고 갓난아이 시절의 나처럼 마음에 안 들면 큰 소리로 울어재끼는 한 성질파, 우리 딸 이나. 내가 아니면 어디 가서 그런 보물들을 얻냐?"

"그건 그래."

쿨하게 인정하는 일후의 낯빛이 어두워졌다. 안나의 상체가 부드럽게 다가와 뭉클, 자신의 가슴팍에 부딪쳐 왔기 때문이다. 자연스럽게 그녀의 스커트 자락 안으로 그의 허벅지가 파고들었다. 그녀는 천천히 주머니에 들어 있던 그의 손을 꺼내 자신의 가슴 위로 이끌며 유혹적으로 속삭였다.

"우린 이제부터 즐기면 돼. 당신 마음대로 원 없이 즐길 수 있을 만큼 즐기자."

"넌 요즘 일 때문에 눈코 뜰 새 없이 바쁜 거 아니었어?"

"그거야 우리 이나 낳으면서 회사 일에 몇 달 손을 놓았으니까 어쩔 수 없이 그런 거지."

"아무리 그래도, 어떻게 나보다 더 바빠? 얼굴을 볼 수가 없잖아."

"자긴 대기업 부회장님이잖아. 나처럼 조그만 중소기업 사장님은 당신처럼 한가할 수가 없어요. 일선 일까지 다 하나하나 챙겨야 하니까 안 바쁠 수가 없다니까. 에구에구, 우리 자기, 그것 때문에 삐쳤어요?"

"……."

"으흥, 일하는 아내 외조 잘하기로 유명한 우리 일후님께서 어쩐 일로 이리 화가 났을까. 이틀 동안 얼굴 못 봐서? 어젯밤 내가 회사에서 자서? 아니면 한 달 동안이나 잠자리를 못해서인가?"

"이렇게 정답 고르기 힘든 문제는 처음이군."

"셋 다였어? 그래서였구나? 그래서 자기, 고집부리는 거였구나? 나한테 복수하려고. 회사 일 때문에 바쁜 내가 서운해서. 아기만 챙기고 자긴 나 몰라라 해서 화났어?"

얄밉도록 정확히 정곡을 찌르더니 아내는 자신의 가슴 위에 놓인 남편 손을 천천히 둥근 원을 그리며 움직이도록 유도한다. 재킷 위로도 그는 아내의 가슴이 유혹적으로 흔들리는 것을 정확하게 느낄 수 있었다. 출산한 지 7개월째, 최근까지 모유를 수유했던 터라 그녀의 몸은 전체적으로 탐스럽고 풍만했다. 어쩌면 그런 아내를 곁에서 보고만 있어야 하는 괴로움이 일후의 가장 큰 고통일수도.

"그러지 말고 이번만 내 의견에 따라줘라. 그럼 다른 건 다 자기 마음대로 해도 된다니까."

"예를 들면?"

"이번 쇼핑단지 일만 끝나면 한가해질 거야. 그럼 그때 한 보름

잡고 우리 둘만 여행 가자. 아이들은 엄마한테 맡기고."

"아이들은 무슨 일이 있어도 떼어놓지 않는 엄마, 반안나께서 웬일이지?"

"그거야 자기를 아주아주아주 많이 사랑하니까!"

"쇼핑단지 네이밍 결정권을 쟁취하기 위해서가 아니고?"

"그건 그냥 부수적인 거야. 자기도 알잖아, 내가 당신을 정복하고 마음대로 휘둘러야 직성이 풀리는 사람인 거. 다 트라우마 때문이지. 자기가 9년 전 날 걷어차서. 이상한 소문들을 믿고 날 뿌리쳐서, 내 순정 짓밟아서 그래서 그런 거 아니야. 자기가 내 앞에서 꼼짝 못하고 내 말이라면 껌뻑 죽어 넘어가는 걸 봐야~ 마음을 놓게 된 건, 다 자기 업보라니까?"

두 눈 청아하게 뜨고 남편을 가련하게 바라보며 깜빡깜빡, 눈꺼풀을 휘날리는 안나 씨. 이젠 남편의 약한 마음을 공략하시려는 모양이었다. 빤한 아내의 작전을 모두 꿰뚫고 있는데도 이 대목에 와선 일후도 어쩔 수 없이 수그러들게 된다. 그 어릴 적, 아내에게 상처를 줬다고 생각하면 세월이 꽤 흐른 지금에도 자책이 되고 있었으니까.

"네가 날 휘두르지 않아도 난 항상, 언제나 너한테 휘둘리고 있어. 그러니까 그런 걱정은 하지도 마."

일후는 따뜻하게 속삭이며 천천히 고개를 끌어 내려 아내의 이마에 입술을 맞췄다. 동시에 안나의 손에도, 그 손이 감싸고 있던 그의 손에도 힘이 들어갔다. 자신의 손안에서 일그러지는 아내의 가슴을 내려다보고 일후는 덥석, 향긋한 아내의 목덜미를 입술로 물었다.

"으흑!"

섬세하고 보드라운 그의 입술이 예민해진 안나의 살갗을 정성스럽게 애무하자 그녀는 전에 없이 강렬한 전율을 느끼며 신음을 흘렸다. 산뜻한 그의 향기가 그녀의 몸 곳곳에 퍼졌다. 숨결을 물들이고 살결에 끼얹었다. 관능적인 그의 육체에 완전히 자극받은 안나는 그를 더욱 강하게 끌어당겼다. 물론 그 입에선 생각과는 전혀 다른 말이 흘러나오고 있었다.

"이, 일후 씨, 여기서 이러는 건 좀……."

"이 회의실에 CCTV 없다는 건 이미 확인했어."

"그래도 여긴 우리 회사야. 호, 혹시라도……. 훗!"

어느 틈에 블라우스 단추까지 푼 일후의 손길이 속옷 안으로 거칠게 파고드는가 싶더니 과실처럼 탐스럽게 영근 가슴 끝이 위로 들려져 그의 입술 안으로 쏙 들어갔다.

"훗! 거, 거긴!"

쑥쑥 빨렸다. 혀끝으로 굴려졌다. 동그랗고 예민한 영역이 문질러지고 쓰다듬어져, 그녀의 입에서 쾌락과 환희의 신음성이 터졌다. 안나의 등허리가 절로 휘었다. 두 팔을 허우적거리며 그녀는 아내의 몸에 몰두해 있는 일후의 머리카락을 헝클어뜨렸다. 그것을 쥔 그의 손이, 그것을 빨아 당기는 그의 입술이 그녀를 쾌감으로 인도했다. 영혼의 정수마저 몽땅 뽑아 마셔 버릴 것 같은 그의 집요함이 그녀를 정신 못 차리게 했다.

"다른 건 다 내 마음대로 해도 좋은 거 아니었어?"

멀쩡하던 그녀를 흐느적거리게 만들어놓고 천천히 고개를 든 그가 속삭였다. 쇼핑단지 이름 따위 아무래도 상관없다고. 안나만 손안에 있으면, 품 안에 있으면 월드피스라고. 그렇게 생각하고 있었다.

　"너 하나로 그냥 올킬이야, 반안나."

　일후가 여자에 올인하는 타입일 거라는 박 여사의 예상은 정확하게 맞아떨어지고 있었다.

The End

작가
후기

　[바나나 형수님]는 구상 기간이 길었던 만큼 빨리 써 내려간 글입니다. '어느 날 사람 좋기만 한 형님이 집에 데리고 들어온 약혼녀가, 헤어졌던 나의 전 여자친구?' 라는 한 줄의 구상으로 말미암아 시작되었는데요. [바나나 형수님]의 줄거리는 사실 꽤나 여러 번, 여러 분위기로 뒤집혔습니다. 알고 보니 '안나와 재후는 목격자보호프로그램 수행 중' 이었다거나 '사채업자들에게 쫓긴 안나가 경찰 집안이었던 일후네에 숨어 지내게 되었던 것' 등의 여러 설정들이 생겨났다가 없어졌었지요. 그렇듯 여러 번 생각하고 뒤집는 과정에서 애초 없었던 안나의 아버지 얘기가 생겨나게 되었답니다.

　태생적으로 '형수님과 도련님의 파격 로맨스'를 표방할 수밖에 없는 덕분에, 구상 때부터 로코로 갈 것이냐, 정통으로 갈 것이냐를 두고 갈팡질팡했습니다. 결국 로코st. 안나와 정통st. 일후로 타협점을 찾게 되었더랬지요. 덕분에 일후는 제 소설 속 주인공들 중에서 가장 저자세로 엔딩을 맞는 영광을 갖게 되었습니다.

수년 전 일후는 모든 남자들의 로망이었던 반안나에게 한눈에 반합니다. 하지만 수많은 남자들을 홀리는 여신에게 자신마저 사랑에 빠졌음을 인정하려 들지 않지요. 애써 남자관계가 복잡하다는 이유로 안나를 거부했지만 결국엔 그도 어쩔 수 없이 코가 꿰이고 맙니다. 개인적으로 형의 약혼녀를 자신이 사랑하게 되었다는 사실을 깨달았을 때의 일후가 기억에 많이 남습니다. 굉장히 짧은 순간이었지만 일후는 엄청난 번뇌를 하는데요. 그게 모든 걸 알고 있는 저와 독자님들의 눈에는 꽤나 재미있고 통쾌하게 느껴졌으리라 생각됩니다. '감히 안나를 걷어찬 니 죄를 니가 알렷다!'의 기분이랄까요. 이후 자신의 과오를 인정하고 그녀를 되찾기 위해 고군분투하고 안나에게 올인하는 부분에서야 비로소 만족의 미소를 지으셨던 모님이 생각나네요.

물심양면 도움을 주신 청어람 편집부 문혜영 부장님, 장미연님, 감사드립니다. 날카롭게 모니터해 주신 쎄오님, 고맙습니다. 10년 넘게 한결같이 제자리를 지켜주신 로맨스트리 회원님들, 작가님들 애정합니다. 그 사이 나이는 들었지만 마음은 여전히 처음 삼중당 할리퀸을 접했던 십대 소녀 같습니다. 계속해서 예쁜 마음으로, 얄랑얄랑 봄바람 같고 핫핫 썸머 같은 로맨스소설을 만들어가십시다.

양배추즙이 위장에 좋다며 2년이나 정성 들여 발효시킨 원액을 싸들고, 팔십 노구 이끌며 상경하신 우리 엄마, 고맙고 사랑해요. 아빠, 병원비 대드릴 테니 올 겨울엔 꼭 검버섯 레이저시술 받으세요. 큰언니, 갑상선은 이길 수 있어! 아잣! 작은언니, 야근을 그리 밥 먹듯이 하려거든 몸

보신을 해. 그러다 쓰러진다. 디용아, 16키로 다이어트 성공 축하해! 멋쟁이 재윤아, 턱을 유노윤호처럼 깎으면 죽어. 팝송마스터 이재현, 넌 역시 내 조카다. 발음만 좀 어떻게 해봐.

끝으로 이 책을 읽어주신 독자님, 읽으시는 동안 안나에게 빙의되어 즐거운 시간이 되셨으면 좋겠습니다. 더 좋은 글로 다시 찾아뵐 때까지 건강하세요.

2013년의 끝자락에서,
홍윤정 드림.

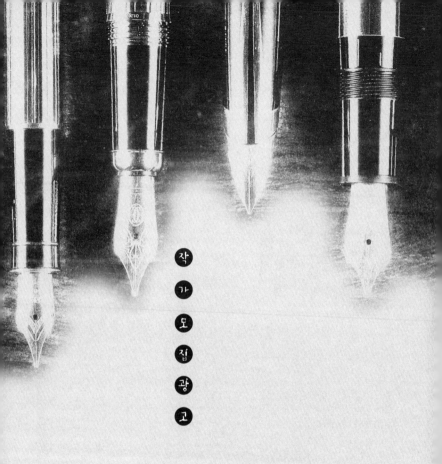

작

가

모

집

광

고

도서출판 청어람의 문은 항상 열려 있습니다.
실력있는 작가 분들의 많은 관심 부탁드립니다.

TEL:032-656-4452 • FAX:032-656-4453
http://www.chungeoram.com
e-mail:chungeorambook@daum.net